神话
Mythology

[美] 依迪丝·汉密尔顿
Edith Hamilton 著
刘一南 译

希腊、罗马及北欧的神话故事和英雄传说

华夏出版社
HUAXIA PUBLISHING HOUSE

目录

前言/001
古典神话简介/001
  希腊神话/002
  希腊和罗马的神话作家/009

第一部分　诸神、创世和最早的英雄

第一章　诸神/015
  提坦神族和十二位奥林匹斯大神/015
  奥林匹斯仙境中的次要神祇/029
  水中的神祇/032
  阴间/033
  大地上的次要神祇/034
  罗马神祇/038

第二章　大地上的两位伟大神祇/042
  得墨忒耳（刻瑞斯）/044
  狄俄倪索斯或巴克斯/050

第三章　世界和人类的起源/060

第四章　最早的英雄/075
  普罗米修斯和伊俄/075
  欧罗巴/079
  独眼巨人波吕斐摩斯/083
  花卉神话：水仙花、风信子、银莲花/087

第二部分 爱情故事和历险故事

第一章 丘比特和普叙刻/097
第二章 关于恋人的八个小故事/106
　　　　皮拉摩斯和提斯柏/106
　　　　俄耳甫斯和欧律狄刻/108
　　　　刻宇克斯和阿尔库俄涅/112
　　　　皮格马利翁和伽拉忒亚/114
　　　　鲍喀斯和菲勒蒙/117
　　　　恩底弥翁/120
　　　　达佛涅/121
　　　　阿尔甫斯和阿勒图萨/123
第三章 寻找金羊毛/125
第四章 四次伟大的历险/140
　　　　法厄同/140
　　　　珀伽索斯和柏勒洛丰/143
　　　　俄托斯和厄菲阿尔忒斯/147
　　　　代达罗斯/149

第三部分 特洛伊战争之前的大英雄

第一章 珀耳修斯/153
第二章 忒修斯/162
第三章 赫剌克勒斯/173
第四章 阿塔兰塔/188

第四部分 特洛伊战争中的英雄

第一章 特洛伊战争/195
　　　　序幕：帕里斯的裁决/195
　　　　特洛伊战争/196
第二章 特洛伊的沦亡/212

第三章　俄底修斯的历险/222
第四章　埃涅阿斯的历险/241
　　　　从特洛伊到意大利/241
　　　　进入阴间/247
　　　　意大利战争/251

第五部分　神话中的重要家族

第一章　阿特柔斯家族/261
　　　　坦塔罗斯和尼俄柏/262
　　　　阿伽门农和他的子女/265
　　　　伊菲革涅亚在陶里安人的国度/274

第二章　忒拜王族/282
　　　　卡德摩斯和他的子女/282
　　　　俄狄浦斯/284
　　　　安提戈涅/289
　　　　进攻忒拜的七位勇士/294

第三章　雅典王族/298
　　　　刻克洛普斯/298
　　　　普罗克涅和菲洛墨拉/300
　　　　普罗克里斯和刻法罗斯/302
　　　　俄瑞堤伊亚和玻瑞阿斯/303
　　　　克瑞乌萨和伊翁/304

第六部分　次要的神话

第一章　弥达斯国王及其他/311
　　　　埃斯科拉庇俄斯/312
　　　　达那伊得斯/315
　　　　格劳科斯和斯库拉/316
　　　　厄律西克同/317
　　　　波摩娜和威耳廷努斯/318

第二章　按照字母顺序排列的袖珍神话/321

第七部分　北欧神话

北欧神话简介/337

第一章　西格妮和西格耳德的故事/340

第二章　北欧诸神/346

　　　　创世/350

　　　　北欧智训/353

附　录

希腊神话人物谱系图/357

　　　　主要神祇的谱系/357

　　　　珀耳修斯和赫剌克勒斯的祖先/358

　　　　阿喀琉斯的祖先/359

　　　　忒拜王族和阿特柔斯的后代/360

　　　　雅典王族/361

　　　　特洛伊王族/362

　　　　特洛伊的海伦的家族/362

　　　　普罗米修斯的后代/363

希腊神话专有名词原文译文对照表/364

罗马神话专有名词原文译文对照表/373

北欧神话专有名词原文译文对照表/375

前　言

　　一部关于神话的著作必然要引用很多迥然不同的资源。在那些把神话传承给我们的作家当中，最早和最晚的两批作家相隔一千二百年；而且有些故事之间的差异，就像《灰姑娘》和《李尔王》之间的差异那样显著。要把这些神话故事全部收入一本书中，简直就如同要把英国文学——也就是说，从乔叟和谣曲开始，到莎士比亚、马洛、斯威夫特、笛福、德莱顿和蒲柏，再到丁尼生和布朗宁，甚至（为了使这一比拟更加确切）一直到吉卜林和高尔斯华绥的整个英国文学——中的所有故事都收集到一本书中。英语文学总集的规模可能比神话故事总集的规模更大，但是它所包含的素材却不像神话素材那么纷繁多样。事实上，乔叟与高尔斯华绥、谣曲与吉卜林之间的相似之处，要比荷马与卢奇安、埃斯库罗斯与奥维德之间的相似之处更多。

　　面对这个问题，我从一开始就决定完全摒弃把这些故事整合为一体的想法。可以说，那种做法要么意味着用写《灰姑娘》的较低水准来写《李尔王》（因为相反的过程显然是不可能的），要么意味着用我自己的方式来讲述完全不是由我创作、而是由伟大作家们用他们认为适合自己主题的方式来讲述的故事。当然，我的意思并不是说，伟大作家的风格可以被复制出来，或者我竟然妄想尝试这样一件壮举；我的目标仅仅是为读者把那些风格迥异的作家（我们在神话方面的知识就来自他们的作品）清楚地区分开来。例如，赫西俄德是一位手法非常朴素、心态十分虔诚的作家，他的文笔天真自然，甚至带有几分孩子气，有时则略显粗糙，但总是充满虔敬之情。本书中的许多故事是由他一个人讲述的，还有很多故事是由奥维德一个人讲述的。他的风格纤巧、优雅、做作、浮夸，而且他是一个彻头彻尾的怀疑论者。我力图使读者看到这些截然不同的作家之间的某些差异。毕竟，当人们捧起这样一本书的时候，他们所关心的并不是作者将这些故事复述得多么有趣，而是他能够在多大程度上引导读者接近故事的本真面目。

  我希望，通过这种方式，那些不了解古典文学的读者不仅能够获得神话方面的一些知识，而且也能够对讲述这些神话的作家本人产生些许印象——两千多年的岁月已经证明了他们的不朽。

古典神话简介

> 古代的希腊民族与野蛮人截然不同：他们更为机敏，头脑中的荒唐念头也更少。
>
> ——希罗多德《历史》第一卷第六十章

人们通常认为希腊罗马神话为我们展示了远古时代人类思考问题和感受事物的方式。根据这一观点，我们可以通过这些神话，从远离大自然的文明人的生活时代回溯到与大自然亲密无间的古人的生活时代。神话真正有趣的地方在于，它们能够引领我们回到世界还年轻的那段岁月，那时的人们与大地、树木、海洋、鲜花和山丘息息相关，这种感受是我们自己绝对体会不到的。我们知道，在这些故事形成的时候，人们还没有把真实和想象截然区分开来，他们那活灵活现的想象完全不受理性的束缚。因此，任何人都有可能在林间看到一位正在树丛中奔逃的宁芙（山林仙女），或者在清澈的池塘边俯身喝水时发现水底浮现出一位那伊阿得（水泽仙女）的面容。

几乎每一位接触过古典神话的作家都希望能够返回到这种怡人的状态之中，诗人尤其如此。在那无限遥远的时代，古人可以

> 目睹变化多端的海神普罗透斯从海面升起，
> 或是聆听人身鱼尾的老海神特里同吹奏环形号角。

此时此刻，我们可以透过诗人笔下的神话一瞥那个神奇瑰丽、生机勃勃的世界。

然而，只要想想各个时代、各个地方的未开化民族的作风，就足以

戳破这个罗曼蒂克的肥皂泡了。无论是在今天的新几内亚,还是在无数世代之前的史前蛮荒世界,原始人都没有、也从来不曾用美丽的幻梦和奇妙的想象来填充他们的世界,这个事实再明显不过了。潜伏在原始丛林里的是"恐怖",而不是山林仙女和水泽仙女。"恐怖"住在那里,旁边是它的贴身侍从"巫术"和经常与它形影不离的卫士"活人献祭"。人类最大的愿望就是避免触怒当时得势的任何神灵,这种愿望体现在他们举行的某些虽然愚昧、但却具有强大威力的巫术仪式或他们怀着悲痛之情献上的某种祭品之中。

希腊神话

这幅黑暗的图景所呈现的世界,与古典神话所描绘的那个世界完全不同。若要研究早期人类看待周围环境的方式,希腊人的描述并没有多大用处。人类学家在提及希腊神话时常常只有寥寥数语,这种现象是值得注意的。

当然,希腊人也曾根植于原始污泥之中,也曾过过野蛮、丑陋和残暴的生活。但神话却表明,在我们开始对这个民族有所了解的时候,他们已经远远超越了粗野和残忍的古代风习。那个古老的时代在神话故事里只残留着几丝痕迹。

我们不知道这些故事是从何时开始以现在的面貌被人传述的;但无论是从何时开始,原始生活都早已成为历史陈迹了。我们看到的这些神话乃是伟大诗人们的作品。希腊最早的文字记录是荷马史诗《伊利亚特》。希腊神话始于荷马,一般认为不早于公元前一千年。《伊利亚特》是——或者说包含着——最古老的希腊文学,它的语言丰富多彩、精妙优美;可见在它产生之前,人类必定已经付出了几百年的努力,以便清晰优美地表达自己的思想。这样的表达方式乃是文明的确凿证据。希腊神话故事没有对早期人类的面貌进行任何明确描述,但它们对早期希腊人的面貌进行了大量描绘——这一事实似乎对我们更加重要,因为我们在智识、艺术和政治方面乃是他们的后裔。关于希腊人的知识与我们自身没有任何格格不入的地方。

人们常说"希腊奇迹",这一短语的意思是:随着希腊的觉醒,世界获得了新生。"旧事已过,都变成新的了。"① 这样的情况在希腊发生了。至于是为什么发生、何时发生的,我们就完全不得而知了。我们只知道在最早的希腊诗人当中逐渐产生了一种新观点,在他们之前,世上从未有人有过这样的观点;但在他们之后,这种观点却在世上长盛不衰。随着希腊的发展,人类成为宇宙的中心,成为天地之间最重要的部分。这是思想上的一大变革。在此之前,人类是无足轻重的。在希腊,人们第一次意识到了人类是多么重要。

希腊人按照他们自己的形象来塑造他们的神祇,前人从未产生过这样的念头。在此之前,诸神的外表没有真实感,与任何生物都不相像。埃及的神像要么是一座四平八稳、连想象力都无法使之活动起来的巍峨巨像,和神殿的高大石柱一样被固定在石头中,虽然被雕成人形,却被刻意塑造成不太像人的模样;要么是一座僵直的猫头女身像,喻指冷酷无情的残忍特性;要么是一座巨大而神秘的狮身人面像,没有任何生命迹象。美索不达米亚的神像则是与人们所知的任何兽类都不相像的兽形浅浮雕,如鸟头人身像、牛头狮身像、鹰翼鸟头人身像和鹰翼牛头狮身像。这些作品出自那些一心要创造出世人见所未见、只存在于他们自己头脑之中的东西的艺术家之手,堪称"非现实"的顶峰之作。

这样的神像就是前希腊时代的世界的膜拜对象。人们只需在想象中将它们与任何一尊正常、自然、优美的希腊神像作一番比较,就能感受到世界上产生的是怎样的一种新观念了。随着这种观念的来临,天地万物开始变得合乎理性了。

圣保罗曾说,无形之物要通过有形之物才能被人理解②。这并不是希伯

---

① 语出《新约·哥林多后书》第 5 章第 17 节。——译注。如无特别标明,本书注释均为中译者注。

② 《新约》中的保罗书信多次表述了这一观点,如"自从造天地以来,神的永能和神性是明明可知的,虽是眼不能见,但藉着所造之物就可以晓得,叫人无可推诿"(《罗马书》1:20)、"爱子是那不能看见之神的像"(《歌罗西书》1:15)等等。

来观念，而是希腊观念。在古代世界，只有希腊人将注意力集中于有形之物，他们的欲望在周围世界里的现实事物之中得到了满足。雕刻家在观看运动员比赛时，觉得他想象不出有什么东西能像这些强壮有力的青春之躯这样美丽。于是，他雕刻出了太阳神阿波罗的塑像。说故事的人则从他在街上偶然遇到的路人中发现了他心目中的神使赫耳墨斯。在他看来，这位神祇正如荷马所说，"就像一个风华正茂的年轻人"。希腊艺术家和诗人意识到一个身材笔挺、动作敏捷、体魄强壮的人会是多么的光彩夺目，这样的人正是他们所寻求的美的完美化身。他们无意去创造从自己的大脑当中形成的那些稀奇古怪的东西。希腊的一切艺术、一切思想都是以人类为中心的。

具有人性的诸神自然而然地使天庭成为一个亲切怡人的地方，它使希腊人感到十分亲近。他们清楚地知道那些神圣的居民在那里做什么、吃什么、喝什么，在何处举行宴会，如何自娱自乐。当然，诸神是令人恐惧的，他们大权在握，发怒的时候会非常可怕。不过，人类只要小心谨慎，就可以与他们相安无事，甚至还可以随心所欲地嘲笑他们。天帝宙斯常常企图对妻子隐瞒自己的风流韵事，可是偏偏每次都露出马脚，这使他成为一大笑柄。希腊人以取笑他为乐，但他们却因此而更喜欢他了。天后赫拉属于最常见的喜剧人物——典型的妒妇，她用以破坏丈夫的好事并惩罚情敌的巧妙计策不但没有引起希腊人的反感，反而使他们感到非常有趣，就像如今的那些赫拉式现代女性使我们感到有趣一样。这类故事容易引起友好的情感。在埃及的狮身女怪或亚述的鸟头兽身神祇面前哈哈大笑是不可思议的，但是在奥林匹斯山上哈哈大笑却是极其自然的，这使希腊诸神显得十分友好可亲。

凡间的诸神也是颇具人性、非常可爱的。他们以英俊少年和美貌少女的外形居住在草地、森林、河流和海洋之中，与美丽的大地和晶莹的水域相得益彰。

这就是希腊神话的奇迹——在这个富有人情味儿的世界里，人类不必战战兢兢地面对未知的全能之神。其他地方的人们所崇拜的那些高深莫测、令人恐惧的神明，充斥在大地上、空气中和海洋里的那些可怕的精灵，在希腊绝无容身之所。如果说希腊神话的作者不喜欢不合理的东

西，而只热爱事实，可能显得有些奇怪，但情况确实如此——不论某些神话故事是多么荒诞不经。任何人只要用心阅读这些神话，就会发现，即便是最荒谬的情节也是在一个基本合乎常理的世界中发生的。毕生都在和千奇百怪的怪物搏斗的大力神赫剌克勒斯，据说居住在忒拜①城中；任何古代游客都可能参观过爱神阿佛洛狄忒从海水泡沫中诞生的确切地点，它就在库忒拉岛附近的海面上；飞马珀伽索斯在凌空翱翔一整天之后，总要回到科林斯城的一座舒适的马厩里过夜。人们耳熟能详的住所，使一切神话角色都有了真实感。如果说这种虚实相间的写法显得有些幼稚，那么不妨想一想，与那位在阿拉丁擦拭神灯时不知从哪里冒出来、完成任务后又不知隐遁到哪里去的巨神相比，希腊神话的坚实背景是多么令人安心、多么触手可及呀！

令人害怕而又不合理性的东西在古典神话里是毫无容身之地的。巫术这种在希腊之前和希腊之后的世界上影响极大的东西，在希腊神话中几乎不存在。没有一个男人拥有可怕的超自然力量，女人中也只有两个拥有这样的力量。直到晚近时期还经常出现在欧美文学中的那些恶魔一般的男巫和丑陋可憎的巫婆，在希腊神话故事里从未露过面。喀耳刻和美狄亚是仅有的两位女巫，但她们不仅年轻，而且美貌绝伦——讨人喜欢，而非令人恐惧。从古巴比伦一直盛行至今的占星术，在古希腊神话中连影子都看不到。与星辰有关的神话故事很多，但从未出现过星辰影响人生这样的观念。天文学才是希腊人对星辰进行思考的最终成果。没有一个故事提到过会施巫术的祭司因懂得如何获取诸神的好感或离间诸神的关系而令人畏惧。祭司很少露面，其地位也无关紧要。在荷马史诗《奥德赛》中，当一位祭司和一位诗人一同跪在俄底修斯②面前求他饶命时，这位英雄不假思索地杀了祭司、饶了诗人。荷马说，这是因为他不敢杀一个由诸神赋予神圣艺术才华的人。对天庭具有影响力的不是祭司，而是诗人——但是谁都不会害怕诗人。鬼魂在其他地方的神话中是

---

① 一译底比斯。
② 一译奥德修斯。

一种非常重要、非常吓人的东西，但它们在希腊故事中也从未出现过。希腊人并不害怕死人——《奥德赛》称之为"可怜的死者"。

对人类的心灵而言，希腊神话中的世界并不是一个可怕的地方。不错，诸神是难以捉摸和令人不安的，谁也说不准宙斯的霹雳会打在什么地方；然而，除了为数极少且不甚重要的几个例外，所有神祇都有着令人销魂的美貌，与人类的美貌并无二致，而具有人类之美的东西是不会很吓人的。早期的希腊神话作家将一个充满恐惧的世界变成了一个充满美的世界。

这幅明丽的图景也包含着一些黑斑。诸神的形象进化得很慢，而且这种进化一直没有全部完成。在很长一段时间里，人性化的诸神与他们的崇拜者相比并没有多少长处。他们比人类更加美丽、更加强大，而且当然是长生不死的，但是他们却常常做出正派的男人或女人都不会去做的事情。在荷马史诗《伊利亚特》中，特洛伊勇士赫克托耳远比天上的所有神祇都更加高贵，其妻安德洛玛刻也远比智慧女神雅典娜或爱神阿佛洛狄忒更加惹人喜爱。天后赫拉自始至终都是一位人格低下的女神。几乎每位光芒四射的神祇都会做出残忍或可鄙的事情。在荷马笔下的天庭中，盛行着一种极其有限的是非观念，这种状况后来又持续了很长一段时间。

还有一些黑斑也同样明显。希腊神话中存在着兽神时代的遗迹，例如森林之神萨堤耳一族是半人半羊，人头马肯陶耳一族是半人半马；天后赫拉常被称为"牛面赫拉"，"牛面"这个形容词好像在她由神牛变为人形天后的全过程中一直伴随着她；也有一些故事清楚地指向一个还存在着活人献祭的时代。但是，令人讶异的并不是这类野蛮信仰的痕迹散见于希腊神话各处，而是这方面的痕迹竟是如此之少。

当然，神话中的怪物是以多种形状出现的：

可怕的蛇发女怪戈耳工、九头蛇怪许德拉和吐火女怪喀迈拉

不过，它们的存在只是为了使英雄能够获得赫赫声名。倘若世界上没有它们这些怪物，英雄还有什么事情可做呢？它们总是被英雄打败。神话中的大英雄赫剌克勒斯可以说是希腊本身的譬喻。他打败怪物并把

大地从它们的蹂躏之下解救出来，正像希腊把大地从非人类统驭人类的畸形观点之中解救出来一样。

希腊神话主要是由男女诸神的故事组成的，但我们绝不应该把它当作希腊"圣经"或希腊宗教记录来读。根据最新的观点，真正的神话与宗教无关，它是对自然现象的一种解释，例如宇宙间的万事万物——包括人类、动物、某种树木或花卉、太阳、月亮、星辰、暴风雨、火山喷发、地震等各种各样的事物和现象——是如何产生的。雷声和闪电是宙斯发射霹雳而造成的；火山爆发是由于一头可怕的怪物被囚禁在山里，不时地拼命挣扎以图脱身；北斗七星（又名大熊星座）从不坠落到地平线以下，是因为一位女神曾经生它的气，判决它永远不得沉入海里。神话是早期的科学，是人类首次试图解释周围现象的结果。不过也有许多所谓的神话根本解释不了任何现象，这类故事纯属娱乐，是人们用以消磨漫长的冬日夜晚的谈资。皮格马利翁和伽拉忒亚的故事就是一例，它与任何自然现象都毫无关系。"寻找金羊毛"、"俄耳甫斯和欧律狄刻"及诸如此类的其他很多故事也是如此。这一点已是公认的事实，所以我们大可不必试图从神话中的每一位女性人物身上搜寻有关月亮或黎明的神话，从每一位男性人物的生平中搜寻有关太阳的神话。这些故事既是早期的科学，也是早期的文学。

但是神话也包含着一些宗教因素。这些因素事实上存在于故事背景之中，但仍然清晰可见。自荷马和希腊悲剧作家以降，神话作家们越来越深刻地认识到人类需要什么、他们要求神祇具有什么特性。

雷神宙斯一度是雨神，这一点似乎是肯定的。他的地位甚至比太阳还要高，因为多岩石的希腊对雨水的需求比对阳光的需求更大，众神之王应该是能够赐予其崇拜者以宝贵的生命之水的神祇。但荷马笔下的宙斯并不是自然现象，而是一个生活在文明已经登场的世界中的人物，所以他自然掌有判断是非的标准。当然，他的标准并不算太高，而且似乎只适用于其他人而不适用于他自己；但他确实会对说谎者和背誓者施以惩罚，并对恶劣地对待死者的行为感到愤怒。当年老的普里安向阿喀琉斯求情时，宙斯给予他同情和帮助。在《奥德赛》中，宙斯达到了更高的水准：史诗中的牧猪人说穷人和异乡人都是宙斯派来的，谁要是不肯帮助他们，就等于违背了宙斯本人的意旨。比《奥德赛》晚不了多久（如果确实晚一些的话）的诗人赫西俄德则说，一个人若是欺负恳求者、异乡人或孤儿，"宙斯就会生那人的气"。

就这样，"正义"成了宙斯的伴侣。这是一个新观念。《伊利亚特》中的海盗首领不需要正义。他们希望自己能够随心所欲地进行掠夺，因为他们是强者。他们需要的是一位支持强者的神祇。但赫西俄德是一位生活在穷人圈子里的农民，深知穷人渴求一位公正的神祇。他写道："鱼类、兽类和禽类彼此吞食，但宙斯却将正义赐予人类。在宙斯的王座之侧，端坐着正义女神。"这些语句表明，无助者的许多重大而迫切的需求已经上达天庭，把强者的神明变成了弱者的保护神。

于是，在关于多情的宙斯、怯懦的宙斯和可笑的宙斯的诸多故事背后，另一个宙斯渐渐浮现在我们的眼前，这是因为人类越来越了解生活的需求，以及人类需要自己所崇拜的神明具备哪些特质。这样的宙斯逐渐取代了其他面目的宙斯，以至于占据了整个舞台。最后，正如公元二世纪的作家迪奥·科克亚努斯①所言，宙斯成了"我们的宙斯，每一件美好礼物的赐予者，人类共同的父亲、救主和守护者"。

《奥德赛》提到了"全人类渴望的神明"；几百年后，亚里士多德又谈及"凡人竭力争取的美德"。从最早的神话作家以降，希腊人一直具有一种对神性和美德的洞察力。他们对这些特性的渴望太强烈了，因而总是孜孜不倦地努力，要把它们看个清楚，以至于雷电之神最终演化成为全人类的天父。

希腊和罗马的神话作家

关于古典神话的著作大多以奥古斯都时代的拉丁诗人奥维德的作品

---

① 指卡西乌斯·迪奥·科克亚努斯（Cassius Dio Cocceianus, 155?~235?），古罗马史学家。

为依据。奥维德的作品是古典神话的纲要；在这方面，没有一位古代作家可以同他媲美。几乎所有的故事他都讲过，而且是用很长的篇幅讲的。通过文学和艺术为我们所熟知的一些故事能够流传下来，全靠他的记述。但是我这本书尽可能不引用他的作品。毫无疑问，他是一位杰出的诗人和故事家，能够重视神话的价值，并且意识到它们为他提供了多么优秀的素材；但是就他的观念而言，他与神话的距离比我们今天与神话的距离还要遥远。在他看来，那些神话纯属无稽之谈。他写道：

> 我信口谈讲古代诗人的弥天大谎，
> 人类见所未见的离奇状况。

他等于是在告诉读者："别管它们的内容有多愚蠢，我会把它们打扮得漂漂亮亮的，你们一定会喜欢。"他确实常常把故事讲得非常精彩，然而，这些在早期希腊诗人赫西俄德和品达心目中是确凿而庄严的真理、在希腊悲剧作家心目中是传播深刻宗教真理之媒介的故事，到了他的手里却变成了无稽的传说。在他的作品中，有的地方诙谐有趣，但是很多地方却充斥着多愁善感的语调和令人难受的华丽修辞。希腊神话作家并不是修辞家，而且完全没有多愁善感的文风。

使神话流传至今的主要作家为数不多。在这份名单中，荷马当然居于首位。《伊利亚特》和《奥德赛》是——或者不如说包含着——我们手中最古老的希腊文献，各个章节的确切写作年代都已无从稽考，学者们对此意见纷纭，今后必然亦复如是。一种意见认为它们问世于公元前1000年——至少两部史诗中成书较早的《伊利亚特》是如此。这个日期同其他日期一样，是无可非议的。

除非另有说明，本章及以后各章中提到的日期均指公元前的日期。①

关于名单上的第二位作家赫西俄德，有人认为他生活于公元前九世

---

① 为了清楚起见，本译本将原著中每一处省略"B. C."的日期都明确地译为"公元前某世纪/某年"。

纪，有人则认为是公元前八世纪。他是一位贫穷的农夫，过着艰难困苦的生活。他的长诗《工作与时日》试图教人如何在残酷无情的世界上过上好日子，这首诗与风格华美的《伊利亚特》和《奥德赛》形成了无比强烈的对照。但赫西俄德也写了很多关于诸神的故事，他的第二首长诗《神谱》（一般认为这是他的作品）就完全是关于神话的。如果此诗确实出自赫西俄德的手笔，那么，这位居住在远离城市的偏僻农庄里的卑微农夫就是第一个对世界、天空、诸神、人类等万事万物的起源感到好奇并设法作出解释的希腊人。荷马可从来没有对任何事物产生过好奇心。《神谱》是对创世过程和诸神世系的记述，这部作品对神话学非常重要。

接下来是一组歌颂诸神的《荷马式颂歌》。它们的确切写作年代已不可考，但多数学者认为其中最早的几首写于公元前八世纪末或七世纪初。其中最后一首重要的诗歌——总共有三十三首——写于公元前五世纪或四世纪的雅典。

希腊最伟大的抒情诗人品达于公元前六世纪末开始写作。他写了很多颂歌以赞美希腊全国性节日大典中的竞技胜利者，其中的每一首都直接或间接地讲到了神话。品达对于神话学的重要性不亚于赫西俄德。

埃斯库罗斯是古希腊三大悲剧诗人中最年长的一位，他与品达生活在同一时代。另外两位诗人——索福克勒斯和欧里庇得斯则年轻一些。最年轻的欧里庇得斯死于公元前五世纪末。除了埃斯库罗斯为庆祝希腊人在萨拉米斯战役中战胜波斯人而作的《波斯人》之外，所有的剧作都以神话为主题。它们与荷马史诗一样，是我们的神话知识的最重要来源。

生活于公元前五世纪后期至四世纪初的伟大喜剧作家阿里斯托芬常常提及神话，两位伟大的散文作家——欧洲第一位历史学家希罗多德（欧里庇得斯的同时代人）和哲学家柏拉图（其生活时代晚于欧里庇得斯不到一代的时间）也常常引述神话。

亚历山大派诗人生活于公元前250年左右。他们之所以得名，是因为在他们写作的时候，希腊文学的中心已经由希腊本土移至埃及的亚历山大城。罗得岛的阿波罗尼乌斯对"寻找金羊毛"的故事进行了长篇叙述,同时也述及许多与此相关的神话故事。他和另外三位也写过神话故事的亚历山大派诗人——田园诗人提奥克里图斯、彼翁和莫斯库斯——都已不再具有赫西俄德和品达的那种对诸神的朴素信仰,也已远离悲剧诗人的那种深刻而严肃的宗教观;但是他们也没有奥维德那样轻佻。

此后,有两位作家作出了重要贡献:一位是拉丁作家阿普列乌斯,一位是希腊作家卢奇安,两人都生活于公元二世纪。关于丘比特和普叙刻的那个著名故事只有阿普列乌斯讲述过,他的文风与奥维德十分相似。卢奇安的文风独具一格,与任何人都不相似。他对诸神予以讽刺。在他的时代,诸神已经成为笑柄。不过,他也借此提供了关于诸神的大量资料。

阿波罗多罗斯也是希腊人,他是古代仅次于奥维德的多产神话作家。但与奥维德的作品不同,他的作品平铺直叙、单调乏味。关于他的生活年代有多种说法,从公元前一世纪到公元九世纪,不一而足。英国学者 J. G. 弗雷泽爵士①认为他的写作时间可能是在公元一世纪或二世纪。

酷爱旅行的希腊人帕萨尼亚斯是有史以来第一本旅行指南的作者,他对那些据说发生在他所游览的地方的神话事件描述甚详。他的生活时代较晚,是公元二世纪,但他并没有对任何神话故事提出过质疑。他以极其严肃的态度讲述了这些故事。

在罗马作家中,维吉尔首屈一指。他并不比同时代的奥维德更相信神话,但是他从神话当中发现了人性,并赋予神话人物以生命,这是在希腊悲剧作家之后尚无人达到的成就。

其他的一些罗马诗人也写过神话。卡图卢斯讲过好几个故事,贺拉斯常常引用它们,但是他们两人的文字对神话学来说并不重要。在所有罗马人的眼里,这些故事仅仅是无限遥远的幻影而已。若要获得希腊神话方面的知识,最好的向导就是希腊作家,因为他们对自己笔下的内容深信不疑。

---

① 指詹姆斯·乔治·弗雷泽(James George Frazer, 1854~1941),英国人类学家。

第一部分　诸神、创世和最早的英雄

第一章　诸神

这些奇特而神秘的遗迹，承载着古代的荣耀，
见证了神界的最后岁月。
它们呼吸过天庭和奥林匹斯仙境的气息，
那是它们已然失去的远古家园。

希腊人不相信诸神创造了宇宙；恰恰相反，他们认为是宇宙创造了诸神。在诸神出现之前，天和地就已经形成了。它们是万物最初的父母。提坦神族是它们的子女，其他诸神则是它们的孙子和孙女。

提坦神族和十二位奥林匹斯大神

常被称为"老神"的提坦神族，在数不清的岁月中一直称霸宇宙。他们拥有巨大的形体和惊人的力量。他们为数众多，但只有少数几位在神话故事中出现过。其中最重要的一位是克罗诺斯，在拉丁文中被称为萨杜恩。他统治着其他提坦，直到他的儿子宙斯推翻他的统治并把权力攫为己有。罗马人说，当朱庇特（罗马人对宙斯的称呼）登上王位之后，其父萨杜恩逃往意大利，并为这个地区带来了"黄金时代"——在他的整个统治时期，意大利一直处于这样一个和平、幸福的美好时代。

其他一些著名提坦包括海洋之神俄刻安（据说他是一条环绕整个大地的大河）及其妻忒堤斯、日月和黎明之父许珀里翁、记忆女神谟涅摩叙涅（意为"记忆"）、正义女神忒弥斯（一般译为"正义"），以及因儿子阿特拉斯（世界的背负者）和普罗米修斯（人类的拯救者）而受到重视的神祇伊阿珀托斯。宙斯崛起之后，老一辈的神祇中只有这几位

没有被驱逐，但他们的地位有所降低。

在继提坦神族而崛起的诸神中，十二位奥林匹斯大神的地位最高。他们被称为"奥林匹斯诸神"，是因为奥林匹斯是他们的家园。不过，很难说清奥林匹斯究竟是什么地方。毫无疑问，起初人们认为它是一个山顶，并且普遍相信它就是希腊的最高峰，即位于希腊东北部塞萨利地区的奥林匹斯山。但是，早在希腊最古老的诗歌《伊利亚特》中，这种观念就已经开始让位于另一种观念，即奥林匹斯位于一个神秘的地方，远远高于大地上的所有山峰。在《伊利亚特》中，有一节描写宙斯在"多山脊的奥林匹斯之巅"向诸神发表演说；这里的"奥林匹斯"显然是指一座山。可是就在短短几行诗句之后，宙斯又说，如果他想要把大地和海洋都挂在奥林匹斯的尖塔上，他一定能办得到；这里的"奥林匹斯"所指的显然并不是山。尽管如此，还是可以肯定它所指的一定不是天庭。在荷马的笔下，海神波塞冬说自己统治海洋，冥神哈得斯统治阴间，神王宙斯统治天庭，但奥林匹斯却是他们三人的共同居所。

无论奥林匹斯位于何处，它的入口一定是一扇云雾缭绕的大门，由四季之神把守。里面就是诸神的住所，他们在那里生活、睡觉、享用美味佳肴和琼浆玉液、聆听阿波罗用七弦琴演奏的仙乐。那是一片无比幸福的净土。荷马说，安详宁静的奥林匹斯从未受过大风的摇撼，也从未受过雨雪的冲刷，四面都是万里无云的晴空，宫墙上洒满了灿烂夺目的金色阳光。

十二位奥林匹斯天神组成了一个神圣的家族：

（1）天帝宙斯（朱庇特）；以下是他的两位兄弟：（2）海神波塞冬（尼普顿），（3）冥神哈得斯（普路托）；（4）炉灶女神赫斯提亚（维斯塔），宙斯的妹妹；（5）天后赫拉（朱诺），宙斯的妻子；（6）战神阿瑞斯（玛斯），宙斯和赫拉的儿子；以下是宙斯的儿女：（7）智慧女神雅典娜（密涅瓦），（8）太阳神阿波罗，（9）爱神阿佛洛狄忒（维纳斯），（10）神使赫耳墨斯（墨丘利），（11）月亮女神阿耳忒弥斯（狄安娜）；最后一位是赫拉的儿子：（12）火神赫淮斯托斯（伏尔坎），有人认为他也是宙斯的儿子。

宙斯（朱庇特）

宙斯和他的兄弟们用抽签的方式来瓜分宇宙：海洋归波塞冬，阴间归哈得斯，宙斯则成为至高无上的统治者。他是天空之主、降雨之神和积云之神，掌握着使用万钧雷霆的大权。他的力量比其他诸神的力量总和还要大。在《伊利亚特》中，他对他的家人说："我是最强大的。你们试上一试，就会明白。在天庭上系一条金绳，你们全体男神和女神一起用力拉拽，也休想把我宙斯拉下去。可是我若想把你们拉下去，却一定能办得到。我会把绳子绑在奥林匹斯的尖塔上面，万物都将悬在空中，是的，就连大地和海洋也不例外。"

不过，和其他诸神一样，他也不是全能或全知的神祇。他也可能遭到反对或欺骗。在《伊利亚特》中，海神波塞冬和天后赫拉都欺骗过他。有时，人们认为"命运"这种神秘力量比他的力量更加强大。荷马笔下的赫拉就曾轻蔑地问他是否打算救活一个被"命运"宣判死刑的人。

他被描绘成一位先后与许多女子发生过恋爱关系、并不惜降格使用各种诡计以便向妻子隐瞒自己的不忠行为的神祇。至于这样的行径为什么竟会出自这位最威严的神祇之手，学者们是这样解释的：歌谣和故事中的宙斯形象是人们综合很多神祇的特点而创造出来的。当宙斯崇拜被传播到一座已有神圣主宰的城镇时，这两位神祇就慢慢地融为一体，原先那位神祇的妻子也就归宙斯所有。然而结果很不幸，后来的希腊人并不喜欢这些没完没了的风流韵事。

不过，即使是在最早的记录中，宙斯也都有其庄严高贵的一面。在《伊利亚特》中，阿伽门农祷告道："宙斯，最光荣、最伟大的风暴之神，居住在天庭的神！"宙斯不仅要求人类献祭，而且要求人类秉行正道。有人告诫进攻特洛伊的希腊军队："天父宙斯从不帮助说谎者和背誓者。"关于他的这两种观念——一种低俗，一种崇高——并存了很长一段时间。

他的胸甲是骇人的羊皮盾，他的圣鸟是老鹰，他的圣木是橡树。他的神谕宣示所是位于橡树之乡的多多那。神的意旨通过橡树叶的瑟瑟声显示出来,由祭司来解释。

赫拉(朱诺)

她是宙斯的妻子和姐姐,由俄刻安和忒堤斯这对提坦夫妇抚养长大。她是婚姻的保护者,对已婚女性尤为关心。诗人们为她描绘的肖像并不怎么迷人。早期的一首诗歌的确曾经称她为:

> 黄金宝座上的赫拉,诸神的王后。
> 美艳绝伦,雍容华贵,
> 享有奥林匹斯蒙福诸神的尊崇,
> 荣耀堪比雷霆之主宙斯。

然而,诗人们对她详细的描写几乎都是她如何忙于惩罚被宙斯爱上的众多女子,即使她们是在宙斯的强迫或诱骗之下才屈从的。不论这些女子当时是多么不情愿或多么无辜,女神赫拉都毫不手软,总是用同样的方式来对付她们。她那难以平息的愤怒紧紧追随着她们和她们的子女。她从不忘记别人对自己的伤害。倘若不是因为她痛恨那个判定另一位女神比她更美的特洛伊人,特洛伊战争原本可以不失尊严地和平收场,使双方都不致沦为被征服者。她因自己的美貌受到藐视而犯下的错误一直伴随着她,直到特洛伊城土崩瓦解。

在"寻找金羊毛"这个重要的故事中,她仁慈地保护众英雄,留下了许多英勇的事迹,但是她在其他故事里却从未呈现过这样的面目。尽管如此,她仍然受到家家户户的崇拜。这位女神是已婚女性的求助对象,协助女性分娩的女神厄勒梯亚是她的女儿。

母牛和孔雀是她的圣物,阿耳戈斯则是她最喜欢的城市。

波塞冬(尼普顿)

他是海洋的统治者,也是宙斯的兄弟,地位仅次于宙斯。爱琴海两岸的希腊人都是水手，海神对他们来说是至关重要的。他的妻子是提坦俄刻安的孙女安菲特里忒。波塞冬在海底有一座辉煌的宫殿，但他更多地出现在奥林匹斯山上。

除了担任海洋之主以外，他也是最先把马赐给人类的神祇，这两件功绩为他带来了同样大的荣耀：

> 波塞冬大王啊，是你将这些厚礼赐给了我们，
> 壮马、小马和对大洋的统治。

风暴和宁静都在他的掌握之中：

> 他一声令下，暴风骤起，
> 海面上顿时波涛汹涌。

但是当他驾驶着金色战车穿越水域的时候，雷鸣般的惊涛骇浪却立刻静止下来，稳稳前行的车轮后面波平如镜。

他通常被称为"大地撼动者"，总是被刻画成一位手握三叉戟、随心所欲地摇动并击碎各种东西的神祇。

他与公牛和马有着某种联系，不过公牛也与其他许多神祇相联系。

哈得斯（普路托）

他在奥林匹斯诸神中排行第三，抽签时抽到了阴间，获得了对死者的统治权。他又名普路托，意为"财神"，掌管埋藏在地下的珍贵金属。希腊人和罗马人都用这个名衔来称呼他，不过罗马人常常把它译为"第司"①，即拉丁文中的"富有"。他有一项闻名遐迩的帽子或头盔，谁戴上它就会变成隐形人。他很少离开自己的黑暗国土到奥林匹斯山或大地上去访问，别人也不要求他前来。他是一位不受欢迎的访客。他心肠刚

---

① 原文为 Dis。

硬、冷酷无情,但却公正无私,是一位可怕但不邪恶的神祇。

他的妻子是珀耳塞福涅(普洛塞耳皮娜)。他从大地上把她劫持到阴间,封为冥后。①

他是死者之王——但并不是死神本身;死神被希腊人称为塔那托斯,被罗马人称为奥耳库斯。

帕拉斯·雅典娜(密涅瓦)

她是宙斯自己的女儿,没有母亲。她在发育完全之后,全副武装地从父亲的脑袋里跳了出来。在最早对她进行描写的《伊利亚特》中,她是一位凶猛无情的战争女神;但在别的故事里,她之所以好战,只是为了抵御外侵、保家卫国。她是杰出的城邦女神,也是文明生活、手工业和农业的保护者;她还发明了马笼头,最先驯马供人类使用。

她是最受宙斯宠爱的孩子。他委托她携带他那可怕的神盾和破坏力极强的武器——霹雳。

最常被用来形容她的词语是"灰眸的",有时也被译为"目光炯炯的"。她是三位童贞女神之首,人称"处女女神",即"帕耳忒诺斯",她的神殿则被称为"帕耳忒农神殿"。在后来的诗歌中,她成了智慧、理性、纯洁的化身。

雅典是她的专属城市,她创造的橄榄树是她的圣木,猫头鹰是她的圣鸟。

福玻斯·阿波罗

他是宙斯和勒托(拉托那)的儿子,诞生于一个名叫得罗斯的小岛。他被称为"最具希腊气质的神祇"。在希腊诗歌中,他是一个相貌俊美的人物,又是一位音乐大师,常为奥林匹斯诸神弹奏他的金竖琴,给他们带来愉悦;他是银弓之主和弓箭之神,能把箭射得很远;他也是

---

① 参见第一部分第二章。

最早传授人类医术的医疗之神。除了具备这些迷人的优秀天赋之外，他还是"光明之神"，心中没有一丝一毫的黑暗，因而也是"真理之神"。他从来没有说过假话。

> 福玻斯啊，你从真理的宝座上，
> 从位于世界核心的居所中，
> 向人类发言。
> 宙斯下令，不准谎言进入此处，
> 不准阴影遮蔽真言。
> 宙斯以永恒的权威
> 保证阿波罗的荣誉：
> 阿波罗的言辞，万众自当坚信不疑。

帕耳那索斯高山下的德尔斐神殿，是阿波罗宣示神谕的地方，在神话中占有重要地位。卡斯塔利亚泉是此地的圣泉，刻菲索斯河是圣河。人们把此地当作世界的中心，无数的朝圣者从希腊各地和其他国家前来朝圣。其他任何一座神殿都无法与之相比。这些渴求真理的人们所提出的问题，由一位女祭司来回答，她在开口之前会先进入一种恍惚状态。人们认为，在她所坐的三脚凳下面的那块岩石的深处有一条裂缝，会往外冒出水蒸气，使她恍惚失神。

阿波罗被称为"得罗斯之神"，因为他生在得罗斯岛；他又被称为"皮提亚之神"，因为他杀过一条名叫皮同的巨蛇。这条巨蛇住在帕耳那索斯山的山洞里，是一只可怕的怪物。双方进行了激烈的搏斗，最后阿波罗依靠百发百中的箭术获得了胜利。他的另一个名字是"吕客亚之神"，其含义众说纷纭，有人将其解释为"狼神"，也有人解释为"光明之神"或"吕客亚地区的神祇"。在《伊利亚特》中，他被称为"鼠神"，但这到底是因为他保护老鼠还是消灭老鼠，就不得而知了。他也常常被尊为太阳神，他的名字福玻斯就是"辉煌"或"闪亮"之意。不过，确切地说，太阳神应该是提坦神许珀里翁的儿子赫利俄斯。

德尔斐神殿中的阿波罗完全是一种仁慈的力量，是人神之间的直接联系纽带，引导人类了解神意，指点他们如何与诸神谋和。他又是一种净化的力量，连杀害亲族的罪行都能被他洗清。不过，有几个故事却把他说得既无情又残忍。他的形象与所有其他神祇的形象一样，其中交织着两种相反的观念：一种是原始而粗鲁的，另一种则是美丽而富有诗意的。不过，原始的痕迹在他身上只剩下了一点点。

月桂树是他的圣木；很多动物都是他的圣物，其中最主要的是海豚和乌鸦。

阿耳忒弥斯（狄安娜）

又名铿提亚，因其出生地——得罗斯岛上的铿托斯山而得名。

她是宙斯和勒托的女儿，阿波罗的孪生妹妹。她是奥林匹斯仙境中的三位处女女神之一：

> 金光灿灿的阿佛洛狄忒女神以爱情撩拨众生，
> 但有三颗心是她既无法征服、也无法诱捕的：
> 纯洁的处女女神维斯塔，
> 只爱战争和工艺的灰眸女神雅典娜，
> 还有那热爱树林、喜好在山间狩猎的女神阿耳忒弥斯。

她是野生动物的女主人，也是神界的猎人首领——这一职务由女人担任，似乎有些奇怪。她像一位好猎人那样，注意保存幼兽；她在各地都是"朝露般的年轻人的女保护人"。不过，神话中往往存在着惊人的矛盾，以下就是一例：她居然不让希腊舰队行驶到特洛伊城，直到他们为她献上一位少女做祭品才肯罢休。① 在别的很多故事中，她也显得凶猛而残忍，报复心很强。另一方面，当一些女人死得既迅速又毫无痛苦时，人们就认为她们是被这位女神的银箭射死的。

---

① 参见第四部分第一章。

正如福玻斯是太阳神那样，她是月神，被称为福柏或塞勒涅（即拉丁文中的露娜）。这两个名字原本都不属于她。福柏原本是一位提坦，即老一辈的神祇之一。塞勒涅也是如此——其实她才是月亮女神，但是她与阿波罗无关，而是真正的太阳神赫利俄斯的妹妹，可是人们把赫利俄斯和阿波罗混淆起来了。

后来的诗人把阿耳忒弥斯与赫卡忒合而为一。她是"三体女神"，在空中是塞勒涅，在地上是阿耳忒弥斯，在阴世和夜间的阳世中则是赫卡忒。赫卡忒本是月黑之夜的"月阴女神"；人们又把她与黑暗的行为联系起来，称她为"岔路女神"，因为岔路被认为是邪术横行的诡异地点。她是一位可怕的神祇：

> 地狱里的赫卡忒力大无穷，
> 能够粉碎一切坚硬之物。
> 听！听！她的猎犬吠遍全城。
> 在那三岔路口，矗立着她的身影。

这种转变可真是奇怪，因为她原本是在森林里飞奔的娇媚可爱的女猎手，是用自己的光芒为万物披上美丽外衣的月亮，是纯洁的处女女神——

> 凡心思纯洁者
> 皆可为她采集绿叶、果实和鲜花，
> 不洁者却永远无此福分。

在她身上，善与恶之间的界限模糊不清的情形得到了最为生动的体现，而这种情形在每位神祇身上都是显而易见的。

柏树是她的圣木；所有的野生动物都是她的圣物，其中鹿尤为重要。

阿佛洛狄忒（维纳斯）

她是爱与美的女神，能够迷住一切神祇和凡人；她是一位爱笑的女神，常对那些被她的诡计愚弄的对象报以既甜蜜又充满讽刺的笑容；她是一位不可抗拒的女神，连智者都会被她弄得方寸大乱。

在《伊利亚特》中，她是宙斯与狄俄涅的女儿；但后来的诗篇又说她是从大海里的泡沫之中诞生的，她的名字也被解释为"从泡沫中升起的"。在希腊语中，"阿佛洛"的意思就是"泡沫"。她出生于库忒拉岛附近的海域，又从那里漂浮到了塞浦路斯岛。从那以后，这两座岛屿都成了她的圣地；除了她自己的名字以外，她也常常被称为"库忒拉女神"或"塞浦路斯女神"。

一首荷马式颂歌称她为"金光灿灿的美丽女神"，对她进行了如下描述：

> 轻拂的西风携她漂过
> 那波涛澎湃的大海，
> 从娇柔的泡沫之间
> 漂浮到浪花环抱的塞浦路斯岛，
> 那是她的岛屿。
> 头戴金色花冠的四季女神
> 欣然前来迎接她。
> 她们为她穿戴上神祇的服饰，
> 带她来到诸神面前。
> 当他们见到头戴紫罗兰花冠的库忒拉女神，
> 全都惊叹不已。

罗马人也用同样的方式来描写她。有了她，一切都变得美丽动人。暴风和乌云在她面前落荒而逃，甜蜜的花朵点缀着大地，海浪笑逐颜开，她在灿烂的光芒中漫步。没有她，欢乐和魅力就消失得无影无踪。

诗人最喜欢把她置于这样的图景之中。

不过她也有另外的一面。在以英雄的战斗为主题的《伊利亚特》中，她的形象自然没有什么动人之处。在这部作品中，她只是一个娇柔、脆弱的生灵，凡人可以无所畏惧地对她施以攻击。但在后来的诗篇中，她常常被表现为背信弃义、存心不良的角色，对人类施加致命的、毁灭性的影响。

大部分故事都说她是跛脚、丑陋的锻冶之神赫淮斯托斯（伏尔坎）的妻子。

桃金娘是她的圣木，鸽子是她的圣鸟——有时麻雀和天鹅亦然。

赫耳墨斯（墨丘利）

宙斯是他的父亲，擎天神阿特拉斯的女儿迈亚是他的母亲。由于一座很受欢迎的雕像，我们对他的外表比对别的神祇更加熟悉。他身姿优美，行动敏捷，脚穿带翼的凉鞋，头戴带翼的低冠帽，手持带翼的双蛇魔杖。他是宙斯的信使，"飞得像思想一样快，去执行命令"。

他是诸神中最精明、最狡猾的一位。事实上他是"神偷"，生下来不满一天就干起了这种勾当：

> 这个娃娃出生于拂晓时分，
> 夜幕尚未低垂，他已经偷走了
> 阿波罗的家畜。

他在宙斯的命令之下交还了赃物，还把自己刚刚发明出来的一架用龟壳制成的竖琴送给了阿波罗，从而赢得了后者的谅解。他之所以成为商业和市场之神，即生意人的保护者，可能就与这个极为古老的故事有关。

与关于他的这种观念很不协调的是，他同时也是死者的庄严向导，是带领亡魂下阴间去安息的传令神。

他在神话故事中出现的频率比其他任何神祇都要高。

阿瑞斯（玛斯）

他是战神，是宙斯与赫拉的儿子，但荷马说他的父母都很讨厌他。事实上，他在《伊利亚特》中的表现始终是令人憎恶的，尽管这部作品是一部战争史诗。众英雄偶尔也会"为在阿瑞斯战场上得意而欢欣鼓舞"，但他们在更多的情况下却是因为得以逃避"无情战神的怒火"才欢欣鼓舞。荷马说他穷凶极恶、嗜血成性，是人间灾祸的化身；奇怪的是，他同时又是一个懦夫，一受伤就痛得大声咆哮，随即落荒而逃。不过，他在战场上有一大批随从，他们能使任何人大受鼓舞。这批随从包括他的妹妹厄里斯（意为"不和"）和她的儿子"争斗"；战争女神厄倪俄（在拉丁文中为贝罗娜）走在他的身旁，后面跟着"恐惧"、"颤抖"和"惊慌"。他们行进的时候，身后响起一片呻吟之声，大地血流成河。

希腊人不太喜欢阿瑞斯，而罗马人却对玛斯爱戴有加。在罗马人的心目中，他绝不是《伊利亚特》里的那个哭哭啼啼的卑鄙神祇，而是一位身穿闪亮盔甲、相貌堂堂、令人敬畏、战无不胜的英雄。伟大的拉丁英雄史诗《伊尼特》①中的勇士们绝不会因为躲开了玛斯而欢欣鼓舞，而是在看到自己即将倒在"声名远播的玛斯战场"时才欢欣鼓舞。他们"奔赴光荣的死亡"，觉得"战死疆场很甜蜜"。

阿瑞斯在神话中很少出现。有一个故事说他是爱神阿佛洛狄忒的情夫，被爱神的丈夫赫淮斯托斯诱捕，以致在奥林匹斯诸神面前出丑。但在大多数情况下，他只不过是战争的象征而已。他的个性不如赫耳墨斯、赫拉或阿波罗那样鲜明。

没有专门膜拜他的城市。希腊人含糊其辞地说他是色雷斯人——色雷斯位于希腊东北部，那里的居民既粗鲁又凶暴。

秃鹰是他的圣鸟，这是十分恰当的；狗被选为他的圣兽，这对狗来说可真是冤枉。

---

① 一译《埃涅阿斯纪》。

赫淮斯托斯（伏尔坎和穆西柏）

他是火神；有人说他是宙斯和赫拉的儿子，也有人说他是赫拉为了报复宙斯生下雅典娜而独自生下的儿子。在美丽无瑕的神界，只有他相貌奇丑，而且还是跛足。在《伊利亚特》的一个段落中，他说他那无耻的母亲见他天生畸形，就把他扔出了天庭；在另一个段落中，他又声称这是父亲宙斯所为，因为他企图维护赫拉，这种做法激怒了宙斯。第二种说法更为有名，因为在弥尔顿那家喻户晓的诗句中，穆西柏

> 被愤怒的朱庇特
> 扔下晶莹的墙垛，
> 从清晨到中午，
> 从中午到带露的黄昏，
> 不停地下坠。
> 夏日里，他与西沉的太阳一起
> 像流星一般从天顶坠落，
> 一直落到爱琴海上的楞诺斯岛。

不过，这些事件大概发生在遥远的古代。在荷马史诗中，他并没有被逐出奥林匹斯的危险；他在神界备受尊崇，是诸神的工匠、盔甲制造者和铁匠，既为他们铸造武器，又为他们建造房屋、制造家具。他的工场里有几位女仆，是他用黄金打造的，可以走来走去，协助他进行工作。

后来的诗人常说他的铁匠铺位于某一座火山下面，结果引起了火山爆发。

在《伊利亚特》中，他的妻子是"美惠三女神"之一，赫西俄德的作品称之为阿格拉伊亚；《奥德赛》里则说他的妻子是爱神阿佛洛狄忒。

他是一位性情和善、爱好和平的神祇，在天上和人间都颇受欢迎。他和雅典娜在城市生活中占有重要地位。他们两人是手工业的守护神，而手工业和农业同为文明的支柱；雅典娜是织工的保护者，他则是铁匠

的保护者。当孩子们被正式批准加入城市组织时，他们礼敬的神明就是赫淮斯托斯。

赫斯提亚（维斯塔）

她是宙斯的妹妹；与雅典娜和阿耳忒弥斯一样，她是一位处女女神。她没有鲜明的个性，在神话当中无足轻重。她是炉灶女神，而炉灶乃是家庭的象征；新生儿必须先被带到炉灶边，才能被接纳为家庭成员。人们在每次用餐前后都要向她献祭：

> 赫斯提亚啊，在人类和诸神的一切居所，
> 你都享有至高的荣耀。席前席后
> 必先倾洒美酒，向你献祭。
> 没有你，诸神和人类都无法宴客。

每座城市都有一个专门敬奉赫斯提亚的公灶，里面的灶火是绝不允许熄灭的。当一座新的殖民城市即将被建立起来的时候，殖民者总要把故城炉灶中的一些煤块带到那里，用以点燃新城市的灶火。

在罗马，她的灶火由六位处女祭司照料，她们被称为"维斯塔侍女"。

奥林匹斯仙境中的次要神祇

除了十二位奥林匹斯大神之外，天庭中还有其他的一些神祇。其中最重要的是小爱神厄罗斯（在拉丁文中为丘比特）。荷马对他一无所知，但赫西俄德称他为

> 不死的神祇中最为俊美的一位。

在早期的故事中，他常常被描绘成一位美貌而严肃的少年，经常送

给人类一些贵重的礼物。关于希腊人对他的这种看法，最精炼的表述并非出自诗人，而是出自哲学家柏拉图："爱神厄罗斯栖身于人类的心中，但并不是在每一颗心中都会驻留，因为每当遇到坚硬冷酷的心，他就会离去。他最大的光荣是既不做坏事，也不允许别人做坏事；暴力从未接近过他。人人都是自愿服侍他的。被爱神接触过的人从来不会行走于黑暗之中。"

在早期的故事中，厄罗斯并不是阿佛洛狄忒的儿子，只是偶尔做她的同伴而已。在后来的诗篇中，他成了她的儿子，而且几乎总是被描绘成一个顽皮、淘气的男孩，甚至更坏：

> 心眼坏，口舌却甜如蜜。
> 这个调皮鬼，从不说真话。
> 玩起把戏来，最冷酷无情。
> 他的手虽小，却把箭射得比死亡还远。
> 他那细小的箭杆，飞得比天还高。
> 别碰他的歪礼物，它们全都浸过火。

他常以蒙着眼睛的面目出现在故事当中，因为爱情往往是盲目的。陪在他身旁的是安忒罗斯——有人说他是付出爱情却遭到蔑视的复仇者，也有人说他是爱情的反对者，此外还有渴慕之神希墨罗斯和婚宴之神许门。

赫柏是青春女神，是宙斯与赫拉之女。有时她担任诸神的斟酒人，有时这项职务则由年轻俊美的特洛伊王子伽倪墨得担任——他是被宙斯的老鹰抓到奥林匹斯仙境的。有的故事提到赫柏嫁给了大力士赫剌克勒斯；除此以外，神话故事中没有关于她的内容。

伊里斯是彩虹女神，也是诸神的使者；在《伊利亚特》中，她是唯一的神使。赫耳墨斯在《奥德赛》中才第一次以神使的身份出现，但他并未完全取代伊里斯。诸神有时传唤赫耳墨斯，有时传唤伊里斯。

奥林匹斯仙境中还有两群可爱的姐妹——九位缪斯女神和三位美惠

女神。

美惠女神共有三位：阿格拉伊亚（光辉）、欧佛洛叙涅（欢乐）和塔利亚（喝彩）。她们是宙斯和提坦俄刻安之女欧律诺墨的女儿。除了荷马和赫西俄德所讲的一个故事提到阿格拉伊亚嫁给了火神赫淮斯托斯以外，她们三人从来不以独立个体的身份出现，而总是一起出现，共同构成了优雅与美丽的三重化身。她们伴着阿波罗的琴声翩翩起舞，令诸神心旷神怡；蒙她们探访的凡人也倍感幸福。她们"让生命之花绽放"。她们与其同伴缪斯姐妹同为"歌后"，宴会若是少了她们就无法尽兴。

缪斯女神共有九位，是宙斯和记忆女神谟涅摩叙涅的女儿。起初，她们跟美惠三女神一样，彼此没有区别。赫西俄德说："她们具有同样的心思，醉心于歌曲，在精神上无忧无虑。被缪斯爱上的人是幸福的。因为，即使一个人心中充满悲哀和忧愁，但只要缪斯的仆人一唱歌，他就会立刻忘记阴沉的念头，把烦恼抛到九霄云外。这就是缪斯带给人类的神圣礼物。"

在后来的作品中，她们各有专门的领域。克利俄掌管历史，乌剌尼亚掌管天文，墨尔波墨涅掌管悲剧，塔利亚掌管喜剧，忒耳普西科瑞掌管舞蹈，卡利俄佩掌管史诗，厄剌托掌管爱情诗，波吕许谟尼亚掌管颂神歌曲，欧忒耳佩掌管抒情诗。

赫西俄德住在缪斯的圣山之一赫利孔山附近——其他圣山包括皮厄罗斯山（位于她们的出生地皮厄里亚）、帕耳那索斯山，当然还有奥林匹斯山。有一天，九位女神出现在他面前，对他说："我们知道怎么说看似真实的假话，但是当我们想说真话的时候，也知道该怎么说。"她们是真理之神阿波罗的同伴，也是美惠三女神的同伴。品达说，七弦竖琴既属于阿波罗，也属于她们，"引导舞者翩翩起舞的金色竖琴，是阿波罗和头戴紫罗兰花冠的缪斯女神所共有的"。被她们赋予灵感的人远比任何祭司都更加神圣。

随着宙斯的地位变得越来越崇高，两个威严的形象出现在奥林匹斯仙境，坐在宙斯的身边：一个是忒弥斯（意为"公正"或"神圣的正义"），另一个是狄刻（意为"人类的正义"）。不过他们从未变成真实的人物。在荷马和赫西俄德的作品中，被视为最崇高的两种拟人化情感也是如此：一个是涅墨西斯，通常被译为"正义之怒"；另一个是阿伊多斯，这个词语很难翻译，但它在希腊人之间被广泛使用，意指使人不敢为非作歹的敬畏之心和羞耻之心，同时也指诸事顺利的人在面对不幸者时应当具有的情感——不是怜悯，而是觉得在他自己和那些可怜的不幸者之间不应当有这么大的差距。

然而，涅墨西斯和阿伊多斯都不和诸神住在一起。赫西俄德说，只有当人类最终变得极端邪恶的时候，涅墨西斯和阿伊多斯才会用白衣遮住美丽的面孔，离开广阔的人间，到天界去与诸神为伴。

偶尔会有几个凡人升至天界，来到奥林匹斯仙境；不过他们一进天庭，就从文学作品里消失了。后文将会讲到他们的故事。

水中的神祇

波塞冬（尼普顿）是大海（地中海）和友善之海（黑海）的主人和统治者。地下的河流也归他统管。

提坦俄刻安是俄刻安河（大洋河）——一条环绕大地的大河——的主宰。他的妻子也是一位提坦，名叫忒堤斯。这条大河中的仙女被称为俄刻阿尼得斯，是他们的女儿。大地上所有河流的神祇都是他们的儿子。

蓬托斯（意为"深海"）是地母的儿子，也是涅柔斯的父亲——涅柔斯是一位海神，比蓬托斯本人重要得多。

涅柔斯被称为"大海（地中海）老人"——赫西俄德说他是"一位既可靠又温和的神祇，他公正而仁慈，从不说谎"。他的妻子是俄刻安的女儿多里斯。他们有五十个可爱的女儿，都是大海中的仙女。她们的名字由她们父亲的名字而来，叫做涅瑞伊得斯。其中的一位名叫忒提斯，是大英雄阿喀琉斯之母；还有一位名叫安菲特里忒，是海神波塞冬之妻。

特里同是海上的号手，他的号角是一只大海螺。他是波塞冬和安菲特里忒的儿子。

有人说普罗透斯是波塞冬的儿子，也有人说是他的随从。他有预知未来和随意变换形体的能力。

那伊阿得斯也是水中的仙女。她们居住在溪流和泉水之中。

琉科忒亚和她的儿子帕莱蒙原先是凡人，后来变成海上的神祇；格劳科斯也是如此。不过这三位神祇都不太重要。

阴 间

死者的王国由十二位奥林匹斯大神之一的哈得斯（普路托）和他的王后珀耳塞福涅共同统治，人们常用他的名字"哈得斯"来指称冥国。《伊利亚特》中说，冥国坐落在大地上的几个秘密地点的下面。在《奥德赛》中，通往冥国的道路越过了大洋河彼岸的世界边缘。在后世诗人笔下，从大地到冥国有很多不同的路线，都要经过洞窟和深湖。

有人将塔耳塔罗斯和俄瑞波斯作为阴间的两个区域。塔耳塔罗斯比较深，是地母诸子的牢狱；俄瑞波斯则是人死之后立即经过的区域。不过，在一般情况下，这两者之间并没有多少差别，它们——尤其是塔耳塔罗斯——常常被用来指代整个冥界。

荷马史诗对阴间的描写比较模糊，只说它是阴影居住的阴影地带，那里没有一样东西是真实的，幽灵（如果可以这样称呼的话）的存在恍如一个悲惨的梦境。后来的诗人把死者的世界描绘得越来越清晰，说它是恶人受罚、善人受赏的地方。罗马诗人维吉尔的作品对这一观念进行了细致入微的表现，其细腻程度超越了所有希腊诗人的描写。他长篇大论地描写恶人所受的种种折磨和善人所享的种种快乐。维吉尔也是唯一的一位明确指出阴间之地理位置的诗人。下往阴间之路一直通向阿刻戎河（悲痛之河）与科库托斯河（哀叹之河）的交汇处。一位名叫卡戎的老船夫把死者的亡魂摆渡到河对岸，岸上矗立着地狱塔耳塔罗斯（维吉尔比较喜欢这个名称）的坚固大门。卡戎只允许那些嘴唇上放有船费、并被正式安葬的死者的亡魂上他的船。

长着三个脑袋和一条龙尾的地狱之犬刻耳柏洛斯坐在大门旁边守卫；它让所有的阴魂都进去，却不放任何一个出来。每个阴魂到了阴间，先被带到剌达曼托斯、弥诺斯和埃阿科斯这三位判官面前；他们会作出判决，令坏人永远遭受折磨，好人则前往一个名叫"厄律西安福地"的极乐世界。

除了悲痛之河和哀叹之河以外，还有三条河将阴阳两界分开：一条是佛勒革同河（火之河），一条是斯堤克斯河（诸神借以宣誓的守誓之河），一条是勒忒河（遗忘之河）。

在这片广阔区域的某个地方，矗立着冥王普路托的宫殿。不过，除了有人提到这座宫殿有很多扇门、并且挤满无数宾客以外，作家们没有对它进行过任何描写。它的周围是黯淡凄冷的荒原，以及开满长春花的草地——这种花想必十分古怪，颜色苍白，形状可怕。除此以外，我们对这座宫殿一无所知，诗人们不喜欢在这个阴森森的住所里流连徘徊。

维吉尔将复仇女神厄里倪厄斯安置在阴间，让她们在那里惩罚作恶者。但在希腊诗人的想象中，她们的主要活动是在大地上追逐罪人。她们冷酷无情，但却公正无私。希腊哲学家赫拉克利特说："连太阳都不会超越自己的轨道，但正义的执行者厄里倪厄斯却超过了他。"她们通常有三位：提西福涅、墨盖拉和阿勒克托。

"睡眠"和他的兄弟"死亡"住在阴间，梦也是从那里升入人间的。梦要经过两扇门：真梦走的是角质门，假梦走的是象牙门。

大地上的次要神祇

大地本身被称为"万物之母"，但她其实并不是一位神祇。她从来没有从土地本身分离出来，并化成人身。谷物女神得墨忒耳（克罗诺斯和瑞亚之女）和酒神狄俄倪索斯（又名巴克斯）是大地上地位最高的神祇，他们在希腊和罗马神话中非常重要。下一章将会讲到他们的故事。其他住在世间的神祇相对而言都不太重要。

这些神祇以潘为首。他是赫耳墨斯之子。歌颂他的那首荷马式颂歌说他是一位活泼开朗、喜欢吵闹的神祇；但是他也具有兽类的特点：长着羊角和羊蹄，没有双足。他是牧羊人的神祇，也是森林女神们的活跃舞伴。灌木丛、森林和高山等野地都是他的家，但是他最喜爱他的出生地——世外桃源阿耳卡狄。他是一位出色的音乐家；他用芦笛吹奏出来的优美旋律，像夜莺的歌声一样甜美。他总是爱上某一位林间仙女，却总是遭到拒绝，因为他长得太丑了。

人们认为，夜间荒野里的那些令旅行者心惊胆战的声音就是他发出来的，由此不难看出"惊恐"一词的来源。①

有人说西勒诺斯是潘的儿子，有人说他是潘的兄弟，亦即赫耳墨斯的另一个儿子。他是一个快活的胖老头，经常醉得不能走路，只好骑着一头驴。他与酒神巴克斯有关，也与潘有关。酒神年轻的时候，西勒诺斯教导过他；然而，西勒诺斯一年到头烂醉如泥的样子表明，他虽然当过酒神的老师，可是到头来却反而成了酒神的忠实追随者。

除了这几位大地上的神祇，还有一对很著名、很受欢迎的兄弟——卡斯托耳和波吕刻斯（波吕丢刻斯），大多数故事都说他们一半时间住在地上、一半时间住在天上。

他们是勒达的儿子，通常被视为神祇。他们专门保护水手：

> 当暴风在无情大海的上空呼啸而过时，
> 他们会拯救疾行的船只。

他们还有在战场上救人性命的能力。罗马人尤其崇拜他们，他们在那里被尊为

> 一切多利安人敬拜祈求的孪生兄弟。

不过他们的一些故事自相矛盾。有的故事说只有波吕刻斯一人是神

---

① 潘的希腊语原文是 Pan，英语中的 panic（惊恐）一词是由该词衍生出来的。

祇，卡斯托耳则是凡人，只因兄弟情深卡斯托耳才分得了一半长生不死的特性。

勒达是斯巴达国王廷达瑞俄斯的妻子。关于她的故事大多说她为丈夫生了两个凡间的孩子，一个是卡斯托耳，另一个是阿伽门农的妻子克吕泰涅斯特拉；后来天帝宙斯化身为天鹅去找她，她又为宙斯生下了两个具有神祇特性的孩子，一个是波吕刻斯，另一个是特洛伊传说的女主角海伦。不过，卡斯托耳和波吕刻斯两兄弟都常常被称为"宙斯之子"；实际上，他们广为人知的希腊名字"狄俄斯库里"的意思就是"宙斯的年轻人"。另一方面，也有人称他们为"廷达里代"，意为"廷达瑞俄斯之子"。

他们总是被描写为生活在略早于特洛伊战争的那段时期的人，与忒修斯、伊阿宋和阿塔兰塔处于同一时代。他们曾参加猎杀卡吕冬野猪的行动，也曾出航寻找金羊毛；忒修斯抢走海伦之后，他们把她救了出来①。不过在所有的故事当中，他们扮演的都是无关紧要的小角色，只有关于卡斯托耳之死的那个故事例外，其中的波吕刻斯表现出了他对兄弟的深厚感情。

出于我们不清楚的某种原因，他们两人来到了养牛人伊达斯和林叩斯的土地上。品达说，伊达斯不知何故为他的公牛生起气来，竟然刺死了卡斯托耳。别的作家则说这一争执起因于该国国王琉喀波斯的两个女儿。事后，波吕刻斯刺死了林叩斯，宙斯则用雷霆击死了伊达斯。然而，卡斯托耳已然死去，波吕刻斯悲痛欲绝，祈求与兄弟同死；宙斯出于怜悯，允许他与他的兄弟分享他的生命：

> 你们一半时间住在阴间，
> 一半时间住在天上的金色家园。

按照这种说法，两兄弟后来再也没有分开过。他们一天住在冥府，

---

① 参见第三部分第二章。

一天住在奥林匹斯仙境，总是在一起。

后来的希腊作家卢奇安则给出了另一种说法，说他们分别住在天庭和人间，波吕刻斯去一个地方的时候，卡斯托耳就去另一个地方，两人从未相聚过。在卢奇安的一篇讽刺短文中，阿波罗问赫耳墨斯道："我说，为什么我们从来没有同时看到过卡斯托耳和波吕刻斯呢？"

"噢，"赫耳墨斯回答，"他们兄弟情深，以至于当命运宣布他们当中的一个必须死掉，只有一个可以长生不老时，他们决定分享永恒的生命。"

"赫耳墨斯啊，那可不太妥当。要是那样的话，他们能从事什么正当的工作呢？我负责预示未来，埃斯库拉庇俄斯负责治病，你则是一个好信使——可是这两个人呢——他们难道要闲逛一辈子？"

"不，当然不会，他们替海神波塞冬服务，他们的职责是救助遇难的船只。"

"啊，这才像话。我很高兴他们干的是这么好的差事。"

据说有两颗星属于他们，那就是双子星座。

他们在故事中总是骑着雪白色的骏马，但荷马说卡斯托耳的骑术高于波吕刻斯。他称这两人为

驯马能手卡斯托耳和拳击高手波吕丢刻斯。

西勒尼是一群半人半马的生灵。他们不是用四条腿而是只用两条腿来走路，但他们通常长着马蹄而不是人足，总是长着马尾巴，有时还长着马耳朵。没有关于他们的故事，但在希腊花瓶上经常可以看到他们的形象。

森林之神萨堤耳与潘一样，是一群半人半羊的神祇；他们也与潘一样住在大地上的荒野中。

与这些不像人类的丑陋男神相反，森林女神都是迷人的少女。俄瑞阿得斯是山岳仙女，德律阿得斯（有时被称为哈马德律阿得斯）则是树木仙女——她们的生命与她们各自掌管的树木的生命密切相关。

风王埃俄罗斯也住在人间,他住在在一个叫做埃俄利亚的岛上。准确地说,他只是风神们的摄政王,是他们的总督。首要的四位风神是:北风之神玻瑞阿斯(在拉丁文中为阿库伊罗),西风之神仄费耳(在拉丁文中为法沃尼乌斯),南风之神诺托斯(在拉丁文中为奥斯忒耳),东风之神欧罗斯(在拉丁文中仍为欧罗斯)。

还有一些生灵既不是人,也不是神,他们住在大地上。其中较为著名的是:

肯陶耳。他们是一群半人半马的生灵,大部分都相当野蛮,不太像人,倒更像野兽。不过,其中的喀戎却以善良和智慧闻名遐迩。

蛇发女怪戈耳工也住在大地上。她们共有三位,其中有两位是长生不死的。她们是一种人头龙身鸟翼的怪物,其目光会把人变成石头。她们的父亲是海神与地母的儿子福耳库斯。

格赖埃是她们的姐妹。这三个女人长着灰色头发,只有一只共用的眼睛。她们住在大洋河的彼岸。

海妖塞壬住在大海的一个小岛上。她们都有迷人的嗓音,她们的歌声常常引诱水手走上死路。她们的外貌不详,因为见过她们的人没有一个生还。

命运女神(希腊文名字为摩伊赖,拉丁文名字为帕耳凯)非常重要,但是她们在天上和人间都没有专门的住所。赫西俄德说,她们在人们出生之际就为他们定好了此生的祸福。她们共有三位:"纺纱者"克洛托,负责纺织人生的纱线;"命运分配者"拉刻西斯,负责把命运之线分给每一个人;不能转身的阿特罗波斯,带着"令人憎恶的剪刀",负责在人们临终之际剪断他们的命运之线。

罗马神祇

我们此前提到的十二位奥林匹斯大神也被改造成了罗马神祇。希腊艺术和文学在罗马产生了巨大的影响,因而古罗马神祇变得与相应的希腊神祇非常相似,而且被视为同一位神祇。不过,在罗马,他们大多都另有一个罗马名字。这些天神是朱庇特（宙斯）、朱诺（赫拉）、尼普顿（波塞冬）、维斯塔（赫斯提亚）、玛斯（阿瑞斯）、密涅瓦（雅典娜）、维纳斯（阿佛洛狄忒）、墨丘利（赫耳墨斯）、狄安娜（阿耳忒弥斯）、伏尔坎或穆西柏（赫淮斯托斯）、刻瑞斯（得墨忒耳）。

有两位天神保留了他们的希腊名称：一位是太阳神阿波罗，另一位是冥神普路托。冥神在希腊通常被称为哈得斯，但罗马人从未如此称呼过他。酒神的名字是巴克斯，而不是狄俄倪索斯，他还有一个拉丁名字——利柏耳。

由于罗马人没有自己的严格意义上的人格化神祇，沿用希腊神祇对他们来说是一种简便的做法。他们这个民族具有深挚的宗教感情，想象力却十分贫乏，创造不出那么多性格各异、栩栩如生的奥林匹斯神祇。在引入希腊神祇之前，他们心目中的诸神是相当模糊的，仅仅是"天上的那些神力"而已。这些神力被称为"努米纳"，意为"力量"或"意志"——也许应该说是"意志力"。

在希腊文学和艺术进入意大利之前，罗马人并不需要美丽而富有诗意的神祇。他们是一个讲求实际的民族，对"鼓舞歌兴的紫发缪斯"或"用金色竖琴奏出美妙旋律的乐师阿波罗"之类的神祇不感兴趣；他们需要的是实用的神祇。例如，"看守摇篮的那一位"就是一种重要的神力，"掌管儿童食物的那一位"也是如此。从来没有人讲过关于努米纳的故事；在大多数情况下，他们甚至是不分男女的。不过，日常生活中的简单行为与他们有着密切的关系，并从他们那里获得了尊严。在希腊诸神那里则不存在这种现象，只有谷物女神得墨忒耳和酒神狄俄倪索斯是例外。

罗马神祇中最重要、最受人尊敬的是拉莱斯和珀那忒斯。每个罗马家庭中都有一位拉尔①，即一位祖先的灵魂，以及几位珀那忒斯，即家庭和仓库的守护神。他们是每个家族自己的神祇，只归这个家族所有；实际上，他们是家族最重要的一部分，是全家的保护者和守卫者。罗马

---

① "拉尔"的拉丁语原文为 Lar，"拉莱斯"（Lares）是其复数形式。

人从来不在神殿里膜拜他们，只在家里膜拜，每次用餐时都要将一些食物作为祭品献给他们。此外还有公共的拉莱斯和珀那忒斯，他们对城市的作用与家神对每个家庭的作用是相同的。

还有很多努米纳与家庭生活息息相关，例如边界守护神忒耳弥努斯、丰产之神普里阿普斯、畜牧之神帕勒斯、农夫和伐木人的护佑之神希尔瓦努斯……可以列出一份很长的名单。农田方面的各种重要事务都由一种仁慈的力量来照管，这种力量始终没有被赋予明确的外形。

农神萨杜恩原本也是一位努米纳，专门保护播种者和种子。他的妻子欧普斯则是协助人们进行收获的神祇。后来，有人说他就是希腊神祇克罗诺斯，即朱庇特（罗马人对宙斯的称谓）之父。就这样，他变成了一个具体的人物，出现了很多关于他的故事。为了纪念他统治意大利时的那个"黄金时代"，该地每年冬天都会举办庆祝农神节的盛会。这一庆祝活动的主旨是：节日期间，"黄金时代"重回大地。因此，在这段时间当中，人们不能宣战，奴隶和主人要同桌吃喝，死刑要延缓执行，大家还要互赠礼品。这个节日激起了人们心中的平等观念，也激起了他们对那个人人平等的时代的向往。

雅努斯原本也是一位努米纳，他是"善始之神"，意味着有好的开端必有好的结果。他也在一定程度上被人格化了。在罗马，供奉他的主要神殿呈东西向，正是一天开始和结束的方向。神殿有两扇门，中间矗立着他的双面雕像，一张面孔是年轻的，另一张面孔则是衰老的。这两扇门只有在罗马处于和平时期时才会关闭。在罗马建成之后的前七百年，殿门曾经关闭过三次：一次是在贤明君主努马统治期间；一次是在结束于公元前241年的第一次布匿战争之后，罗马人在那次战争中打败了迦太基人；还有一次是奥古斯都统治期间——弥尔顿对这一时期是这样描写的：

> 走遍世界都听不到
> 任何战争或战役的声音。

由他的名字命名的月份——一月①，成了新的一年的开始。

农林之神法乌努斯是萨杜恩的孙子，大致相当于罗马的潘神，是一位乡村神祇。他也是一位先知，常在人类的梦中对他们讲话。

农牧之神法翁是罗马的萨堤耳。

战神奎里努斯是罗马建国者罗穆卢斯被神化之后的名字。

玛涅斯是冥国的善良死者的魂灵，有时他们被尊为神祇并受到崇拜。

勒穆瑞斯或拉耳瓦伊则是那些邪恶死者的魂灵，人们对他们极为恐惧。

卡墨奈起初是一群具有实际作用的女神，负责照管泉水和水井，治疗疾病，预示未来。但是当希腊神祇传入罗马之后，卡墨奈与那群只负责照管艺术和科学、没有实际作用的女神缪斯合而为一。国王努马的老师厄革里亚据说就是卡墨奈中的一位。

卢奇娜有时被尊为罗马的生育女神，不过这一头衔通常被用来指称朱诺和狄安娜。

波莫娜和威耳廷努斯起初是负责保护果园和花园的努米纳，后来被人格化了，有一个故事还讲述了他们双双坠入爱河的经过。②

---

① 英文中的 January（一月）源自拉丁文中的 Janus（雅努斯）。
② 参见第六部分第一章。

第二章 大地上的两位伟大神祇

一般而言,那些长生不死的神祇对人类几乎没有什么用处,反而常常引起祸端:天帝宙斯是凡间少女的危险情人,而且谁也不知道他什么时候会降下可怕的雷霆;战神阿瑞斯是战争的制造者,人人都讨厌他;天后赫拉总是在吃醋,吃起醋来完全不讲道义;雅典娜也是战争的制造者,像宙斯一样不负责任地挥动她那闪电的长矛;爱神阿佛洛狄忒常常施展她的魅力,主要是为了诱惑和背叛别人。他们的确是一个美丽绝伦、光芒四射的群体,他们的奇遇也是绝妙的故事题材,然而,他们虽然没有多大的害处,但却反复无常、不可信赖,一般来说凡人没有他们还能过得更好一些。

不过,有两位神祇却非常与众不同——他们实际上是人类最好的朋友:一位是谷物女神得墨忒耳(拉丁名字叫做刻瑞斯),克罗诺斯和瑞亚之女;另一位是酒神狄俄倪索斯(又名巴克斯)。得墨忒耳自然是其中更为古老的一个,因为人们在播种葡萄之前,早就开始播种谷物了。第一片谷田标志着人类定居生活的开始,葡萄园则是后来才出现的。人们把赐予他们谷物的神力想像为女神而非男神,这也是很自然的。那时男人负责打猎和打仗,照料田地则是女人的事。当她们犁田、撒种和收割时,她们觉得一位女神最能了解和协助女人的工作。她们也是最了解她的。她们敬拜她的时候,不像敬拜别的神祇那样,用男人喜欢的血腥祭品来献祭,而是通过每一个能使农田获得丰收的谦卑行动来向她致敬。因为她的缘故,谷田被神圣化了,成了播种"得墨忒耳圣谷"的田地,打谷场也被置于她的保护之下。这两种地方都是她的神殿,她随时都有可能降临其中。"在神圣的打谷场,大家正在簸谷,麦黄色头发的女神得墨忒耳亲自在一阵风中分开了谷粒和麸糠,使麸皮堆愈来愈白。"

收割者祷告道:"愿我能在得墨忒耳的圣坛之侧,将大簸谷扇插进她的谷堆,而她微笑着站在一旁,手持麦束和罂粟。"

纪念她的主要节日当然在收获季节。在最古老的时期,这个节日大概只是收割者的感恩日,大家虔诚地切碎和分食用新谷烘成的第一条面包,并向赐予这份对人类生活至关重要的珍贵礼物的女神祈祷谢恩。后来,这场朴素的庆典演变成为一种神秘的祭拜仪式,我们对其内容所知甚少。九月的盛大节日庆典每五年才举行一次,但每一次长达九天。这九天是最为神圣的日子,许多日常活动都暂停了。大家列队游行,伴着歌舞献上祭品,处处洋溢着欢声笑语。这一切庆祝活动都是众所周知的,许多作家都提到过。然而,在神殿内部举行的庆典主要部分却从未被人描写过。观看过这一仪式的那些人立誓守秘,并谨守诺言,因此我们对仪式的内容只有零星的了解。

这位女神的宏伟神殿位于雅典附近的厄琉西斯小镇,所以祭拜她的仪式被称为"厄琉西尼安圣礼"。在希腊和罗马各地,这些圣礼都受到了特别的尊崇。公元前一世纪的作家西塞罗说:"没有什么能比这些圣礼更崇高了。它们滋润了我们的性格,柔化了我们的风尚,使我们从野蛮状态步入了真正的人类文明状态。它们不仅告诉了我们如何愉快地生活,而且也教会了我们如何怀着更美好的希望死去。"

虽然这些仪式带有令人敬畏的神圣色彩,但它们仍然保留了原初形式的痕迹。在我们对它们仅有的几点了解中,其中一点是:在一个非常庄严的时刻,有人向祭拜者们展示"一根被默默收割的麦穗"。

后来,酒神狄俄倪索斯在厄琉西斯逐渐获得了与得墨忒耳并肩的地位,谁也不清楚这一变化是怎样发生、何时发生的。

  当钹声响起时,长发飘拂的狄俄倪索斯
  登上了得墨忒耳身边的宝座。

他们一起受到崇拜是很自然的,因为两者都是造福大地的神祇,都在切面包、喝酒等生活中不可或缺的日常活动中露面。收获时节也是纪念狄俄倪索斯的节日，此时一串串葡萄被人们放入葡萄榨汁桶。

> 欢乐的神祇狄俄倪索斯，纯洁的明星，
> 在采果季节光华四射。

但他并非总是"欢乐的神祇"，得墨忒耳也并非一年到头都像在夏天那么快乐。他们两位既享受过快乐，也了解痛苦的滋味。也正是在这个方面，他们彼此有着密切的联系。他们都是吃过苦的神祇，而其他神祇则从未品尝过持久的悲哀："他们住在不刮风、不下雨、没有一片雪花的奥林匹斯仙境，每天都充满欢乐，享用着神祇专用的美味珍馐和琼浆玉液，欣赏着充满荣光的阿波罗弹奏的银竖琴曲，缪斯女神用她们那甜美的嗓音应声歌唱，美惠女神和青春女神赫柏、爱神阿佛洛狄忒一同翩翩起舞，他们全都沐浴在璀璨的光芒之中。"而那两位人间神祇却体会过令人心碎的悲哀。

在谷粒被收割、葡萄被采摘之后，天上下起了黑霜，把田里刚刚出土的绿色生命残杀殆尽——谷穗和一度果实累累的葡萄藤出了什么问题，才会导致这种状况呢？当人们用最早的故事来解释这些神秘的现象，解释在他们眼前不断发生的种种变化，解释日夜更替、季节变迁和星辰出没的原因时，他们所思忖的就是这类问题。虽然得墨忒耳和狄俄倪索斯是快乐的收获之神，但是到了冬天，他们显然变得与其他时节大不相同。他们陷入了悲哀，大地也陷入了悲哀。远古的人们对这种变化感到迷惑不解，便讲了一些故事来解释其中的缘由。

得墨忒耳（刻瑞斯）

这个故事只在一首非常古老的诗篇中出现过。这首诗是最早的荷马式颂歌之一，大约写于公元前八世纪或七世纪初。原文具有早期希腊诗歌的特色，非常朴素而直率，表达了对这个美丽世界的喜悦之情。

得墨忒耳有一个独生女，就是春神珀耳塞福涅（在拉丁文中为普洛塞耳皮娜）。得墨忒耳失去了爱女，伤心欲绝，遂收回了她赠予大地的礼物，使大地变成了冰冷的荒原。鲜花盛开的绿色田野被寒冰所覆盖，生气全无，因为春神珀耳塞福涅失去了踪影。

有一次，珀耳塞福涅被一丛异常艳丽的水仙花所吸引，为了看花，她逐渐远离了她的同伴，结果竟被在黑暗阴间统治众多死者的冥王掳走。他乘着一辆由黑得像炭的骏马拉的马车，从地面上的一个裂缝中冒出来，抓住春神的手腕，强行把她拉到身边。他把哭哭啼啼的她带到了阴间。她呼救的声音回荡在高山之上和深海之中，也传到了她母亲的耳中。得墨忒耳像鸟儿一般迅速地在地上和海里寻找女儿，可是没有人愿意告诉她实情，"没有一个人、一位神祇吐露实情，也没鸟儿来向她报信"。得墨忒耳流浪了九天，不肯吃一口神粮、饮一口甘露。最后她去找太阳神，他把事情的全部经过都告诉了她：珀耳塞福涅已经下到了阴间，和亡魂在一起。

于是，得墨忒耳心中充满了更加深重的悲伤。她离开了奥林匹斯仙境，来到人间居住，但她乔装改扮，以至于没有人认得出她来——实际上，神祇本来就是不容易被凡人认出来的。她孤独凄凉地四处流浪。有一次，她来到厄琉西斯，坐在一堵围墙附近的路边。她看上去就像一个在大户人家照顾孩子或看守仓库的老妇人。四个年轻貌美的姊妹到井边汲水，看见了她，就怜悯地问她在那里做什么。她回答说，一群海盗要把她卖作奴隶，她从他们手中逃了出来，在这异乡无亲无故，无处求助。四姐妹说，这个小镇上的每一户人家都会欢迎她，但是她们自己最想带她回家作客。她们请她在那里等一会儿，容她们回去禀告母亲。女神点头同意。于是姑娘们把手中那些闪闪发亮的水罐汲满水，便急匆匆地回到家中。母亲墨塔涅拉吩咐她们赶快回去请那位陌生人到家里来。她们飞快地赶了回去，看到那位显赫的女神还坐在那里，戴着厚厚的面纱，一袭黑袍一直垂到她那纤弱的双足。她跟随她们回到家里。她跨过大厅的门槛，只见她们的母亲正抱着小儿子坐在大厅里，这时门口被一道神圣的光芒所笼罩，令墨塔涅拉的心头顿生敬畏。

她请得墨忒耳坐下,亲自为她斟上甜酒,但女神不肯喝。她要喝用薄荷调味的大麦汤,那是收获时节收割者所饮用的清凉饮料,也是厄琉西斯的祭拜者们所供奉的圣水。恢复精神之后,她接过小孩,把他抱在她那芬芳的胸口,孩子的母亲很高兴。于是,得墨忒耳成了墨塔涅拉和智者刻琉斯之子得摩丰的保姆。孩子越长越像一位小神祇,因为得墨忒耳白天用神粮涂抹他的身体,晚上又把他放在红红的火焰中心。她这样做是为了赐予他不朽的青春。

可是,他的母亲不知为何感到有点不安。因此,有一天晚上她没有入睡。当她看到孩子被放在火上时,吓得尖叫了起来。女神生气了,抓起孩子,把他扔到了地上。她本想使他青春永驻、长生不死,但他失去了这个福分。不过,由于他曾经躺在她的膝头,睡在她的怀里,他仍然可以终生享受荣华富贵。

这时她现出了女神的真容,周身笼罩着美丽的光芒,散发出迷人的芳香。她的身上闪闪发光,把整座大房子都照耀得灿烂辉煌。她告诉那位充满敬畏的女人,她就是得墨忒耳。他们必须在城镇附近为她建造一座宏伟神殿,以便重新博得她的欢心。

她就这样离开了他们。墨塔涅拉一句话都说不出来,一下子倒在地上,所有的人都吓得直发抖。早上,他们把这件事告诉了刻琉斯。于是他把人们召集在一起,向他们宣示了女神的命令。大家心甘情愿地努力工作,为她建造了一座神殿。神殿落成那天,得墨忒耳来到那里,坐在神殿里面——她没有和奥林匹斯诸神在一起,而是孤身一人,因思念爱女而日渐憔悴。

对于整个大地上的人类来说,那是最悲惨、最难熬的一年。地上长不出庄稼,种子停止了发芽;牛拖着犁头犁地,但却毫无效用。整个人类眼看就要因饥饿而消亡了。最后宙斯只得出面调停。他先后派了许多神祇去见得墨忒耳,劝她息怒,可是她谁的话都不听。在见到女儿之前,她决不让大地结出果实。这时,宙斯意识到他的弟弟必须让步,便差遣神使赫耳墨斯下到阴间,命令冥王让他的新娘回到得墨忒耳身边。

赫耳墨斯看到夫妇两人并肩而坐,珀耳塞福涅由于思念母亲,畏畏

缩缩地不肯就范。她听到赫耳墨斯的话，高兴得跳了起来，一心要回去。她的丈夫知道自己必须服从宙斯的命令，放她回到人间，但他请求妻子离开以后不要对他太反感，不要因为自己嫁给了这么伟大的神祇而伤心。他还让她吃了一粒石榴子，心里知道她吃下以后一定会回到他的身边。

他备好金色马车，赫耳墨斯拿起缰绳，赶着黑马，一直驶向得墨忒耳所在的神殿。她跑出来迎接女儿，就像酒神的女祭司迈那得奔下山坡的速度一样快。珀耳塞福涅投入母亲的怀抱，母女两人紧紧相拥。她们一整天都在倾谈彼此的遭遇。得墨忒耳听说女儿吃了石榴子，非常难过，唯恐不能把女儿留在身边。

这时宙斯派了另一位使者来找她，此人的身份非同小可——不是别人，正是宙斯所敬爱的母亲瑞亚，神祇当中最年长的一位。她飞快地从高高的奥林匹斯仙境降临到贫瘠荒芜、寸草不生的大地上，站在神殿门口对得墨忒耳说：

> 来吧，我的女儿，目光远大、雷霆万钧的主神宙斯在召唤你。
> 回到诸神的厅堂吧，你在那里必将饱享荣耀；
> 每年岁暮到来、寒冬消逝时，
> 你的爱女将在那里抚平你的悲伤。
> 每年她只需在黑暗之国中度过三分之一的时间；
> 其余的时间，她将在你的膝前承欢，与你和蒙福诸神为伴。
> 请你安心吧！把只有你才能给予的生命赐给人类吧！

得墨忒耳没有拒绝她的请求——尽管这种可怜的慰藉意味着她每年都要与珀耳塞福涅分别四个月，亲眼看着年轻可爱的女儿下到阴间。但是她心地善良，人类总是称她"好女神"。她为自己造成的荒芜景象感到歉疚。她再度使田地结满果实，让全世界长满鲜花和绿叶。她还去找为她建造神殿的厄琉西斯王子们，选出其中的一位——特里普托勒摩斯——做她的人间使者，指导人们播种谷物。她把自己的神圣仪式传授给他和刻琉斯等人,"无人讲述圣礼的内容,因为深深的敬畏之情使人三缄其口。观看过圣礼的人有福了,他们来生必定享有好运"。

> 赐予我恩典吧,得墨忒耳啊,
> 满身芬芳气息的厄琉西斯女王,
> 将佳美礼物赐予大地的神明。
> 还有你,珀耳塞福涅,
> 最最美丽动人的少女,
> 我为你献上颂歌,渴望得到你的赐福。

在得墨忒耳和珀耳塞福涅这两位女神的故事中,悲哀的观念占有首要地位。得墨忒耳是收获女神,更是年年丧女的伤心慈母。珀耳塞福涅则是春夏两季的光彩夺目的处女女神,她只要轻轻地踏上枯焦的褐色山麓,就能使它处处开满娇艳的鲜花。女诗人萨福写道:

> 我听到了芳春的脚步……

也就是珀耳塞福涅的脚步。可是,珀耳塞福涅知道那种美是多么短暂,因为只要寒冬一来,水果、鲜花、绿叶等美妙的大地物产就会一起消失,像她自己一样落入死神的魔掌。自从冥王将她掳走之后,她再也不是那个在开满鲜花的草坪上无忧无虑地玩耍的少女了。虽然每年春天她都会复活,但是她也会带来阴间的回忆;尽管她光彩照人,她的身上却散发出一股古怪可怕的气息。她常常被称为"名字不能提及的少女"。

奥林匹斯诸神多是"快乐的诸神"、"不死的诸神",与注定难逃一死的受苦的人类相距甚远。但是在人类充满悲伤或是濒临死亡的时刻,他们可以从伤心的女神和死亡的女神那里寻求安慰。

狄俄倪索斯或巴克斯

　　这个故事与得墨忒耳的故事迥然不同。狄俄倪索斯是最后进入奥林匹斯仙境的神祇，荷马没有把他纳入诸神之列。除了公元前八世纪或九世纪时的赫西俄德作品中有几处关于他的简短叙述以外，早期文献中并没有他的故事。一首创作时间较晚（可能迟至公元前四世纪）的荷马式颂歌是唯一的一篇叙述了海盗船事件的作品；彭透斯的命运则是公元前五世纪的诗人欧里庇得斯最后一部戏剧的题材——欧里庇得斯是古希腊诗人中最具新式思想的一位。

　　忒拜是狄俄倪索斯的故乡。他在那里出生，是宙斯和忒拜公主塞墨勒的儿子。他是唯一的一位具有一半凡人血统的神祇。

> 只有在忒拜
> 凡间女子才生下了不朽的神祇。

　　塞墨勒是被宙斯爱上的女子当中最为不幸的一位，原因仍然在于天后赫拉。宙斯疯狂地爱上了塞墨勒，说他愿意满足她的任何要求。他到斯堤克斯河边发了誓，连他自己也不能违背这一誓言。她告诉他，她最大的心愿就是一睹他作为天国之王和雷霆之主的荣光，这个心愿其实是赫拉注入她心中的。宙斯知道，任何凡人在目睹他的真容之后都无法存活，但他却无计可施，因为他已经在"守誓之河"边立下了誓言。他遵照她的要求出现了，在那炙人的强烈光芒面前，她立即一命呜呼。但宙斯从她体内夺取了她那即将出生的胎儿，藏在自己身体的一侧，不让赫拉发现，直到他足月以后诞生。然后，赫耳墨斯把他交给倪萨的仙女们抚养——倪萨是世界上最美丽的山谷，但从来都没有人去过，也没有人知道它在哪里。有人说那些仙女就是许阿得斯，即后来被宙斯挂在天空上的一个星群——这几颗星一接近地平线，就会带来雨水。

就这样，酒神从烈火中出生，却由雨水养大——炙人的热气会把葡萄催熟，雨水则会让葡萄树健康成长。

狄俄倪索斯成年之后，到遥远的异乡去漫游：

> 盛产黄金的吕底亚和佛律癸亚，
> 烈日炎炎的波斯平原，
> 巴克特里亚的高大城墙，
> 还有饱受暴风雨侵袭的米堤国
> 和蒙福的阿拉伯半岛。

他到处指导人们种植葡萄树，传授祭拜酒神的圣礼，各地的人们都把他奉为神祇。最后，他来到自己的家乡附近。

一天，一艘海盗船在希腊附近的海面上行驶。海盗们看见一位美少年站在岸边的一个大海岬上，他那强壮的肩膀上罩着一件紫色的披风，浓密的黑发披在肩上。他看上去像是一位王子，他的父母想必付得起大笔赎金。于是水手们兴高采烈地跳上岸来，抓住了他。上船之后，他们用粗绳捆他，令人吃惊的是，他们怎么也捆不住他，绳子一碰到他的手脚就分开了，根本打不成结。他两眼含笑地坐在那里看着他们。

众人当中，只有舵手明白了这是怎么回事，他大声喊道，这一定是一位神祇，大家应当立刻释放他，否则将会招来致命的灾祸。然而船长却嘲笑他是傻瓜，命令全体船员赶快扬帆出海。船帆鼓满了风，人们扣紧了帆脚索，可是船却一动不动。随即，奇迹一件接一件地发生：一股股芳香扑鼻的葡萄酒在甲板上流淌；一根果实累累的葡萄藤长得比船帆还要高；一株深绿色常春藤植物像花环一般缠绕着桅杆，上面鲜花盛开，挂满了迷人的果实。海盗们吓坏了，忙叫舵手靠岸，可是已经太迟了——他们话音未落，他们的俘虏就变成了一只狮子，大声咆哮，怒目而视。他们见状，纷纷跳下了船，霎时就被变成了一群海豚，只有那位好舵手例外。酒神对他特别开恩，伸手把他抓了回来，叫他不要害怕，因为他已经得到自己的欢心，而自己其实是一位神祇——塞墨勒和宙斯所生的儿子狄俄倪索斯。

在前往希腊的途中,酒神经过色雷斯地区,受到那里的国王之一吕枯耳戈斯的侮辱——此人极力反对祭拜这位新神祇。狄俄倪索斯躲开了他,甚至逃到大海深处去避难。但他后来又回到这个地方,制服了那位国王,惩罚了他的恶劣行径,不过惩罚的手段并不严厉:

> 将他囚禁在岩洞里,
> 直到他的第一阵疯狂怒火慢慢平息;
> 到时候他自然会知道
> 他曾嘲讽过的那位神祇究竟是谁。

然而别的神祇可没有这么客气。宙斯击瞎了吕枯耳戈斯的眼睛,不久他就死掉了。与诸神争斗的人是活不长的。

狄俄倪索斯漫游期间,曾经遇到克里特岛上的公主阿里阿德涅——她救了雅典王子忒修斯的命,却被他遗弃在那克索斯岛的海岸上,处境十分凄惨。[①] 狄俄倪索斯很同情她,救了她一命,最后还爱上了她。她死后,狄俄倪索斯拿起他以前送给她的一顶王冠,放在星辰之间。

他从未见过自己的母亲,却没有忘记她。因思母心切,他终于大胆地到阴间去寻找她。找到母亲之后,他向死神发出了挑衅,说死神无权把她从自己身边夺走,死神屈服了。狄俄倪索斯把母亲带走了,但并没有把她安置在人间,而是携她前往奥林匹斯仙境。诸神同意接纳她为他们中的一员,因为她虽然只是一个凡人,但却是神祇的母亲,所以有资格跟诸神住在一起。

酒神有时善良和蔼,有时却十分残酷,会驱使人们做出可怕的事情。他常常使人发疯。酒神的女祭司迈那得斯(或称巴克坎忒斯)就是发酒疯的女人。她们在树林和山野之间疯狂奔跑,大声尖叫,挥舞着顶端

---

① 参见第三部分第二章。

长有松果的权杖，在狂迷的状态中横冲直撞。什么也不能阻止她们。她们会把路上遇到的野生动物撕得粉碎，生吃血淋淋的肉片。她们唱道：

> 啊，上山多逍遥，
> 跳舞唱歌，
> 疯狂奔跑。
> 啊，捉到了野山羊，
> 累倒在地多逍遥。
> 啊，饮鲜血，吃生肉，乐陶陶！

奥林匹斯诸神都希望他们的祭品和神殿保持整洁美观，但发酒疯的迈那得斯却没有神殿。她们到荒山、密林等荒凉地带去进行膜拜，仿佛在遵守人类尚未建造神殿来祭神的那个远古时代的风尚。她们走出污浊拥挤的城市，回到一尘不染的山丘和森林。在那里，狄俄倪索斯赐给她们食物和饮料，包括香草、浆果和野山羊奶。她们的床铺就在柔软的草地上，在枝繁叶茂的大树下，在松针年年掉落的地方。她们一觉醒来，心境平和，全身充满神圣的活力，于是她们到清澈的小溪里去沐浴。这种露天举行的祭拜仪式以及它为这个充满粗犷之美的世界带来的狂喜之情，都非常迷人、非常美妙，令人烦愁顿消。但是，这里也经常上演骇人的血腥惨剧。

狄俄倪索斯的祭拜仪式以两个截然相反的观念为中心——一个是自由和狂喜，另一个却是残忍和野蛮。酒神可能会把这两种特性中的任何一种赐给他的崇拜者。他有时给人福佑，有时却使人毁灭。在所有那些被算在他头上的恶行中，以发生在他母亲的故乡忒拜城的那一件最为恐怖。

狄俄倪索斯到忒拜去开创自己的祭拜仪式。照例有一群女人陪在他身旁，一边跳舞，一边唱着喜气洋洋的歌。她们穿着外罩鹿皮的长袍，挥舞着缠满常春藤的权杖，仿佛快乐得发疯。她们唱道：

>啊,酒神的信徒,来吧,
>啊,来吧。
>歌颂狄俄倪索斯;
>伴着鼓声,
>伴着那低沉的小手鼓声。
>欣然赞美他——
>带来欢乐的神明。
>神圣的、最最神圣的
>乐声正在呼唤。
>上山吧,上山吧,
>飞吧,健步如飞的
>酒神的信徒啊!
>去吧,快快活活地飞奔吧。

忒拜国王彭透斯是塞墨勒妹妹的儿子,但他不知道这群情绪激动、举止怪异的女人正是由他的表兄率领的,也不知道在塞墨勒死去的时候,宙斯保住了她的孩子。他觉得这些陌生人狂舞高歌,举止怪异,看着很不顺眼,应该立即加以制止。彭透斯命令卫士抓住这些访客,把他们关起来,尤其是要抓住领头的那个"喝酒喝得满脸通红、来自吕底亚的骗人巫师"。但是在他说这些话的时候,他听到背后传来一个庄严的声音警告道:"你所拒斥的这个人是一位新神祇。他是塞墨勒的儿子,宙斯保住了他的性命。他与神圣的得墨忒耳同为人间最伟大的神明。"说话的人是年纪老迈、双目失明的先知忒瑞西阿斯,他是忒拜的圣人,比任何人都更加了解诸神的意旨。但是当彭透斯回头答话时,看到对方的打扮跟那些野女人差不多,白发上戴着用常春藤织成的花冠,老迈的肩膀上罩着一张鹿皮,颤抖的手里握着一根古怪的松果拐杖。彭透斯打量了他一番,嘲讽地哈哈大笑,然后轻蔑地命他滚开。这样一来,彭透斯可给自己惹出了大祸,因为当诸神对他讲话时,他竟然不肯听。

狄俄倪索斯被一队士兵带到国王面前。士兵们说他并没有试图逃走或抵抗，反而尽量为他们提供方便，让他们毫不费力地抓住了他，把他带到这里，以至于他们都觉得有些不好意思，说自己只是奉命行事，而不是有意抓他。他们还说，那些被他们关在牢里的少女都逃到山上去了，镣铐失去了作用，牢门也自行打开了。他们说："这个人在忒拜创造了许多奇迹……"

这时，彭透斯早已失去了理智，只剩下满心的愤怒和轻蔑之情。他粗声粗气地跟狄俄倪索斯讲话，狄俄倪索斯却用极其温柔的声音来回答，似乎想打动他的本心，让他看清站在自己面前的乃是一位神明。他警告国王说，国王无法将他关在牢里，"因为神会还我自由的"。

"神？"彭透斯充满嘲讽地问道。

"是的，"狄俄倪索斯回答，"他就在这里，看到我在受苦。"

"但我的眼睛看不见他。"彭透斯说。

"他就在我所在的地方，"狄俄倪索斯答道，"你心性不纯，所以看不见他。"

彭透斯怒气冲冲地命令士兵把他捆绑起来，关进监牢。狄俄倪索斯临走时说道："你欺侮我，等于欺侮诸神。"

然而监牢关不住狄俄倪索斯。他走了出来，又去找彭透斯，想劝他归顺那位已经被种种神迹所显明的神明，欢迎那种祭拜伟大的新神祇的仪式。然而，彭透斯仍然一味地侮辱他、恐吓他，于是狄俄倪索斯听任他自食恶果。一场最最可怕的惨剧就这样发生了。

彭透斯跑到山上去追逐酒神的信徒——那些少女越狱之后，逃到了山中。许多忒拜女子加入了信徒的行列，连彭透斯的母亲和姐妹也在其中。在这里，狄俄倪索斯显示出了他最可怕的一面。他让大家全都发了疯。那些女人以为彭透斯是野兽、是山狮，就一拥而上，要弄死他，他的母亲还打着头阵。当她们扑到他身上时，他终于明白自己是在和一位神祇作对，必须为此付出生命的代价。直到她们一块一块地将他撕得粉碎，酒神才恢复了她们的理智，他的母亲才发现自己做出了什么事情。那些挥着权杖又唱又跳的少女，这时已经完全清醒过来，看到彭透斯的母亲陷入巨大的悲痛之中，她们彼此说道：

> 诸神以奇妙莫测的方式降临人间。
> 人们想要实现许多愿望,
> 事实却总是与愿望背道而驰。
> 我们无意识地踏上了神明指引的道路。
> 这一切就此发生。

乍看之下,狄俄倪索斯在各个故事里的形象似乎自相矛盾。在一个故事里,他是一位欢乐的神祇:

> 那位用黄金束发、
> 面色红润的神祇巴克斯,
> 与迈那得斯相伴,
> 她们的火炬在喜滋滋地燃烧。

在另一个故事里,他则是一位冷酷、野蛮、残忍的神祇:

> 他面带讥讽的笑容,
> 追逐他的猎物,
> 与他的信徒一同将猎物
> 诱入陷阱,折磨至死。

其实,他之所以具有这两种形象,原因很简单、也很合理——他是酒神,而酒既有坏处也有好处。一方面,它能激励和温暖人心;另一方面,它也能让人喝得烂醉。希腊人是一个眼光透彻的民族,他们不能假装看不到饮酒的丑陋可耻的一面,而只看到它怡人的一面。狄俄倪索斯是葡萄酒神,所以他有时会使人犯下可怕而又凶残的大罪;没有人能够保护他们,甚至没有人试图帮助彭透斯逃离他那悲惨的命运。希腊人互相说道，当人们发酒疯的时候，这类事情确实可能发生。但这个事实并没有让他们忽视另一个事实，那就是：酒乃"欢乐之源"，它能愉悦人心，使人无忧无虑、轻松快活：

> 饮下狄俄倪索斯的美酒，
> 人们的烦恼和忧虑
> 顿时远离心胸。
> 我们飞到了一片子虚乌有的乐土，
> 贫者变得富有，富者提升心灵。
> 用葡萄酿出的利箭所向披靡。

狄俄倪索斯在不同的时间具有不同的形象，因为酒本身就具有这种双重特性，酒神自然也是如此。他是人类的大恩人，也是人类的毁灭者。

从有益的一面来说，他不但是使人快乐的神祇，他的酒杯还能

> 给人生机，治好每一种疾病。

在他的影响之下，人们增强了勇气，摆脱了恐惧——至少暂时如此。他提升了他的膜拜者的胆识，使他们觉得平时自以为办不到的事情都可以办到。当然，在他们逐渐清醒或喝得烂醉之后，这种令人快活的自由感和自信心都会消失；但是在这种感觉持续期间，人们仿佛被一种比自身更加强大的力量所掌控。所以人们对狄俄倪索斯的感受不同于对别的神祇的感受。他不仅存在于人们的外部，也存在于人们的体内；他可以把他们变得和他一样。饮酒给人带来的那种兴奋异常、能力超凡的片刻感受只是一种征兆，让人们看到他们体内蕴藏着连他们自己都不知道的潜能，"他们自己也能变成神明"。

这种想法与那种以喝酒取乐、借酒浇愁或大醉一场的方式来祭神的老观念截然不同。狄俄倪索斯的一些信徒甚至滴酒不沾。他原先是一位

以让人喝醉的方式赐给他们片刻自由的神祇,后来却被提升为一位以予人灵感的方式赐给他们自由的神祇。不知这一重大变化是何时发生的,但是它导致了一个非同寻常的结果,即狄俄倪索斯在后来的岁月里成为希腊诸神当中最重要的一位。

以谷物女神得墨忒耳为主要祭祀对象的"厄琉西斯圣礼"确实非常重要。正如西塞罗所说,数百年间,这些仪式帮助人们"愉快地生活,充满希望地死去"。但是它们的影响力却并不持久,很有可能是因为任何人都不准公开传授或写出与其有关的观念。最后,这些仪式在人们心中只剩下了模糊的记忆。酒神狄俄倪索斯却恰恰相反,在他的盛大节日里举行的种种活动都向世人公开,其影响力至今犹存。希腊的其他任何节日都无法与之媲美。酒神节被设定在春天里葡萄藤长出新枝的时候,历时五天。那是欢乐祥和的日子,生活中的一切日常活动都被中止。节日期间,任何人都不能被投入监牢,囚犯甚至会被放出来与大家共度佳节。但是,人们聚集起来向酒神致敬的地点既不是发生过暴行和血案的骇人荒野,也不是可以举行秩序井然的祭祀活动和神圣典礼的神殿,而是一座剧场;敬拜仪式则是一场戏剧演出。希腊最伟大的诗篇——也是全世界所有诗篇中的佼佼者——都是为狄俄倪索斯而创作的。写作剧本的诗人、参加演出的演员和歌手,都被视为酒神的仆人。演出是神圣的,无论是作者、演员还是观众,都是在从事敬拜活动。人们认为狄俄倪索斯本人也在现场,所以他的祭司坐在首席。

因此,可以清楚地看到,能将自己的精神注入人心,从而使人写好戏、演好戏的"灵感之神"形象,比他的早期形象重要得多。那些最古老的悲剧乃是有史以来所有作品中的佼佼者;除了莎士比亚的剧作,再无其他作品能出其右——它们就是在狄俄倪索斯的剧场上演的。那里也上演过喜剧,不过悲剧的数目远远超过喜剧的数目,这也是有原因的。

这位古怪的神祇——快活的饮者,残酷的猎人,高尚的启迪者——也是一位受难者。他和得墨忒耳一样,曾经遭到痛苦的折磨,但他不是像她那样为别人伤心,而是为自己的痛苦而痛苦。他是葡萄树;果树中唯有葡萄树经常被修剪,树枝被剪得精光,只剩下光秃秃的树干;在冬天，他看上去就像一株已经死去的枯树，一根衰老而多节的残桩，似乎永远也不可能再长出新叶。狄俄倪索斯与春神珀耳塞福涅一样，寒冬一来，他就死了。可是与后者不同，他死得非常可怕：他被撕成了碎片；有些故事说他是被提坦神族杀死的，有些故事则说是天后赫拉下令杀死他的。他总是死而复活，重获生命。人们在他的剧场里庆祝的就是他那令人欣喜的复活。但是，在人们的心目中，他所遭遇的暴行和人类在他的影响下所施行的暴行都与他息息相关，令人难忘。他不仅是受苦的神祇，而且也是悲剧性的神祇。再没有第二位像他这样的神祇了。

但是，他也有另外的一面。他担保死亡并不是一切的终点。他的信徒相信，他的死亡和复活证明灵魂会在肉体死亡之后永生。这种信念是厄琉西斯圣礼的一部分。起初，这种信念集中于每年春天复活的春神珀耳塞福涅身上。但她是黑暗阴间的王后，即使回到光明的阳世，也仍然带有一丝古怪而可怕的气息。总是带有死亡气息的她，怎能象征复活、象征对死亡的征服呢？反之，酒神狄俄倪索斯从未被人当作冥国的神祇。很多故事都描写过珀耳塞福涅在阴间的情形，然而只有一个故事讲述过狄俄倪索斯在那里的活动——那就是他从阴间救出母亲的故事。由于他的复活，他被视为比死亡更强大的生命的化身。是他——而不是珀耳塞福涅——成了灵魂不灭信仰的中心。

公元80年左右，离家在外的希腊大作家普鲁塔克接到了幼女死亡的消息——他曾说过这个孩子的天性非常温柔。他在给妻子的信中写道："亲爱的，你听人说，灵魂一旦离开肉体，就完全消失，丧失了知觉；我知道你并不相信这种说法，因为酒神巴克斯已经在圣礼中许下了神圣而可靠的诺言，那是我们这些善男信女都知道的。我们坚信一条不容置疑的真理，那就是：我们的灵魂是永不朽坏、永不消亡的。我们应当认为，死者已经进入一个更美好的地方，一个更快乐的环境。因此，让我们规规矩矩地生活下去吧，既要好好安排外部的生活，也要使我们的内心更加纯洁、明智、正直。"

第三章　世界和人类的起源

普罗米修斯受惩罚的故事是由公元前五世纪的诗人埃斯库罗斯讲述的；除此以外，本章主要取材于赫西俄德的作品，他生活的时代比埃斯库罗斯至少要早三百年。他是万物起源神话方面的主要权威。克罗诺斯故事的生硬朴拙，潘多拉故事的天真烂漫，都是他的特色。

> 初有"混沌"，广阔无垠之深渊，
> 狂暴如海，荒芜黑暗。

这两句诗出自英国诗人弥尔顿的笔下，但却准确地表达了希腊人对万物初生之前的景象的看法。在距今无数世纪的那个朦胧的太古时代，远在诸神出现之前，只有杂乱无形的"混沌"笼罩在无止无休的黑暗之中。最终，这片无形的虚空生下了两个孩子，但是从来没有人设法解释这是如何发生的。"黑夜"是"混沌"的一个孩子，死亡所在的那片深不可测的"黑暗地界"① 是它的另一个孩子。整个宇宙中别无他物，一切都是漆黑、空虚、寂静、无边的。

然后，奇迹中的奇迹发生了。在这无边无际、令人恐惧的空茫之中，最奇妙的东西以一种神秘的方式形成了。伟大的剧作家、喜剧诗人阿里斯托芬描述了它的来临，这些诗句常常被人引用：

> ……长着黑色翅膀的"黑夜"
> 在那幽深黑暗地界的怀抱中

---

① 原文为 Erebus，指阳间与阴间之间的一个黑暗区域。

产下了一个无精卵；
随着岁月流转，
那被期待已久的"爱"破卵而出，
一双翅膀金光灿灿。

"爱"从黑暗和死亡之中诞生了；随着它的诞生，秩序和美渐渐驱散了蒙昧的混乱。"爱"创造出了"光明"和它的伴侣"白昼"。

随后，大地也被创造出来了。但是这个过程也从来没有人试图加以解释，事情就这样发生了。随着爱和光明的来临，大地的出现就是很自然的了。第一个想要解释万物诞生过程的希腊人赫西俄德写道：

美丽的大地出现了，
它胸膛宽阔，可为万物的坚固根基。
秀美的大地首先生下了
与她具有同等地位的星空，
星空从四面八方将她覆盖，
成为蒙福诸神的永恒家园。

在这一切关于往昔的思想中，"地方"和"人"还没有被区分开来。大地是坚固的地面，但它依稀也是一个人；天空是高高的苍穹，但它在某些方面却像人类一样行动。在讲这些故事的人看来，整个宇宙都是有生命的，充满了他们在自己身上感觉到的那种活力。他们自己是个性化的人，所以他们对每一种具有明显生命标志的东西、每一种会移动会变化的东西都进行了拟人化处理，如冬天和夏天的大地、星移斗转的天空、奔流不息的大海等等。这只是一种模糊的拟人化：某种模糊不清、庞大无比的东西在活动时引起了变化，所以它是有生命的。

但是，早期的故事家在讲述爱和光明的来临的时候，其实是在为人类的出现设定背景，因而他们开始对描述对象进行更加精确的拟人化处理。他们赋予自然力以清晰的外形。他们把自然力视为人类的先驱，并且对它们进行了比对大地和天空所进行的更加明确的个性化描写。在他们的笔下，那些自然力在各方面的举动都和人类一样，譬如会走路、会吃饭，而大地和天空显然是不会这样做的。天与地显得与其他事物截然不同。即使它们具有生命，这种生命形式也是独具一格的。

最先具有生物外形的造物是地母和天父（盖亚和乌剌诺斯）的孩子们，他们是怪物。希腊人和我们一样，相信大地一度为古怪的巨兽所占据。不过，希腊人并没有将其想象为大蜥蜴和猛犸象，而是想象为某种既像人类、又非人类的东西。他们拥有势不可挡的毁灭性力量，能够引发地震、飓风和火山爆发。在关于他们的故事中，他们好像并不是真正的活物，而是属于一个没有生命的世界；在那里，只有一些不可抗拒的力量在进行扛山舀海的宏举。希腊人显然有这样的感觉，因为他们虽然在故事中把这些造物描绘成有生命的存在，但却把它们塑造得与人类所知的任何生命形式都大不相同。

其中，有三个怪物长得极其庞大和强壮，各有一百只手和五十个头。另外三个则被命名为"独眼巨人库克罗普斯"（库克罗普斯意为"车轮眼"），因为他们每人只有一只巨大的眼睛，长在额头中间，像车轮一样又圆又大。这些独眼巨人也是庞然大物，像大山的危崖一般高高耸立，且具有极强的破坏力。最后出现的是提坦神族。他们为数众多，在体型和力量上丝毫不逊于其他怪物，但是他们并非只有破坏性，有几位甚至还相当仁慈。事实上，当人类出现以后，他们中的一位曾经把人类从毁灭的厄运中拯救出来。

古人很自然地认为这些可怕的造物都是地母的孩子，是在世界形成初期从地母那漆黑的深渊里诞生的。然而，他们也是天空的孩子。这一点非常奇怪，但希腊人就是这样说的，而且还把天空塑造成一位非常卑劣的父亲。他憎恨这些长着一百只手和五十个头的东西，尽管他们是他的亲生儿子。每个儿子一生下来，就被他囚禁到地球内部的一个隐秘的地方。但是他放过了独眼巨人一族和提坦神族。其他孩子所受的虐待使地母大为震怒，她向独眼巨人和提坦求援。他们当中只有一位足够勇敢，那就是提坦神克罗诺斯。他躺在地上等候他的父亲，然后把他打成了重伤。于是，第四批怪物——巨人族从天父的鲜血里冒了出来。厄里倪厄斯（复仇女神）也是从这片鲜血之中诞生的，她们的职责是追捕和惩罚罪人。她们被称为"黑暗行者"，容貌可怖，头发是几条彼此缠绕的蛇，流出的眼泪是汩汩鲜血。其他怪物最终被逐出了大地，但厄里倪厄斯没有离去；只要世界上还有罪恶存在，她们就不会被驱逐出去。

从那时开始，在无数个世纪当中，克罗诺斯（我们知道罗马人称之为萨杜恩）一直是宇宙之王，他的妹妹瑞亚（在拉丁文中为欧普斯）是他的王后。最后，他们的一个儿子起而反叛，成为未来的天地主宰，他的希腊文名字是宙斯，拉丁文名字是朱庇特。他的反叛是有充分理由的：克罗诺斯听说他的子女之一有朝一日注定要推翻他的统治；为了反抗命运，孩子们一生下来，他就把他们吞进了肚里。可是当瑞亚生下第六个孩子宙斯之后，她成功地派人把他偷偷送到了克里特岛，同时把一块大石头包在襁褓中交给丈夫；他把它当成了婴儿，一口吞了下去。后来宙斯长大了，他在祖母地母的协助下逼迫父亲把大石头和早先的五个孩子吐了出来。那块石头被供奉在德尔斐神殿中。不知过了多少世代，一位名叫帕萨尼亚斯的大旅行家报告说，他在公元180年左右看到过它："一块不太大的石头，德尔斐神殿的祭司们每天都为它涂油。"

接着发生了一场可怕的战争，一方是克罗诺斯和支援他的提坦兄弟，另一方是宙斯和他的五个兄弟姐妹——这场战争差点把宇宙毁掉：

> 可怕的巨响搅动了无边的大海，
> 整个大地爆发出一阵哀鸣，
> 广阔的天空在战栗中呻吟，
> 遥远的奥林匹斯山
> 在不朽神祇的突击之下摇摇欲坠，
> 漆黑的地狱被震得簌簌发抖。

提坦神族最终战败了，一方面是由于宙斯从监牢里放出了百手怪物，后者使用无敌的武器——雷霆、闪电和地震来为他作战；另一方面则是由于提坦神伊阿珀托斯的一个儿子、英明睿智的普罗米修斯站在了宙斯一边。

宙斯严厉地惩罚了战败的敌人，他们被

> 拴在痛苦的镣铐之中，
> 关在广阔的地面之下。
> 天空在地面之上多高，
> 地狱就在地面之下多深。
> 一块铜砧从天坠落，要下坠九天九夜
> 才会在第十天落到地面，
> 再下坠九天九夜
> 才会落入铜墙环绕的阴间。

普罗米修斯的兄弟阿特拉斯的命运更加悲惨，他被判

> 永远背负着
> 沉重无比的世界
> 和拱形的苍天。
> 他的双肩扛着
> 支在天地之间的巨大柱石，
> 那是一副很难承受的重担。

他永远背负着这副重担，伫立在一幢被包裹在白云与黑暗之中的房子的门前——"黑夜"与"白昼"在这里相遇并相互致意。黑夜与白昼从未同时在这幢房子里待过，总是一个要出门探访大地，另一个却要在屋里等候自己下次出行的时刻；一个对大地上的人们了如指掌，另一个却紧紧拉着"死亡"的兄弟"睡眠"的手。

尽管提坦神族已经被征服和打垮，宙斯却还是没有完全获得胜利。地母生下了她最后的也是最可怕的后代，一个比她先前所生的怪物更加

恐怖的造物，他的名字叫做堤丰：

> 一个浑身喷火的百头怪物，
> 起来反抗诸神。
> 死亡从他的血盆大口里呼啸而出，
> 他的眼中火光闪闪。

但宙斯现在已经掌握了雷霆和闪电的控制权，它们成了他的武器，别人都不能使用。他打击了堤丰，用的是

> 永不停息的闪电，
> 吞吐着火焰的迅雷。
> 烈火烧进他的心脏，
> 他的力量顿成死灰。
> 如今他颓然倒在
> 埃特纳火山旁，山上时常迸出
> 火红的岩浆，凶猛地吞噬着
> 花果繁茂的西西里平原。
> 那是堤丰的熊熊怒火，
> 和他那冒火的标枪。

后来，又有人企图颠覆宙斯的统治——巨人族发动了叛变。然而，此时的诸神已经非常强大，而且还得到了宙斯的一个儿子、大力神赫剌克勒斯的援助。① 巨人族吃了败仗，被扔进了地狱；天空的神力至此完全战胜了大地的蛮力。从此以后，宙斯和他的兄弟姐妹们成了无可置疑的万物主宰。

当时还没有人类，不过，世界上的怪物已经全部被肃清，这为人类

---

① 参见第三部分第三章。

的出场做好了准备。在这个地方，人们可以舒适、安全地生活，不必害怕提坦或巨人突然出现。古人相信大地是一个圆盘，被希腊人所说的"大海"（即我们所知的地中海）和我们所说的黑海平分成了两半。（希腊人起先将黑海称为"阿克西涅"，意为"不友善的海"；后来他们大概跟它熟悉起来了，便转而称之为"欧克西涅"，意为"友善的海"。有人认为，他们给它取这个讨人喜欢的名字，是为了使它对他们友好一些。）大地四周流淌着一条大河，即俄刻安河（大洋河），它从未遭到过风暴的侵袭。在大洋彼岸住着一个神秘的民族，大地上几乎从来没有人能找到去往他们那里的道路。住在那里的是西米里人。至于那边是东、是西、是南还是北，则无人知晓。那片土地从未受过白昼之光的照射，终年云雾弥漫；太阳从未在那里洒下它的灿烂光芒，不论是在它从星空上爬过的黎明之际，还是在它从天空滑向地面的傍晚时分。无边的黑夜笼罩着忧郁的人群。

除了这个国家以外，所有那些住在大洋对岸的人都是非常幸运的。在极其遥远的北方，远在"北风"背后，有一片蒙福之地，居住着许珀柏里安人。只有少数几个异乡人到过那里，他们都是大英雄。无论是乘船还是步行，人们都找不到前往这个奇妙的许珀柏里安人聚居地的路途。但缪斯女神就住在离他们不远的地方，循着这条路可以找到他们。因为在那里，到处都有妙龄少女在翩翩起舞，琴声飞扬，笛音荡漾。他们头戴金色桂冠，兴高采烈地大享盛宴。那个神圣的种族与疾病和衰老无缘。在遥远的南方，则是埃塞俄比亚人的国度；我们只知道诸神偏爱他们，会在他们的大厅中与他们一同尽情欢宴。

蒙福死者的居所也矗立在大洋岸边。那个地方没有降雪，没有严冬，也没有暴风雨；"西风"从大洋上轻吟而来，令人心荡神驰，灵魂焕然一新。那些始终纯洁无罪的人在告别尘世之后会来到这里：

他们获得的恩赐是永远无须操劳的人生。
不必再用强健的手臂
去耕耘大地，去搅动海水；

> 不必再无止无休地为食物而劳作。
> 他们将与受到诸神奖励之人
> 共度没有眼泪的人生。
> 在蒙福之岛的周围,海风缓缓吹拂,
> 树上开满闪闪发光的黄金花朵,
> 水面上也泛着粼粼金波。

至此,一切就绪,只等人类登场了,就连好人和坏人死后要去的地方都被安排好了。该创造人类了。关于人类是如何被创造出来的,有好几种说法。有人说诸神把这个任务委派给了普罗米修斯(与宙斯合力同提坦神族作战的那位提坦)和他的弟弟厄庇墨透斯。普罗米修斯的名字意为"先见之明",他非常精明,甚至比其他诸神都更加精明;而厄庇墨透斯的名字意为"后见之明",他生性浮躁,总是意气用事,然后又改变主意。这一回他也是如此。在创造人类之前,他把那些最好的禀赋,譬如力量、速度、勇气、狡诈,以及皮毛、羽毛、翅膀、甲壳等等,全都给了动物——以至于没有一样长处可以留给人类,结果人类既没有保护性的遮盖物,也没有堪与野兽匹敌的才能。和以往一样,他到事后很久才追悔莫及,只好向他哥哥求助。于是,普罗米修斯接手了这项创造任务,并想出了一个使人类胜过野兽的办法。他把人类的形体塑造得比动物更加高贵,使其和诸神的形体一样笔直。然后他前往天庭,来到太阳那里,点燃了一支火炬,把火种带到了世间——对于人类来说,这是远比皮毛、羽毛、力量、速度等任何禀赋都更加有用的防身之物:

> 如今,人类纵然脆弱短命,
> 却因拥有熊熊之火
> 而得以学习种种技能。

根据另一个故事,诸神亲自创造了人类。他们首先造出了黄金种族。这些人虽然会死,但却像诸神一样无忧无虑,远离辛劳和痛苦。玉米地会自动长出丰硕的子实。他们还拥有大量家畜，并深得诸神的宠爱。死亡到来之后，他们变成纯粹的魂灵，仁慈和善地守护着人类。

在这个关于创造的故事中，诸神似乎一心要试验各种金属，而且，奇怪得很，他们是按照由高到低的次序进行的：先试最佳的，再试良好的，再试较差的，以此类推。试用过黄金之后，他们开始试用白银。第二个种族——白银种族要比第一个种族差得多。他们智力低下，难免互相伤害。他们也有一死，但与黄金种族不同，他们的魂灵不能在他们死后继续生存。下一个种族是黄铜种族。他们是一群可怕的人，非常强壮，酷爱战争和暴力，最后彻底毁灭在自己手里。不过，他们的毁灭倒是有好处的，因为继之而来的是一个卓越的种族，由一群与神祇相似的英雄构成。他们参加过光荣的战争，进行过伟大的冒险，这些事迹为世世代代的人们所传颂和讴歌。他们死后前往蒙福之岛，在那里永远过着无比幸福的生活。

第五个种族就是现在生活在地球上的人类：黑铁种族。他们生活在邪恶的时代，本性也充满邪恶，所以他们永远无法摆脱劳苦和悲哀。随着世代的变迁，他们变得越来越坏，儿子永远比父亲更加恶劣。总有一天，他们将会堕落到崇拜权力的地步，把强权当作正义，而对仁善的敬意将不复存在。最终，等到不再有人为恶行而气愤、也不再有人面对苦难而自感羞惭的时候，宙斯也会让他们毁灭。然而，即便是到了那个时候，只要普通百姓愿意起来推翻压迫他们的暴君，情况仍然可能出现转机。

这两个关于创造人类的故事——关于五个时代的传说与关于普罗米修斯和厄庇墨透斯兄弟的传说——尽管大不相同，但在一点上却是一致的，那就是：在贯穿整个幸福的黄金世纪的很长一段时间里，大地上只有男人，没有女人。后来宙斯看到普罗米修斯如此关心人类①，一气之下才创造了女人。普罗米修斯不但为人类盗火，还设法让人类得到牲礼

---

① 原文为 men，既可理解为"人类"，又可理解为"男人"。

中最好的部分,而把较差的部分献给诸神。他宰杀了一头大公牛,把牛肉切成碎块,将那些较好的、可吃的部分包在牛皮里,并在顶端堆上一些内脏作为掩饰。接着,他在这堆东西的旁边放了一堆骨头,巧妙地摆好,还在上面盖上白花花的肥肉,然后叫宙斯在这两堆东西中任选一堆。宙斯拿起雪白的肥肉,却发现在这巧妙的装饰下面只有一堆骨头,非常生气。但是他已经作出了选择,只得践守诺言。从此以后,人类在神祇的祭坛上只焚烧肥肉和骨头作为献给诸神的祭品,却把好肉留给自己吃。

但是,"人神之父"不甘忍受这种待遇。他发誓要报复——先报复人类,再报复人类的朋友。他为人类制造了一件不祥之物:一个外表娇媚可爱、貌似腼腆少女的尤物。所有的神祇都向她赠送礼物,有银色的衣裳,有绣花的面纱,有缀满鲜花的艳丽花环,还有一顶金冠——它金光灿灿、美丽绝伦。由于他们赠送给她这么多礼物,他们给她取名为"潘多拉",意为"大家的礼物"。这个美丽的祸患被造好之后,宙斯携她走了出来,诸神和人类一看见她,顿时惊羡不已。她就是第一个女人,由她衍生出了整个女人族类,她们是男人的祸殃,天生就会作恶。

关于潘多拉的另一个故事说,一切灾祸的根源并不在于她邪恶的天性,而只在于她的好奇心。诸神送给她一只盒子,每位神祇都在里面放了一件有害的东西,他们禁止她打开盒子。然后他们把她送给了厄庇墨透斯。尽管普罗米修斯曾经叮嘱他切莫接受宙斯的任何赠礼,他还是欣然接纳了她。在女人这件危险之物为他所有之后,他才明白哥哥的忠告是多么英明,因为潘多拉像一切女人一样,具有强烈的好奇心,一定要知道盒子里装的是什么。一天,她揭开了盖子——于是数不清的疫病和人类的哀愁、祸患全都飞了出来。惶恐之下,潘多拉迅速地合上了盖子,可是已经来不及了。不过,那里面还保留着一件好东西——"希望"。它是这个装满祸患的盒子里唯一的吉祥之物,至今仍是人类身处不幸时的唯一慰藉。凡人这才明白,想要打败宙斯或是欺骗宙斯都是不可能的。精明而富于同情心的普罗米修斯也看出了这一点。

通过把女人送给男人这一手段,宙斯对人类施行了惩罚,然后他把注意力集中到了主犯身上。这位新任万神之王当年多亏普罗米修斯帮忙才战胜了其他提坦,可是他却忘记了这笔人情债。他派"武力"和"暴力"两位仆人去抓捕普罗米修斯,把他带到高加索山上。在那里,他们

> 用无人能够打破的坚硬镣铐
> 把他锁在一块陡峭尖锐的岩石上。

他们还对他说:

> 不堪忍受的苦难将永远折磨着你,
> 解救你的人尚未出生。
> 这就是你对人类的溺爱结出的苦果。
> 身为神祇,你不惧怕天帝的震怒,
> 却赐予凡人非分的荣耀。
> 所以你合该守卫这沉闷无趣的岩石——
> 没有休息,没有睡眠,没有片刻的小憩。
> 呻吟是你说出的话语,哀叹是你唯一的言辞。

宙斯用这般酷刑来折磨普罗米修斯,不仅是为了惩罚他,也是为了迫使他吐露一个对身为奥林匹斯之主的自己而言十分重要的秘密。宙斯知道,那掌控一切的命运已经判定,将来有人会为他生下一个儿子,这个儿子将要推翻他的统治,把诸神逐出天庭,但只有普罗米修斯知道这个儿子的母亲是谁。普罗米修斯被铐在岩石上,苦不堪言,这时宙斯派使者赫耳墨斯前来叫他吐露秘密。普罗米修斯对赫耳墨斯说:

> 想要劝我吐露秘密,
> 犹如劝说大海不要兴风作浪。

赫耳墨斯警告他说，他若是继续顽固地保持沉默，将会遭受更可怕的苦楚：

> 浑身血腥的巨鹰
> 将成为你的不速之客。
> 他将整日撕裂你的身体，
> 狂暴地啄食那泛黑的肝脏。

然而，任何威胁、任何折磨都制伏不了普罗米修斯。他的身体受到束缚，精神却是自由的。他不肯屈服于酷刑和暴政。他对宙斯问心无愧，也知道自己对无依无靠的人类施予同情的做法并没有错。他的受苦完全是不公平的。无论付出什么代价，他都不会向暴力低头。他告诉赫耳墨斯：

> 没有任何武力可以逼迫我发言。
> 就让宙斯掷出他那炽烈的闪电，
> 用白色的冰雪之翼，
> 用雷鸣和地震，
> 来搅乱这天旋地转的世界吧！
> 这一切都无法动摇我的决心。

赫耳墨斯大声嚷道：

> 嘿，这真是疯子才能讲出的疯话！

于是赫耳墨斯让他继续受苦，这是他必须经受的。我们知道，几个世代之后他被释放了，但这件事的原因和经过却未见详细说明。有一个奇怪的传说，说人头马喀戎虽是不死之身，但却愿意代他赴死，并且获得了准许。赫耳墨斯在力劝普罗米修斯向宙斯投降时，曾经提起过这种可能，但他把它说得像是一种不可思议的牺牲：

> 这番苦难永无终点
> 直到一位神祇自愿替你受难，
> 愿意承担你的痛苦，
> 代替你沉入阳光变为黑暗的地方，
> 沉入漆黑的死亡之渊。

然而喀戎确实这样做了，宙斯似乎也同意由他来做普罗米修斯的替身。我们还听说赫剌克勒斯杀死了巨鹰，将普罗米修斯从镣铐中解救了出来①，这种做法也得到了宙斯的许可。至于宙斯为何改变了主意，以及普罗米修斯在获释之后是否吐露了秘密，我们就不得而知了。不过，有一点是肯定的：不论双方是如何握手言和的，屈服的一方都绝不可能是普罗米修斯。他的名字作为反抗不公、反抗权威的象征而流芳百世，从古希腊时代一直被人传颂至今。

关于人类的起源，还有另一种说法。在关于五个时代的故事中，人类是黑铁种族的后代；在关于普罗米修斯的故事中，他使之脱离毁灭厄运的人类究竟属于黑铁种族还是黄铜种族，这一点并不清楚。火对于这两个种族来说是同样必要的。在第三个故事中，人类则是一个石头种族的后代。这个故事是从"大洪水"开始的。

整个大地上的人类都变得极其邪恶，最后宙斯决心毁掉他们。他决定

> 在无边无际的大地上掀起狂风暴雨
> 并彻底毁灭凡人。

---

① 参见第三部分第三章。

他送来了洪水,还叫他的弟弟海神帮忙,合力用天上的倾盆大雨和地上溃决的河川淹没了大地:

> 滔天洪水吞没了黑暗的大地,

甚至漫上了最高的山顶。只有巍峨的帕耳那索斯山没有完全被淹没,山巅上的一小块干地成了使人类免于毁灭的避难所。大雨下了九天九夜之后,一件东西漂到了那个地方,它看似一只大木箱,里面却躲着一男一女两个活人。他们是丢卡利翁和皮拉——他是普罗米修斯的儿子,她则是普罗米修斯的侄女,亦即厄庇墨透斯和潘多拉的女儿。宇宙中最聪明的人物普罗米修斯颇能保护自己的家眷;他知道洪水将临,就事先吩咐自己的儿子造好这个大木箱,在里面贮藏一些食物,带着妻子坐进去。

幸运的是,此举并未冒犯宙斯,因为他们两人素来虔诚敬神。木箱着陆之后,他们走了出来,发现四处杳无人迹,只有茫茫大水,一片荒芜。宙斯对他们心生怜悯,就把洪水排干了。慢慢地,海水与河水像退潮一般退去,大地又变干了。皮拉和丢卡利翁从帕耳那索斯山上走了下来,他们乃是死寂世界中唯一的生灵。他们发现一座神殿上长满了黏糊糊的青苔,但还没有完全坍塌,就在那里为自己的脱险向神祇表示感恩,并在这孤独凄惨的处境中向神祇祈求帮助。他们听到了一个声音:"蒙住你们的头,把你们母亲的骨头扔到你们身后。"这条命令把他们吓得胆战心惊。皮拉说:"我们可不敢做这样的事啊!"丢卡利翁不得不承认她说得对,但他还是试图想出蕴含在这句话中的深意。突然,他明白了这句话的意思。"大地是万物之母,"他对妻子说,"她的骨头就是石头。我们可以把石头丢到我们身后,这样做是不会有错的。"于是他们就这样做了。那些石头一落地,就变成了人形,他们被称为"石头族"。正如人们所想象的那样,他们是一个吃苦耐劳的种族,实际上,他们也必须吃苦耐劳,因为只有这样才能使大地摆脱大洪水所造成的这片荒芜的惨境。

第四章　最早的英雄

普罗米修斯和伊俄

　　这个故事取材于两位诗人的作品，一位是希腊诗人埃斯库罗斯，另一位是罗马诗人奥维德。他们两人生活的时代相隔四百五十年，天赋和性情更是迥然相异。他们的作品是这个故事的最佳来源。我们很容易将这两位诗人各自讲述的内容区分开来，因为埃斯库罗斯的文风庄重直率，奥维德的文风则轻松有趣。对恋人撒谎的描写体现了奥维德的特色，关于绪任克斯的小故事亦然。

　　普罗米修斯把火种送给人类之后，被绑在了高加索岩峰的顶端。他刚被绑在那里不久，就见到了一位奇怪的访客——一只疯狂奔逃的动物局促不安地攀上了他所在的悬崖峭壁。它看上去像是一头小母牛，说起话来却像一个伤心欲绝的女孩。她一看见普罗米修斯，立即停下了脚步，叫道：

> 出现在我眼前的——
> 是一个饱经风霜的躯体，
> 被牢牢地拴在岩壁上。
> 你是否犯下了过失？
> 是否正在遭受惩罚？
> 我身在何方？
> 请告诉可怜的流浪者吧。

> 受够了——我已经受够了苦楚——
> 我四处流浪——浪迹天涯。
> 然而却找不到
> 可以让我远离苦难的容身之所。
> 对你说话的是一个女孩,
> 可是她的头上却长着牛角。

普罗米修斯认出了她。他知道她的故事,并说出了她的名字:

> 姑娘,我认识你,你是伊那科斯之女伊俄。
> 你燃起了天帝心中的熊熊爱火,
> 令天后赫拉深恶痛绝。
> 是她逼迫你踏上了这条永无止境的逃亡之路。

惊奇之情使伊俄从癫狂状态中清醒了过来。她一动不动地站在那里,目瞪口呆。在这个古怪而又荒凉的地方,这个古怪的生灵居然说出了她的名字!她哀求道:

> 受难者,你是谁,
> 竟对受苦的人说出了真相?

他回答道:

> 你面前的正是把火种送给凡人的普罗米修斯。

于是她认识了他,也知道了他的故事。

> 你——解救全人类的神祇?
> 你——大胆而又坚忍的普罗米修斯?

他们畅谈了一番。他道出了宙斯迫害他的经过;她则说自己本是一位公主,一个快乐的姑娘,是宙斯使她变成了

> 一只动物,一只挨饿的动物,
> 笨拙地蹦蹦跳跳,疯狂奔跑。
> 噢,真让人羞恼……

造成她的不幸的直接原因是宙斯那善妒的妻子赫拉,然而这一切背后的真正原因却是宙斯本人。他爱上了她,并且

> 将夜间的梦幻
> 送至我的闺房,
> 对我婉言相劝:
> "快乐的、快乐的姑娘啊,
> 你为何迟迟不嫁?
> 情欲之箭已经射中了宙斯。
> 他对你热情如火,
> 意欲掳获你的芳心。"
> 一夜又一夜,我被此等梦境纠缠不休。

然而,宙斯对赫拉吃醋的恐惧胜过了他对伊俄的爱情。对于身为"人神之父"的宙斯来说,他的做法实在不怎么高明:为了掩盖伊俄和他自己的行踪,他把大地裹在厚厚的乌云里面,以至于黑夜突然降临,驱走了白昼。赫拉心里清楚,这种奇怪的现象必然事出有因,她立刻怀疑是丈夫在捣鬼。她在天庭里到处都找不到他,于是悄悄地降临地面,命令云雾散开。但宙斯的动作也很快。她瞥见他的时候,他正站在一头非常可爱的白色小母牛身边——这当然是伊俄变的。他发誓说自己以前从来没见过它,这头初生牛犊是刚刚从地底下蹦出来的。奥维德说,这

表明,恋人们撒谎是不会激怒诸神的。不过,这也表明撒谎是没有什么用处的,因为赫拉连一个字都不相信。她说,这头小母牛很漂亮,请宙斯把它作为礼物送给她。虽然他感到惋惜,但他立刻明白,一旦拒绝,就会泄露真相。他能找出什么借口呢?这只是一头无足轻重的小母牛呀……他十分勉强地把伊俄交给了他的妻子,赫拉深知如何才能让她远离他的身边。

她把伊俄交给巨人阿耳古斯监管。对于赫拉所要实现的目的而言,这项安排真是非常合适,因为阿耳古斯有一百只眼睛。他可以闭上一部分眼睛睡觉,用另一部分眼睛继续看守。在这样一位守卫面前,宙斯简直一点儿办法都没有。他眼睁睁地看着伊俄受罪,被变成一只动物,被迫背井离乡,却不敢出手救她。最后,他去找他的儿子——神使赫耳墨斯,叫他一定要想办法杀掉阿耳古斯。没有一位神祇比赫耳墨斯更聪明,他从天上跳到了地上,然后立刻隐藏起神祇的一切特征,乔装成一个乡巴佬,走到阿耳古斯附近,用芦笛吹出了甜美的音乐。阿耳古斯听到笛声很高兴,就叫乐手走近一点。"你不如坐在我身边的这块岩石上,"他说,"你看这里多凉快——正好给牧羊人坐。"这正中赫耳墨斯下怀,但却没有起到什么作用。他吹了一会儿笛子,然后又滔滔不绝地讲话,尽量讲得单调无聊、令人犯困。巨人的一百只眼睛有的睡着了,有的却仍然醒着。然而,有一个故事终于达到了效果,那就是潘神的故事:他爱上了一位名叫绪任克斯的仙女,但对方却躲避他,在他马上就要抓住她的时候,她被众仙女姐妹变成了一丛芦苇。潘说:"你仍然将属于我。"于是,他用她变成的

> 那丛芦苇加上蜂蜡,
> 做成了一支牧笛。

这个小故事与同类的其他故事一样,并不是特别沉闷,可是阿耳古斯却觉得十分无聊。他的眼睛全都睡着了。赫耳墨斯当然立刻杀死了他,但是赫拉把他的眼睛取了下来,镶嵌到她的宠鸟孔雀的尾巴上。

这时伊俄好像自由了,其实不然;赫拉立即再次对她采取了行动。她派了一只牛虻去折磨她,把她叮得发狂。伊俄告诉普罗米修斯:

> 它驱使我在长长的海岸上不停地奔跑。
> 我无法止步吃喝。
> 它也不容我安睡。

普罗米修斯设法安慰她,但他只能为她揭示遥远的未来。眼下她还要到许多可怕的地方去继续流浪。虽然她最初狂奔时经过的海域以后会以她的名字命名,叫做伊俄尼亚海,她经过的浅滩也会被命名为波斯福罗斯("母牛滩")以纪念她,但她真正的安慰应当是她最终将会抵达尼罗河,宙斯将在那里让她恢复人形。她将为他生下一个名叫厄帕福斯的儿子,从此长享快乐和荣华。

> 你要知道,在你的后代中将会出现
> 一位擅长射箭的绝世英雄,
> 他将恢复我的自由。

日后最伟大的英雄赫剌克勒斯就是伊俄的后裔,诸神当中没有比他更伟大的人物。多亏他出手相救,普罗米修斯才重获自由。

欧罗巴

这个故事与文艺复兴时期关于古典文学的观念颇为相符——具有奇幻意味,精雕细琢,色彩明丽。它完全取材于公元前三世纪亚历山大派诗人莫斯科斯的一首长诗,该诗是这个故事的最精彩的版本。

由于受到宙斯的爱慕而获得地理盛名的少女并非只有伊俄一个人;有一位少女的名声远在伊俄之上,那就是西顿国王的女儿欧罗巴。可怜的伊俄不得不为盛名付出可观的代价，而欧罗巴却要幸运得多。她只在骑着公牛渡过深海时受过几次惊吓，除此以外根本没有受过苦。故事没有说明天后赫拉当时在做什么，但是她显然毫无戒备，因此她的丈夫可以为所欲为。

一个春天的早晨，天庭中的宙斯懒洋洋地望着大地，突然看到一幅迷人的图景。欧罗巴很早就醒了过来，和伊俄一样为梦境所困扰。只是，这一次她梦见的不是一位神祇爱上了她，而是两片大陆化身为两个女人，都企图拥有她。亚细亚说自己是她的生母，所以应当拥有她；另一位还没有名字，她说宙斯将会把这位少女送给她。

到了黎明时分——这常常是真实的梦境降临人间的时刻，欧罗巴从这个古怪的梦境中醒来，决定不再睡下去，而是召集玩伴们——与她同年出生的一些贵族少女——一同前往海边那片开满鲜花的美丽草坪。无论她们是想跳舞，还是到河口去沐洗她们娇美的身体，还是采集鲜花，这里都是她们最喜欢的集合地点。

她们知道现在是花儿开得最美的时节，因此都带着花篮。欧罗巴的花篮是用黄金制成的，上面镂刻着精美的人物浮雕。说也奇怪，这些浮雕所描绘的竟是伊俄的故事：她以母牛的形象四处流浪的历程，百眼巨人阿耳古斯之死，以及宙斯用他的神圣之手轻轻地抚摸她、把她变回女人的情景。这个花篮一看就知道是一件值得观赏的奇妙宝物，它的制造者正是奥林匹斯仙境中的神匠赫淮斯托斯。

花篮很美，可以采下来放到篮里的鲜花也同样迷人：有芬芳的水仙、风信子、紫罗兰和黄色的番红花，最为明艳的则是绚烂夺目的深红色野玫瑰。姑娘们欢天喜地地采花，在草地上尽情游玩。她们个个美若天仙，欧罗巴更是艳冠群芳，就像爱神令美惠三女神相形见绌一样。下面的一幕正是这位爱神安排的：当宙斯在天庭中观赏这幅美妙的图景时，唯一能够征服宙斯的神祇——爱神和她的儿子、淘气的小爱神丘比特一起将一支箭射进了宙斯的心坎，于是他立刻疯狂地爱上了欧罗巴。虽然赫拉不在，但他觉得还是谨慎为妙。在接近欧罗巴之前，他先变成了一头公牛。这可不是在牛棚中畜养或在田野里吃草的那种常见的公

牛，而是世界上最美的一头公牛，它的外皮呈亮丽的红棕色，额头上有一只银环，双角宛如两弯新月。它显得极为温顺可爱。看到它走了过来，姑娘们一点儿也不害怕，都围在它的身边爱抚它，嗅着它身上发出的那股来自天庭的芳香，简直比鲜花草坪的气息还要沁人心扉。它径直向欧罗巴走了过去，在她轻轻地抚摸它的时候，它发出了美妙的鸣声，没有一支横笛能够奏出比这更加优美悦耳的音乐。

然后，公牛躺在她的脚前，仿佛在向她展示它那宽阔的背脊。她大声呼唤同伴们过来，和她一起爬上牛背：

> 它的模样是多么温驯，多么可爱，
> 一定愿意驮载我们。
> 它不像公牛，却像一位善良而真诚的男子，
> 只是不会讲话。

于是她笑逐颜开地坐到了牛背上，而其他少女虽然快步跟了上来，却没有机会坐上去。公牛一跃而起，全速奔到海边，随即，它不是跑进海里，而是腾跃到广阔海面的上空。在它凌波疾行之际，前方的海面立刻变得平静无波，长长的一列神祇由大海深处升至海面，陪它一道前行——他们都是模样古怪的海中神祇：有骑着海豚的海中仙女涅瑞伊得斯，有吹着号角的人身鱼尾海神特里同，还有宙斯的亲兄弟、威力无穷的海洋主宰波塞冬。

欧罗巴被周围汹涌的海水和那些奇妙的生灵吓慌了，她一只手抓住硕大的牛角，另一只手提起身上的紫袍，免得被海水打湿。空中的风

> 吹胀了她深深的衣褶，
> 使它宛如张满的船帆，
> 并无比轻柔地吹送着她。

欧罗巴心想，这不可能是公牛，一定是一位神祇。她以祈求的语气

对他说话，求他怜悯，不要把她孤零零地撇在陌生的地方。他出声作出了回答，并表明他的身份与她的猜测完全一致。他对她说，不用害怕，他是最伟大的天神宙斯，由于爱上了她才出此下策。他要带她前往他自己的故乡克里特岛——当年他的母亲生下他之后，曾把他藏在那里，以免被他的父亲克罗诺斯发现。日后欧罗巴将在那里为他生下

> 挥动权杖、统治世间万民的
> 光荣子嗣。

事情的发展当然与宙斯所说的完全一样。克里特岛到了，他们上了岸，奥林匹斯仙境的守门人四季之神为她穿上盛装，好让她做宙斯的新娘。她的儿子们都是名人，不仅在此世声名显赫，而且在来世也同样闻名——其中，弥诺斯和剌达曼托斯两人由于在世间为人公正，死后被任命为冥国的法官。不过，欧罗巴自己的名声仍然是最为显赫的。

独眼巨人波吕斐摩斯

这个故事的第一部分源自史诗《奥德赛》，第二部分只有公元前三世纪的亚历山大派诗人提奥克里图斯讲述过，最后一部分则必定出自公元二世纪的讽刺作家卢奇安之手。故事的开头和结尾在写作时间上至少相隔一千年。荷马的活力和讲故事的能力，提奥克里图斯丰富的奇思妙想，卢奇安机智的冷嘲热讽，以各具时代特色的方式阐明了希腊文学的发展历程。

最先被创造出来的各种怪物，如百手怪、巨人族等等，在战败之后都被逐出了大地，只有独眼巨人一族例外。他们获准回到大地上，最终变成了宙斯的亲信。他们都是出色的工匠，负责为宙斯打造雷霆。他们起初只有三个人，但后来又增加了许多人。宙斯让他们在一个幸福的国度里安了家，那里的葡萄园和谷田不必犁耕和播种就能长出丰硕的果

实。他们还有大批绵羊和山羊,过着安闲自在的生活。但是他们那凶猛的习性和野蛮的脾气并没有改好,他们没有公正的法律和法庭,每个人都为所欲为。这里对异乡人来说可不是什么好地方。

在普罗米修斯遭受惩罚很久以后,他帮助过的人们的子孙已经成长为文明人,学会了制造用于远航的船只。这时,一位希腊王子把他的船停靠在这片危险地带的岸边,他的名字叫做俄底修斯(在拉丁文中为尤利西斯)。此时特洛伊城已经灭亡,他正在返回家乡的途中。然而,即便是在他与特洛伊人进行的最为艰苦的战斗当中,他也从未像此刻这样接近死亡。

在离他的水手们系船的地点不远处,有一个洞窟,洞口朝着大海,位置很高。洞窟看上去有人居住,因为门前有坚固的围栏。俄底修斯带着十二个随从到那里去探险。他们缺少食物,所以他带了一皮囊香醇甘美的烈性酒,准备送给那里的住户,以换取他们的款待。围栏里的大门没有关严,于是他们直接走进洞里。里面没有人,但一看就知道这家人非常富有。洞窟两侧有很多羊圈,里面挤满了小绵羊和小山羊。洞里还有很多摆满乳酪的架子和装满牛奶的桶,这令那些久困海中的旅行者非常开心。他们一面等主人回来,一面开始大吃大喝。

主人终于回来了——此人相貌奇丑、身躯庞大,就像一座高耸的山崖。他赶着羊群走进洞里,用一块沉重的石板封住了洞口。然后他环顾四周,看到了那些陌生人。他用雷鸣般的可怕声音大吼道:"你们是谁,竟敢擅自闯入波吕斐摩斯的家?是商人还是海盗?"他们一看见他,听见他的声音,就吓慌了,但俄底修斯还是强作镇定地回答道:"我们是从特洛伊来的战士,遇到了海难,是在恳求者保护神宙斯的保护下向你求援的人。"可是波吕斐摩斯却吼道,他才不怕宙斯呢,他比任何一位神祇都更加高大,谁也不怕。说完,他伸出壮硕的臂膀,两只巨手各抓起一个人,扔到地上,把他们摔得脑浆迸裂。他慢吞吞地把他们吃得精光,吃饱之后就横卧在洞里睡觉。他不怕别人攻击他,因为除了他以外,没有人能推开洞口的大石板;即使这群惊慌失措的人鼓起勇气奋力杀死他,他们也会永远被困在洞里。

在这个可怖的长夜里，俄底修斯面临着可怕的困境：如果他想不出逃生的办法，刚才发生的事情就会发生在他们每一个人的身上。可是，到了黎明时分，聚在洞口的羊群吵醒了独眼巨人，俄底修斯却还是一点儿办法都没想出来。他不得不眼睁睁地看着另外两个同伴死掉，因为波吕斐摩斯吃早餐的方式和吃晚餐一样。接着，他推开洞口的石块，把羊群赶了出去，又把石头推回原位，简直就和一个人开合箭筒盖一样轻松。在这一整天里，被关在洞里的俄底修斯不停地思考。他的随从当中已有四人悲惨地死去，难道大家都要遭遇这么可怕的命运吗？最后，一个计划在他的脑海中成形了。羊圈附近有一根巨大的木头，其长度和厚度抵得上一艘二十支桨的大船的桅杆。他从木头上砍下了一大截，与随从们合力把它削尖，还把尖端伸到火里转了几圈，把它烧硬。等到独眼巨人回到家里，他们已经把木桩做好并藏了起来。接着又是一顿同样可怕的大餐。等巨人吃完，俄底修斯倒了一杯自带的好酒请他喝。他高高兴兴地一饮而尽，然后还要接着喝；俄底修斯一再为他斟酒，最后他终于醉倒了。随即，俄底修斯和随从们把他们藏起来的大木桩拖了出来，把它的尖端放到火里加热，直到它几乎烧着。天上的神力向他们体内注入一股超乎寻常的勇气，他们把火红的木桩一下子刺进了独眼巨人的眼睛。他大叫一声，跳了起来，猛地把尖木头拔了出来。他在洞里转来转去，想抓住折磨他的人，可是由于他的眼睛瞎了，大家每次都能逃离他的魔爪。

最后，他推开洞口的石头，伸开手臂坐在那里，想趁他们逃走的时候捉住他们。然而俄底修斯事先也为此订好了计划。他叫每个人挑选三头厚毛公羊，用结实而柔韧的几条树皮拴在一起，等天亮后羊群要被赶进牧场的时候再出去。天终于亮了，在拥挤的羊群走出洞口的时候，波吕斐摩斯把每一只羊都摸了摸，确保有没有人坐在羊背上。但他没有想到去摸摸羊身下面，而那群人就躲在那里。他们每个人都藏在三头羊里中间那头的下面，紧紧抓住浓密的羊毛。一逃出这个可怕的洞窟，他们立刻跳到地面上，跑到船边，把船推下了水，人也上了船。但是俄底修斯怒火中烧，不肯谨慎地默默离开。他在水上朝洞口的瞎眼巨人大叫道:"独眼巨人啊,原来你还不够强壮,没办法把所有的小人儿都吃掉?你如此对待家里的客人,活该受到这样的惩罚!"

这些话刺痛了波吕斐摩斯的心。他一跃而起,从山上扯下一块大山崖,向他们的船只掷去。崖石差一点儿把船头砸碎,船又被逆浪冲向岸边。水手们全力划桨,好不容易才划离海岸。俄底修斯看到他们已经安全脱险了,又大声叫骂道:"独眼巨人,戳瞎你的眼睛的是攻城英雄俄底修斯。别人问起的时候,你就这样告诉他吧!"不过这时他们已经走得很远了,巨人束手无策,只好瞎着眼睛坐在海岸上。

在许多年当中,这是关于波吕斐摩斯的唯一的故事。几百年过去了,他仍旧和以前一样,是一个长相怪异、身躯巨大、眼珠被挖出的可怕怪物。但是最后他变了,因为丑恶的东西往往会随着时间的流逝而发生变化、日渐驯良。也许某一位故事家觉得被俄底修斯撇下的那个孤独无助、受苦受难的家伙值得同情吧,无论如何,后来的一个关于他的故事把他写得非常讨人喜欢,一点儿也不可怕,反倒是一个很可怜的怪物,容易上当,又十分滑稽。他自知相貌丑陋、举止粗鲁、令人嫌恶,心里很难受,因为他疯狂地爱上了娇媚迷人却喜欢嘲笑别人的海中仙女伽拉忒亚。这回他居住的地方是西西里岛,眼睛也不知怎么复原了,也许这是他父亲施行的奇迹——这个故事说他的父亲是伟大的海神波塞冬。这位害上相思病的巨人知道伽拉忒亚不可能爱上他,他一点儿希望都没有。可是,每当痛苦使他硬起心肠,劝自己"挤你的羊奶吧,何必追求一个躲避你的人呢?"的时候,那个风骚女子却又悄悄地走近他;接着,一大堆苹果突然掉到他的羊群里,同时她的声音在他耳边响起,嘲笑他在恋爱方面太迟钝。但是他一跳起来追她,她就又跑开了;他拼命想追上她,她却嘲笑他笨手笨脚。他只得再次凄然无助地坐在岸上,不过这回他并没有气得想杀人,而只是唱起了悲哀的情歌,想打动海中仙女的心。

在更晚的一个故事中,伽拉忒亚变得和善起来了,这倒不是因为这位纤柔、优雅、肤色白皙的少女——波吕斐摩斯在他的歌曲里是这样形容她的——爱上了那位可怕的独眼巨人(在这个故事里,他的眼睛也复原了),而只是因为她考虑到他是海神的爱子,不可轻侮。她的姐姐、仙女多里斯倒是很想吸引独眼巨人的注意,可是她却轻蔑地对妹妹说:"你找了个好情郎呀——那个西西里羊倌。人人都在议论这件事。"于是伽拉忒亚和她的姐姐进行了一番对话:

> 伽拉忒亚:请你别再装腔作势了。你要知道,他可是波塞冬的儿子!
>
> 多里斯:就算他是宙斯的儿子,也与我无关。有一点可以肯定——他是一头丑陋、粗鲁的畜生。
>
> 伽拉忒亚:让我告诉你,多里斯,他有一种雄赳赳的男性气概。不错,他只有一只眼睛,但是他和有两只眼睛的人看得同样清楚。
>
> 多里斯:如此看来,你自己好像已经坠入情网了。
>
> 伽拉忒亚:我坠入情网——跟波吕斐摩斯?哪儿的话!——但我当然猜得出你为什么这样说。你明知他从来都不看你一眼——他只注意我。
>
> 多里斯:一个独眼的羊倌觉得你长得挺俊俏,真不错呀!不管怎样,你倒是不用替他煮饭。我听说他会把旅行者当作大餐吃掉。

但波吕斐摩斯从未博得过伽拉忒亚的芳心。她爱上了一位名叫阿喀斯的年轻英俊的王子,波吕斐摩斯醋意大发,把他杀掉了。不过,阿喀斯死后变成了河神,所以故事的结局还不错。除了伽拉忒亚,我们没有听说波吕斐摩斯爱上过其他哪位少女,或者哪位少女爱上过他。

花卉神话:水仙花、风信子、银莲花

第一个故事讲的是水仙花的起源,它只在公元前七世纪或八世纪的一首古老的荷马式颂歌中出现过;第二个故事则取材于奥维德的作品。

这两位诗人有着很大的差别,他们不仅在生活时代上相隔六七百年,而且在思维方式上也具有希腊人和罗马人的那种根本差异。那首荷马式颂歌写得客观、纯朴,没有矫揉造作的意味。诗人关注的是主题,而奥维德却总是想着观众。但是奥维德把这个故事讲得很好。幽灵试图在死亡之河中观看自己倒影的那一段写得十分精巧,颇具特色,与任何希腊作家都完全不同。把"风信子节"的故事讲得最好的作家则是欧里庇得斯;此外,阿波罗多罗斯和奥维德两人也讲过这个故事。在我的叙述当中,如果有一些栩栩如生的内容,那自然应当归功于奥维德,因为阿波罗多罗斯从未添加过这类东西。银莲花的故事则取材于公元前三世纪的两位诗人——提奥克里图斯和彼翁的作品。这个故事具有亚历山大派诗人的典型风格:柔婉,略显纤弱,但总是含有优雅的韵味。

在希腊,有许多非常迷人的野花。任何地方都不乏绚丽的鲜花,但我们要知道,希腊并不是一个土壤丰饶的国家,它缺乏适宜花儿生长的广阔草地和肥沃田野。在这片土地上,到处都是布满岩石的道路、石质的丘陵和崎岖的高山,然而这些地方却开着鲜艳美丽的野花,它们

> 繁茂似锦,
> 明艳醉人,

令人惊诧不已。荒凉的高岗上覆盖着一层亮丽的色彩,叠皱的岩崖上的每一道裂缝里都开着鲜花。这种华丽绚烂、令人开颜的美,与周围景物的那种轮廓清晰、质朴冷峻的庄严气势形成了鲜明的对照,极为引人注目。在别的地方,野花也许不会引起任何人的青睐——但在希腊却恰恰相反。

不论是在古代还是现代,情况都是这样。早在希腊神话粗具雏形时的远古时代,人们就觉得希腊春天的一丛丛鲜花绚丽怡人、令人惊叹。每一朵花都很娇弱,然而整片花丛看上去却宛如一件落在丘陵上的五颜六色的披风。那些古人和我们相隔几千年,我们对他们几乎一无所知,

但是在这个美丽的奇迹面前，他们的感受却和我们相同。希腊最早的故事家讲述了一个又一个关于这些花儿的故事，讲述它们是如何被创造出来的，又为何如此美丽。

将这些花卉与诸神联系在一起，或许是再自然不过的事情。天地万物都与神力有着神秘的联系，美丽的事物更是如此。人们常常认为，某种特别妩媚的花卉是某位神祇为了达到某种目的而亲自创造出来的。水仙花就是如此。当时的水仙与现在的同名花卉不同，它是一种艳紫色和银白色相间的花儿，十分娇艳可爱。宙斯创造出水仙是为了帮助他的弟弟冥王，因为后者爱上了谷物女神得墨忒耳的女儿珀耳塞福涅，要把这位少女劫走。她和同伴正在恩纳谷地的一片开满红玫瑰、番红花、紫罗兰、鸢尾花和风信子的嫩绿色草坪上采花。突然，她瞥见了一丛从没见过的鲜花，远比她见过的任何花儿都更加绚丽夺目，足以令神祇和凡人都叹为观止。从它的根部长出了上百朵花儿，芳香沁人。看到这些花儿，无际的蓝天和广袤的大地都笑逐颜开，海浪也欢欣不已。

在那些少女当中，只有珀耳塞福涅发现了这丛鲜花，其他人还在草地的另一头呢。她偷偷地走近花丛，心里虽然害怕自己会落单，但又抵制不住把花采来装满花篮的欲望。她的这种心情早就被宙斯预料到了。她一面惊叹于花儿的美丽，一面伸出手去采摘这可爱的玩物；可是，她还没有摸到花儿，地面上就突然裂开了一条大缝，跃出两匹炭黑色的骏马，拉着一辆马车，驾驶者是一位威风凛凛、肤色黝黑、气质高贵、相貌俊美但又令人畏惧的男子。他一把将她拉到身边，紧紧抱住。刹那之间，她就被冥王从春光明媚的大地带到了死者的世界。

这并不是唯一的一个关于水仙的故事；另一个故事与它同样奇妙，但内容却迥然不同。故事的男主人公是一位名叫那耳喀索斯的美少年。他实在太美了，见过他的姑娘全都渴望成为他的爱人，可是他却一个也不想要。他漫不经心地从最迷人的姑娘身边走过，无论她怎样努力吸引他的注意，他都不理不睬。那些心碎的少女在他眼里算不了什么，连最美丽的仙女厄科的悲惨遭遇都打动不了他。厄科是森林和野生动物女神阿耳忒弥斯的宠婢,但是她得罪了最有权势的女神赫拉。赫拉那天照例想查清楚宙斯在干什么。她怀疑宙斯爱上了某一位仙女,就来盘查她们,看看是哪一个。但是,厄科那愉快的闲谈立刻使她分了心,忘记了她是在调查。就在她听得津津有味的时候,其他仙女趁机偷偷溜走了,以致赫拉无法确知宙斯那飘忽不定的爱意到底落在了谁的身上。于是,一贯不分青红皂白的赫拉便迁怒于厄科,这位仙女成了遭到赫拉惩罚的另一个不幸的姑娘。天后罚她永远不能讲话,除非是重复别人对她说的话。赫拉说:"你将永远重复别人的最后一句话,却无法首先开口。"

这种惩罚非常残酷,尤其是当厄科跟其他害相思病的少女一样爱上了那耳喀索斯的时候,这种惩罚就使她更加难以忍受。她可以跟着他,却无法对他讲话,那她怎么可能使一位从来不看女孩子一眼的少年注意到她呢?不过,有一天,她的机会好像来了。他在呼唤他的同伴:"有人在这儿吗?"她立刻喜滋滋地应道:"这儿——这儿。"她仍然藏在树丛里,所以没有被他看见。他又喊道:"来吧!"——这正是她想对他说的话。于是她欣然应道:"来吧!"并伸出双手,走出了树丛。但是他却嫌恶地转身走开,显得十分生气。"不行,"他说,"我宁死也不让你支配我。"她只能谦卑地哀求道:"我让你支配我。"但是他已经走了。她孤零零地躲在洞里掩藏满面的红晕和满心的屈辱,永远也得不到安慰。她至今仍然住在那类地方。据说她由于相思而日渐憔悴,现在只剩下声音了。

那耳喀索斯依然我行我素,不愿改变他那残酷的做法,始终对爱情抱以蔑视的态度。最后,被他伤害过的那些女子中的一个向诸神祷告,并得到了回应:"愿不爱别人的人爱上他自己。"伟大的女神涅墨西斯(意为"正义之怒")着手安排这件事。当那耳喀索斯在一个清澈的池塘边俯身喝水时,他看见了自己的倒影,便立刻爱上了它。他叫道:"现在我知道别人为我受了多少痛苦了,因为连我也热烈地爱上了我自己——然而我怎么可能接触到水中那迷人的影像呢?可我又离不开它。我唯有一死才能获得自由。"事情就这样发生了。他寸步不离地守在池塘边,深情地凝视着水中的倒影,日益憔悴。厄科就在他附近,可是她一点儿办法都没有。只有当他奄奄一息对着自己的影子叫道"别了——别了"的时候,她才复述了这句话,算是与他道别。

据说,在他的亡魂渡过环绕着冥国的那条河时,他还倚在船边,向水中的倒影看了最后一眼。

他死后,曾经被他藐视的众仙女对他很仁慈,想找到他的尸体来安葬,但却怎么也找不到。在他倒下的地方开出了一种新的花儿,十分娇媚可爱,于是她们就用他的名字为它命名,叫做那耳喀索斯(水仙花)。

另一种因美少年之死而出现的花儿是风信子。它也不同于如今那种名叫风信子的花,而是一种形状像百合的深紫色花卉——也有人说它是艳红色的。那是一次悲剧性的死亡,每年都有人予以纪念:

> 许阿铿托斯的节日(风信子节)
> 在宁静的夜晚持续通宵。
> 他在与阿波罗竞技时
> 不幸丧生。
> 两人竞掷铁饼,
> 神祇出手迅疾如风,
> 铁饼飞得比他的目标更远,

正好砸在许阿铿托斯的额头,使他受了重伤。他一直是阿波罗最亲密的同伴,他们之间本无敌意,不过是想做做游戏、比一比谁掷铁饼掷得更远而已。太阳神看到那位少年鲜血直流,面色惨白倒在地上,简直吓慌了。他自己也面色苍白,连忙把少年抱在怀里,想为他止血,可惜已经来不及了。在阿波罗的怀里,少年的头就像断了茎的鲜花一样垂了下来——他死了。阿波罗跪在他的身边悲泣,惋惜他在这么年轻、这么美的时候就死了。这位少年是因他而死的,尽管他并没有错。他喊道:"噢,但愿我能用我的生命换回你的生命,或者与你同死!"就在他说话时,染血的草地又变得青翠起来,开出了美丽的鲜花,正是这种花儿使少年的名字得以流传后世。阿波罗亲自在花瓣上题字——有人说他写的是许阿铿托斯名字的第一个字母，也有人说是两个希腊字母，意为"悲哉"。无论他题写的是什么，这些字迹都是对太阳神那深深的哀愁的一种纪念。

还有一个故事说，直接导致少年死亡的不是阿波罗，而是西风之神仄费耳。他也爱上了这位最美的年轻人。当他看到对方喜爱阿波罗胜过自己时，便在妒火的驱使之下猛吹铁饼，使它击中了许阿铿托斯。

这些关于风华正茂的美少年不幸夭折、并被恰当地变成春花的故事，很可能伴有某种黑暗的背景。它们暗示着远古时代的人们做过的一些可怕的事情。在希腊的远古时期，在任何流传至今的故事或诗歌出现之前，甚至在故事家和诗人出现之前，可能发生过这样的事情：如果一个村庄附近的田地不结果、谷物不发芽，那么人们可能会杀死一位村民，将他（她）的鲜血洒在这片贫瘠的土地上。那时的人类并不认为充满荣光的奥林匹斯诸神会讨厌这种可憎的祭品。他们只有一种模糊的感觉：既然他们完全要靠播种和收获才能活命，那么他们自己、他们的鲜血和大地之间一定有着深刻的联系；既然他们的血要靠谷物来滋养，那么必要时它也能反过来滋养谷物。如果一位美少年这样被杀了，后来这片土地上又开出了水仙花或风信子，那么，大家认为这些鲜花就是少年自己复活之后的化身，不是很自然的吗？于是他们奔走相告，传述这个迷人的奇迹，使残酷的死亡显得不那么残酷了。随着岁月的流逝，人们不再相信大地需要鲜血的灌溉才能变得肥沃，于是故事中残酷的部分便被删除，久而久之就被遗忘了。没有人记得曾经发生过那样可怕的事情。他们会说，许阿铿托斯并不是被他的亲族为了获取粮食而杀死的，而只是死于一个令人悲伤的错误。

在这些关于死后化为鲜花复活的人物的故事中，以阿多尼斯的故事最为著名。希腊姑娘每年都要哀悼他。每年当他的花儿——血红的银莲花（风花）——再次开放的时候，她们都会欢欣鼓舞。爱神阿佛洛狄忒深爱着他，她常常用箭射穿诸神和凡人的心，但她自己也注定要忍受同样钻心的痛苦。

在他出生的时候，她看到了他；从那时起，她就爱上了他，决心把他据为己有。她把他带到春神珀耳塞福涅那里，请春神代为抚养，可是珀耳塞福涅自己也爱上了他，不肯把他还给阿佛洛狄忒，直到阿佛洛狄忒亲自前往阴间去接阿多尼斯的时候，珀耳塞福涅还是不肯交还。两位女神互不相让，最后由宙斯出面裁决。他判定阿多尼斯每年各陪她们半年，秋冬两季归冥国的王后，春夏两季归爱与美的女神。

当阿多尼斯和阿佛洛狄忒在一起的时候，她总是尽力使他高兴。他热衷于狩猎，所以她常常撇下平时载着她在空中翱翔的天鹅车，打扮成女猎手，跟着他走上崎岖的林间小路。但是在一个伤心的日子里，她恰好没有和他在一起，他独自追赶一头大野猪，带着猎犬将野猪逼进绝路。他向它掷出了长矛，但只是击伤了它；他还来不及跳开，痛得发狂的野猪就冲到他面前，用獠牙猛刺他。阿佛洛狄忒正乘着带翼的天鹅车在高空上飞翔，突然听见爱人呻吟的声音，连忙飞到他的身边。只见他奄奄一息，黑色的鲜血顺着他雪白的皮肤淌了下来，双眼已经变得迟钝无光。她亲吻了他，但阿多尼斯死前毫无知觉，没有感觉到她的吻。他的伤势很重，但是她内心的伤痛更为剧烈。尽管她知道他听不见，还是对他说道：

"你去了，噢，我最最爱慕的人，
我的爱慕像梦幻一样，消失得无影无踪。
赋予我美貌的腰带也随你而去。
但我是一位女神，必须活下去，
不能伴你同行。
再吻我一次吧，最后一个深长的吻，
直到我将你的魂魄吸入唇间，

饮下你绵绵的情意。"

群山呼唤，橡树应和，
哀哉，哀哉，阿多尼斯啊！他已经去了。
厄科大声地回应道：哀哉，哀哉，阿多尼斯啊！
诸位爱神一同为他落泪，缪斯女神也都悲泣不已。

然而，已经下到黑暗阴间的阿多尼斯没有听见她们的哭声，也没有看到在他的每一滴鲜血所染红的土地上，都开出了深红色的鲜花。

第二部分　爱情故事和历险故事

第一章　丘比特和普叙刻

这个故事只在公元二世纪的一位拉丁作家阿普列乌斯的笔下出现过，所以诸神均用拉丁名字。故事写得很美，文风与奥维德相似。作者觉得自己笔下的内容十分有趣，但他并不相信确有其事。

从前，一位国王有三个女儿，都长得很漂亮；小女儿普叙刻的容貌之美更是远远超过两位姐姐，以至于当她站在她们身旁时，简直就像是一位女神与凡人并肩而立。她的绝代姿色闻名遐迩，到处都有人远道而来，怀着惊奇和仰慕之情一睹她的风采，并向她表示极大的敬意，仿佛她真的是一位女神一般。他们甚至说，连美神维纳斯也比不上这个凡人。越来越多的人争相对她的美貌顶礼膜拜，再也没有人想到维纳斯了。维纳斯的神殿受到了冷落，她的祭坛积满冰冷的灰尘，她心爱的城镇也荒芜倒塌了。一切曾经属于她的荣耀如今都落到了一个寿命有限的凡间少女身上。

可想而知，女神自然不甘心忍受这样的冷遇。平时，每当她有了麻烦，她都会向她的儿子求助，这次也不例外——她的儿子就是长着翅膀的美少年丘比特，也有人称之为小爱神；无论是在天上还是地上，都没有人能够抵挡他的神箭。女神向儿子道出了委屈，于是他照例准备执行母亲的命令。"运用你的神力，"她说，"让那个小贱人疯狂地爱上全世界最卑贱、最可鄙的家伙。"假如维纳斯没有先让他看见普叙刻的话，他无疑是会照办的；可是，妒火中烧的维纳斯没有想到，普叙刻的美貌竟然也会对小爱神发生作用。他一看到她，就好像他向自己心坎里射了一箭似的。他一句话也没有对母亲说，因为他简直连说话的力量都没有了；而维纳斯却以为他会立即将普叙刻引向毁灭之路，便满怀自信、高高兴兴地走了。

然而，事情的发展却与她的预料恰恰相反。普叙刻并没有爱上什么卑鄙可怕的家伙，甚至根本就没有爱上任何人。更加奇怪的是，居然也没有人爱上她。男人们只是来一睹芳容，惊叹一番，膜拜一番——然后就去跟别人结婚了。她的两个姐姐远远比不上她，但却风风光光地嫁给了两位国王。绝代佳人普叙刻怅然独坐，她只受到了赞美，却从未得到过爱情，好像没有男人想要娶她。

她的父母当然为此感到非常不安。最后，她的父亲前往太阳神阿波罗的一座神祇宣示所，向神祇请教怎样才能为女儿找到一位好丈夫。神祇作出了答复，但是他的话相当可怕。原来，丘比特曾把事情的原委告诉阿波罗，求他帮忙。于是阿波罗对普叙刻的父亲说，普叙刻必须身着重孝，登上一座岩丘的顶端，独自留在那里，她命中的丈夫——一条比诸神还要强大的可怕的带翼大蛇将到那里去找她，娶她为妻。

当普叙刻的父亲把这个可悲的消息带回家时，全家人的哀痛之情可想而知。他们为少女穿上只有在死亡时才会穿的衣服，带她登上了岩丘，他们的神情比把她送进坟墓还要悲痛。普叙刻自己却很勇敢，她对大家说："你们早就应该为我哭泣，因为美貌害我遭到天妒。现在你们走吧，要知道，我很高兴这一切终于可以了结了。"他们伤心欲绝，只得撇下这个美丽而又无助的女孩，让她独自面对厄运。回宫之后，他们闭门不出，天天在宫里哀悼她。

普叙刻坐在笼罩着一片黑暗的山顶，等待着未知的恐怖命运。她一边哭一边发抖，这时一股柔柔的微风悄悄地吹了过来，那是西风之神仄费耳呼出的轻柔气息，是最温和、最怡人的风。她觉得自己被这股和风托了起来，飘离了岩丘，落在一片像床铺一般柔软、开满芬芳花朵的碧绿草坪上。这个地方是如此宁静，使她忘却了一切烦恼，进入了梦乡。醒来一看，她正躺在一条清澈的小河边，河岸上有一幢富丽堂皇的大厦，好像是专为神祇建造的，它以黄金为柱，白银为壁，地板上镶嵌着名贵的宝石。大厦里寂静无声，好像没有人住。如此辉煌壮观的景象令普叙刻心中充满敬畏，她慢慢地走上前去，在门槛上犹豫不决，这时她的耳边忽然响起了几个人说话的声音。她看不见人，但是他们的话清晰地传入她的耳中。他们告诉她，这幢大厦是给她住的，她必须勇敢地走进去，沐浴一番，恢复精神，然后有人会为她摆上一桌宴席。"我们是您的仆人，"那些声音说，"随时按照您的旨意行事。"

她有生以来从未享受过如此舒适的沐浴，也从未品尝过如此美味的饭菜。在她用餐的时候，四周响起了悦耳的音乐——好像有一个大合唱团在伴着竖琴的琴声歌唱，但她只能听到声音，却看不见人。在整个白天，除了有各种声音做她奇怪的伴侣，她一直孤单一人；但是她依稀感到，随着夜晚的降临，她的丈夫会和她在一起。事情的发展果然不出所料。当她感觉到他就在身边，听到他温柔的声音在耳边呢喃，她心中的一切疑惧顿时烟消云散。她不必亲眼看到他，就知道他既不是怪物也不是形状丑恶的东西，而是她渴望和等待已久的恋人和丈夫。

这种若即若离的关系不能让她完全满足，但她仍然感到十分幸福。时间过得飞快。一天晚上，她那从未谋面的心爱夫君郑重地警告她说，她的两个姐姐将会带来危险。"她们要到你失踪的山顶上去为你哭泣，"他说，"但你千万不能和她们相见，否则你会给我带来巨大的悲哀，你自己也完了。"她向他许诺说她一定不会这么做。可是到了第二天，她想起两个姐姐，想到自己不能安慰她们而整日悲泣。丈夫到来之后，她还在流泪，连他的爱抚都止不住她的悲痛。最后，他只得伤心地顺从她这个强烈的愿望。"你爱怎么做就怎么做吧，"他说，"不过你是在自取灭亡。"然后他又严肃地警告她，不要在任何人的怂恿之下偷看他，否则就会跟他永远分离。普叙刻大声叫道，她决不会这么做，她宁愿死上一百次，也不愿失去他。"但是容我见见我的姐姐吧。"她说。他伤心地同意了她的请求。

第二天早上，西风之神仄费耳将普叙刻的两个姐姐从那座岩丘带到了这里。普叙刻正在等候她们，心里非常快乐和激动。三姐妹很久没有谈过话了，她们简直无法表达各自的喜悦之情，只能流着眼泪紧紧相拥。然而，她们走进宫殿之后，当两个姐姐看到宫中光彩夺目的奇珍异宝，品尝着华美丰盛的珍肴异馔，聆听着美妙悦耳的天籁之音，她们的心中升起了一股强烈的妒意，也生出了一种贪婪的好奇心，想知道这一切财富的主人和她们的妹夫到底是谁。但普叙刻信守诺言，只告诉姐姐他是一个年轻人，现在到远处打猎去了。然后，她送给她们很多黄金和珠宝，让西风之神载着她们回到岩丘那里去。她们欣然告辞，胸中却燃烧着熊熊炉火。在她们看来，与普叙刻的处境相比，她们自己的财富和幸运简直不值一提。愤怒与妒忌折磨着她们，以至于她们最后竟然密谋毁掉她。

那天晚上，普叙刻的丈夫又警告了她一次。他恳求妻子不要再让两个姐姐来了，她不肯听。她提醒他说，她从来都见不到他的面，难道也不能见别人的面吗？连她亲爱的姐姐也不能见吗？他像上一次一样屈服了。不久，两个坏女人带着精心制订的计划又来到他们家。

当她们向普叙刻询问她的丈夫长什么样的时候，她回答得支支吾吾、自相矛盾，因此她们确信她没有亲眼看见过他，也不清楚他是什么人。她们没有把这种想法告诉她，而是责备她隐瞒自己的可怕处境，不告诉她的亲姐姐。她们说，她们听说而且确信她的丈夫不是人，而是阿波罗的神谕预言过的那条可怕的大蛇；他现在当然很对她很亲切，但是一定会在某一天夜里翻脸无情，把她吞掉。

普叙刻被吓呆了，满腔恐惧驱走了爱情。她也常常奇怪丈夫为什么从来不让她看见他的真容，其中一定有着某种可怕的理由。她对他到底了解多少呢？如果他的相貌并不可怕，那么他不准妻子看见他的做法就太残忍了。在极端的苦恼之中，她结结巴巴地告诉两个姐姐，她无法否认她们的话，因为她一直是在黑暗当中跟他在一起。她一边啜泣一边说道："他总是躲避日光，一定是出于非常可怕的原因。"于是她恳求姐姐给她建议。

她们事先就想好了建议的内容。当天晚上，她要在床边藏一把尖刀和一盏灯，等丈夫一睡熟，就下床把灯点亮，拿起刀子；灯光必定会为她照亮这个可怕的怪物，她要咬紧牙关，把刀子猛刺进他的身体。"我们就藏在附近，"她们说，"等他一死，我们就带你走。"

然后她们走了，留下她一个人在那里犹豫不决、心慌意乱。她爱

他,他是她心爱的丈夫。不,他是一条可怕的大蛇,她讨厌他。她愿意杀他——她不愿意杀他。她一定要查清真相——她不想查清真相。就这样,各种思绪在她脑中彼此争斗了一整天。然而,到了夜幕降临的时候,她不再进行思想斗争了。她决定去做一件事,那就是亲眼看看他。

当他终于静静地睡着之后,她鼓起全部勇气点亮了灯,蹑手蹑脚地走到床边,高举着灯盏凝视床上的人。噢,她顿时如释重负、喜出望外——出现在她眼前的不是怪物,而是一个最最俊美可爱的少年;在他面前,连她手中的灯火仿佛都变得更加明亮了。普叙刻为自己的愚蠢和多疑而羞愧不已,她跪倒在地上,想把尖刀刺进自己的胸膛,幸亏她的手发抖,刀子从手中落到了地上。这双颤抖的手救了她,但也正是它们泄露了她的举动。她站在他面前,心荡神驰地望着他。由于无法抗拒他的美貌的魅力,她忍不住多看了几眼。就在这时,一滴滚烫的灯油落在他的肩膀上,他惊醒了。他看到灯光,知道她违背了诺言,于是一言不发地离开了她。

她跟着他奔入夜幕之中,但她看不见他,只听见他的声音在对她讲话。他说出了自己的身份,伤心地向她道别。他说:"没有信任,爱情是不能持久的。"说完他就走了。她心里想:"小爱神!他是我的丈夫,而我这个卑鄙的人竟然不能对他守信。他永远离开我了吗?……"然后她勇气十足地对自己说:"不管怎样,我可以用我的余生去寻找他。就算他已不再爱我,但我至少可以让他知道我是多么爱他。"于是她踏上了旅程。她不知道应该到哪里去,只知道她永远不会放弃寻找他的努力。

这时,丘比特已经来到他母亲的卧房里养伤;可是,当维纳斯听到他的故事、并得知他选择的爱人是普叙刻时,顿时火冒三丈,她撇下他一个人在那里受罪,自己去寻找普叙刻——儿子使她更加嫉妒这个姑娘,她决定要让普叙刻知道得罪女神的下场。

可怜的普叙刻绝望地四处流浪,力图争取诸神的同情和帮助。她不断地向他们热切祈祷,可是没有一位神祇愿意跟维纳斯为敌。最后,她看出自己在天上或人间都没有希望,于是决心孤注一掷——她要直接去找维纳斯,谦卑地委身为仆,让对方消气。她暗想:"说不定他本人就在他母亲家里呢!"于是她动身去找女神,而对方也正在到处找她。

她来到维纳斯面前,女神放声大笑,轻蔑地问她是不是来找新丈夫的,因为她原来的丈夫差点儿被她烫死,跟她断绝了关系。"说真的,"她又说,"你是一个讨人嫌的丑女孩;除非你勤勤恳恳地服苦役,否则休想找到情郎。所以,为了表示我的好意,我要在这方面好好训练训练你。"说完,她拿出一大堆颗粒很小的小麦、罂粟、黄黍等作物的种子,把它们混成一堆,说:"天黑以前,务必把这些种子区分开来。为了你自己,一定要好好干。"说完她就走了。

普叙刻孤零零地坐在那里,凝视着那堆种子。她的心里一片迷茫,因为女神的命令太残酷了。而且,实际上,这项任务显然根本不可能完成,试也没用。就在这悲惨的一刻,这个人、神都不同情的姑娘却得到了田间最微小的动物——"赛跑健将"小蚂蚁的怜惜。它们互相召唤道:"来呀,可怜可怜这个不幸的小姑娘,尽力帮助她吧!"它们立刻一批一批地赶来,辛勤地划分和归类。终于,被乱七八糟地堆在一起的种子被分门别类地摆放好了。维纳斯回来以后,看到了这种情形,非常生气。"你的工作还没结束呢!"她说。然后她给了普叙刻一块面包皮,命她睡在地上,而她自己则到又软又香的卧榻上去安歇。如果她能够让普叙刻不停地做苦工,再让她半饥半饱,那么她那可恶的美貌一定很快就会变丑。在那之前,她一定要让人牢牢地看住还在卧房中养伤的儿子。维纳斯对这些安排很满意。

第二天早上,她又想出了一个差事给普叙刻做——这回是个相当危险的差事。她说:"在河岸边上那密密的灌木丛中,有一群长着金毛的绵羊。你去给我弄一些金光闪闪的羊毛来。"当面容憔悴的姑娘走到那条缓缓流动的小河岸边时,她恨不得跳进去,结束她的一切痛苦和绝望。她俯身对着河水,这时她突然听到从脚边传来一个细小的声音,低头一看,原来是一根绿色的芦苇发出来的。它说:千万别跳水自杀,事情还没有那么严重;绵羊确实很凶,不过若是等到傍晚它们走出灌木丛到河边休息的时候,再走进密林去,就会发现尖尖的荆棘上挂着很多金羊毛。

善良温柔的芦苇说完这番话之后，普叙刻便依照它的指示去做，终于为残酷的女主人带回好些金光闪闪的羊毛。维纳斯狞笑着收下了。"有人帮过你的忙，"她厉声说，"这一定不是你自己办到的。不过，我愿意给你一个机会，让你证明你确实像你所表现出来的那样勇敢和细心。看到从那边的山上流下来的黑水没有？那是可怕的斯堤克斯河的源头。你到那里去把这个瓶子盛满黑水。"普叙刻走近瀑布，才看出这是一项最难完成的任务。四周的岩石又陡又粘，汹涌的瀑布令人生畏，唯有长着翅膀的动物才能近前。不过到了这个时候，本故事的读者一定都已看出（或许连普叙刻自己都隐隐地感觉到了），虽然她每次遇到的考验看上去都艰巨无比，但却总有一种绝妙的办法可以助她脱身。这回她的救星是一只老鹰，它展开巨翅在她身边盘旋，用尖嘴抢过她手中的圆瓶，然后为她带回了满满一瓶黑水。

然而维纳斯仍不罢休。我们不得不指责她有些愚蠢。上述所有事件的唯一结果，便是使她又作了一次尝试。她递给普叙刻一只盒子，要她把它带到阴间，请求冥后普洛塞耳皮娜把她的美丽装一点进去。普叙刻得告诉她，维纳斯迫切需要那份美丽，因为她忙于照料病中的儿子，憔悴得要命。普叙刻照例服从了她的命令，动身寻找前往冥国的道路。她在途中的一座高塔里找到了行路指南。这份资料向她详细地说明了如何才能到达普洛塞耳皮娜的宫殿：首先穿过地里的一个大洞，然后走到死亡之河，在那儿她要交给船夫卡戎一枚钱币，请他载她过河。到了河对岸，有一条路直通宫殿。长着三颗脑袋的地狱之犬刻耳柏洛斯守在门旁，但是若给它一块蛋糕，它就会客客气气地放她进去。

事情的发展自然和高塔里的指南所预言的完全一致。普洛塞耳皮娜很愿意为维纳斯效劳。于是，大受鼓舞的普叙刻带着盒子飞快地回到了阳间，速度远比她前往阴间时快得多。

下一场磨难是她自己造成的，起因在于她的好奇心和虚荣心——尤其是后一点。她很想看看这个盒子里到底装了什么"美的灵符"，甚至还想自己盗用一点点。和维纳斯一样，她也知道自己由于吃尽了苦头，不可能比以前更漂亮，但她心里总有一个念头，那就是她也许会突然遇见丘比特。如果她能为他把自己妆饰得更加迷人，该有多好！她无法抗拒这个诱惑，便打开了盒子。然而，盒子里面似乎空空如也，她什么都没有找到，这令她大失所望。可是，刹那之间，一股死一般的倦意包围了她，她昏昏沉沉地睡着了。

就在这个当口，小爱神走了过来。他的伤口已经痊愈，他十分想念普叙刻。要想把"爱"永久地囚禁起来，可不是一件容易的事情。维纳斯锁上了门，可屋里还有窗户呢，丘比特只要飞出去找他的妻子就行了。她就躺在宫殿旁边，立刻被他发现了。他当即抹掉她眼里的睡意，把它放回盒子里。接着，他用一支箭戳了她一下，把她唤醒，责备了她几句，说她不应当这么好奇，然后又吩咐她把普洛塞耳皮娜的那盒礼物交给他的母亲，并向爱妻保证，一切都会好起来的。

普叙刻满心欢喜地跑去执行她的使命，小爱神则飞到奥林匹斯仙境。为了确保维纳斯不再找他们的麻烦，他直接去见万神之王朱庇特本人。"神人之父"立刻答应了丘比特的一切请求。他说："尽管你过去常常找我的麻烦——让我变成公牛、天鹅等等，严重地损害了我的名誉和尊严，可我还是无法拒绝你的请求。"

于是，朱庇特召集全体神祇开会，向大家——包括维纳斯在内——宣布丘比特和普叙刻正式结为夫妇，并提议把把长生不死的特性赐给新娘。神使墨丘利带领普叙刻走进诸神的宫殿，朱庇特亲自把神粮赐给她，这会使她长生不死。这样一来，情势自然完全改观。维纳斯不能反对一位女神做她的儿媳，这门亲事堪称门当户对。她无疑也考虑到，普叙刻既然要住在天庭中照顾丈夫和儿女，就不会常常下凡去吸引男人的注意，妨碍人们敬拜自己了。

就这样，故事圆满收场。"爱"和"灵魂"（普叙刻的名字即为"灵魂"之意）彼此寻找，历尽艰辛之后终于找到了对方；他们的姻缘永远不会破裂。

第二章 关于恋人的八个小故事

皮拉摩斯和提斯柏

这个故事只在奥维德的作品中出现过,是他的创作黄金时期的佳作之一,体现了他这一时期作品的特色:精彩的叙述,几段辞藻华丽的独白,外加一篇关于爱情的短论。

深红色的桑葚一度是雪白色的;它改变颜色的过程很奇特,也很令人感伤。这种变化的起因是一对年轻恋人的死亡。

皮拉摩斯和提斯柏——一个是东方最英俊的少年,一个是东方最美丽的少女——住在塞米勒米斯女王的城市巴比伦,两家比邻而居,共用一道墙壁。他们两人从小一起长大,逐渐产生了爱慕之情。他们渴望结为伉俪,可是双方父母却不准他们结合。然而,爱情是无法被阻止的。人们越是企图遏制爱情之火,它就烧得越旺,而且爱情总是能够找到出路。要想把这两颗火热的心分开,是根本办不到的。

在两家共用的墙壁上,有一条小裂缝;以前没有人注意过它,但是什么都逃不过恋人的眼睛。我们的两位年轻人发现了这条裂缝。通过它,墙壁一头的皮拉摩斯和另一头的提斯柏得以用悄悄话来进行甜蜜的交谈,挡住他们中间的可恶墙壁反而成了他们沟通的媒介。他们说:"要不是因为你挡在这里,我们就可以互相接触和亲吻了;不过至少你让我们互诉心事,让爱的絮语传入爱人的耳朵。我们是不会忘恩负义的。"他们就这样进行交谈;夜幕快要降临的时候,他们必须分手,这时他们会将嘴唇紧紧地贴在各自的墙上吻上一吻,可惜传不到对方的唇上。

每天清晨，当曙光驱走了群星，阳光晒干了草地上的白霜，他们总会溜到裂缝旁边，站在那里，时而倾诉炽热的情话，时而悲叹他们的不幸命运，但总是用最轻的声音喁喁低语。终于有一天，他们再也忍不下去了，决定当晚一同出逃，离开这座城市，前往广阔的乡间，自由自在地一起生活。他们约好在一个著名的地方——尼诺斯墓地的一棵大树下相会。那是一棵高大的桑树，树上结满了雪白的桑椹，旁边有一弘潺潺流淌的清泉。他们很喜欢这项计划，白天在他们看来仿佛长得没有尽头。

太阳终于沉入海里，黑夜降临了。提斯柏趁着黑暗溜出了家门，悄悄地走到墓地。皮拉摩斯还没有来。她等待着他，爱情使她勇气十足。突然，她在月光下看到一头母狮，这头猛兽刚捕杀过猎物，下巴上血淋淋的，正要到泉边来饮水解渴。它离这里还比较远，因而提斯柏得以及时逃命，但她在奔逃的时候把披风落在了地上。母狮在回窝途中撞见了这件披风，把它叼起来撕得稀烂，这才消失在树林中。几分钟后，皮拉摩斯到了，他正好看到这个场面：地上放着一堆沾满鲜血的披风碎片，母狮的足印在尘土中清晰可见。结论是显而易见的。他毫不怀疑自己已经知道了一切：提斯柏死了；他让自己的爱人、那娇弱的少女独自来到一个危险重重的地方，却没有先到这儿来保护她。"是我害死了你啊！"他说。他从被践踏过的泥尘中拾起那件披风的残片，吻了又吻，然后拿着它走到桑树下，说："现在，你也饮我的血吧。"他拔出剑来，刺入自己的身体。他的鲜血喷溅到桑椹上面，把它们染成了深红色。

提斯柏虽然惧怕母狮，但更害怕失信于爱人。她大胆地走回约会的地点——那棵结满闪闪发光的白色果实的桑树下面，但却没有找到。那里有一棵树，但枝上结的不是亮闪闪的白色果实。她定睛一看，只见树下的地面上有一团东西在蠕动，她吓得浑身发抖。过了一会儿，她透过阴影仔细一看，这才看出那是什么——原来是皮拉摩斯倒在血泊中奄奄一息。她奔到他身旁，把他搂在自己的怀里，亲吻着他冰冷的嘴唇，恳求他看看她，跟她说话。"是我呀，你的提斯柏，你最亲爱的爱人！"她喊道。他听到她的名字，睁开沉重的眼睛看了一眼，然后就闭目死去了。

看到从他手中滑落的佩剑和旁边那些染血的披风碎片，她一切都明

神　话

白了。"你是因为爱我才杀死了自己,"她说,"我也能鼓起勇气,我也能爱。只有死亡才能拆散我们,现在它没有这种能力了。"说完,她将那把还沾着他的生命之血的宝剑刺进了自己的心脏。

最后,诸神和这对恋人的父母动了恻隐之心。深红色的桑椹成了对这对真诚的恋人的永恒纪念,这两个连死亡都无法拆散的人儿的骨灰被盛在同一个瓮里。

俄耳甫斯和欧律狄刻

俄耳甫斯和阿耳戈英雄的故事只在公元前三世纪的希腊诗人——罗得岛的阿波罗尼俄斯的作品中出现过。至于故事的其他部分,讲得最好的则是两位罗马诗人——维吉尔和奥维德,他们是用大致相同的文风来写这一部分内容的。因此,这个故事里的诸神用的是拉丁名字。阿波罗尼斯的故事对维吉尔的影响很大。事实上,从已知的情况来看,也许这三位作家都曾经完整地讲述过这个故事。

最早的音乐家就是诸神。雅典娜在这方面不太出色,但是她发明了横笛,只是她自己从来不吹。赫耳墨斯制造了一架竖琴,把它送给了阿波罗,阿波罗用它弹奏出了极其优美的乐曲,以至于当他在奥林匹斯仙境演奏的时候,诸神把一切心事都抛到了九霄云外。赫耳墨斯还为自己制造了一支牧笛,吹奏出了迷人的音乐。潘制造了芦笛,笛声像春天里夜莺的歌声一样甜美。缪斯女神没有专属的乐器,但是她们的嗓音美妙无比。

接下来,出现了几位凡人,他们的才艺几乎与神界的演奏家同样出众。其中最伟大的一位叫做俄耳甫斯。从他母亲那方面来看,他其实并不是凡人,而是某一位缪斯女神和一位色雷斯王子的儿子。母亲给了他音乐方面的天赋,故乡色雷斯则把他培育成才。在希腊各民族中,色雷斯人最富音乐才华,而不论是在色雷斯还是在别处,俄耳甫斯的音乐才华都是无可匹敌的,只有诸神才能与之抗衡。他的演奏和演唱具有无穷

无尽的威力,任何人、任何事物都无法抗拒:

> 在色雷斯山上那静谧的密林中,
> 俄耳甫斯用他那悠扬的琴声来引导树木,
> 引导荒野中的野兽。

一切有生命和没有生命的东西都追随他。他驱动了山坡上的石头,改变了河水的航道。

很少有人提及他那段不幸的婚姻之前的生活经历——他的婚姻甚至比他的音乐才华还要著名。但他参加过一次著名的远征,发挥了非常重要的作用。他与伊阿宋一起乘阿耳戈号远航;每当众英雄感到疲倦、或者船特别难划的时候,他就弹起竖琴,令大家精神百倍,他们的船桨伴随着乐曲的节奏一齐击打着海面。如果一场争执一触即发,他就奏出轻柔的乐曲,这时就是再凶暴的人也会平静下来,把满腔愤怒抛到脑后。他还从海妖塞壬手里救出了众英雄。当时,他们听见远远的海面上传来甜蜜而迷人的歌声,顿时摒弃了一切思绪,一心渴望继续聆听,便把船头转向塞壬所坐的岸边。这时,俄耳甫斯立刻抓起竖琴,奏出清脆响亮的乐音,把那美妙但却致命的歌声淹没了。船只又回到了原来的航道,乘风驶离了那个危险的地方。若非俄耳甫斯在场,阿耳戈英雄早就埋骨塞壬岛了。

俄耳甫斯是在什么地方初遇他心爱的少女欧律狄刻的,又是如何追求她的,我们不得而知;但有一点很清楚,那就是被他爱上的任何一位少女都无法抗拒他的歌声的威力。他们结了婚,然而他们的幸福十分短暂。就在婚礼之后,新娘和女傧相们一起在草地上散步时,一条毒蛇咬了她一口,她就死了。俄耳甫斯悲痛欲绝,无法忍受,决定到阴间去把欧律狄刻接回来。他自忖道:

> 我要用歌声
> 吸引得墨忒耳的女儿,

>吸引冥国的君主，
>用旋律打动他们的心。
>我要带她离开阴间，返回阳世。

  为了爱情，他比任何人都更加勇敢。他走上了可怕的阴间之旅，一路弹着竖琴。他的琴声令一群群鬼魂神魂颠倒、沉默不语。地狱之犬刻耳柏洛斯放松了警戒；绑缚着伊克西翁①的车轮停止了转动；西绪福斯②坐在他的石头上休息；坦塔罗斯③忘记了口渴；可怕的复仇女神第一次泪流满面。冥王和冥后一同走过来倾听，只听俄耳甫斯唱道：

>统治黑暗而静寂的冥府的神明啊，
>凡间的众生终将来到这里向你报到，
>美丽迷人的万物总要来到你的面前。
>你是永远都能收回债款的债主。
>我们只在世间逗留短短的一瞬，
>然后便永远永远归你所有。
>可是我来寻找的那个人，来得太早；
>这朵蓓蕾未曾绽放，便已遭到攀折。
>我试图强忍悲痛，但却忍无可忍。
>爱神的威力太强大了。大王啊，你知道，
>如果人们传诵的那个古老传说果真属实，
>世间的鲜花都曾看见你对普洛塞耳皮娜的劫夺，

---

 ① 在希腊神话中，好色的忒萨利国王伊克西翁因莽撞地追求天后赫拉，被宙斯罚入地狱，缚在一个不停旋转的火轮上。
 ② 在希腊神话中，科林斯国王西绪福斯因得罪了宙斯，被罚每天把一块沉重的大石头推到很陡的山上，但推上又滚下，永远循环不息。参见第六部分第二章。
 ③ 在希腊神话中，坦塔罗斯为宙斯之子，起初甚得诸神的宠爱，后因骄傲自大、侮辱诸神而被打入地狱，被罚永世站在一池深水当中，岸边长着果实累累的一排果树。但是，每当他口渴想喝水时，池水却立即从他身边流走；当他腹饥想吃果子时，树枝却立即升高。参见第五部分第一章。

那就请你为甜美的欧律狄刻重新编织

过早离机的命运织锦吧!

看哪,我只有一个小小的请求,

望你把她借给我,而不是赐给我。

等到她享尽天年的时候,她仍然归你所有。

人人都被他的嗓音迷住了,谁也不忍心拒绝他的任何要求。他

使冥王普路托流下了铁石眼泪,

令地狱应允了爱情的要求。

他们召来了欧律狄刻,把她交还给俄耳甫斯,但有一个条件:在他们抵达阳世之前,他不得回顾跟在身后的她。于是夫妇二人穿过冥国的重重大门,走到一条引领他们走出黑暗地界的小径,不断向上攀登。他知道妻子一定就在他身后,但是他特别想看她一眼,好确定她在不在。他们很快就要到达阳间了,周围的一片漆黑渐渐变成了灰色。他高高兴兴地踏入日光之下,然后回头看她。他回头回得太早了,她还在洞窟里呢。他看到她站在一片朦胧的光芒中,就伸出双臂去拥抱她;然而就在这一瞬间,她却消失了,重又掉进黑暗中。他只听见她轻轻地说了一声"别了"。

他拼命追逐她,想跟她一起下去,但他未能获准。诸神不同意让他再次活着进入阴间。他只得孤零零地回到人世。此后,他离群索居,在色雷斯的荒野上流浪,只有竖琴才能给他慰藉。他不停地弹琴,岩石、河流和树木欣然聆听,成为他唯一的伴侣。可是,最后他撞上了一群酒神女祭司,她们与残忍地杀死彭透斯的那群女酒徒一样疯狂。她们杀害了这位性情温和的乐师,把他的身体撕扯得四分五裂,把他的头颅割了下来,扔进湍急的海布罗斯河。他的头颅漂过河口,漂到勒斯玻斯岛的岸边。他的相貌并没有在漂洋过海的历程中发生任何变化。缪斯女神发现了他的头颅,把它安葬在岛上的神殿里。她们还把他的肢体收集到一

起，埋到奥林匹斯山山脚的一座坟墓里面。直到今天，那里的夜莺歌声还比别的任何地方都更加甜美。

刻宇克斯和阿尔库俄涅

奥维德的作品是这个故事最好的来源。对暴风雨的夸张描写具有典型的罗马风格；对睡神居所的细节描写十分迷人，体现了奥维德杰出的描述能力。诸神用的当然都是拉丁名字。

忒萨利国王刻宇克斯是光明使者路喀斐耳——带来白昼的晨星——之子，他父亲的灿烂光辉全都呈现在他的脸上。他的妻子阿尔库俄涅的出身也很高贵，她是风王埃俄罗斯的女儿。两人相亲相爱，难分难舍。然而，有一次他决定离开她，渡海远行。有几件事令他不安，于是他想到神谕宣示所去请教神祇——神谕宣示所是人类在遇到困难时的避难所。阿尔库俄涅得知他的计划之后，非常伤心和害怕。她流着眼泪对他呜咽道，她比一般人更加了解海风的威力，因为她从小就在父亲的宫殿里看到过各种海风的狂暴激烈的聚会，看到过它们召来的黑色云朵和红色闪电。"而且我多次在海滩上看见被海浪打翻的船只的破船板，"她说，"噢，不要走。如果我劝阻不了你，那么至少带我一起去吧。只要我们两个人在一起，什么命运我都能忍受。"

刻宇克斯深受感动，因为妻子深爱着他，正如他深爱着她一样；但是他的意向非常坚决。他感到自己必须去请教神谕，但他不愿让她分担航行中的危险。她只得让步，放他独行。她向丈夫道别的时候，心情十分沉重，仿佛已经预知将来的结果。她一直站在岸边望着丈夫的船，直到它驶到她的视野之外。

就在那天夜里，海上来了猛烈的暴风雨。一股股大风聚合成强烈的飓风，卷起了像山一样高的巨浪，天上下起了滂沱大雨，仿佛整个天庭掉进了海里，大海又跃上了天空。人们在剧烈颠簸的破船上吓得发疯，只有一个人一心想着阿尔库俄涅，庆幸她安全地留在家中。船沉了，海水淹没了他的身体,直到这时他的双唇还在念诵着她的芳名。

阿尔库俄涅不停地计算着日子。她让自己忙个不停:先为丈夫织了一件袍子,等他回来穿;又为她自己织了一件,准备穿得漂漂亮亮地迎接丈夫。她每天多次为他向诸神祈祷,最常祈求的是天后朱诺。她为一个死亡已久的人进行的这些祷告,令女神为之动容。女神召来她的使者——彩虹女神伊里斯,命她到睡神索姆努斯家里去,吩咐睡神托梦给阿尔库俄涅,把刻宇克斯的死讯告诉她。

睡神的居所位于西米里人的黑暗国度附近的一个深谷中,那里从未受到过阳光的照耀,只有昏暗的光线,万物都笼罩在阴影当中。那里没有鸡啼,没有看门狗的吠声来打破沉寂,没有树枝在微风中沙沙作响,也没有人们的嘈杂之声来干扰这片宁静。唯一的声音来自勒忒河(遗忘之河)的涓涓溪流,那潺潺的水声催人入睡。门前长着正在绽放的罂粟花和其他催眠药草。睡神躺在屋里的一张黑色软毛卧榻上。伊里斯披着七彩缤纷的披风来到了这里,在空中划出了一道弯弯的彩虹,黑漆漆的房子顿时被她的华服的光芒照亮了。虽然如此,她仍然费了不少工夫才使睡神睁开他那沉重的睡眼,听明白了他的任务。伊里斯确定他真的醒了,她的差事办完就连忙离开了,生怕她也会长眠不醒。

老睡神叫醒了他的儿子——善于变成各种人形的摩耳甫斯,向他传达了朱诺的命令。于是摩耳甫斯展开翅膀,无声无息地飞越了黑暗,来到阿尔库俄涅的床边。他采取了被溺死的刻宇克斯的相貌和形体,赤裸裸的身体不住地淌着水,在阿尔库俄涅的卧榻旁边俯视着她。"可怜的爱妻呀,"他说,"看哪,你的丈夫就在这里。你认识我吗?我的脸在我死后没有变吧?阿尔库俄涅啊,我已经死了。当海水淹没我的时候,我还在念着你的名字。我再也没有生还的希望了。但是请你为我落泪吧,不要让我成为无人哀悼的阴魂。"阿尔库俄涅在睡梦中呻吟了一声,伸出双臂去拥抱他,大声喊道:"等等我,我陪你一起去。"她的喊声把她自己惊醒了。醒来以后,她确信丈夫已经死了,刚才她看到的不是梦,而是他本人。她自忖道:"我看到他就站在那里,看上去是那么可怜。他死了,不久我也会死去。他的尸体在大浪中翻腾,我岂能独自留在这里?我的丈夫啊,我决不会离开你,决不会苟活下去。"

第一缕曙光刚刚降临,她就走到岸边,来到当日目送丈夫远航的海岬。当她朝着大海远处凝望的时候,看到远远的水面上漂浮着一件东西。随着浪潮向岸边推移,那件东西越漂越近,最后她看出那是一具尸体。她满怀同情和恐惧望着这具缓缓向她漂来的死尸。现在,它已经漂到了离海岬很近的地方,几乎就在她的身旁——这竟然就是她的丈夫刻宇克斯!她跑了过去,跳进水里,大叫道:"我的丈夫,最亲爱的!"——说也奇怪,她不但没有沉到海里,反而可以凌波飞翔。她长出了翅膀,浑身长满了羽毛——她已经变成小鸟。好心的诸神也向刻宇克斯施加了同样的法力。当她飞向尸体的时候,尸体不见了。他和她一样变成了小鸟,与她并肩飞翔。但他们的爱情永远不会发生变化。大家经常看见他们在一起,时而飞翔,时而凌波漂游。

每年大海都会一连平静七天,水面上没有一丝风浪,那是阿尔库俄涅浮在海面上筑巢孵蛋的日子。等小鸟一孵出来,这个符咒就破了。不过每年冬天的这几天都会风平浪静,大家把这几天称为"阿尔库恩日"或"哈尔库恩日"(后者更为常见)。在此期间,

鸟儿在被施以符咒的波浪上静静地伏窝孵蛋。

皮格马利翁和伽拉忒亚

这个故事只在奥维德的作品中出现过,所以故事中的爱神是维纳斯。这个故事是体现奥维德对神话进行修饰的手法的绝佳范例,参见本书中的《古典神话简介》。

塞浦路斯有一位年轻的天才雕刻家,名叫皮格马利翁,他天生讨厌女人,

极端厌恶大自然赋予女性的缺点,

因而他决定永远不结婚。他告诉自己,对他来说,有艺术就足够了。然而,他施展全部才华雕刻出来的却是一尊女人雕像。这要么是因为他无法轻易地把他如此反感的女性逐出脑海,就像他把她们逐出他的生活一样;要么是因为他想塑造一个完美的女人,好让男人们看到他们平时不得不容忍的那些女人有多少缺点。

不论是出于哪种原因,他花了很长时间来潜心雕刻这尊雕像,终于创作出了一件最为精美的艺术品。然而,尽管雕像已经被雕琢得十分可爱,他却还是不太满意。于是他继续苦干,在他那灵巧的手指下面,雕像一天比一天美丽。没有一个女人,也没有一尊雕像能够比得上它。当雕像已经完美无缺的时候,它的创作者遭遇了一种奇怪的命运:他竟然深深地、热烈地爱上了自己的作品。我们必须解释一下:这尊雕像看上去完全不像雕像,没有人会想到它其实是用象牙或石头刻成的,人人都以为它是一具血肉之躯,只是暂时不动而已。这位倨傲的青年就是有这么奇妙的本领,他所获得的乃是至高的艺术成就——不露手工痕迹的艺术。

但也正是从这时开始,曾经被他藐视的女性可以报仇雪恨了。没有一个爱上活生生的少女的失意恋人能比皮格马利翁更加不幸、更加绝望。他亲吻那两片迷人的嘴唇,它们却不会回吻;他爱抚她的双手和脸庞,它们却毫无反应;他把她抱在怀里,她却依然冷若冰霜,任他摆布。他一度试图把她想象成一个活人,就像孩子们把玩具想象成活物一样。他为她穿上一件件华丽的长袍,让她尝试各种优雅或鲜明的色彩,想象她非常开心。他会把真正的少女所喜爱的礼物带给她,如小鸟、鲜花以及用琥珀制成的"法厄同的姐妹们亮晶晶的泪珠",然后幻想她亲热地向他道谢。晚上他会把她抱上床,给她盖上柔软温暖的被子,就像小女孩照顾布娃娃一样。但是他不是小孩,不能一直伪装下去。最后他放弃了。他爱上了一件没有生命的东西,悲惨至极,毫无希望。

时间一长,这份单相思的热情就被掌管爱情的女神发现了。爱神维纳斯对这种她很少碰到的情况——一种新型的恋人——很感兴趣,决心帮助这位为情所困但却颇有创意的年轻人。

爱神维纳斯的节日在塞浦路斯自然是备受尊崇的，因为她从海里的泡沫中诞生以后，最先接纳她的就是塞浦路斯岛。岛民们献给女神很多牛角镀金的白色小母牛，神圣的薰香从她的许多圣坛飘遍全岛，人们纷纷聚集在她的神殿中，每一位失意的恋人都带着礼物来到这里，祈求女神让他的爱人回心转意。皮格马利翁当然也来到了这里。他只敢祈求女神让他找到一位和他的雕像相似的少女，但维纳斯知道他真正的愿望。他面前的圣火跳了三跳，熊熊地燃烧起来，表示他的祈求已经获得女神的恩准。

皮格马利翁一面思索着这个好兆头，一面回家去找他的爱人——他所创造和倾心爱慕的那尊雕像。她站在底座上，美得令人神魂颠倒。他伸出手去抚摸她，突然吓了一大跳——是他在欺骗自己，还是她真的在他的触摸之下有了暖意？他在她的唇上印上长长的一吻，感到那两片樱唇在他的唇下变得越来越柔软。他又摸了摸她的手臂和肩膀，那些地方也不再是硬邦邦的了。他简直就像是在亲眼目睹蜡在阳光下软化的过程。他抓住她的手腕，感到她的脉搏在跳动。他心想：这一定是维纳斯女神施行的奇迹。他怀着难以言述的感激和喜悦，伸手搂住了心上人，只见她面色绯红，含笑望着他的眼睛。

维纳斯亲自光临他们的婚礼，为其增光添彩。后来的事情我们就不知道了——只知道皮格马利翁为这位少女取名为伽拉忒亚，他们的儿子帕福斯的名字则成了维纳斯最喜爱的城市的名字。

鲍喀斯和菲勒蒙

奥维德的作品是这个故事的唯一来源。这个故事突出地体现了他对细节的喜爱，以及他利用这些细节把神话故事讲述得栩栩如生的巧妙手法。诸神用的都是拉丁名字。

从前，佛律癸亚山区有两棵树，被远近各地的农夫看作一个伟大的奇迹。这也难怪,因为它们一棵是橡树,另一棵是菩提树,却长在同一根树干上。个中缘由证明诸神的力量不可估测,也证明诸神乐于酬劳谦卑和虔诚的人。

有时,当万神之王朱庇特吃腻了奥林匹斯仙境的珍馐美味、喝腻了那里的琼浆玉液,甚至有点儿听厌了阿波罗的琴声、看厌了美惠三女神的舞蹈,他便会降临人间,乔装改扮成一个凡人,寻求奇遇。他最喜欢的游伴是神使墨丘利,因为后者是诸神当中最有趣、最精明、最足智多谋的一位。这一回,朱庇特决定考察一下佛律癸亚的居民是否好客。一切在异乡寻找栖身之所的宾客都受到他的特别保护,所以他当然非常关注好客的问题。

于是,这两位神祇化身为贫穷的旅客,在该地流浪。每当走到一座小茅屋或大房子的门口,他们就敲敲门,请求主人让他们吃点东西,借宿一晚。没有人愿意接纳他们,每次他们都被蛮横地赶走,大门在他们身后被闩紧。他们尝试了几百家,得到的都是同样的待遇。最后,他们来到了一间最不起眼的小屋,它比他们此前看到过的房子都寒酸,屋顶完全是用麦秸搭成的。但是,当他们敲门的时候,房门居然大开,一个愉快的声音邀请他们进去。他们不得不弯腰穿过矮门。可是一进小屋,他们就发现屋里既舒适又干净,一对慈眉善目的老夫妇以最友善的态度接待他们,跑前跑后地把他们安置得舒舒服服。

老头在火炉旁边放了一张长凳,请他们躺在上面,歇歇疲惫的手脚,老妇人还在上面铺了一面柔软的罩子。她告诉陌生人,她名叫鲍喀斯,她的丈夫名叫菲勒蒙,他们婚后一直住在这间小屋里,一直过着幸福的日子。"我们是穷人,"她说,"不过只要你愿意爽快地承认这一点,贫穷就不会太难挨了。当然,一颗知足的心也很有好处。"她一边说,一边为他们准备饮食。她把黑色炉底上的灰烬中的炭火扇旺,让它熊熊燃烧起来,令人心情舒畅。然后她把一口盛满水的锅挂在炉子上方。水刚刚烧开,她丈夫就走了进来,手里拿着一颗刚从菜园里摘来的新鲜饱满的卷心菜。她把卷心菜和一片挂在梁上的猪肉放进锅里。在煮东西的同时,鲍喀斯用老迈而颤抖的双手布置餐桌。一条桌腿太短,她用一块盘子碎片把它垫高。接着，她把橄榄、小萝卜和几只在灰里烤过的鸡蛋摆上餐桌。这时，卷心菜和熏肉煮好了，老头把两张摇摇晃晃的卧榻推到桌边，请客人倚在卧榻上吃东西。

过了一会儿，他又给他们拿来两个山毛榉木杯和一个陶质搅拌钵，钵里装着一些掺过不少水、味道很像醋的葡萄酒。不过，菲勒蒙显然因为能用酒来为晚餐助兴而感到自豪和快乐。他随时留意客人的酒杯，酒杯一空，他就为他们重新斟满酒。两位老人家为自己待客成功而兴高采烈、兴奋不已，过了很久才注意到一个奇怪的现象——那只搅拌钵始终是满的。无论他们倒出多少杯酒，钵中的酒始终与钵的边缘持平。当他们看出这个奇迹时，吓得面面相觑，垂下眼睛默默祷告。接着，他们一面浑身发抖，一面颤声祈求贵客原谅自己款待不周。"我们还有一只鹅，本应献给二位阁下，"老头说，"如果二位愿意稍等片刻，我们马上就能弄好。"可是，事实证明他们实在没有抓鹅的能力。他们试了半天都抓不到，累得半死，朱庇特和墨丘利看得津津有味。

最后，气喘吁吁、筋疲力尽的菲勒蒙和鲍咯斯不得不停止追逐那只鹅，这时神祇觉得他们该采取行动了。他们的态度非常和蔼。"你们款待了神祇，应该得到酬赏，"他们说，"这个邪恶的地方瞧不起贫苦的异乡人，它将遭到严厉的处罚，但是你们不会受罚。"随即，他们陪同老夫妇走出茅屋，让他们环顾四周。他们大吃一惊，因为放眼皆是一片汪洋。整个乡村都不见了，他们的周围是一片巨大的湖泊。邻居对这对老夫妇并不好，但他们还是站在那里为邻人落泪。突然，一个最为惊人的奇迹止住了他们的泪水：就在他们的眼皮底下，他们居住多年的那间矮小的茅屋变成了一座用纯白色大理石砌成的富丽堂皇的神殿，周围矗立着石柱，上面覆盖着金顶。

"善良的人啊，"朱庇特说，"你们可以提出任何要求，都会如愿以偿。"老夫妇迅速地耳语一番，然后菲勒蒙说道："让我们担任你们的祭司，为你们看守这座神殿吧——噢，还有，由于我们已经一起生活了这么多年，不要让我们当中的任何一个人孤苦伶仃地活下去，容我们同生共死吧。"

神祇对他们非常满意，慨然应允。他们在那座华丽的大厦中服务了很长时间，故事没有述及他们可曾想念以前的那间窄小而舒适的茅屋和那种温馨的家庭氛围。有一天，他们站在这座用大理石和黄金砌成的大殿前面，谈起了以前的那种非常辛苦却又非常快乐的生活。而今，两个人都垂垂老矣。他们正在互相倾诉对往事的回忆，突然看到对方身上长出叶子，随即全身上下都裹上了树皮。他们仅仅来得及喊一句："别了，亲爱的老伴。"这句话刚一出口，他们就变成了两棵树，但是仍然在一起。菩提树和橡树长在同一根树干上。

人们从四面八方来到这里，瞻仰这个奇迹。树枝上总是挂着花环，表达着人们对这对虔诚而忠实的老夫妇的敬意。

恩底弥翁

这个故事取材于公元前三世纪的诗人提奥克里图斯的作品。他用真正的希腊风格来讲述这个故事，手法朴素，行文严谨。

这位青年的名字家喻户晓，但他的生平却极其简短。有的诗人说他是国王，有的说他是猎人，但大部分都说他是牧羊人。大家一致认为他的相貌美丽绝伦，而正是他的美貌导致了他那独特的命运：

> 牧羊人恩底弥翁
> 守护着他的羊群，
> 这时月亮女神塞勒涅
> 看见了他，爱上了他，苦苦地追寻他。
> 她从天界下凡，
> 来到拉特摩斯的林间空地，
> 与他接吻，伴他同眠。
> 他命中注定要受到神祇的祝福。
> 他永世酣眠不醒，

既不翻身，也不移动。

这就是牧羊人恩底弥翁。

他从未醒来看一眼朝他俯下身来的那个闪闪发光的银色身影。关于他的所有故事都说他长生不死，但是从未苏醒过。这位俊美得令人惊叹的男子，躺在山腰上一动不动，毫无知觉，仿佛死了一般，然而他的身体却是暖烘烘、活生生的。月亮女神夜复一夜地探访他，在他身上印满了她的热吻。据说，令他奇迹般地陷入长眠的正是她。她诱他入睡，以便随时可以找到他，随心所欲地爱抚他。不过，据说她的热情只给她带来了沉重的痛苦和无尽的叹息。

达佛涅

只有奥维德讲过这个故事，也只有罗马人才能写出这样的故事。希腊诗人绝不会想象林中仙女穿着高雅的服装，梳着精致的发型。

达佛涅也是神话故事中常见的那种独立自主、讨厌恋爱和婚姻的年轻女猎人之一。据说她是阿波罗爱上的第一位女子。她逃避他，这并不奇怪。一个又一个受到神祇垂青的不幸少女不得不秘密杀死自己的孩子，否则自己就会被杀死。这样的女子所能期待的最好出路就是流亡他乡，但很多女子都觉得逃亡比死亡还要悲惨。几位海中仙女曾到高加索山的悬崖上去拜访普罗米修斯，当她们对他说下面这番话时，其实只是在表述最普通不过的常识：

愿您永远不会，噢，永远不会看到
我与神祇同榻而眠。
愿天上的居民
永远不要靠近我的身边。
此等恋情无法逃脱天上诸神的法眼，

>有谁能把真相隐瞒?
>愿我永远不会受到神祇的眷恋。
>与神界恋人相争,绝非公平争战,
>只能换来心寒。

达佛涅当然完全同意这番话。不过,她的确也不想要任何凡间的爱人。许多相貌英俊、条件般配的青年向她求爱,都被她拒绝了。这使她的父亲——河神佩纽斯非常苦恼。有时他会温柔地责备她,并哀叹道:"难道我永远也抱不上外孙吗?"可是她却搂着父亲的脖子撒娇说:"好爸爸,让我学狄安娜嘛!"于是他只得让步。然后她跑到密林里去玩,尽情享受她的自由。

然而,最终阿波罗的目光落到了她的身上。对她来说,一切都完了。她正在打猎,穿着露膝短衣,赤裸着双臂,头发乱蓬蓬的,却美得令人心荡神驰。阿波罗暗想:"她若是穿上合体的服装,梳起优雅的发型,不知会美到什么程度?"这个念头使那股吞噬着他的心的情火燃烧得更加猛烈,于是他动身去追逐她。达佛涅连忙逃开,她跑得非常快,前几分钟连阿波罗都追不上她。不过,他当然很快就缩小了和她的差距。他一边跑,一边把声音传到前面,恳求她,苦劝她,让她放心。"不要怕,"他叫道,"停下来看看我是谁。我可不是粗鲁的庄稼汉或牧羊人。我是德尔斐神殿的主人,我爱你。"

可是达佛涅却比先前更加害怕了,她继续向前跑。如果阿波罗真的追上了她,那就完了。她决心挣扎到底。他马上就要追上她了,她的脖子已经感觉到了他呼出的气息,可是,她面前的树木忽然分开了,她看见了父亲的河流。于是她向父亲尖叫道:"救救我!爸爸,救救我!"说完这句话,她突然感到一阵麻木,双脚似乎在她如此迅速地跑过的地面上生了根。她的全身裹上了一层树皮,上面生出了枝叶。她变成了一棵月桂树。

阿波罗看到她变成了树,又是惊慌又是难过。"啊,最美丽的少女,我永远失去了你,"他悲叹道,"但你至少要做我的圣木。我手下的胜利者会用你的枝叶编成花冠，戴在额上。你将分享我的一切胜利。只要是在有人唱歌、有人讲故事的地方，阿波罗和他的月桂树就会永远连接在一起。"

那株枝叶华美、风姿婀娜的月桂树摇动着它的树冠，仿佛在频频点头，欣然表示同意。

阿尔甫斯和阿勒图萨

这个故事只有奥维德完整地讲过，他对它的处理方式并没有什么值得注意的地方。故事末尾的诗句摘自亚历山大派诗人莫斯库斯的作品。

在西西里第一大城锡拉库扎中的俄耳堤癸亚岛上，有一眼名叫阿勒图萨的圣泉。然而，起初阿勒图萨却并不是泉水，甚至也不是水中仙女，而是一位年轻漂亮的女猎人，亦即狩猎女神阿耳忒弥斯的追随者。与她的女主人一样，她热爱打猎，热爱森林中的自由，并且不想跟男人有任何关系。

有一天，她为了追捕猎物，跑得又累又热，最后来到了银柳树荫深处的一条像水晶一般清澈的小河岸边。没有比这更加令人愉快的沐浴场所了。阿勒图萨脱下衣服，跳进这清凉宜人的河水。她懒洋洋地在水中游来游去，周围一片安静。过了一会儿，她觉得在她身体下面的深水当中好像有什么东西在动来动去。她满心惊恐地跳上了岸——就在这时，她听见一个声音说道："最美丽的少女，为什么要这样着急呢？"她不敢回头看，而是在恐惧的驱使之下用最快的速度从河边跑进了树林。一个虽然不比她敏捷但却比她强壮的人热切地追逐她。这个陌生人叫她止步，他告诉她，自己是河神阿尔甫斯，是因为爱上了她才追赶她的。可是她不理他，一心只想逃跑。这是一次远程赛跑，但它的结果却是毋庸置疑的，因为他可以一直跑下去，跑得比她更远。最后，阿勒图萨筋疲力尽，只得向她的女神求救。好在没有白求，阿耳忒弥斯把她变成了一眼清泉。女神劈开地面，开辟了一条从希腊通往西西里的海底隧道。阿勒图萨跳了进去,直到俄耳堤癸亚岛才冒了出来。她的清泉汩汩喷涌的这个地方是阿耳忒弥斯的圣地。

然而,即便如此,据说她也仍然无法逃避阿尔甫斯。故事里说,河神重新变为河水,跟着她流过隧道,最终,他的河水和她的泉水在喷泉当中融为一体。听说,希腊的鲜花经常从泉底浮出水面。此外,如果把一只木杯扔进希腊的阿尔甫斯河,它会在西西里的阿勒图萨井中再次出现。

> 阿尔甫斯随着他的河水,在地层深处向前行进,
> 以鲜花嫩叶为聘礼,一路追逐阿勒图萨。
> 爱神这个淘气的顽童,教人做出千奇百怪的事情。
> 他用魔咒教会了河流潜泳。

第三章 寻找金羊毛

这是一首长诗的标题。该诗出自公元前三世纪的诗人罗得岛的阿波罗尼乌斯之手，在古典时期广受欢迎。他讲述了寻找金羊毛的全部经过，但没有提到伊阿宋和珀利阿斯的故事，本章中的这部分内容取材于品达的作品。在公元前五世纪上半叶，品达以此为题材，创作了他最著名的颂歌之一。阿波罗尼乌斯的长诗写到众英雄返回希腊就结束了，而我在后面补充了伊阿宋和美狄亚在希腊的事迹，这部分内容取材于公元前五世纪的悲剧诗人欧里庇得斯的作品——他以这个故事为题材，创作了他最杰出的剧作之一。

这三位作家的风格迥然不同。任何散文体的意译都无法再现品达的文风，不过也许可以稍许体现他生动而细腻地进行描写的非凡功力。读过《伊尼特》的人读了阿波罗尼乌斯的作品，一定会想起维吉尔的那部史诗。欧里庇得斯笔下的美狄亚、阿波罗尼乌斯笔下的女主人公和维吉尔笔下的狄多各不相同，在某种程度上，这些不同之处正是希腊悲剧之特质的一种衡量标准。

欧洲第一位进行过伟大的长途旅行的英雄，是"寻找金羊毛"历险行动的领袖，他的生活时代比希腊最著名的旅行家——《奥德赛》的主角早了整整一代。他的旅行当然是一次水上航行，因为河流、湖泊和海洋是当时唯一的道路，没有公路可走。然而，航海者不仅要面对海上的危险，也要面对陆上的危险。船在夜间不航行，在水手们停泊的任何地方，都可能藏有怪物或巫师，他们造成的危害可能比暴风雨和船只失事更可怕。旅行需要极大的勇气，到希腊以外的地方去旅行更是如此。

"阿耳戈号"上的众英雄历尽艰辛才找到金羊毛的故事，就是对这一点的最好证明。至于历史上是否真的有过这样的航行,令水手们不得不面对这么多形形色色的危机,其实是令人生疑的。不过,这些水手都是颇有声望的英雄,有些还是希腊最伟大的英雄,因而有资格进行这次历险。

金羊毛的故事始于一位名叫阿塔玛斯的希腊国王。由于对自己的妻子感到厌倦,他抛弃了她,另娶公主伊诺为妻。他的前妻涅斐勒很为她的两个孩子担忧,尤其是男孩佛里克索斯。她唯恐国王的第二任妻子会图谋杀害他,好让她的亲生儿子继承王位。涅斐勒猜对了。国王的第二任妻子出身名门望族,她的父亲是杰出的忒拜国王卡德摩斯,她的母亲和三个姐妹都是品行无瑕的女性。但伊诺本人却决心害死这个小男孩,并为此精心制订了一个计划。在人们外出播种之前,她设法得到了所有的谷种,将其烘干,结果当然是人们颗粒无收。国王派人去向神祇请教该如何应付这场可怕的天灾,她却说服使者——更有可能的是她贿赂了使者——假传神谕:除非他们献出年轻的王子作为祭品,否则谷物永远也长不出来。

民众迫于饥饿,迫使国王让步,同意让王子去死。后来的希腊人和我们一样,觉得这样的献祭实在可怕。故事当中如果出现此类情节,他们几乎总是加以改写,使其变得不那么骇人。根据这个故事流传至今的版本,在男孩被带到祭坛之后,一只外形奇异、浑身长着纯金羊毛的公羊把他和他的妹妹抓了起来,带着他们飞走了,是神使赫耳墨斯听到他们生母的祷告之后派它来的。

当他们横越欧亚之间的海峡时,女孩赫勒失足落入水中,溺水而死,这片海峡就以她的名字命名,叫做赫勒斯滂海峡。男孩安全着陆,来到"不友善之海"(即黑海,当时尚未变得友善)边的科尔喀斯国。科尔喀斯人生性凶猛,却对佛里克索斯非常和气,他们的国王埃厄忒斯还把一个女儿许配给他。佛里克索斯获救之后,为了表示感激,竟把救他的公羊作为祭品献给了宙斯。这一举动十分古怪,但他确实这样做了,并把珍贵的金羊毛赠给了国王埃厄忒斯。

佛里克索斯的一位长辈原是希腊某国的合法国王,但他的王国被他的侄子、一个名叫珀利阿斯的人夺走了。国王的幼子、合法的王位继承人伊阿宋被秘密送往一个安全的地方，长大以后，他勇敢地回来向邪恶的堂兄讨还王位。

篡位者珀利阿斯听到过一道神谕：他将死在亲族的手里，要提防只穿一只凉鞋的人。这个人如期进城了。他光着一只脚，然而他的衣着却非常考究——健美的肢体上穿着合身的衣服，肩上罩着一块豹皮，用于挡雨。他的满头金发未经修剪，像波浪一般披在背上。他直接进了城，大胆地走进市场，当时那里挤满了人。

没有人认识他，但是大家都对他十分好奇，互相议论道："他会不会是太阳神阿波罗呀？要不就是爱神阿佛洛狄忒的丈夫？反正肯定不是海神波塞冬的儿子，因为他那些勇敢的儿子都已经死了。"他们就这样互相打听他的情况。珀利阿斯听到这个消息，立刻急匆匆地赶了过来。他看到这个人只穿着一只凉鞋，非常害怕。然而，他还是藏起了满腔的恐惧，向陌生人问道："你是从哪个国家来的？求你不要用可恶的谎言亵渎神明，告诉我实话吧。"对方温和地回答道："我回到我的家乡来恢复我的家族的古老荣耀，夺回宙斯赐给我父亲、但却被别人非法占据的这片国土。我是你的堂弟，我的名字叫做伊阿宋。你我二人必须用正义的法律来约束自己——不要用铜剑或长矛来解决问题。你夺取的牛羊、田地等全部财产都可以归你所有，但你要把君主的权杖和宝座交还给我，这样我们就不致为这些东西发生争执。"

珀利阿斯和颜悦色地回答道："就这样办吧。不过，首先要做一件事情。已故的佛里克索斯吩咐我们带回金羊毛，好让他的亡魂返回故乡，神谕已经宣示了他的这条命令。可我已经年老力衰，而你却正值青春年华。你去进行这次远征吧，我在宙斯面前起誓，一定会把王国和王权让给你。"他这么说，是因为他暗自认定没有人能够办成这件事情并活着回来。

一想到要进行这么伟大的历险，伊阿宋非常高兴。他欣然允诺，并到处宣布这次旅行其实是一次航海之旅。希腊青年兴高采烈地接受了这一挑战，最优秀、最高贵的年轻人纷纷加入探险队伍，其中有最伟大的英雄赫剌克勒斯、音乐大师俄耳甫斯、卡斯托耳与波吕刻斯兄弟、阿喀琉斯之父珀琉斯等等。天后赫拉在帮助伊阿宋,是她在每个人的心中燃起了一股热望,使他们不愿留在母亲身边毫无危险地安然度日,而宁愿冒死与同志们共同品尝专供勇士饮用的仙酒。他们乘着"阿耳戈号"起航。伊阿宋手握金杯,把一杯酒倒进海里祭神,吁求以闪电为长矛的神王宙斯助他们一帆风顺。

许多巨大的危险在前面等着他们,他们中的一些人由于饮下仙酒而付出了生命。他们首先停泊在楞诺斯岛,这个岛屿很奇怪,它的居民全是女人。原来,她们反抗男人,杀光了他们,只留下了老国王一人。老国王的女儿许普西皮勒是女人当中的一位领袖,她饶了父亲的性命,让他坐在一只空柜子里漂洋过海,终于抵达安全的地方。不过,这些凶猛的生灵对阿耳戈英雄倒是十分欢迎,在他们离岛之前送给了他们丰厚的礼物,包括食物、美酒和衣服。

阿耳戈英雄刚离开楞诺斯岛不久,赫剌克勒斯就不见了。他的随从、一位名叫许拉斯的少年深受他的宠爱,当许拉斯在一眼清泉旁边向罐中汲水时,被一位水泽仙女拖到水里去了。那位仙女看到他那秀美的面庞上的玫瑰色红晕,很想吻他,就伸手搂住他的脖子,把他拉到了水底,从此他就失去了踪影。赫剌克勒斯疯狂地到处找他,大声喊着他的名字,冲进离大海很远的密林,越走越远。他忘记了金羊毛和阿耳戈号,也忘记了同伴们,一心想着许拉斯。他没有回来,最后船只只好丢下他继续航行。

他们的下一次历险,是与鹰爪女妖哈耳皮埃的相遇。这些可怕的生物会飞,尖嘴和爪子呈钩状,总是在它们经过的地方留下一股恶臭,令任何生物都难以忍受。在阿耳戈英雄停船过夜的地方,住着一位孤苦不幸的老人,真理的宣示者阿波罗曾赐予他预言的天赋。他能够分毫不爽地预知未来,这使宙斯很不高兴。宙斯做事一向神秘兮兮——所有了解天后赫拉的人都认为,这是一种非常明智的做法。因此,宙斯对这位老人施行了严厉的惩罚。每当老人准备用餐,被称为"宙斯猎犬"的哈耳皮埃就猛扑下来污染食物,把它弄得臭气熏天,谁也不愿意走近,更别提把它吃下去了。当阿耳戈英雄见到这位名叫菲纽斯的可怜的老人时，他简直就像一个没有生命的游魂，用干枯的双脚爬行，弱不禁风，瑟瑟发抖，身体只剩下皮包骨了。他高兴地欢迎他们，恳求他们出手相助。他凭借自己的预言能力，知道只有两个人能够保护他不受哈耳皮埃的侵害，这两个人就在阿耳戈号的船员当中——那就是北风之神玻瑞阿斯的两个儿子。大家同情地听他倾诉了自己的遭遇，那两个人热切地向他保证，一定会帮助他。

当其他人拿东西给老人吃的时候，玻瑞阿斯的两个儿子手握宝剑站在他的身边。老人还没吃上一口，那些可恶的怪物就从空中猛扑下来，顷刻之间就把食物吃了个精光，又飞走了，留下了一股难闻的恶臭。然而北风之神的儿子像风一样迅疾地追了上去，抓住了怪物，用剑攻击它们。若非诸神的彩虹使者伊里斯从天而降，阻止了他们，他们一定会把怪物碎尸万段。伊里斯说，他们必须克制愤怒，不可杀害宙斯的猎犬，但她凭守誓之河的河水发下了无人能破的誓言：今后那些怪物绝不会再来打扰菲纽斯。于是，两人高高兴兴地回去安慰老人，老人便兴高采烈地和众英雄一起宴饮通宵。

他还给他们提出了一些英明的建议，告诉他们如何应付眼前的危机，尤其是那些不断地滚动、相撞，从而使周围海水沸腾的"撞岩"。他说，要想从它们之间通过，可以先用鸽子来做试验。如果鸽子能够安全通过，那么他们很有可能也过得去，但是如果鸽子被夹死，他们就得立刻掉头，再也不要心存找到金羊毛的希望了。

第二天早上，他们带着一只鸽子出发了。不久，他们就看见了那些滚动的巨石，其间仿佛根本没有通路。但他们放出了鸽子，观察它的情形。只见它平平安安地从巨石之间飞了过去，只有尾羽的尖端在石头滚回来的时候被夹住，掉了一些羽毛。众英雄用最快的速度跟了上去。岩石分开了，划桨手用尽全力划桨，他们也安全通过了。不过，他们刚刚出来，岩石就再次撞到了一起，船尾饰物的尖端被夹断了。就这样，他们惊险地逃过了毁灭的厄运。但自从他们通过之后，那些岩石就安安稳稳地堆在一起，再也没有殃及水手。

在不远的地方，有一个由骁勇善战的女子——阿玛宗人组成的国家。说也奇怪，这些女武士的母亲竟是最热爱和平的仙女——温柔的和谐女神。但她们的父亲却是可怕的战神阿瑞斯。她们追随父亲的作风，却不学母亲。众英雄原本很愿意停下来与她们激战一番——阿玛宗人是不好对付的，双方免不了要流血，但他们幸好遇到了顺风，赶忙继续前进。经过高加索山的时候，他们朝山上瞥了一眼，看到了被锁在他们头顶的岩石上的普罗米修斯，还听到了老鹰扑向这份血食时扇动巨翅的噗噗声。他们没有耽搁，一路前行，于当天日落时分抵达金羊毛的国度——科尔喀斯国。

他们在对未知危险的恐惧当中度过了那个夜晚，觉得除了他们自身的勇气以外，他们得不到任何帮助。然而，在天上的奥林匹斯仙境，诸神却正在开会讨论他们的事情。天后赫拉为他们身处险境而忧心忡忡，去向爱神阿佛洛狄忒求援。天后的来访令爱神大吃一惊，因为赫拉并不是她的朋友。不过，当奥林匹斯仙境的伟大王后请求她出手相助的时候，她出于畏惧，答应尽力而为。她们一同制定了计划，要让阿佛洛狄忒的儿子丘比特使科尔喀斯国国王的女儿爱上伊阿宋。这真是一个绝妙的计划——对伊阿宋非常有利。那位名叫美狄亚的公主会施威力极大的巫术，如果她能用她关于黑暗世界的知识来帮助阿耳戈英雄，一定可以拯救他们。于是阿佛洛狄忒去找丘比特，对他说，只要他按照她的要求去做，她就送给他一个可爱的玩具——一只用闪闪发亮的黄金和深蓝色的珐琅制成的球。丘比特很高兴，马上抓起他的弓和箭筒，从奥林匹斯仙境飞了下来，穿越大片空气，降落在科尔喀斯国。

这时，众英雄已经动身，要进城去向国王索要金羊毛。他们一路上没有遇到任何麻烦，因为赫拉把他们裹在一团浓雾里面，让他们安然到达王宫，没有被任何人看见。当他们走近王宫门口时，雾就散了。卫兵很快就注意到了这群年纪轻轻、英姿飒爽的异乡人，彬彬有礼地带领他们进宫，并向国王通报了他们到来的消息。

国王立刻出来欢迎他们。他的侍从们匆匆地准备招待客人，又是生火，又是烧洗澡水，又是准备食物。在这一片忙乱当中，美狄亚公主偷

偷溜了进来，好奇地偷看那些访客。当她的目光落到伊阿宋身上的时候，丘比特连忙拉弓，把一支箭深深地射入少女的心中。她的心口仿佛有火焰在灼烧，灵魂几乎融化在一阵甜蜜的痛苦之中，脸颊一阵红一阵白。她诧异而羞惭地溜回了寝宫。

众英雄沐浴之后，尽情地吃肉饮酒，恢复了精神。直到这时，埃厄忒斯国王才开口询问他们是谁，来此何干——不先招待客人就提出问题被认为是一种非常失礼的做法。伊阿宋回答道，他们都出身高贵，是诸神的子孙；他们从希腊航行至此，愿意为国王效劳，听从他的任何吩咐，希望能够以此换取国王的金羊毛。他们愿意替他征服敌人，或者按照他的意旨去做任何事情。

埃厄忒斯国王听了这番话，不禁怒火中烧。他和希腊人一样，不喜欢异乡人，巴不得让他们远离自己的国家。他自忖道："若非这些异乡人曾在我家用餐，我会杀了他们。"他沉吟片刻，计上心来。

他告诉伊阿宋，他对勇士没有恶感；只要他们能证明自己是勇士，他就把金羊毛送给他们。"考验你们勇气的办法，"他说，"只不过是让你们去做我自己做过的事情。"那就是给他的两头口里吐火的铜足公牛套上轭头，让它们耕田犁地。他们还要把一条恶龙的牙齿当作谷种撒进犁沟，它们马上就会破土而出，成长为一群武装男子，前来发动攻击——这真是可怕的收成。当这些武士大举进攻时，众英雄必须砍倒他们。"这一切我自己都做过，"国王说，"我不会把金羊毛送给不如我勇敢的人。"听了这话，伊阿宋默默无言地坐了很久。这样的挑战好像不是人力所能应付的。最后他回答道："虽然这项考验非常可怕，但我愿意尝试一下，即便我会因此而送命。"说完，他起身带领同伴回到船上过夜。可是，美狄亚的思绪却一直追随着他。在他出宫之后的漫漫长夜中，她仿佛又看到了他的美貌和英姿，听到了他说过的话。她为他担忧，心里非常痛苦，因为她已经猜出了父王的计划。

回到船上以后，众英雄开会讨论此事，他们纷纷要求伊阿宋让自己去攻克这一难关，但却白费口舌，被伊阿宋一一拒绝。就在他们交谈的时候，曾被伊阿宋搭救过的一个人来找他们，他是国王的孙子。他告诉他们，美狄亚会施巫术，无所不能，甚至可以使星星和月亮停止转动。若能说服她出手相助，她定会赋予伊阿宋征服公牛和龙齿武士的能力。这似乎是唯一的一条有希望的出路。于是众英雄恳求王孙回去劝说美狄亚助他们一臂之力。他们不知道，其实爱神已经这样做了。

美狄亚独自坐在闺房里，一面哭泣一面想道：她应当永远感到羞惭，因为她竟然如此关心一个异乡人，以至于不惜为这疯狂的激情与父亲作对。"还不如一死了事，"她说。她拿起了一箱致命的药草，然而，当她拿着药箱坐在那里时，人生和世间种种恰人事物纷纷涌进了她的脑海，阳光似乎比以往的任何时候都更加美丽。她收起了药箱，不再犹豫，决心用自己的法力来帮助心上人。她有一种魔法药膏，谁若把它抹在身上，就可以安全一整天，任何事物都伤害不了他。这种药膏是用一种植物制成的，这种植物最初是从普罗米修斯滴在地上的鲜血中生长出来的。她把药膏揣进怀里，去找她的侄子，即伊阿宋搭救过的那位王孙。她遇到了他，这时他也正在找她，想求她帮忙，而她已经决定这么做了。她立刻答应了侄子的一切请求，派他到船上叫伊阿宋立刻到一个地方与她会面。伊阿宋一听到这个消息，立即动身赴约。他出发后，天后赫拉赋予他一种光芒四射的魅力，使看到他的人全都惊叹不已。当他来到美狄亚身边时，她感到她的心仿佛离开了她，向他飞去。一团漆黑的迷雾遮住了她的眼睛，她浑身无力，一动也不能动。两人站在那里，默默地看着对方，犹如两棵高高的松树在无风之际静静耸立。当风儿再度吹起，松树才发出喁喁絮语。他们两人也是如此。在爱情微风的吹拂之下，他们不可避免地互相倾诉起了各自的故事。

他首先开口，恳求她仁慈地对待他。他说，他无法不抱有希望，因为她既然长得这么美，为人一定非常温柔体贴。她不知道该如何向他表白，恨不得把一切思绪都倾吐出来。她默默地从怀里掏出那盒药膏，交给了他。即使他请求她把灵魂交给他，她也会照办的。此刻，两人局促不安地低头盯着地面，不时偷看对方一眼，脉脉含情地微笑着。

最终，美狄亚开口了，告诉他如何使用这种魔药，还说如果把它涂在他的武器上，就可以使武器也在一天之内所向无敌。如果冲上来攻击他的龙齿武士数量太多,他就得往他们中间扔一块石头,这会使他们转而互相攻击,直到全部战死。"现在我必须回宫去了,"她说,"但是,等你平安回家之后,希望你能记着美狄亚,就像我永远记着你一样。"他热情地答道:"我将日日夜夜思念你。你如果能到希腊来,一定会因为你为我们做过的一切而备受尊崇,只有死亡才能把我们分开。"

于是他们分手了。她回到宫里,为自己背叛父亲而流泪;他则回到船上,派两位同伴去取龙齿。同时,他试用了一下药膏,一碰到它,一股不可抗拒的巨大威力顿时进入了他的身体,众英雄为之欢呼雀跃。不过,即便如此,当他们来到国王和科尔喀斯人正在等候的那片田地,看到两头公牛吐着火焰从牛棚里冲出来时,他们还是吓得不知所措。然而伊阿宋却像礁石抵挡海浪一般抵挡着这两头可怕的牲畜。他把这两头牛压得跪倒在地,给它们套上了轭头。人人都为他高超的本领而惊叹。他牢牢地按着犁耙,赶着公牛走过田地,将龙齿抛进犁沟。等到公牛把这片田地犁完,作物已经长出来了——那就是一群手持武器的男子。他们冲过来向伊阿宋发起攻击。伊阿宋想起了美狄亚的话,就把一块大石头扔到了他们中间。这样一来,那些武士转而互相攻击,纷纷倒在自己人的长矛之下,犁沟中淌满了鲜血。就这样,比武以伊阿宋的大获全胜告终,这令埃厄忒斯国王非常生气。

国王回到宫中,算计谋害众英雄,发誓不让他们得到金羊毛。可是天后赫拉却正在为他们出力呢。她使被爱情和痛苦冲击得昏头昏脑的美狄亚决定跟伊阿宋私奔。那天夜里,她偷偷地溜出家门,沿着黑暗的小径跑到船边。众英雄正在为他们的好运而欢欣鼓舞,完全没有料到对方的阴谋。美狄亚跪在他们面前,请求他们带她一起走。她说,他们必须马上取得金羊毛,然后火速离开,否则就会被杀死。一条大蛇在看守金羊毛,但她会诱它入睡,使它不致伤害他们。她讲这番话时极其痛苦,然而伊阿宋听了却非常高兴。他温柔地把她扶了起来,抱在怀中,允诺一回到希腊就娶她为妻。他们把她接上船,然后在她的指引下前往挂着金羊毛的圣林。守卫金羊毛的大蛇面目狰狞,但美狄亚勇敢地向它走去,唱了一首甜美的魔法歌谣,把它哄得睡着了。伊阿宋连忙从树上摘下那金光闪闪的神奇宝物,众人在破晓时分回到船上。大家让最强壮的人来划桨,他们奋力把船顺着河流划入大海。

这时,国王已经知道发生了什么事情,特派其子——美狄亚的弟弟阿珀绪耳图斯——前来追赶。他率领的军队规模庞大,这一小群英雄好像根本不可能战胜或逃走,然而美狄亚再次拯救了他们。这回她做的是一件可怕的事情:她害死了自己的弟弟。据说她派人捎信给他,说她很想回家,还说如果他愿意当晚到一个地方与她会面,她就把金羊毛交给他。他毫无戒心地来了,结果被伊阿宋打倒在地。当美狄亚闪到一旁时,弟弟的深红色鲜血染红了她的银白色长袍。领袖一死,军队溃不成军,众英雄遂畅通无阻地驶入大海。

也有人说阿珀绪耳图斯和美狄亚一起随"阿耳戈号"出航,但他这样做的原因不详,追赶他们的则是国王本人。当国王的船快要追上来的时候,美狄亚亲自击倒了她的弟弟,把他的肢体砍成一截一截的,扔到海里。国王停下来捡儿子的肢体,"阿耳戈号"便得救了。

至此,阿耳戈英雄的历险行将结束。他们从平滑而陡峭的斯库拉岩和卡律布狄斯漩涡之间穿行时,曾遭到严峻的考验,因为那里的海水汹涌澎湃,怒浪直冲云霄。但天后赫拉盼咐海中仙女随时引导他们,让船只安全脱险。

接着,他们到了克里特岛。众英雄本想上岸,但美狄亚不同意。她告诉他们,古代青铜种族的最后一位后代塔罗斯住在那里,这个生物的全身都是用青铜制成的,只有一只脚踝例外,那是他身上唯一容易受伤的部位。她话音未落,塔罗斯就出现了,外形极为骇人。他威胁道,如果他们再靠近一点,他就要用巨石砸碎他们的船。他们只好停止划桨,美狄亚跪地祈求地狱之犬来杀他。可怕的邪恶神灵听了她的话。那个铜人搬起一块尖尖的崖石,打算掷向"阿耳戈号",不料刮破了自己的脚踝,血流如注,终于倒地而死。于是众英雄得以上岸稍事休息,准备继续航行。

他们一回到希腊,队伍就解散了,众英雄各自回家。伊阿宋和美狄亚带着金羊毛去找珀利阿斯。可是,他们发现那里已经发生了一些可怕的事情。珀利阿斯迫使伊阿宋的父亲自杀,伊阿宋的母亲由于悲伤过度,也已去世。伊阿宋一心要惩罚这个恶人,就向美狄亚求助,因为她的手段从来没有让他失望过。于是美狄亚用一条诡计害死了珀利阿斯。她对他的女儿们说,她知道使人返老还童的秘诀。为了证明她的话,她当着她们的面把一头年老力衰的公羊砍成碎块,将其放进一锅沸水里,然后念了一句魔咒,水中霎时跳出一只小羊羔,蹦蹦跳跳地跑了。少女们对她的话信以为真。于是美狄亚给珀利阿斯服下了一种强效安眠药,然后叫他的女儿们把他的身体割成碎块。她们一心想让爸爸恢复青春,然而还是几乎下不了手。最终,她们完成了这件可怕的任务,把尸块放进沸水里。她们指望美狄亚念咒,使父亲复活并变成年轻人,可是她却消失了——既不在宫中,也不在城里。她们惊恐地意识到自己成了杀害父亲的凶手。伊阿宋的复仇愿望果真实现了。

根据另一个传说,美狄亚救活了伊阿宋的父亲,使他重返青春,她还把长生不老的秘诀传授给了伊阿宋。她所做的一切坏事和好事都是为了他一个人,可是到头来,她得到的唯一回报却是他的负心。

珀利阿斯死后,他们来到科林斯。这时他们已经生下了两个儿子,一切似乎都还不错。虽然流亡在外的美狄亚不免有些寂寞,但她仍然感到很满意。她深深地爱着伊阿宋,因此离开家人和祖国在她看来似乎算不了什么。然而,虽然伊阿宋以前似乎是一位杰出的英雄,此时却显露出了卑鄙的本性——他与科林斯国王的女儿订了婚。这是一门好姻缘。他只顾满足自己的野心,把爱情和恩惠都抛到了脑后。他的背叛使美狄亚大为震惊。她在极度痛苦中说的几句话传到了科林斯国王耳中,使他开始担心她会伤害他的女儿——他一定是一个少见的缺乏戒心的人,因为他此前竟然没有想到这一点。他派人传话给美狄亚,命令她和她的儿子立刻离开该国。这个厄运简直和死亡一样可怕,因为一个带着软弱无助的幼子一同流亡的女人既不能保护自己,也不能保护孩子。

她坐在那里盘算应该怎么办,回想自己的委屈和不幸,恨不得以死来结束这难以忍受的生活。她时而由于回忆起父亲和家乡而泪流满面,时而又为弟弟和珀利阿斯两人的鲜血所凝成的洗刷不掉的污点而战栗不已。最令她痛苦的是,她意识到正是她的满腔痴情使她落到如此不幸和悲惨的境地。正在她坐在那里思前想后的时候，伊阿宋来到她的面前。她望着他，没有说话。他就在她身边，她却觉得自己离他很遥远，与她相伴的只有被玷污的爱情和被摧毁的生活。他却没有这样的感受，所以没有保持沉默。他冷冷地对她说：他素来知道她是多么任性，若非她愚蠢而顽皮地说起他的新娘，她也许还能在科林斯舒舒服服地待下去；不过，他已经为她尽了力，因为全靠他的求情，她才没有被处死，而只是被放逐；劝说国王实在是一件非常困难的事情，但他仍然为此竭尽了全力；现在他来看她，是因为他不是一个背弃朋友的人，他要给她很多黄金和远航的一切必需品。

这未免太过分了。美狄亚不禁一口气将她所受的种种委屈统统倾吐了出来。她说："你来看我？——"

> 世人千千万万，你却单单来看我？
> 不过，你来得正好，
> 因为我要一一细数你的卑鄙行径。
> 我救过你，这在希腊是众所周知的事实。
> 吐火公牛、龙齿武士、看守金羊毛的大蛇
> 都是我征服的，是我让你当上了胜利者。
> 我曾手持救你性命的明灯。
> 我抛弃了慈父和家园，
> 前往陌生的国度。
> 我推翻了你的敌人，
> 为珀利阿斯设计了最悲惨的死亡方式。
> 而今你却要抛弃我。
> 我何去何从？是回去找我父亲，
> 还是去投奔珀利阿斯的女儿？
> 为了你，我成了所有人的敌人。
> 我自己与他们原本无冤无仇。
> 啊，我曾把你视为忠诚的夫君，

  也曾处处受人钦羡。
  而今，我却要亡命天涯。天神啊，天神啊！
  孤苦伶仃，无依无靠。

  他回答道，救他的不是她，而是爱神阿佛洛狄忒，是爱神使她爱上他的，而且，她应当好好感激他才对，因为他带她来到了希腊这个文明的国家。还有，他向众人讲述了她是如何为阿耳戈英雄提供帮助的，使他们对她大加赞美，这也算是待她不薄了。她只要有一点常识，就应当为他的婚事而高兴，因为这样的联姻对她和孩子们都是有利的。流亡完全是她自己的过错造成的。
  不论美狄亚缺少什么样的优点，她却绝不缺少才智。她拒绝收下他的黄金。除此以外，她不愿多费唇舌。她什么都不收，也不要他提供帮助。伊阿宋怒气冲冲地拂袖而去。他对她说："你顽固的自尊——"

  会把所有的好心人都赶走，
  而你自己更要吃亏。

  从那一刻开始，美狄亚着手准备复仇，并想好了复仇的方法。

  死亡，啊，死亡，才是解决人生冲突的办法。
  短暂的生命结束了。

  她决定害死伊阿宋的新娘。然后呢——然后怎么办呢？但她不愿意再想未来的事情。"先把她弄死再说。"她说。
  她从一只箱子里取出一件非常美丽的礼服，在上面涂了致命的毒药，然后把礼服放进一只珠宝箱，派她的两个儿子去把它送给新娘。她嘱咐他们说，一定要请新娘立刻穿上，以示接受礼物。公主彬彬有礼地接待了他们，并答应了他们的请求。可是她刚把礼服穿到身上，整个身体就被一团可怕的烈火吞没。她倒在地上，气绝身亡，皮肉化得一干二净。

得知这件事已经办完之后,美狄亚决定做一件比这还要可怕的事。她的两个孩子得不到保护,到处都无依无靠,只能终生受人奴役,绝无其他出路。她暗想道:"我决不让他们活着受陌生人的虐待——"

> 死在比我更加无情的人手中。
> 不;我给了他们生命,而今却要给他们死亡。
> 啊,现在千万不要胆怯,不要顾虑他们是多么年幼,
> 多么可爱,刚生下来的时候是多么令人爱怜——
> 不要再想——我要忘记他们是我的儿子,
> 忘记片刻,短短的片刻——然后永远与悲伤相伴。

　　伊阿宋在得知她对自己的新娘所下的毒手之后,怒不可遏地赶来,决心要杀死她。这时,两个儿子已经死了,美狄亚则正从屋顶上跨入一辆由恶龙拉的双轮战车,它们拉着她飞上高空,飞得无影无踪。伊阿宋为这场悲剧对她百般诅咒,却毫无自责之意。

第四章　四次伟大的历险

法厄同

　　这是奥维德写得最好的故事之一,讲述得十分生动,其中的细节不仅具有修饰作用,也增强了故事的效果。

　　太阳神的宫殿是一个光芒四射的地方。整座宫殿金光闪闪,缀满璀璨夺目的象牙和珠宝,里里外外的一切都熠熠生辉、灿烂辉煌。那里似乎总是处于正午时分,日光从未被阴暗的暮色冲淡过,黑暗和夜晚更是从未降临过。很少有凡人能够长时间地忍受那里一成不变的强光,但也很少有凡人找到过到那里去的道路。

　　然而,有一天,一个由凡间女子所生的年轻人大胆地来到宫殿的附近。他不得不经常停下来揉一揉昏花的眼睛,但是他所肩负的使命十分紧迫,因此他以坚定的决心勉力前进。他登上台阶来到宫殿门口,穿过一扇扇光亮的大门,进入太阳神的大殿,只见太阳神端坐在一团炽烈而炫目的光芒之中。少年不得不在这里停下来,因为他再也忍受不了强光的照射了。

　　什么都逃不过太阳神的眼睛。他立刻看见了少年,慈祥地看着他。"你来有什么事?"他问道。"我到这里来,"少年大胆地回答道,"是为了弄清楚您是不是我的父亲。我母亲说您是,但是当我对我的同学说我是您的儿子时,他们都笑了,不相信我的话。我告诉了妈妈,她说我最好来问问您。"太阳神微笑着摘下了他那亮得刺眼的王冠,好让少年能够舒舒服服地看他。"过来,法厄同,"他说,"你确实是我的儿子。克吕墨涅告诉你的是真话。我想你不会连我的话也怀疑吧？我要证明给你看。不论你向我提出任何要求，你都会如愿以偿。我凭着诸神的'守誓之河'——斯堤克斯河起誓，一定会答应你。"

法厄同无疑经常看到太阳神驾车驶过天空，每到这样的时刻，他就会半是敬畏、半是兴奋地自忖道："坐在那上面的正是我父亲呀！"然后他就会猜想：坐在那辆战车里，驾驭着骏马，沿着那令人目眩的道路行进，把光明带给世界，不知是什么感觉？现在，既然父亲许下了这样的诺言，他这个狂野的梦想就有希望实现了。他立刻喊道："爸爸，我的愿望就是坐到您的位置上去。这是我唯一的要求。让我驾驶一天您的马车吧，只要一天就行。"

太阳神意识到自己说错话了。他为什么要发下重誓，迫使自己屈从于一个孩子头脑发热时想出的念头呢？"亲爱的孩子，"他说，"只有这件事我不愿答应你。我知道我不能拒绝你，因为我已经凭着守誓之河起过誓。如果你坚持要这样做，那我只能顺从你的意思。但我相信你是不会固执己见的。听我给你讲讲你想做的是一件什么样的事情。你是我的儿子，但你也是克吕墨涅的儿子。你是凡人，而凡人是不能驾驶我的战车的。事实上，除了我本人以外，别的神祇也做不了这件事情，就连诸神的统治者也不例外。想想我要走的路吧。这条路先是从海面上陡然升起，马几乎爬不上去，尽管它们在清晨时分精神很好。到了中天，高度更是惊人，连我都不喜欢向下俯视。最难走的是下坡路，急转直下，连等着迎接我的海神们都奇怪我是怎么避免一头摔下来的。驭马也是长时间的苦差事。它们越是往上爬，情绪就越暴躁，几乎不听我指挥。它们又会怎么对付你呢？"

"你是不是以为在那高高的地方能看到各种各样的奇迹，还能看到诸神的城市，城里到处都是富丽堂皇的景物？绝非如此。你只会遇到很多猛兽，此外什么都见不到。公牛、狮子、蝎子和巨蟹都会设法伤害你。听从我的劝告吧。环顾你的周围，看看这个富足的世界上的一切奇珍异宝，从中挑选一样你最喜欢的，它一定会属于你。如果你想要证明你是我的儿子，那么只要看看我是多么为你担心，就知道我确实是你的父亲了。"

神　话

然而，这番英明的劝告对这位少年却没有起到丝毫作用。一幅充满荣耀的景象展现在他眼前：他看到自己骄傲地站在那辆神车上，神气活现地用双手驾驭着那些连主神朱庇特都制伏不了的神驹。他一点儿也没有把父亲详细描述的那些危险放在心上，没有一丝恐惧，毫不怀疑自己的能力。最后，太阳神不再劝他，因为他看出已经没有希望了。此外，时间也不允许了，出发的时刻已经迫在眉睫。东门已经泛出紫光，黎明女神已经打开她那布满玫瑰色霞光的庭院。星辰正要离开天空，连踯躅不前的晨星都已经暗淡下去了。

得赶快上路了，幸好一切已经就绪。奥林匹斯仙境的守门人——四季之神正等候在那里，准备打开大门，骏马也已经被套上缰绳和车辀。法厄同得意洋洋、高高兴兴地登上战车出发了。他已经作出了抉择，无论结果如何，现在已经不能更改了。刚一开始的时候，他兴奋地凌空疾驰，速度快得连东风之神都落在他的后面，这时他才不想改变主意呢。腾飞的马蹄穿过大洋附近的低层云彩，宛如穿过一层薄薄的海雾，然后渐渐升上晴空，登上高高的天庭。法厄同一度喜不自胜，自以为是天空的主宰。可是，情况突然变了。马车剧烈地晃动起来，速度加快，他控制不住了。引导方向的不是他，而是马。车上重量的减轻，握缰绳的手的软弱无力，使它们知道真正的驾车人不在。现在它们成了主人，别人都指挥不了它们。它们离开原先的道路，随心所欲地上下左右胡冲乱撞。它们差点儿使马车撞到天蝎座，然后它们猛地一停，又差点儿撞上巨蟹座。这时，那位蹩脚的御者已经被吓得半死，连缰绳都放松了。

这样一来，那几匹马跑得更加疯狂和鲁莽。它们先飞上天顶，又一头冲了下来，害得全世界都闹起了火灾。最高的几座山先燃烧了起来，包括缪斯女神居住的伊达山和赫利孔山、帕耳那索斯山，还有高耸入云的奥林匹斯山。火焰沿着山坡一路蔓延至低洼峡谷和茂密森林，到处都陷入了一片火海。泉水化为蒸汽，河水水位降低。据说当时尼罗河逃跑了，把它的源头藏了起来，至今还深藏不露。

法厄同在车上几乎坐不住了，他被裹在团团浓烟和仿佛从火炉里喷出来的热气当中，一心盼望这番折磨和恐惧快点结束，哪怕是死了也好。地母也受不了了,她大吼一声,传进诸神的耳中。他们从奥林匹斯往下一瞧,发现只有赶快动手才能拯救世界。于是朱庇特抓起雷霆,向那位轻率鲁莽、追悔莫及的御者掷去。他当即被击死,马车也被击成碎片,发狂的骏马冲进海里。

浑身是火的法厄同从车上掉了下来,穿过大气层掉到了地上。凡人从未见过的神秘之河——厄里达诺斯河接纳了他,浸熄了他身上的火焰,浸凉了他的尸体。水中的仙女怜惜他死得这么英勇,死时又这么年轻,特意埋葬了他,还在坟墓上刻道:

> 驾驶过太阳神的马车的法厄同长眠此地。
> 他遭到惨败,但他胆量过人。

他的姊妹们——太阳神赫利俄斯的女儿赫利阿得斯曾来到墓前哀悼他。在厄里达诺斯河畔,她们变成了白杨树:

> 她们满心悲哀,永远对着溪水垂泪。
> 每一颗闪亮的泪珠一落进水里
> 就化成一块晶莹的琥珀。

珀伽索斯和柏勒洛丰

这个故事中的两段情节取材于早期诗人的作品。公元前八世纪或九世纪的诗人赫西俄德讲过吐火兽喀迈拉的故事,安忒亚的单恋和柏勒洛丰的悲惨结局则出现在荷马史诗《伊利亚特》中。故事的其余部分是由公元前五世纪上半叶的诗人品达最先写出来的,他也是将这些内容写得最好的一位诗人。

俄菲瑞城(后来改名为科林斯城)的国王名叫格劳科斯,是西绪福斯的儿子。西绪福斯因泄露宙斯的秘密，受罚在冥国把一块石头推上山，但推上又滚下，永远循环不息。格劳科斯本人也得罪了天庭：他是一位伟大的骑手，但他用人肉来喂养他的马，以使他们骁勇善战。这类暴行总是会激怒诸神的。于是诸神"以其人之道，还治其人之身"，让他从战车上摔了下来，他的马把他撕成碎片，吞了下去。

城里有一位勇敢而俊美的年轻人，名叫柏勒洛丰，大家认为他是格劳科斯的儿子。不过也有传言说，柏勒洛丰的父亲其实是力量更为强大的海神波塞冬。年轻人在身心两方面均有超凡的天赋，这使关于他的出身的这种说法显得更加可信。而且，他的母亲欧律诺墨虽是凡人，但却受到过雅典娜的教导，以至于在智力和智慧上都堪与神祇媲美。从各方面来看，柏勒洛丰都更像神祇而不像凡人。伟大的冒险都会向他这样的人发出召唤，任何危险也阻止不了他。可是他最著名的事迹却根本不需要勇气，甚至也不需要努力。实际上，这证明：

> 人们断言不可能完成的壮举，
> 不应该觊觎的事物，——都被天上的神力
> 轻轻松松地交到他的手中。

柏勒洛丰最渴望得到的东西是神奇的飞马珀伽索斯，它是在珀耳修斯杀死蛇发女怪戈耳工时从她的鲜血里冒出来的。① 它是

> 一匹永不疲倦的双翼骏马，
> 凌空翱翔，迅捷如风。

许多奇迹都与它有关。诗人们钟爱的"赫利孔灵泉"（位于缪斯女神所居住的赫利孔山上）就是在它的马蹄踩踏地面时喷涌出来的。谁能抓住并驯服这样一只生灵呢？柏勒洛丰极度渴望得到它，但又感到毫无希望。

---

① 参见第三部分第一章。

他把这个迫切的心愿告诉了俄菲瑞（科林斯）的先知波吕伊多斯，后者建议他到雅典娜的神殿里去睡觉，因为诸神常常在凡人的梦中对他们说话。于是柏勒洛丰前往那个神圣的处所。当他躺在祭坛旁酣睡时，仿佛看到女神站在他的面前，手中拿着一件金光闪闪的东西。她对他说："睡着了吗？别睡了，醒醒吧。这里有一样东西，可以降伏你渴望得到的那匹骏马。"他一跃而起，没有看到女神，但他面前却放着一件神奇的宝物——一副从未有人见过的纯金马笼头。他把笼头拿在手里，终于感到有了希望，然后奔到原野里去寻找飞马珀伽索斯。他看到它正在那股在科林斯闻名遐迩的皮瑞涅灵泉中饮水，就轻轻地向它靠近。飞马安详地望着他，既不惊慌也不害怕，任他毫不费力地给自己套上笼头。雅典娜的符咒生效了，柏勒洛丰成了这匹神驹的主人。

他穿着全副青铜盔甲跳上马背，全速飞驰。飞马似乎和他一样喜爱这项运动。现在他成了空中的主宰，想飞到哪里就飞到哪里，人人都对他羡慕不已。后来的事实表明，珀伽索斯不仅给他带来了欢乐，而且还成了他身处困境时的好帮手，因为柏勒洛丰面临着许多严苛的考验。

不知何故，他杀死了自己的兄弟——我们不知道事情的原委，只知道这纯属意外。于是他前往阿耳戈斯，那里的国王普罗托斯为他洗清了罪孽。他所受的磨难和他的英雄事迹都始于该城。普罗托斯的妻子安忒亚爱上了他，但他没有理睬她，不愿与她有任何关系。一气之下，她对丈夫说他的客人欺侮了她，应该处死。普罗托斯虽然非常生气，但却不愿杀掉柏勒洛丰，因为后者曾在他家用餐，他不能亲自对客人使用暴力。不过，他想出了一条计策，似乎可以确保让他遭到同样的惩罚。他请这位年轻人送一封信给亚洲吕客亚国的国王，柏勒洛丰爽快地答应了。骑在飞马珀伽索斯的背上进行长途旅行，对他来说算不了什么。吕客亚国王以古代的礼节客客气气地接待了他，在盛情款待他九天之后才要求看信。信上说，普罗托斯要他杀掉送信的这个年轻人。

但他不愿这么做，理由与普罗托斯相同——众所周知，神王宙斯痛恨那些破坏宾主关系的人。不过，如果派这个异乡人和他的飞马去冒险，就无可厚非了。于是他请求柏勒洛丰去杀死吐火兽喀迈拉，心想他一定不会生还。人们认为吐火兽喀迈拉是不可征服的。她是一只外形非常奇特的怪物，长着狮头、蛇尾、羊身：

> 一只可怕的怪物，身体庞大、行动敏捷、四肢强壮、
> 口吐无法浇灭的烈火。

可是，骑着飞马的柏勒洛丰根本用不着接近这只浑身是火的怪物。他飞到她的头顶上空，用箭射死了它，自己没有冒一点儿危险。

他回到普罗托斯那里，后者不得不另想别的办法来除掉他。他派柏勒洛丰远征，与强壮的武士索利米人作战。等到他战胜了索利米人，又派他去攻打阿玛宗女武士，结果他又一次大胜而归。最后，普罗托斯被他的勇气和好运慑服，成了他的好朋友，还把女儿嫁给了他。

他幸福地生活了很多年，但是后来他激怒了诸神。强烈的野心和巨大的成功，使他心生"对人类而言过于自大的念头"，这样的念头是最令诸神反感的——他想骑着飞马珀伽索斯飞到奥林匹斯仙境，并相信自己可以和不朽的诸神一样，在那里获得一席之地。飞马比他聪明，不肯去，还把主人摔了下来。此后，犯了神怒的柏勒洛丰只好孤身一人浪迹天涯，自怨自艾，离群索居，直至死亡。

飞马珀伽索斯则栖身在奥林匹斯的天厩里，宙斯的神驹都被饲养在那里。它在所有的神驹当中是最出类拔萃的，这一点可以从诗人们讲述过的一个事实中得到证明，那就是：每当宙斯想使用雷电的时候，把雷霆和闪电带给他的就是珀伽索斯。

俄托斯和厄菲阿尔忒斯

《奥德赛》和《伊尼特》都提到过这个故事，但只有阿波罗多罗斯完整地讲述过它。他的创作时间大约是公元一世纪或二世纪。他的文风比较沉闷，但这个故事比他的多数作品要生动一些。

这对孪生兄弟是巨人,但他们的外貌却不像古代的怪物——两人都身材笔挺,容貌高贵。荷马说他们是

> 地母哺育过的生灵当中身材最高的两位,
> 也是容貌最美的两位,只比无与伦比的俄里翁略逊一筹。

维吉尔则以描绘他们疯狂的野心为主。他说他们是

> 形体庞大的孪生兄弟,奋力用双手来毁灭高高的天庭,
> 企图把朱庇特拉下天国的王座。

有人说他们是伊菲墨狄亚的儿子,有人说是卡那刻的儿子。不过,无论他们的母亲是谁,他们的父亲必定是海神波塞冬,尽管他们通常被称为"阿洛欧斯之子"——阿洛欧斯是其母的丈夫。

从很小的时候开始,他们就试图证明自己比诸神更加出色。他们囚禁了战神阿瑞斯,用铜链把他捆了起来。奥林匹斯诸神不愿用武力来解救他,便派足智多谋的神使赫耳墨斯去助他脱身。到了晚上,赫耳墨斯设法偷偷地把他放出了监牢。此后,这两个傲慢的青年的胆子更大了。他们威胁说,他们要把珀利翁山堆在俄萨山上,量一量天庭的高度,就像古代的巨人族把俄萨山堆在珀利翁山上一样。这可超出了诸神所能容忍的极限,宙斯准备用雷霆击打他们。可是他还没有把雷霆掷出去,波塞冬就跑来为他们求情,并保证以后好好管教他们。宙斯同意了,波塞冬喜不自胜。这对孪生兄弟不再与天庭作对,波塞冬为此颇为自得。然而,他们两人其实是在密谋其他的一些更令他们感兴趣的计划。

俄托斯认为劫走天后赫拉将是一场了不起的冒险,厄菲阿尔忒斯则爱上了月亮女神阿耳忒弥斯——或者自以为爱上了她。实际上他们兄弟两人只关心对方,感情极其深厚。他们抽签决定谁先去抓他的心上人,结果命运选中了厄菲阿尔忒斯。他们在山上和树林间到处寻找阿耳忒弥斯,可是当他们终于看见她的时候,她却在海滩上,径直向大海走去。

原来她已经知道了他们的坏主意，也知道该如何惩罚他们。他们蹦蹦跳跳地追逐她，她却继续朝前走，在海面上凌波疾行。波塞冬的儿子们也都有这种本事：他们可以在海面上奔跑，而且不会沾湿鞋子，就像在陆地上奔跑一样。于是两人轻轻松松地追了上去。她引他们跑到树木繁茂的那克索斯岛。他们眼看就要追上她了，可她却消失了，他们只看见一只非常迷人的乳白色母鹿蹦蹦跳跳地跑进了森林。一看见这只鹿，他们就忘了女神，跑去追赶这只美丽的动物。母鹿在密林中失去了踪影，于是他们分头去追，以便增加得手的机会。突然，他们同时看到它竖着耳朵站在一片林间空地上，可是谁也没有看到自己的兄弟就站在它身后的树丛中。他们掷出了标枪，母鹿却不见了。武器迅速穿过空地，进入树丛，击中了目标。这两位年轻猎手的伟岸身躯应声倒地，各自被对方的标枪刺穿了身体。他们都杀死了自己唯一心爱的人，也都死在了所爱者的手里。

这就是阿耳忒弥斯的复仇。

代达罗斯

奥维德和阿波罗多罗斯都讲过这个故事。后者的生活时代可能要比奥维德晚一百多年，他的文风十分平淡，而奥维德却恰恰相反。不过在讲这个故事时，我遵循的是阿波罗多罗斯的版本，因为奥维德的叙述体现了他最不足取的特点，即多愁善感和充满感叹。

代达罗斯是一位建筑师，曾为克里特岛上的半牛半人怪物弥诺陶耳设计迷宫，还向阿里阿德涅说明了忒修斯怎样才能逃出去。[1] 弥诺斯国王得知雅典人找到了出路，坚信一定是代达罗斯帮了他们的忙。因此，他把代达罗斯和他的儿子伊卡罗斯关进了迷宫——由此可见迷宫的设计是多么巧妙，没有线索，就连设计者本人都找不到出口。不过，这位大发明家并没有迷路，他告诉儿子：

---

[1] 参见第三部分第二章。

走水路或陆路逃跑可能受阻，但在空中却可以自由逃生。

于是他为自己和儿子做了两对翅膀，戴在身上。在他们快要起飞的时候，代达罗斯告诫伊卡罗斯说，在海面上要飞得不高不低，如果飞得太高，太阳就会把胶水晒化，翅膀就要掉下来了。然而，正如许多故事所描述的那样，年轻人总是不听老人的话。父子两人轻轻松松地飞离了克里特岛，这时小伙子为这项新学的奇妙本领兴奋不已，越飞越高，对父亲痛心地发出的命令不理不睬，结果摔了下来，翅膀也脱落了。他坠入海中，被海水吞噬。悲痛的父亲安全地飞到了西西里岛，受到了国王的友好款待。

弥诺斯发现代达罗斯逃走了，不禁怒火中烧，决心要找到他。他想出了一条诡计。他命人到处宣布：谁能把一条细线穿过一只结构错综复杂的螺旋形贝壳，便可以得到一份丰厚的奖赏。代达罗斯告诉西西里国王，说他能办得到。他在贝壳封闭的一端钻了一个小孔，把细线系在一只蚂蚁身上，引蚂蚁进入小孔，然后把小孔封了起来。等蚂蚁终于从另一端爬出来，细线当然清清楚楚地穿过了所有的螺旋和转角。"只有代达罗斯才想得出这个办法"，弥诺斯说，然后就到西西里去抓他。可是西西里国王不肯把他交出来，结果弥诺斯在争斗中被杀死了。

第三部分　特洛伊战争之前的大英雄

第一章　珀耳修斯

这个故事可以被列入童话的范畴。赫耳墨斯和雅典娜就像《灰姑娘》中的仙女教母,有魔力的皮袋和帽子则是世界各地的童话中屡见不鲜的宝物。这是唯一的一篇让魔法起到决定性作用的神话。它在希腊似乎极受欢迎,许多诗人都提到过。对达那厄在木箱中顺水漂流这一情节的叙述,是公元前六世纪的伟大抒情诗人——刻俄斯岛的西摩尼德斯的一首著名诗作中最著名的段落。奥维德和阿波罗多罗斯都完整地讲述过这个故事。后者大约比奥维德晚一百年,他比奥维德写得更好。他的叙述简明直白,奥维德则写得极其冗长沉闷——例如,他用了一百行的篇幅来描述杀死海蛇的过程。我遵循的是阿波罗多罗斯的版本,并以西摩尼德斯的片段和其他诗人——尤其是赫西俄德和品达——的短句作为补充。

阿耳戈斯城的阿克里西俄斯国王只有一个女儿,名叫达那厄。她的美貌在当地首屈一指,但这并没有给国王带来多大安慰,因为国王没有儿子。他到德尔斐神殿去问神祇,他有没有希望有朝一日得到一个儿子。女祭司给出了否定的回答,还告诉他一个远比这更坏的消息:他的女儿将会生下一个儿子,这个男孩将会杀死他。

对国王来说,要避免这样的命运,唯一可靠的办法就是立刻处死达那厄——不能碰运气,而是要亲自监督。阿克里西俄斯不愿这么做。事实证明他的父爱并不强烈,但是他非常畏惧诸神,而诸神会严惩那些杀害亲族的人。阿克里西俄斯不敢杀死他的女儿,而是命人用纯铜建造了一座地下房屋,部分房顶开了天窗,以便受光和通风。他把女儿关在这里,派人小心看守。

>于是美丽的达那厄只得忍受痛苦，
>眼看着明媚的阳光被坚固的铜墙所取代。
>在那间像坟墓一般隐秘的闺房中，
>她过着形同囚犯的日子。然而宙斯却化身为金雨
>来到了她的身边。

她坐在那里消磨着漫长的时辰，打发着无尽的白昼，既无事可做，也无物可看——除了飘过头顶的云彩。一天，突然发生了一件神秘的事情：一阵金雨从空中落下，洒满了她的房间。故事没有说明她是如何通过启示得知以这种外形出现在她眼前的正是天帝宙斯的，但她知道自己生的是他的儿子。

她一度向父亲隐瞒生子的消息。但是在这间窄小的铜屋里，隐瞒真相越来越难。终于有一天，这个名叫珀耳修斯的小男孩被他的外公发现了。"你的孩子！"阿克里西俄斯怒喝道。"他的父亲是谁？"达那厄傲然回答："是宙斯。"但他不相信她的话。他只确信一件事：这个男孩的生命是对他自己生命的一大威胁。他不敢杀害这个孩子，这与他不敢杀害女儿是出于同样的原因，即害怕宙斯和追踪这类凶手的复仇女神会惩罚他。但他尽管不能直接杀死他们，却不妨让他们自行走上必死无疑的道路。他命人做了一只大箱子，把他们母子两人装了进去，然后把箱子搬到海边，扔进水里。

达那厄和她的幼子坐在这只古怪的小船里。天黑了，她在海面上倍感孤单：

>在那个雕花木箱里，狂风和海浪
>将恐惧送入她的心坎。
>她眼含热泪，温柔地将珀耳修斯抱在怀中，
>对他说："儿啊，我心痛欲裂。
>而你，小娃娃，却睡得如此安详，
>在这毫无欢乐的住所——这个镶着铜边的坚固木箱里

汉密尔顿作品

坠入深沉的梦乡。在这漆黑的夜里，
迅速翻腾的浪花如此贴近你柔软的卷发，
狂风尖声怒号，你却毫不在意。
你那美丽的小脸，依偎在红斗篷里。"

整整一夜，她都在不住颠簸的木箱中听到海水拍打的声音，海浪似乎随时会吞没他们。黎明到来了，可是她看不见，也就得不到丝毫慰藉。她也看不见他们周围有很多高耸在海面上的小岛，只觉得似乎有一股海浪把他们托了起来，载着他们迅速地向前推进，然后在退却的时候把他们留在一块坚固而静止的东西上面。原来他们已经着陆，不会被海水淹死了。但是两人仍然被困在木箱里，逃不出去。

多亏命运的眷顾——也许是宙斯的眷顾，因为他至今还没有为他的情人和孩子出过什么力——他们竟然被一位名叫狄克堤斯的好心渔夫发现了。他偶然看到了这个大箱子，就打开了它，带着这对可怜的母子回家去见他的妻子。她也和他一样善良。他们没有子女，便把达那厄和珀耳修斯当作亲人来照料。母子俩在那里住了许多年。达那厄想让儿子从事渔夫这个卑微行业，以免有人伤害他。可是后来又出现了更大的麻烦。小岛的统治者波吕得克忒斯是狄克堤斯的兄弟，但却是一个生性残暴、冷酷无情的人。在很长一段时间里，他似乎没有留意这对母子，但是后来达那厄引起了他的注意。虽然这时珀耳修斯已经长大成人，但她的容貌却依旧光彩照人。结果波吕得克忒斯爱上了她。他想娶她，却不想要她的儿子，于是想出了一个除掉他的办法。

几个被称为戈耳工的可怕怪物住在一个小岛上，因拥有致人死命的魔力而远近闻名。波吕得克忒斯显然和珀耳修斯谈起过她们，甚至可能说过他在世界上最想得到的东西就是其中一个怪物的脑袋。从他谋害珀耳修斯的计划来看，这一点似乎是确凿无疑的。他宣布他要结婚，邀请朋友们来共同庆祝，也邀请了珀耳修斯。每位客人照例带了一件送给未来新娘的礼物，只有珀耳修斯是空手而来的，他没有东西可送。这个年轻人的自尊心很强，感到十分屈辱，便在众人面前站了起来，宣布要送给国王一件比他收到的所有礼物都更好的礼物——这正中国王的下怀。他要去杀死美杜莎，把她的头带回来，作为他献给国王的礼物。没有比这更合国王心意的了。没有一个头脑清醒的人会提出这样的建议。美杜莎是蛇发女怪戈耳工之一：

> 戈耳工三姐妹长着翅膀，
> 以毒蛇为头发，凡人无不骇怖。
> 目睹她们形貌的人
> 再也呼吸不到生命的气息。

因为不论是谁，只要看她们一眼，马上就会变成石头。大概是珀耳修斯被愤怒和自尊所支配，才会夸下这般海口。没有人能够在不借助外力的情况下杀死美杜莎。

然而珀耳修斯虽然做出了傻事，却并没有遭殃，因为有两位伟大的神祇在监护他。他一走出国王的厅堂，就立刻上了船——他不敢先去见他的母亲并向她禀告他的计划，而是直接乘船到希腊去打听在哪里可以找到那三个怪物。他来到德尔斐神殿，但那里的女祭司只让他去寻找居民不吃得墨忒耳的金色谷粒、只吃橡子的那个地方。于是他又来到位于橡树之乡的多多那神殿，那里的会说话的橡树会宣布宙斯的旨意，而住在那里的塞利人是用橡子做面包的。但他们不肯多言，只说他是受神祇保护的。他们也不知道蛇发女怪戈耳工住在哪里。

任何故事都没有讲到赫耳墨斯和雅典娜是什么时候来帮助他、怎么帮助他的，但是在他们没有伸出援手之前，他一定尝到了绝望的滋味。他流浪了很久，终于遇到了一位相貌俊美的陌生人。我们在很多诗歌中看到过这个人的外貌：他是一个双颊刚刚长出茸毛的风华正茂的年轻人；与其他任何年轻人都不同，他手持一根用黄金制成的手杖，手杖的一端长有一对翅膀，头上戴的帽子和脚上穿的凉鞋也长有翅膀。看到了他，希望一定在珀耳修斯心中油然而生，因为他知道这必然是人类的向导和美好事物的赐予者——神使赫耳墨斯。

这位光彩照人的神祇告诉他，在攻击美杜莎之前，一定要备好必要的装备，而他所需要的东西都在北方仙女的手里。要找到仙女的住处，就得先找"灰娘"，只有她们能为他指路。在那些女人居住的土地上，一切都朦朦胧胧，笼罩在暗淡的光线里。白天看不到太阳，晚上也看不到月亮。三个女人住在那个灰色的地方，全身都灰蒙蒙的，相貌憔悴，仿佛已经十分衰老。她们的确是非常古怪的生灵，主要是因为她们三人总共只有一只眼睛，按照习惯轮流使用——一个人用过一段时间之后，就把它从额头上取下来，交给另一个人。

赫耳墨斯把这些事情告诉了珀耳修斯，然后说出了他的计划。他要亲自带领珀耳修斯去找她们。到了那里，珀耳修斯一定要先藏起来，直到他看到她们当中的一个人把眼睛从额头上取下来要传递给另一个人。在她们三个人都看不见东西的这一刻，他必须冲上前去把眼睛抢到手里，等她们告诉他如何找到北方仙女之后再还给她们。

赫耳墨斯还说，他本人将会给珀耳修斯一把宝剑，用来攻击美杜莎——无论蛇发女怪的鳞片有多么坚硬，这把宝剑都既不会弯曲也不会折断。这无疑是一件绝妙的礼物。可是，既然剑客在还没有走到攻击范围之内的时候就会被他要攻击的对象变成石头，那么好剑又有什么用呢？这时另一位伟大的神明出来帮忙了——帕拉斯·雅典娜出现在珀耳修斯身旁。她把自己用来护胸的那面闪闪发亮的青铜盾牌摘下来递给他，说："当你攻击戈耳工的时候，眼睛要看着这面盾牌。你可以在它里面看到她，就像照镜子一样。这样就能避开她那致命的魔力了。"

这时，珀耳修斯确实有理由满怀希望了。到"朦胧之乡"的路程很远，要穿过大洋河，一直走到西米里人居住的"黑暗之国"的边界。不过，有了赫耳墨斯这位向导，他是不会迷路的。终于，他们找到了"灰娘"——在摇曳的微光下，她们看上去很像几只灰色的鸟儿，因为她们具有天鹅的外形，但她们却长着人类的头，翅膀下还长着手臂。珀耳修斯依照赫耳墨斯的吩咐躲了起来，直到他看见她们当中的一位从前额上取下眼睛。趁她把眼睛交给姐妹之前，他从她手中把眼睛抢了过来。过了好一会儿，三姐妹才发现眼睛不见了——刚才人人都以为它在另一位姐妹的手里。然而珀耳修斯却宣布是他拿了眼睛；她们若想拿回眼睛，就必须告诉他如何才能找到北方的仙女。她们立刻把路线详细地告诉了他——为了拿回眼睛，她们什么都愿意做。他把眼睛还给了她们，走上了她们指引的道路。原来他必须前往北风之神背后的那片国土——许珀柏里安人的蒙福之国，但他自己并不知道。据说，"无论是走水路还是陆路，人们都找不到前往许珀柏里安人聚居之地的奇妙道路"。但珀耳修斯有赫耳墨斯做伴，因而一路通行无阻，见到了那群天天大摆筵宴、尽情狂欢的幸福的人。他们待他非常友好，欢迎他入席同饮，伴着笛声和琴声翩翩起舞的少女们还停下来替他拿来了他所寻求的礼物。礼物共有三件：一件是带翼的凉鞋，一件是能根据所装物品的大小任意伸缩的魔法皮袋，最重要的一件则是能让戴它的人隐身的帽子。有了这些宝物，再加上雅典娜的盾牌和赫耳墨斯的宝剑，珀耳修斯终于可以动身去找蛇发女怪了。赫耳墨斯知道她们住在哪里。他们两人离开这片乐土，再次横越大洋河，渡海来到可怕的三姐妹所居住的那个岛屿。

珀耳修斯的运气很好：当他发现她们的时候，她们都睡着了。在像镜子一样明亮的盾牌中，他可以清清楚楚地看到她们。这些怪物长着巨大的翅膀，身上覆盖着金色的鳞片，头发是由一群缠绕在一起的蛇构成的。现在雅典娜和赫耳墨斯都在他身边，他们为他指出了哪一个是美杜莎，这一点非常重要，因为三姐妹中只有她可以被杀死，另外两位则是长生不死的。珀耳修斯穿着带翼的凉鞋飞到她们上方，眼睛却只看着盾牌。然后他瞄准美杜莎的喉咙，由雅典娜指引他的动作。他一挥宝剑，立即砍断了女怪的脖子。随即，他俯冲下去抓起她的头颅，眼睛仍旧只盯着盾牌，一眼也没有看她。他把她的头颅扔进皮袋中，皮袋立刻缩拢了，把它包在里面。现在他用不着害怕它了。可是另外两位戈耳工醒了，她们看到妹妹被杀，大惊失色，想去追赶凶手，可是珀耳修斯却安全无虞，因为他戴上了隐身帽，她们找不到他。

> 于是，长着浓密长发的佳人达那厄的爱子珀耳修斯，
> 穿着带翼凉鞋在空中疾驰，

> 飞得像思想一样迅速。
> 在那奇妙无比的
> 银色宝囊中，
> 装着怪物的头颅。
> 迈亚之子赫耳墨斯，
> 宙斯的信使，
> 随时守护在他的身旁。

在回家的途中，他曾在埃塞俄比亚登陆。这时赫耳墨斯已经离开了他。珀耳修斯发现一位可爱的少女被遗弃在那里，等着被可怕的海蛇吞吃——后来赫剌克勒斯也见到过类似的场景。少女名叫安德洛墨达，是一位愚蠢而自负的妇人的女儿：

> 那位像星辰一样灿烂的埃塞俄比亚王后，
> 力图使她的美貌的盛名超过海中仙女，
> 结果冒犯了她们的神威。

她曾夸耀自己比海神涅柔斯的女儿们更加美丽。在那个时代，一个人若是自称在某一方面高于某一位神祇，必然会为自己招来悲惨的命运，可是人们却还是常常这样做。这一回，对诸神所憎恶的妄自尊大态度的惩罚没有落到王后卡西俄珀亚（安德洛墨达之母）头上，却落到了她女儿的头上。埃塞俄比亚人大量被海蛇吞吃。神谕宣示道，只有把安德洛墨达作为祭品奉献给它，他们才能活命。听到神谕之后，人们逼迫她的父亲刻甫斯同意把她献出来。珀耳修斯到达那里时，只见少女正被锁在海边的岩架上，等着怪物来吞吃。珀耳修斯对她一见钟情，便在她身边等待那条大蛇来捕捉它的猎物，然后砍下了蛇头，就像砍下戈耳工的头一样。无头的蛇身掉回了水里。珀耳修斯带着安德洛墨达去见她的父母，要求娶她，他们欣然同意。

他带着娇妻乘船回到小岛去找他的母亲，可是他居住多年的房子竟然空无一人。原来渔夫狄克堤斯的妻子早就去世了，达那厄则与这个曾像父亲一样对待珀耳修斯的人一起逃出去躲了起来，因为波吕得克忒斯国王由于达那厄不肯嫁给他而怒不可遏。珀耳修斯听说他们两人正在一座神殿里避难，还听说国王正在宫里宴客，拥护他的人都聚集在那里，于是马上意识到自己的机会来了。他直接向宫殿走去，进了大厅。他站在门口，胸前挂着雅典娜那面闪闪发亮的圆盾，身边挂着那只银色的皮袋，立即吸引了在场的每个人的注意。他趁人们还没来得及转移目光，举起了蛇发女怪的头颅。一看到它，残酷的国王和他那些奴颜婢膝的臣子就立刻变成了石头。他们就这样坐在那里，成了一排雕像，人人都呈现出乍见珀耳修斯时的那副呆若木鸡的样子。

在岛民得知他们已经摆脱了暴君的统治之后，珀耳修斯很容易就找到了母亲达那厄和养父狄克堤斯。他立狄克堤斯为小岛的国王，他和他的母亲则决定带着安德洛墨达回到希腊，去和阿克里西俄斯和好，看看老人在把他们母子二人放进木箱多年以后，心肠是否变软了，是否愿意接纳女儿和外孙。可是当他们抵达阿耳戈斯时，发现阿克里西俄斯已经乘车出了城，谁也不知道他到什么地方去了。他们抵达后不久，珀耳修斯恰好听说北方拉里萨城的国王正在举办运动大会，便赶去参加。在掷铁饼比赛中，轮到他的时候，他把沉重的铁饼掷了出去，却看到铁饼突然转向，落到了观众席上，正好击中坐在那里的阿克里西俄斯——他是去拜访该城的国王的。这致命的一击使他当场死亡。

就这样，阿波罗的神谕再度成真。尽管珀耳修斯有些伤心，但至少他知道他的外公曾经想尽办法杀害他们母子。他一死，他们的烦恼就结束了。珀耳修斯和安德洛墨达从此过上了幸福的生活。他们的儿子厄勒克特律翁后来成了大英雄赫剌克勒斯的祖父。

珀耳修斯把美杜莎的头颅献给了雅典娜，她把它镶嵌在她替宙斯保管的那面神盾上，随身携带。

第二章 忒修斯

这位最受雅典人爱戴的英雄引起了很多作家的注意。生活于奥古斯都时代的奥维德、公元一世纪或二世纪的阿波罗多罗斯和公元一世纪末的普鲁塔克都曾详细叙述他的生平。在欧里庇得斯的三部剧作和索福克勒斯的一部剧作中,忒修斯都是重要人物。散文家和诗人也多次提到他。我大体上遵循阿波罗多罗斯的叙述,另外添加了欧里庇得斯笔下的阿德剌斯托斯求援、赫剌克勒斯发疯、希波吕托斯冤死等情节,索福克勒斯笔下的忒修斯收留俄狄浦斯的情节,以及普鲁塔克笔下的忒修斯之死等情节——关于忒修斯之死,阿波罗多罗斯只提了一句。

忒修斯是雅典城的大英雄。他进行过多次历险,有过多次壮举,以至于雅典城里流传着一句俗话:"凡事都少不了忒修斯。"

他是雅典国王埃勾斯的儿子,但他小时候住在母亲的家乡——希腊南部的一个城邦。埃勾斯在这个孩子出生之前就回到了雅典,但他事先把一把剑和一双鞋放进一个洞穴,用一块大石头盖了起来。他把这件事告诉妻子,并且告诉她,如果她生的是男孩,那么等到他长得足够强壮、有力气推开石头拿出下面的东西时,就可以叫他到雅典去认父亲了。孩子果然是个男孩,长得比别人强壮得多,以至于当他的母亲终于带他来到石头旁边时,他不费吹灰之力就搬开了石头。于是母亲告诉他,寻父的时机到了。他的外公还为他准备了一条船。但是忒修斯却拒绝走水路,因为这样的旅途太安全、太轻松了。他想尽早成为大英雄,而轻松和安全是肯定无助于实现这一理想的。全希腊最了不起的大英雄赫剌克勒斯①总是盘桓在他的心头，他下定决心要让自己也成为像前者一样伟大的英雄。这种想法是很自然的，因为他们两人乃是表兄弟。

因此，当母亲和外公极力劝他乘船时，他坚决不肯，说乘船等于逃避危险，是一种可耻的行为。于是他动身走陆路去雅典。路途很长，途中危险重重，不断有强盗前来侵扰。然而，他把强盗杀了个片甲不留，以免有人活下来继续危害以后的旅人。他的正义观念十分单纯，却也十分有效，那就是以其人之道还治其人之身。例如，斯喀戎命令俘虏跪在地上为他洗脚，然后把他们踢下海去，结果他自己也被忒修斯扔下了悬崖。西尼斯把人绑在两棵被他扳弯的松树的树梢上，然后放手让树梢弹回去，人就被劈成了两半，结果他自己也是这样被劈死的。普罗克汝斯忒斯把受害人缚在铁床上，将短者拉长、长者截短，使其身长和铁床相等，结果他自己也被放在这张铁床上——故事没有说他是被拉长还是截短了，反正只能是这两者之一，他的一生就此结束了。

可以想象，希腊人对这位替旅人除害的年轻人推崇备至。他抵达雅典时，已是一位公认的英雄了。国王邀请忒修斯去赴宴，当然他并不知道忒修斯就是自己的儿子。实际上，他害怕这个年轻人威望太高，会被民众拥立为王。他请他进宫，是为了毒死他。这个主意不是他自己出的，而是《寻找金羊毛》的女主角美狄亚出的。她凭借巫术知道了忒修斯的身世。当年她乘飞车离开科林斯逃到雅典，如今已对埃勾斯有了很大的影响力。她不希望埃勾斯的儿子露面，对她造成影响。但是当她递上毒药杯的时候，忒修斯由于希望尽快和父亲相认，拔出了他的剑。国王立刻认出了这把剑，把杯子猛掷到地上。美狄亚又一次逃之夭夭，安全地逃到了亚洲。

于是埃勾斯向全国宣布，忒修斯是他的儿子兼继承人。这位新任继承人很快就有了一个赢得雅典人爱戴的机会。

在他来到雅典的几年之前，一场可怕的灾难降临了这个城邦。克里特岛的强大统治者弥诺斯失去了他的独生子安德洛革俄斯——这个年轻

---

① 参见下一章。——原注

人在拜访雅典国王时送了命。埃勾斯国王做了一件有违待客之道的事：他派客人冒着极大的危险去杀一头公牛，结果年轻人反而被公牛所杀。于是弥诺斯入侵这个国家，攻占了雅典，并宣布雅典人必须每隔九年向他进贡七对少男少女，否则就要将雅典夷为平地。悲惨的命运在等待着这些年轻人，他们一到克里特岛，就会被送给弥诺陶耳吞吃掉。

弥诺陶耳是一只半牛半人的怪物，是弥诺斯的妻子帕西法厄和一头美丽非凡的公牛所生的后代。海神波塞冬把这头公牛送给了弥诺斯，想让他把它作为祭品献给自己，可是弥诺斯却舍不得杀掉它，自己把它留下来了。波塞冬为了惩罚他，竟使他的妻子疯狂地爱上了这头公牛。

弥诺陶耳出生之后，弥诺斯并没有杀死他，而是叫伟大的建筑师兼发明家代达罗斯为他设计了一座令人不可能逃脱的监狱。于是代达罗斯建造了那座举世闻名的迷宫。一个人一旦走进去，就只能沿着它那弯弯曲曲的道路无止无休地走下去，永远也找不到出口。雅典的那些少男少女每次都被带到这个地方，由弥诺陶耳来处置。他们根本没有逃走的可能，因为无论他们沿着哪一个方向跑，都有可能一直跑到怪物那里；如果他们站着不动，怪物又随时可能在迷宫中出现。忒修斯到达雅典几天以后，十四位少男少女正面临着这种厄运——下一次进贡的时间到了。

忒修斯立刻挺身而出，自告奋勇去做牺牲者之一。人人都热爱他的善良，敬佩他的高贵，却不知道他其实是打算去杀掉弥诺陶耳。他向父亲禀告了他的计划，还答应父亲，若能成功，就把这艘载着不幸者的帆船上一向挂着的黑帆换成白帆，好让埃勾斯在船只靠岸之前就早早地知道儿子已经安然脱险。

年轻的牺牲者们抵达克里特，当着那里居民的面排着队走向迷宫。弥诺斯的女儿阿里阿德涅也是观众之一，当忒修斯走过她身旁时，她对他一见钟情。她派人把代达罗斯找来，命他给自己指点一条逃出迷宫的路，然后她又派人把忒修斯找来，说他如果答应把她带回雅典并娶她为妻，她愿意帮助他逃走。可以想象得出，他毫不犹豫地答应了。于是她把自己从代达罗斯那里得到的一个线团交给他，让他把线团的一端拴在入口的里面，一边走一边放线。他依言而行。然后，他既然确信自己走

到任何地方都可以循原路返回,就大胆地走进迷宫去找弥诺陶耳。只见怪物正在酣睡,他走到它旁边,猛扑过去把它按在地上,挥动拳头——因为他没有其他武器——打死了它:

> 宛如一棵橡树倒在山坡上,
> 压碎了树下的一切——
> 忒修斯就是这样
> 紧紧压住这头野蛮的怪物,使其倒地而死,
> 只有牛头还在缓缓摇晃,牛角却已失去作用。

忒修斯进行完这场精彩的搏斗,站起身来,线团还躺在他刚才扔下它的地方。有线团在手里,出路自然很好找。其他人跟在他身后,阿里阿德涅也和他们在一起。大家逃到船上,渡海返回雅典。

途中,他们曾停泊在那克索斯岛。至于其间发生了什么事情,有几种不同的说法。一个故事说忒修斯抛弃了阿里阿德涅。在她熟睡时,他抛下她把船开走了,但酒神狄俄倪索斯发现了她,安慰了她一番。另一个故事则明显偏袒忒修斯,说阿里阿德涅晕船晕得厉害,他送她上岸休息,自己则回到船上去做一些必要的工作。然而一阵狂风将他吹离了海岸,使他在海上逗留了很长时间。等到他回来时,发现阿里阿德涅已死,他悲痛欲绝。

两个故事都说,当他们的船开近雅典时,他忘记了升白帆。这可能是由于他的成功返航令他喜不自胜,以至于把其他一切念头都抛到了脑后;也可能是由于他一心为阿里阿德涅而悲伤,什么都顾不上了。他的父王埃勾斯一连几天在雅典卫城上用紧张的目光眺望大海,结果却看到了黑帆。他以为这是儿子已死的讯号,便从一座高崖上跳海自杀。他坠落的海面从此就被称为爱琴海。

于是忒修斯继任雅典国王,成了一位非常贤明和公正的君主。他向民众宣布,他并不想统治他们,而是希望组建一个人人平等的人民政府。他放弃了自己的王权,创建了一个共和国,建造了一座议会大厅供

汉密尔顿作品

市民集会和投票，而他自己只保留总司令的职务。这样一来，雅典成了全世界最快乐、最繁荣的城邦，成了自由的唯一家园，世界上唯一的一个由民众自治的地方。正是由于这个原因，在"七雄攻忒拜"这场大战①中，获胜的忒拜人拒绝埋葬敌方的死者，战败的一方便向忒修斯和雅典人求援，因为他们相信这样一位领袖所率领的自由民众绝不会容许无助的死者受委屈。他们果然如愿以偿。忒修斯率军与忒拜人作战，打了胜仗，迫使忒拜人同意让死者下葬。他虽然取得了胜利，却并没有用以牙还牙的方式来报复忒拜人，而是表现了十足的骑士风范，不允许他的军队进城掠夺战利品。他不是来伤害忒拜人的，而是来安葬战死的阿耳戈斯人的。这个任务一完成，他就率领士兵回雅典了。

在其他的很多故事中，他也表现出了同样的品质。别人都驱逐年迈的俄狄浦斯，他却接纳了他②。俄狄浦斯临终之际，忒修斯守在他身边，支持他、安慰他。他还保护了俄狄浦斯的两个孤苦无依的女儿，在她们的父亲过世之后送她们安全返乡。赫剌克勒斯发疯时杀死了自己的妻子和儿女，恢复神智之后决定自杀③，这时只有忒修斯一个人为他着想。赫剌克勒斯的其他朋友都逃走了，唯恐被行过大恶的人所污染，但忒修斯却向他伸出援手，鼓起他的勇气，说寻死乃是懦夫的行径，并把他带到雅典。

尽管忒修斯既要料理国家大事，又要以骑士精神来保护受侮的、无助的弱者，他却依旧无法抑制为冒险而冒险的热情。他曾前往阿玛宗女武士的国度——有人说他是跟赫剌克勒斯一起去的，有人说他是单独去的——并掠走了一位女武士。有的作品说她名叫安提俄珀，有的说是希波吕塔。可以确定的是，她为忒修斯生的儿子名叫希波吕托斯。孩子出生以后，阿玛宗女武士前来救她，侵入雅典周围的阿提卡地区，甚至想取道进城，最后终于被击退了。在忒修斯在世期间，再也没有别的敌人入侵阿提卡。

---

① 参见第五部分第二章。——原注
② 参见第五部分第二章。——原注
③ 参见第三部分第三章。——原注

但他还进行过许多别的历险行动。他是乘"阿耳戈号"去寻找金羊毛的勇士之一。当卡吕冬城的国王号召希腊最高贵的英雄帮他猎杀那头蹂躏他的国土的凶猛野猪时,他也参加了那次"卡吕冬大狩猎"。狩猎期间,忒修斯救了他鲁莽的朋友皮里托俄斯一命——其实他已经救过他很多次了。皮里托俄斯和忒修斯一样喜欢冒险,却远远不如忒修斯那么成功,因而老是遇到麻烦。忒修斯深爱着他,一再帮他脱身。他们之所以成为好朋友,也是皮里托俄斯的一次格外鲁莽的行为所造成的。他突发奇想,要亲眼看看忒修斯是否真的像人们所传颂的那么伟大,便毫不犹豫地溜进阿提卡,偷了忒修斯的几头牲畜。他听说忒修斯在追赶他,不仅不赶快逃跑,还回头迎接他,当然是想当场比一比谁强谁弱。可是当他们两人面对面时,和往常一样冲动的皮里托俄斯对对方敬佩不已,一下子把原先的想法全都抛到了九霄云外。他向对方伸出手,叫道:"我愿意接受你的任何惩罚,完全由你裁决。"这一充满热忱的举动使忒修斯非常高兴,他回答道:"我只要求你做我的朋友和兄弟。"他们两人庄严宣誓,结为好友。

皮里托俄斯是拉皮泰的国王。他结婚的时候,忒修斯当然是来宾之一,而且派上了大用场。那也许是有史以来最不幸的一场婚宴。人头马怪物肯陶耳一族由于和新娘有亲戚关系,也来参加婚礼。它们喝醉了,乱抓女人。忒修斯跳起来保护新娘,打倒了企图把她抢走的肯陶耳。一场激战开始了,结果拉皮泰人获胜,把肯陶耳一族全部逐出了这个国家。忒修斯自始至终都在帮助他们。

但是在两个人的最后一次历险当中,忒修斯却无法拯救他的朋友了。上述那次倒霉的婚宴中的新娘去世以后,皮里托俄斯作出了一个非常符合他的性格的决定:他要把整个宇宙当中被看守得最牢的女子抢来,做他的第二任妻子,这位女子就是冥后珀耳塞福涅。忒修斯当然答应帮忙,但是,可能是因为对方要进行这番极其危险的壮举的想法刺激了他,他宣称自己要先去把海伦——即未来的特洛伊战争中的女主角[①],

---

① 参见第四部分第一、二章。——原注

当时还只是一个小女孩——抢来，等她长大以后娶她为妻。此举虽然不像劫夺珀耳塞福涅那样危险，但也足够满足野心家的冒险欲了。海伦的两位哥哥乃是卡斯托耳和波吕刻斯，凡间的英雄很难打赢他们。忒修斯成功地拐走了那位小姑娘——故事没有交代具体过程，但我们知道她的两位哥哥向她藏身的小镇发起了攻击，把她带回了家。幸好他们没有在那里找到忒修斯，他正在陪皮里托俄斯到阴间去的路上呢。

我们不太清楚他们在途中和抵达阴间之后的种种细节，只知道冥王哈得斯深知他们的意图，想拿他们开开心，便用一种新奇的办法来挫败他们的计划。他当然没有杀掉他们，因为他们已经来到死亡之国了。他只是客客气气地请他们在他的面前就座。于是他们依言坐到了他指定的椅子上——一坐下去，就再也站不起来了。原来那张椅子被称为"遗忘之椅"，坐到它上面的人会把一切都忘得干干净净，脑中一片空白，身体一动也不能动。皮里托俄斯就永远坐在那里，忒修斯则被他的表哥救走了。赫剌克勒斯来到阴间之后，把忒修斯从椅子上拉了起来，带他回到了人间。他也想把皮里托俄斯拉起来，却拉不动。原来冥王知道是皮里托俄斯企图劫走珀耳塞福涅，就把他牢牢地固定在椅子上了。

忒修斯晚年时娶了阿里阿德涅的妹妹淮德拉，结果给她、他自己以及阿玛宗女武士为他生的儿子希波吕托斯都带来了可怕的灾难。在希波吕托斯还是个小男孩的时候，忒修斯将他送到自己幼年时期生活过的那个南方城邦去抚养。男孩长大了，成了一位相貌堂堂的男子，又是一位了不起的运动员和猎人。他瞧不起那些在奢侈环境中安闲度日的人，更瞧不起那些软弱和愚蠢得竟然陷入爱河的人。他蔑视爱神阿佛洛狄忒，只崇拜美丽而贞洁的狩猎女神阿耳忒弥斯。当忒修斯带着淮德拉回到故乡的时候，情况就是如此。在父子两人之间立刻萌发了一种强烈的亲情，他们喜欢和对方在一起。至于淮德拉，她的继子希波吕托斯压根儿就没有注意她，因为他从来都不注意女人。而她却恰恰相反——她疯狂而绝望地爱上了他。她为这种畸形的恋情深感惭愧，但又实在无法克制自己。这种既不幸、又不祥的状况其实是阿佛洛狄忒亲手安排的。她对希波吕托斯非常气愤，决定给他最重的惩罚。

神　话

淮德拉苦闷至极，感到自己孤立无援，决定自寻死路，不让任何人知道原因。当时忒修斯出门在外，但是她的老乳母——她对淮德拉忠心耿耿，觉得淮德拉的任何心愿都不可能是坏的——发现了女主人的心事，看出了她那隐秘的热情、她的绝望和她自杀的决心。她一心想拯救自己的女主人，就直接去找希波吕托斯。

"她爱你爱得快要死了，"她说，"给她生命吧，用爱情来回报她的爱情吧。"

希波吕托斯却嫌恶地转身避开了她。任何女人的爱情都让他感到厌恶，这种大逆不道的爱情更是使他感到既恶心又恐怖。他冲出房间跑到庭院里，老乳母追上去哀求他。淮德拉就坐在那里，可他根本没有看见她。他怒气冲冲地转向老妇人。

"你这可悲的贱人，"他说，"竟敢叫我背叛我的父亲。光是这些话就弄脏了我的耳朵。唉，女人，下贱的女人——每一个女人都是下贱坯子。除非我父亲在家，否则我绝不再踏进这幢房子一步！"

他愤然离去。乳母一转身，看到了淮德拉。她已经站了起来，脸上有一种表情，把老太太吓坏了。

"我还会再帮你的。"她结结巴巴地说。

"嘘，"淮德拉说，"这是我自己的事情，我会解决的。"说完她就走进屋里，乳母浑身发抖地跟在她后面。

几分钟后，传来了男仆问候外出归来的主人的声音。忒修斯走进庭院，迎接他的是一群哭哭啼啼的女仆。她们告诉他，淮德拉刚刚死去，是自杀的。她们刚才发现的时候，她已经断了气，但她的手里拿着一封写给丈夫的信。

"我最最亲爱的贤妻啊，"忒修斯说，"这封信里写的是你的遗愿吗？这里盖的是你的印章——可是你却再也不能对我微笑了。"

他打开信，读了一遍又一遍，然后转向站了一院子的仆人。

"这封信在大声呐喊，"他说，"字字都是血泪。你们大家要知道，我的儿子竟然把黑手伸向了我的妻子。啊，海神波塞冬，听一听我对他的诅咒，让我的咒语实现吧！"

汉密尔顿作品

现场的一片寂静被一阵匆促的脚步声打破了，希波吕托斯走了进来。

"出什么事了？"他喊道，"她是怎么死的？爸爸，您亲口告诉我吧，不要向我隐瞒您的悲哀。"

"真应该有一种衡量感情的尺子，"忒修斯说，"这样才能知道谁值得信任、谁不值得信任。你们大家都看看我的儿子——死者亲自证明了他的卑鄙无耻。他强暴了她。她的遗书比他说出的任何话语都更加有力。你走吧！你已经被驱逐出这片国土了。马上给我滚开！"

"爸爸，"希波吕托斯回答道，"我不擅长讲话，也没有证人能够证明我的无辜，唯一的知情者已经死了。我只能凭着天上的宙斯发誓，我从来没有碰过您的妻子，从来没有起过邪念，连想都没有想过她。我如果有罪，愿我不得好死！"

"她的死证明她说的是真话，"忒修斯说，"走吧！你被驱逐出这片国土了。"

希波吕托斯走了，但并没有背井离乡，因为他也难逃一死，死亡就在近在咫尺的地方等着他呢。被革出家门之后，他沿着海岸前行，这时他父亲的诅咒实现了。一只怪物从水里冒了出来，他的马受了惊，四处乱跑，连他的严厉号令都制止不了。结果马车摔得粉碎，他也受了致命的重伤。

忒修斯也在劫难逃。狩猎女神阿耳忒弥斯在他面前现身，说出了真相：

> 我给你带来的不是帮助，而是痛苦，
> 要让你知道你的儿子乃是正人君子。
> 有罪的是你的妻子，她疯狂地爱上了他；
> 她与心中的激情苦苦抗争，最终走上了绝路。
> 然而，她的遗书却句句都是谎言。

忒修斯倾听着女神的话，这一连串悲惨事件使他震惊得不知所措。正在这时，希波吕托斯被抬了进来，还没有断气。

他一面喘息，一面开口说道："我是无辜的。是你，阿耳忒弥斯？

我的女神啊,你的猎人就要死了。"

"没有人能够取代你,我最亲爱的信徒。"女神对他说道。

希波吕托斯把他的目光从光辉夺目的女神身上转向心痛欲裂的忒修斯。

"爸爸,亲爱的爸爸,"他说,"这不是您的错。"

"我要是能够代你去死就好了。"忒修斯喊道。

在他们哀泣的时候,女神用平静而甜美的声音说道:"忒修斯,把你的儿子抱进怀里吧。害死他的不是你,而是爱神阿佛洛狄忒。你要知道,他永远不会被人遗忘。人们会用歌谣和故事来纪念他。"

她消失了,希波吕托斯也离开了人世,走上了通往冥国的道路。

忒修斯的结局也非常悲惨。当时他正在他的朋友吕科墨得斯国王的王宫里——几年之后阿喀琉斯将在那里乔装成女孩[①]。有人说忒修斯是由于被雅典人赶走才到那里去的。无论如何,他是被身为他的朋友和主人的那位国王所杀,原因不得而知。

即使雅典人真的驱逐过他,但至少在他死后,他们立即向他致以任何凡人都未曾享受过的最崇高的敬意。他们为他建造了一座大墓,并颁布法令,宣布那里永远是奴隶、穷人和无助者的避难所,以此来纪念一位毕生保护弱者的英雄。

---

① 参见第四部分第一章。

第三章　赫剌克勒斯

　　奥维德叙述过赫剌克勒斯的生平，但写得非常简短，和他平时极其细腻的文风大不相同。他向来不喜欢写英雄事迹，更偏爱感人的故事。他省略了赫剌克勒斯杀妻弑子的情节，这一点乍看起来似乎颇为奇怪，然而，这个故事已经被一位文学大师——公元前五世纪的诗人欧里庇得斯讲述过了，所以奥维德很可能是出于自知之明才没有下笔。希腊悲剧作家写过的任何神话，他都很少重述。他也省略了赫剌克勒斯救活阿尔刻斯提斯的故事，这是关于赫剌克勒斯的最著名的故事之一，欧里庇得斯的另一部剧作就是以此为题材的。欧里庇得斯的同时代作家索福克勒斯描写过这位英雄死亡的经过，他在襁褓中冒险杀死大蛇的故事则源于公元前五世纪的品达和前三世纪的提奥克里图斯。我的叙述依据的是两位悲剧诗人和提奥克里图斯的版本，而不是品达的版本，因为品达的诗作是所有诗人的作品当中最难翻译的，连意译都很难。至于故事的其余部分，我依据的是公元一世纪或二世纪的散文家阿波罗多罗斯的作品。除了奥维德以外，只有他完整地讲述过赫剌克勒斯的生平。我喜欢他的写法胜于奥维德的写法，因为这是他唯一的一个比奥维德写得更加细腻的故事。

　　希腊最伟大的英雄是赫剌克勒斯。他与雅典大英雄忒修斯分属于两类不同的英雄人物，他是雅典之外的所有希腊人最崇拜的英雄。雅典人不同于其他希腊人，他们所崇拜的英雄也就不同于其他希腊人的英雄。忒修斯当然与其他所有英雄一样，是勇士中的勇士，但与其他英雄不同的是：他不仅勇敢，而且还富于同情心；不仅体力过人，智力也十分出众。雅典人尊崇这样一位英雄是很自然的，因为他们比希腊其他地区的人更加重视思想和观念。他们的这种理想在忒修斯身上得到了形象的体现。而赫剌克勒斯则体现了希腊其他地区的人们最重视的东西，他的特质是一般希腊人所尊崇和仰慕的。除了坚定不移的勇气以外，他的这些特质与忒修斯大不相同。

赫剌克勒斯是世界上最强壮的人，绝佳的体力赋予他无上的自信。他自认为堪与诸神媲美——这是有理由的：他们靠着他的帮助才征服了巨人族。奥林匹斯诸神能够在对抗地母的野蛮儿子们的战斗中最终获胜，赫剌克勒斯的弓箭居功甚伟。因此，他对诸神不太客气。有一次，德尔斐神殿的女祭司没有答复他的问题，他便一把抓起她坐的三脚凳，宣称要拿去另立一座自己的神谕宣示所。阿波罗当然无法容忍这样的冒犯，可是赫剌克勒斯正想跟他打架呢，最后宙斯只好出面调停。不过，这场争端很容易就被平息了。赫剌克勒斯这次比较和气，他不想跟阿波罗吵架，只希望对方的神谕宣示所给他一个答复。只要阿波罗愿意作答，他的问题就解决了。从阿波罗那方面来看，他很佩服这个无所畏惧的人的胆量，就叫自己的女祭司给出了答复。

赫剌克勒斯终其一生都坚信，无论谁来对抗他，他都不可能失败。事实证明确实如此。他和别人打架，胜负早就定了。只有超自然的神力才能战胜他。天后赫拉用她的神力来对付他，导致了可怕的结果，使他最终死于巫术，但是他从未被陆、海、空三界的任何生灵打败过。

不论做什么事情，他都不怎么动脑子——常常根本不动脑子。有一次，他觉得天气太热，竟用一支箭指着太阳，威胁说要射死它。还有一次，他坐的船被海浪拍打得来回颠簸，他便命令水面赶快平静下来，否则就要惩罚它。他的智商不高，情感却很强烈，很容易激动，一激动就会失去自制。例如，由于找不到为他背盔甲的年轻随从许拉斯，他伤心欲绝，就此离开了"阿耳戈号"，把自己的同伴和寻找金羊毛的任务忘得一干二净。深挚感情的力量竟然体现在这样一个体力过人的男子身上，这固然非常可爱，但这种力量有时也会铸成大错。在他勃然大怒时，这股怒火总是会置人于死地，而这些人往往是无辜的。等到他的怒气平息下来、理智也恢复过来之后，人们就会看到他敌意全消、懊悔不迭，乖乖地接受别人加在他身上的任何惩罚。没有他的同意，任何人都不可能对他施以惩罚——可是谁也没有受过像他那么多的惩罚。他把生命中的很大一部分时间用来抵偿自己的一件又一件罪行，从不反抗别人向他提出的几乎不可能实现的要求。有时别人已经愿意宽恕他了，可他还是继续惩罚自己。

若是让他像忒修斯那样统治一个王国，未免十分可笑，因为他连自己都统治不了。他不可能像人们心目中的那位雅典英雄那样，想出新颖或伟大的主意；他的思考仅限于想出办法来杀掉那些威胁他生命的怪物。然而他确实很伟大，这并不是因为非凡的体力使他勇气十足——这是理所当然的，而是因为他为自己犯下的过错悲痛不已，愿意尽一切力量来赎罪，这显示出他具有伟大的灵魂。假如他的头脑也同样伟大，至少使他不致失去理智，那么他就会成为一位完美的英雄了。

他生于忒拜城，在很长一段时间里被当作名将安菲特律翁的儿子。在他的幼年时期，他被人们称为阿尔喀得斯，意即"阿尔开俄斯的后裔"——阿尔开俄斯是安菲特律翁之父。但他其实是天帝宙斯的儿子。当安菲特律翁将军外出打仗时，宙斯扮成他的样子去找他的妻子阿尔克墨涅。她生了两个孩子：赫剌克勒斯是宙斯之子，伊菲克勒斯则是安菲特律翁之子。这两个男孩未满周岁的时候，曾面临一次重大危险，而他们两人的反应截然不同，这清楚地表明了他们在血统上的差异。天后赫拉照例妒火中烧，决心害死赫剌克勒斯。

一天晚上，阿尔克墨涅为两个孩子洗完澡、喂完奶，就把他们放在婴儿床上，一面爱抚他们，一面说道："睡吧，我的小乖乖，我的心肝宝贝。愿你们高高兴兴地睡着，快快乐乐地醒来。"她摇着摇篮，婴儿很快就睡着了。可是，在漆黑的半夜，屋里一片沉寂，两条大蛇缓缓爬进了育婴室。屋里亮着灯，正当两条大蛇在婴儿床上昂首挺立、把头交缠在一起、口中吐着信子时，两个婴儿醒了。伊菲克勒斯尖叫着想爬到床外去，赫剌克勒斯却坐了起来，一把抓住这可怕的动物的喉咙。它们扭来扭去，盘在他的身上，但他紧紧握住蛇头不放。母亲听到伊菲克勒斯的叫声，一边呼唤丈夫，一边冲进育婴室。只见赫剌克勒斯乐呵呵地坐在那里，两只手里各握着一条柔软的长蛇。他笑嘻嘻地把蛇交给了安菲特律翁，这时它们已经死了。此后，人人都知道这个孩子命中注定要做出大事。忒拜的盲眼先知忒瑞西阿斯对阿尔克墨涅说："我发誓，许多希腊女人傍晚梳羊毛的时候，将会歌颂您的这个儿子和您，因为您给了他生命。他将会成为人类最伟大的英雄。"

大家在他的教育方面下了很大的工夫，但是向他传授他不想学的东西是一件非常危险的差事。音乐是希腊男童教育的一个非常重要的组成部分，但他似乎不喜欢音乐，要么就是他不喜欢他的音乐老师。有一次他发火了，竟然用鲁特琴打破了老师的脑袋，这是他第一次无意识地将别人一击致命。他并不想杀死那位可怜的乐师，只不过是一时冲动，未经思考就下了手，而且他也不知道自己的力气竟然有这么大。他懊悔不迭，但这并没有阻止他后来再犯同样的错误。其他的几门科目——击剑、摔跤、驾车——他都乖乖地学习，授课老师也都活了下来。到了十八岁，已经长大成人的他独力杀死了喀泰戎山上树林中的一头大狮子——"忒斯庇斯之狮"。从此以后他就把狮皮当作斗篷披在身上，并把狮子头部的皮做成头巾戴在头上。

赫剌克勒斯的另一个大功劳是征服米尼安人——他们逼迫忒拜人进贡，给后者造成了沉重的负担。心怀感激的市民为了报答赫剌克勒斯，把公主墨伽拉嫁给了他。他深爱妻子和他们的子女，可是这桩婚姻却给他带来了一生中最大的悲哀，也带来了许多考验和危险，这是此前或此后都没有人经受过的。墨伽拉为他生下三个儿子之后，他发疯了——天后赫拉从不忘记自己所受的委屈，故意让他发疯。他打死了自己的孩子。墨伽拉企图保护最小的那个孩子，结果也被他打死了。然后他恢复了神智，发现自己站在血淋淋的大厅里，妻儿的尸体躺在自己的身旁。他不知道发生了什么事，也不知道他们是怎么死的。他觉得，就在片刻之前，他们还在一起谈话呢。他手足无措地站在那里。那些被吓呆了的人一直站在远处望着他。这时安菲特律翁看出他的疯劲已过，便大胆地走近了他。不能向赫剌克勒斯隐瞒真相，他必须知道这个恐怖事件的原委，于是安菲特律翁道出了一切。赫剌克勒斯听他讲完，然后说道：

"那么我自己就是杀死我最亲爱的人的凶手。"

"是的,"安菲特律翁颤声说道,"不过你刚才发狂了。"

赫剌克勒斯没有理会对方暗示的这个借口。

"难道我就能因此饶恕我自己的性命吗?"他说,"我要在我自己身上替死者报仇。"

可是在他还没有来得及冲出去自杀——甚至还没有迈步的时候,这种不顾一切的决心就动摇了,他的生命也得以保全。使赫剌克勒斯从狂乱的情绪和激烈的行动中恢复理智并凄然接受现实的这个奇迹——的确是个奇迹——并不是由天上的神祇造成的,而是由人间的友谊促成的。他的朋友忒修斯站在他的面前,伸手握住了他那双沾满鲜血的手——依照一般希腊人的观念,这样一来,忒修斯自己也受到了玷污,也要分担赫剌克勒斯的罪行。

"不要退缩,"他对赫剌克勒斯说,"让我分担你的一切吧。与你分担的罪恶在我眼中并不算罪恶。听我说,拥有伟大灵魂的人能够承受上天的打击,不会畏缩。"

赫剌克勒斯说:"你知道我干出的是什么事吗?"

忒修斯回答道:"我只知道你的悲哀已经由人间上达天庭。"

"所以我要去死。"赫剌克勒斯说。

"英雄是不会说出这样的话的。"忒修斯说。

"除了死,我还能做什么?"赫剌克勒斯喊道,"活下去吗?我是一个带着耻辱烙印的人,因为所有的人都会说:'瞧,他就是那个杀妻弑子的人!'到处都是我的狱卒,用毒如蛇蝎的舌头议论我!"

"即便如此,也要坚强忍耐,"忒修斯回答,"你可以跟我去雅典,分享我的家园和一切。你将会给我和我的城邦带来丰厚的回报,那就是由于帮助过你而获得的光荣。"

接着是一阵漫长的沉默。最后赫剌克勒斯开口了,缓慢而沉重地说出了一句话:"就这样吧,我会坚强地等待死亡。"

他们两人来到了雅典,但赫剌克勒斯并未久留。忒修斯是思想家,他认为一个人在不自觉的情况下杀人不算有罪,帮助他的人也不算受到玷污。雅典人也都同意他的看法,对那位可怜的英雄表示欢迎。但赫剌克勒斯自己却无法理解这样的观念。他怎么都想不通,只能凭感觉行事。既然他杀了自己的家眷,他的身上就沾上了血污,也会污染到别人,他活该受到所有人的嫌弃。他到德尔斐神殿去请教神谕,女祭司的看法也和他相同。她告诉他,他需要涤清自己的罪孽,而只有依靠严苛的苦行才能做到这一点。她叫赫剌克勒斯去找他的表亲——迈锡尼国王(有些故事说是梯林斯国王)欧律斯透斯,并顺从他的一切要求。他欣然前往。只要能洗清罪孽,他什么事都肯做。下面的故事清楚地表明,女祭司了解欧律斯透斯的为人,知道他一定会彻底净化赫剌克勒斯。

欧律斯透斯绝不愚蠢,他的脑筋灵活得很。看到世界上最强壮的男子前来找他,谦卑地表示愿做他的奴隶,他便想出了一系列苦差事给他做,再没有比这些差事更加困难和危险的了。不过我得说一句:他是在天后赫拉的帮助和怂恿之下才这么做的。直到赫剌克勒斯离开人世,赫拉始终不能原谅他是宙斯的儿子这一点。欧律斯透斯交给他的任务被称为"赫剌克勒斯的苦役",一共有十二件,每一件都难如登天。

第一件任务是杀死刀枪不入的"涅墨亚之狮"。赫剌克勒斯活活勒死了它,解决了这个难题。然后他把狮子庞大的尸体扛在背上,带回了迈锡尼。从此以后,为人谨慎的欧律斯透斯不许他再进城,而是远远地向他发号施令。

第二件任务是到勒耳那地区去杀死一条名叫许德拉的九头蛇,它住在沼泽里。这件事非常难办,因为它有一个头是长生不死的,另外八个头也几乎同样难对付,因为每当赫剌克勒斯砍下一个,它就长出两个。还好,他得到了他的侄子伊俄拉俄斯的帮助。后者给他带来一块滚烫的烙铁;每砍掉一个蛇头,他就立刻用烙铁把它的脖子烤焦,这样蛇头就长不出来了。九个头都被砍掉之后,他把长生不死的那个头埋在一块大岩石的下面,这样就安全了。

第三件任务是活捉刻律尼提亚森林里的一头金角公鹿,它是狩猎女神阿耳忒弥斯的圣兽。他可以轻而易举地杀死它,但活捉它却是另一回事。他追捕了整整一年,才成功地捉住了它。

第四件任务是抓捕一头住在厄律曼托斯山上的大野猪。他四处追踪它，把它弄得筋疲力尽，然后把它赶到厚厚的积雪里，设陷阱捉住了它。

第五件任务是在一天之内把奥革阿斯的牛棚打扫干净。奥革阿斯有数千头牲口，它们的棚舍已经有好几年没有清理过了。赫剌克勒斯改变了两条河的河道，使滔滔河水流经牛棚，一下子就把棚里的污物清洗得干干净净了。

第六件任务是赶走斯廷法利斯湖上的鸟群，它们为数极多，给该地居民带来了很大的烦扰。智慧女神雅典娜帮助他把鸟群赶出了巢穴，它们一飞起来，他就将其射杀。

第七件任务是到克里特岛去把海神波塞冬送给弥诺斯的那头美丽的公牛带回来。赫剌克勒斯制伏了它，把它放到船上，带回来交给了欧律斯透斯。

第八件任务是带回色雷斯国王狄俄墨得斯的食人母马。赫剌克勒斯先杀死了狄俄墨得斯，然后把马群赶了回来，没有遇到阻碍。

第九件任务是带回阿玛宗人的女王希波吕塔的腰带。赫剌克勒斯抵达她们的国度之后，女王客客气气地接见了他，答应把腰带送给他。可是天后赫拉却从中作梗，她让阿玛宗女武士以为赫剌克勒斯要把她们的女王带走，便去围攻他的船只。赫剌克勒斯也不想想希波吕塔对他是多么友好，就想当然地认为是她下令攻击的，立刻杀掉了她。他打退其余的人，带着腰带逃走了。

第十件任务是去把革律翁的牛群赶回来。革律翁是一只有三个身体的怪物，住在西方的厄律提亚岛。途中，赫剌克勒斯曾到达地中海尽头的那片土地，在那里立了两块大岩石，作为这趟旅行的纪念碑。这两块岩石被称为"赫剌克勒斯石柱"（位于今天的直布罗陀海峡上的休达港）。然后他弄到了那群公牛，把它们带回了迈锡尼。

第十一件任务比上述工作更加困难，那就是拿到赫斯珀里得斯姊妹所看守的金苹果园中的金苹果，而他却不知道该到哪里去找。擎天神阿特拉斯是赫斯珀里得斯的父亲，所以赫剌克勒斯去找他帮忙，请他代为取回金苹果，并提议在阿特拉斯离职期间由自己代扛天穹。阿特拉斯看到自己有机会永远卸下这副重担，便欣然同意。他拿着金苹果回来了，却没有交给赫剌克勒斯，而是叫对方继续扛着天空，因为他要亲自去把金苹果送给欧律斯透斯。这一回，赫剌克勒斯只得开动脑筋，因为他不得不把全部体力都用在背负肩上的重担上。他成功了，但与其说这是由于他的聪明，不如说是由于阿特拉斯的愚蠢。他对阿特拉斯的计划表示同意，但请求对方把天空接过去背一会儿，好让自己在肩上垫上一个护垫，以便减轻压力。阿特拉斯照办了，结果赫剌克勒斯捡起金苹果就溜走了。

第十二件任务是所有的任务当中最难的一件。它要求他下到阴间，而他就是在那时把忒修斯从"遗忘之椅"上拉起来的。他的任务是到冥国去把长着三颗头的地狱之犬刻耳柏洛斯带回来。冥王普路托说，如果他能够在不使用武器的情况下征服地狱之犬，就可以把它带回去。因此他只能徒手与它搏斗。即便如此，他还是把这只可怕的怪物整治得服服帖帖。他扛着它走了很长的路，终于重返阳间，回到了迈锡尼。欧律斯透斯非常明智，他不想留下这条狗，叫赫剌克勒斯把它送回去。这就是最后一件苦役。

所有的任务都完成了，杀死妻儿的罪行也得到了彻底的清偿，他好像应该在悠闲和平静中安度余生了。实则不然，他一生都静不下来，也闲不下来。他做过一件几乎和大多数苦役同样困难的大事，那就是征服巨人安泰俄斯。安泰俄斯是一位强壮的摔跤手，他逼迫异乡人跟他摔跤，赢了就杀死对手，用受害者的头骨来铺神殿的屋顶。只要能触到地面，他就战无不胜。如果他被摔到地上，与大地的接触会使他跳起来后更加精力充沛。最后赫剌克勒斯把他举了起来，在空中活活扼死。

他的冒险故事不胜枚举。他与河神阿克洛俄斯打了一架，因为河神爱上了他想娶的那个姑娘。与此前和赫剌克勒斯打过交道的所有人一样，阿克洛俄斯不想跟他打架，只想跟他讲理。可是赫剌克勒斯从来不吃这一套，这只会让他更生气。他说："我的手比舌头强。让我打赢你，你尽可以在口才上赢我。"于是阿克洛俄斯化为公牛向他发起猛攻，但赫剌克勒斯一向是驯牛高手，他打败了对方，还折断了一根牛角。于是他们所争夺的姑娘——一位名叫得伊阿尼拉的年轻公主——成了赫剌克勒斯的妻子。

他去过很多国家，做过很多别的大事。他在特洛伊城救了一位与安德洛墨达处境相同的少女，当时她正在岸上等待海怪来吞吃——别的东西都不能满足它的需要。这位少女是国王拉俄墨冬的女儿。当年阿波罗和波塞冬奉宙斯之命替国王建造特洛伊的城墙，但国王却不肯支付酬金。作为报复，阿波罗送来了一场瘟疫，波塞冬送来了一条海蛇。赫剌克勒斯同意搭救公主，只要她的父亲愿意把宙斯送给他祖父的马匹转送给赫剌克勒斯。拉俄墨冬答应了，可是赫剌克勒斯杀死怪物之后，国王却拒绝履行诺言。于是赫剌克勒斯攻占了这个城邦，杀掉了国王，把公主送给了一位帮助过他的朋友——萨拉米斯岛的忒拉蒙。

赫剌克勒斯为了得到金苹果而去向阿特拉斯求助的途中，曾来到高加索山，在那里释放了普罗米修斯，杀死了啄食他的老鹰。

除了这些光荣事迹以外，他也做过一些不大光彩的事情。在一场宴席上，他心不在焉地挥动了一下手臂，竟然打死了替他倒水洗手的少年。这是一个意外事件，少年的父亲原谅了赫剌克勒斯，但赫剌克勒斯却不肯原谅自己，外出流亡了一段时间。他还做过远比这更加卑劣的一件事：他故意杀害了一位好友，意在报复这个年轻人的父亲、国王欧律托斯对他的侮辱。由于这一卑鄙之举，宙斯亲自对他施以惩罚：派他到吕底亚去当王后翁法勒的奴隶，有人说为期一年，有人说是三年。她拿他来寻开心，常常叫他穿上女人的衣服做女人的工作——纺纱织布。他照例耐心地服从命令，但又觉得这种劳役是对他的侮辱，因而竟毫无道理地责怪起欧律托斯来了，并发誓要在刑期结束之后用最严厉的手段惩罚他。

关于他的故事都很有特色，但是最能生动地体现他的性格的故事，当属他在寻找狄俄墨得斯的食人母马——他的十二件苦役之———途中的一次作客经历。他打算在他的朋友、忒萨利国王阿德墨托斯家中过夜。在他到达那里的时候，阿德墨托斯全家正在守丧，但他并不知情。阿德墨托斯刚刚失去妻子，她的死因非常奇特。

事情要追溯到很久以前。当时阿波罗因宙斯杀害了他的儿子埃斯库拉庇俄斯而气愤,便杀死了宙斯的工匠——独眼巨人库克罗普斯。①结果阿波罗受罚在人间服役,当了一年奴隶,阿德墨托斯是他自选或宙斯代选的主人。阿波罗服役期间,跟这家人成了好朋友,尤其是跟主人和他的妻子阿尔刻斯提斯。当他有机会证明他对他们的深厚情谊时,他立刻抓住了机会。他听说命运三女神已经把阿德墨托斯的生命线全都织好了,正要剪掉,便请求她们暂缓一下,如果有人愿意替阿德墨托斯一死,他就可以活下去。阿波罗把这个消息告诉了阿德墨托斯,后者立刻开始为自己寻找替身。他先是充满信心地去找他的父母,他们年事已高,又很疼他,一定有一位会同意替他赴死。令他大吃一惊的是,他发现他们竟然不肯这样做。他们对他说:"即便是对老人来说,神明的日光也是甜美的。我们不会让你替我们去死,我们也不愿替你去死。"他既愤怒又轻蔑地说:"你们软弱无力地站在死亡之门的旁边,居然还怕死!"但他们完全不为所动。

他没有灰心,又去找他的朋友们,挨个恳求他们去死,好让自己活下去。他显然认为自己的生命是极其宝贵的,一定有人不惜付出最高的代价来拯救它。可是大家却无一例外地拒绝了他。最后他失望地回到家中,并在家里找到了替身。他的妻子阿尔刻斯提斯自愿替他赴死。读到这里的读者自然能够猜出,他接受了这一提议。他为她感到非常难过,更为自己不得不失去如此贤惠的妻子而难过。在她离开人世的时候,他站在她身旁痛哭流涕。她去世之后,他悲痛欲绝,下令为她举行最隆重的葬礼。

就在这时,赫剌克勒斯来了。他北上去找狄俄墨得斯,途中想到朋友家去开开心心地歇歇脚。阿德墨托斯款待他的方式比我们以前讲过的任何故事都更加清楚地表明了什么才叫做热情好客,什么才叫做理想的待客之道。

一听说赫剌克勒斯来访,阿德墨托斯立刻出迎。除了身着丧服以

---

① 参见第六部分第一章。

外，他没有表现出一丝居丧的痕迹，完全是一个高高兴兴地迎接好友的人。赫剌克勒斯问是谁去世了，他平静地回答道，家里有个女人当天要下葬，但她不是他的亲人。赫剌克勒斯忙说，自己真不应该在这个时候前来打扰，但阿德墨托斯坚决不肯让他到别处去。"我可不能让你到别人家去睡觉。"他说。他吩咐仆人把客人带到一个听不到哀声的较远的房间里去，让他在那里用餐和住宿。他不准任何人告诉客人真相。

赫剌克勒斯一个人吃起了晚餐。他知道阿德墨托斯出于礼节必须去参加葬礼，但此事并没有影响他取乐。留在家里服侍他的仆人们忙着填饱他的大肚子，还不停地往他的酒壶里添酒。赫剌克勒斯的兴致越来越高，醉醺醺地吵闹不休。他高声唱起了歌，有些歌的内容很不像话，而且他的举动在葬礼期间显得非常失礼。看到仆人们露出不以为然的神色，他还大声叫他们不要那么严肃。他们就不能笑一笑、痛快一点吗？他们哭丧着脸，害得他也倒尽了胃口。"来，陪我喝一杯，"他喊道，"多喝几杯。"

一位仆人怯生生地回答道，现在这个时候不宜嬉笑和饮酒。

"为什么？"赫剌克勒斯吼道，"只因为一个陌生女人死了？"

"陌生女人——"仆人结结巴巴地说。

"咦，这可是阿德墨托斯告诉我的，"赫剌克勒斯怒气冲冲地说，"我想你们不会说他在骗我吧？"

"噢，不，"仆人答道，"他只是……太好客了。请您继续喝酒吧，我们的烦恼与别人无关。"

他转身去倒酒，可是赫剌克勒斯却一把抓住了他——这一抓，谁敢置之不顾？

"这件事有点奇怪，"他对那位吓坏了的仆人说道，"到底是怎么回事？"

"您亲眼看到我们都在守丧。"对方回答。

"可这是为什么，汉子，到底是为什么？"赫剌克勒斯嚷道，"难道我的主人在戏弄我吗？到底是谁死了？"

"是阿尔刻斯提斯，我们的王后。"仆人低声说道。

一阵长时间的沉默之后，赫剌克勒斯扔下了酒杯。

"这是我早就应该知道的，"他说，"我看到他把眼睛都哭红了，可他却发誓说那是一位陌生女人，叫我进来。噢，他可真是一位好朋友、好主人。而我——居然在他的丧宅里喝酒取乐。噢，他应该告诉我才对。"

于是他照例对自己大加责备。他所关心的人悲痛欲绝，而他却像一个傻瓜一样在那里酗酒！他照例飞快地动起了脑筋，要想出一个赎罪的办法。有什么办法可以将功补过呢？没有什么事情是他办不到的，他对这一点深信不疑。但是怎样才能帮助朋友呢？他忽然灵机一动。"有了，"他自言自语道，"就这么办。我要去把阿尔刻斯提斯从阴间带回来。当然得这么办，再清楚不过了。我要去找死神那老家伙，他一定就在她的墓地附近，我要去跟他摔跤。我要用力钳住他的身体，逼他把她交还给我。如果他不在坟墓旁边，我就到冥国去找他，噢，我一定要好好报答对我这么好的朋友。"他喜滋滋地奔了出去，对即将进行的那场精彩的摔跤比赛充满了向往。

当阿德墨托斯回到空荡荡的凄清家园时，赫剌克勒斯正在那里等着迎接他，身边还多了一个女人。"阿德墨托斯，看看她，"他说，"她像不像你认识的什么人？"阿德墨托斯大喊道："鬼！这是不是一个恶作剧——是不是神祇在开玩笑？"赫剌克勒斯回答道："这是你的妻子。我为了她和死神打了一架，逼他把她交还给我。"

在关于赫剌克勒斯的故事中，这个故事最能体现他在希腊人心目中的性格：单纯、鲁莽、糊涂。他即便是在丧宅之中也无法不开怀畅饮，事后又立刻悔恨交加，愿意不计一切代价地将功补过，而且坚信连死神也不是他的对手。这就是赫剌克勒斯的肖像。当然，如果故事描写他在盛怒之下一拳打死一位哭丧着脸、令他不快的仆人，一定会更加传神，但是创作这个故事的诗人欧里庇得斯回避了一切与阿尔刻斯提斯的死亡和复活没有直接关系的情节。赫剌克勒斯在场时多死一两个人，这种描写虽然合情合理，但是这会使他所要描绘的这幅画面显得模糊不清。

赫剌克勒斯当翁法勒的奴隶的时候，曾经发誓要惩罚国王欧律托斯——他是由于杀了欧律托斯的儿子才被宙斯处罚的。他一获得自由，就立刻付诸实施。他召集了一支军队,攻占了国王的城邦,处死了国王。不过欧律托斯后来也算是报了仇,因为这场胜利也间接地害死了赫剌克勒斯本人。

在摧毁这个城邦之前,赫剌克勒斯派人送一群被俘的少女回到他家——深爱他的妻子得伊阿尼拉正在家中等着他从吕底亚的翁法勒宫中归来。在这群少女当中,有一位特别漂亮,那就是国王的女儿伊俄勒。带领少女们去见得伊阿尼拉的人告诉她说,赫剌克勒斯狂热地爱上了这位公主。听了这个消息,得伊阿尼拉并不怎么担心,因为她相信自己保存多年的一个爱情灵符具有强大的力量,正好可以用来防止自己家里的其他女子夺走丈夫的欢心。当年他们举行完婚礼之后,赫剌克勒斯带她回家,来到一条河边,在此处担任船夫的是人头马涅索斯,由他来驮载旅客过河。它把得伊阿尼拉驮在背上,在河流当中凌辱她。她尖叫起来,赫剌克勒斯便在怪物到达对岸时射死了它。临死时,它叫得伊阿尼拉收集它的一些鲜血当作灵符,以免赫剌克勒斯爱上别的女人。她听到伊俄勒的事情,觉得时机已到,就在一件华丽的长袍上涂上灵血,派信差去把长袍送给赫剌克勒斯。

当这位英雄穿上长袍时,其效果与当年美狄亚在伊阿宋另寻新欢之际送给情敌的那件礼服相同。一阵剧痛攫住了他,他浑身上下仿佛着起了火。在第一阵痛楚当中,他转向得伊阿尼拉的信差——此人当然是完全无辜的,把他抓起来扔到了海里。他还能杀死别人,自己却似乎死不了。他尽管剧痛难当,体力却未见减弱。这样的魔袍曾经当场烧死年轻的科林斯公主,却烧不死赫剌克勒斯。他饱受折磨,但还是活了下来,大家把他带回了家。得伊阿尼拉听说她的礼物害苦了丈夫,早就自杀了。最后他也是自杀的。既然死神不来找他,他只好自己寻死。他命令周围的人在俄塔山上搭了一个巨大的火葬堆,并把他抬到那里。当他最终到达目的地时,知道现在能够死成了,非常高兴。他说:"这是安息,这是终点。"大家把他抬到火葬堆上,他躺在上面,就像一个参加宴会的人躺在卧榻上一般。

他让年轻的随从菲罗克忒忒斯用火炬点燃柴堆,还把自己的弓箭送给了他——日后在特洛伊战争中,这套弓箭就由这个年轻人使用,他的箭术远近驰名。随后,烈焰腾空,赫剌克勒斯永远告别了人世。他被带到天庭上,与天后赫拉和解,还娶了她的女儿赫柏为妻。在天上,

  苦干了一生的他终于得到了安息。
  在这幸福之乡,
  永恒的宁静是他获得的最佳奖赏。

不过,我们很难想象他会心满意足地享受安宁与和平,也很难想象他会让蒙福的诸神平安度日。

第四章　阿塔兰塔

关于她的完整的故事只在后期的两位作家——奥维德和阿波罗多罗斯的作品当中出现过，但这其实是一个古老的故事。赫西俄德名下的一首诗——也可能出自一位比他稍晚一些（大约在公元前七世纪早期）的诗人之手——讲述过关于赛跑和金苹果的情节，荷马史诗《伊利亚特》则叙述了猎杀卡吕冬野猪的经过。我的叙述遵循的是公元一世纪或二世纪的作家阿波罗多罗斯的版本。奥维德的故事仅仅在某些地方是出色的。他生动地描绘了阿塔兰塔置身于猎人之中的画面，我引用了这些内容。但是他常常夸大其辞，几乎显得荒谬可笑，描写野猪的那些文字就是如此。阿波罗多罗斯的文字虽然不够生动形象，但却从来不会显得荒谬可笑。

有人认为有两位女英雄都叫这个名字。其实，虽然伊阿索斯和斯库厄尼俄斯两人都被称为阿塔兰塔之父，但是在那些古老的故事中，次要人物往往会被赋予不同的名字。如果真有两位阿塔兰塔，那么，她们两人都想乘"阿耳戈号"出海，都参加过卡吕冬国的猎猪行动，都嫁给了在竞走比赛中胜过她们的男子，最后又都变成了雌狮——这样的巧合真是太惊人了。既然她们两人的故事实际上是相同的，我们不妨认定她们其实是同一个人。的确，生活在同一时代的两位少女，竟然都像最无畏的英雄一样热爱冒险，并且在射箭、跑步、摔跤等方面都胜过英雄时代——两个伟大的英雄主义时代之一——的男人，这种情况即使是在神话故事当中也是不太可能出现的。

阿塔兰塔的父亲——不论他叫什么名字——看到妻子生下来的不是儿子而是女儿，当然非常失望。他认定女儿不值得养育，便把这个小生灵扔到荒凉的山坡上，任其冻饿而死。然而，故事里的动物往往比人还要好心。一头母熊照顾她、哺育她、给她保暖,结果这个小娃娃长成了一个活泼勇敢的小姑娘。这时一群好心的猎人发现了她,带她回去和他们生活在一起。最后,在猎人谋生所需的种种难度很大的技艺上,她都超过了他们。有一次,两匹速度比人快得多、体力比人强得多的人头马看到她孤零零一个人,就跑来追她。她没有逃走,因为逃也没有用。她静静地站在那里,把一支箭搭在弓上射了出去,接着又射出了第二箭。两匹人头马应声倒地,受了致命的重伤。

不久,著名的"卡吕冬猎猪大会"开始了。这头凶猛的野猪是狩猎女神阿耳忒弥斯派来蹂躏卡吕冬国的。国王俄纽斯在收获时节献上第一批果实祭祀诸神的时候忘了向她献祭,因此她用这个办法来惩罚国王。这头野兽毁坏了土地,拱死了牲畜,想杀它的人都被它杀死了。最后俄纽斯只好号召希腊最勇敢的男子出手相助,于是一群年轻的英雄齐聚一堂,其中的很多人日后将要乘"阿耳戈号"出海。"阿耳卡狄的林中瑰宝"阿塔兰塔当然也来了。诗人曾描述过她走进男性集会时的样子:"闪闪发光的扣子扣在衣领上,头发简简单单地在脑后打了一个髻,左肩上挂着一只象牙箭筒,手里拿着一张弓。她就是这身打扮。至于她的面孔,说是男孩则过于娇柔,说是女孩却又过于英武。"然而,在一位男子的眼中,她要比他见过的任何少女都更加可爱和迷人——这位男子就是俄纽斯的儿子墨勒阿革耳,他对她一见钟情。不过我们可以确信,阿塔兰塔只把他当成好同伴,而不是可以考虑的情郎。除了愿意和男人结伴打猎以外,她对男人没有什么好感,决心永不结婚。

有些英雄看到她也来了,感到十分愤慨,他们不屑于跟女人一起打猎。可是墨勒阿革耳坚持让她参加,他们终于让步了。事实证明他们这样做是对的,因为当他们围攻野猪时,野猪飞快地朝他们冲了过来,在大家猝不及防的时候拱死了两个人。更可怕的是,另一个人被一支投歪了的标枪刺中。在这伤者奄奄一息,武器四处乱飞的一片混乱当中,阿塔兰塔却冷静沉着地击伤了野猪。她的箭是最先射中它的。接着,墨勒阿革耳冲向这只受伤的野兽,把刀刺进了它的心窝。从技术上说,野猪是被他杀死的,但这次狩猎的荣誉却归于阿塔兰塔,墨勒阿革耳坚持认为他们应当把野猪皮送给她。

说也奇怪,这竟然成了他自己的死因。当年他出生一周后,命运三女神在他的母亲阿尔忒亚面前现身,把一根圆木扔进她卧室的火炉里。然后,她们像往常一样纺起纱来,一面转动卷线杆,卷命运之线,一面唱道:

噢,新生的娃娃,我们送你一件礼物:
让你一直活下去,直到这根圆木化为灰烬。

阿尔忒亚从火中抓起那根木头,熄灭了火焰,把它藏到一只箱子里。今天,她的两位兄弟也参加了猎猪行动。他们看到奖品被一个女孩拿去,感到既屈辱又恼火——别人一定也很生气,但他们两人是墨勒阿革耳的舅舅,用不着跟他客气。他们宣布野猪皮不应当归阿塔兰塔所有,并对墨勒阿革耳说,他与其他人一样,没有权利把奖品转送给别人。于是,墨勒阿革耳乘其不备,杀掉了他们两人。

消息传进了阿尔忒亚耳中。她亲爱的兄弟竟然被她的儿子所杀,只因后者愚蠢地看上了一个不知羞耻地陪男人出猎的轻佻女子!一阵狂怒攫住了她的心。她跑到箱子旁边,拿出那根木头扔进火里。木头燃烧起来之后,墨勒阿革耳倒在地上奄奄一息;等到木头被烧成灰烬,他的魂魄已经离开了身体。据说阿尔忒亚为自己的行为惊恐不已,上吊自杀了。就这样,卡吕冬猎猪行动以悲剧收场。

然而对于阿塔兰塔来说,她的冒险生涯才刚刚开始。有人说她曾跟阿耳戈英雄一同出海,也有人说伊阿宋说服她不要去。他们远征的故事从未提到过她,而她在需要鼓起勇气去做的大事面前是绝不会退缩的,所以她很可能没有去。我们再一次听到她的事迹,是在阿耳戈英雄返航、美狄亚以返老还童的骗局害死伊阿宋的叔叔珀利阿斯[①]之后。在该城为纪念死者而举行的葬礼运动会上,阿塔兰塔出场比赛,在摔跤项目中战胜了一个年轻人,他就是日后将要成为阿喀琉斯之父的大英雄珀琉斯。

---

① 前文曾说珀利阿斯是伊阿宋的堂兄,与此处的说法似不相符。参见第二部分第三章。

在获得这次巨大成功之后,她才得知自己的生身父母是谁,并回去和他们一起生活。她的父亲有了这样一个虽说不能与儿子相提并论但也几乎毫不逊色的女儿,大概也甘心了。很多男子因为她会打猎、射箭和摔跤而想要娶她为妻。这看似奇怪,但却是事实。她的追求者不胜枚举。为了轻轻松松地把他们打发走,而又不伤和气,她宣布:谁能在赛跑中胜过她,她就嫁给谁。其实她清楚地知道,根本没有人赢得了她。于是她度过了一段快乐的日子。常有飞毛腿年轻人到这里来跟她赛跑,但她总是获胜。

然而最后来了一个人,他不仅用脚比赛,还动脑思考。他知道自己跑得不如她快,但他想出了一条计策。爱神阿佛洛狄忒素来乐于制伏那些胆敢蔑视爱情的没有教养的少女。这位机灵的年轻人——他名叫墨拉尼翁(或弥拉尼翁),也有人说是希波墨涅斯——便在爱神的帮助下,得到了三个神奇的苹果,它们是用纯金制成的,美得就像是在赫斯珀里得斯姊妹的金苹果园里长出来的一般。谁看到它们都想据为己有。

阿塔兰塔在赛道上摆好了姿势,等待出发的号令。她不穿长袍时要比身着盛装美丽一百倍。她用凌厉的目光环视四周,这时所有看到她的人都被她的美貌惊呆了,尤其是那位是正等着与她比赛的男子。但他仍然保持冷静,抓紧了手里的金苹果。他们出发了。她的速度迅疾如箭,长发在雪白的肩膀上随风飘荡,美丽的身体上散发着玫瑰色的光彩。她超前的时候,他把一个金苹果径直滚到她面前。她只用了一瞬间就弯腰捡起了这只可爱的苹果,但他已经趁机赶上了她。过了一会儿,他又扔出了第二个,这回扔歪了一点儿,她不得不拐到一边去捡,于是他跑到了她的前面。但她几乎马上就又追上了他,这时他们已经离终点很近了。但是,只见第三个金苹果飞过她的跑道,远远地滚到路边的草丛里。她看到绿草里发出的金光,实在忍耐不住。当她捡起金苹果时,她的追求者已经上气不接下气地到达了终点。于是她成了他的妻子。森林中逍遥自在的日子和运动场上的胜利都一去不复返了。

据说,他们两人后来不知是冒犯了宙斯还是阿佛洛狄忒,被变成了狮子。不过在这之前,阿塔兰塔已经生下了一个儿子,名叫帕耳忒诺派俄斯,是攻打忒拜城的七位勇士之一。

汉密尔顿作品

第四部分　特洛伊战争中的英雄

第一章　特洛伊战争

这个故事当然几乎完全取材于荷马史诗。不过,《伊利亚特》是从希腊人抵达特洛伊、阿波罗使他们患上瘟疫写起的,没有提及伊菲革涅亚被当作祭品的事情,帕里斯的裁决也只被隐约提及。我从公元前五世纪的悲剧诗人埃斯库罗斯的剧作《阿伽门农》中选取了伊菲革涅亚的故事,又从埃斯库罗斯的同时代诗人欧里庇得斯的剧作《特洛伊女子》中选取了帕里斯裁决的故事。此外,我还补充了几个细节,如俄诺涅的故事。这个故事取材于公元一世纪或二世纪的散文家阿波罗多罗斯的作品。他的文字常常显得枯燥乏味,但是他在处理引发《伊利亚特》中的故事的那些事件时,显然被如此宏大的题材激发出了灵感,写得比他书中的其他任何内容都更加生动有趣。

公元前一千多年时,地中海东岸附近有一个伟大的城邦,其富庶和强盛程度在世界上首屈一指。它的名字叫做特洛伊,直到今天还没有一个城市比它更加著名。这个城邦的不朽声望来自世界上最伟大的诗歌之一《伊利亚特》所描述的一场战争,而战争的起因则溯源于三位彼此嫉妒的女神的一场争执。

序幕:帕里斯的裁决

不和女神厄里斯在奥林匹斯仙境自然不受欢迎,诸神宴客的时候通常不邀请她。她对此忿忿不平,决心要制造麻烦——最后她果然大获成功。国王珀琉斯和海中仙女忒提斯举行盛大婚礼时,诸神当中只有她没有收到请帖。于是,她朝宴会大厅中掷下了一只金苹果,上面刻着几个字:"给最美的女神"。众位女神当然都想得到它,最后选择范围缩小,只剩下三个候选人:爱神阿佛洛狄忒、天后赫拉和智慧女神帕拉斯·雅典娜。她们请宙斯在她们三人中间作出裁决,但是他很明智,不愿跟这件事有任何牵连。他叫她们到特洛伊城附近的伊达山上去找年轻的王子帕里斯(又名亚历山大),他正在那里替父亲牧羊。宙斯对她们说,帕里斯是一位杰出的美女鉴赏家。帕里斯贵为王子,却在做牧羊人的工作,是因为有人曾经告诫他的父亲——特洛伊国王普里安,说这位王子日后将成为促使他的国家灭亡的祸根。于是他把儿子送走了。当时帕里斯正和一位名叫俄诺涅的迷人仙女住在一起。

当三位伟大的女神以美妙的身姿降临在他面前时,我们不难想象他的惊异之情。不过,女神们并没有请他仔细观看她们光芒四射的神圣形象,从中选择他认为最美的人,而只是请他考虑她们每个人所提出的贿赂,要他选择在他看来最有价值的一项。然而,这项抉择也并不简单。男人最喜欢的东西都被摆在他的面前:赫拉许诺让他当上欧洲和亚洲的主宰;雅典娜许诺让他率领特洛伊人战胜希腊人,把希腊完全毁掉;阿佛洛狄忒则许诺让他得到全世界最美丽的女子。帕里斯是个意志薄弱的人,又是个懦夫(后来发生的事件就证明了这一点),竟然选择了最后一项,把金苹果给了爱神阿佛洛狄忒。

这就是远近闻名的"帕里斯的裁决",它被公认为特洛伊战争爆发的真正原因。

特洛伊战争

世界上最美丽的女子是海伦,她是宙斯和勒达的女儿,卡斯托耳和波吕刻斯的妹妹。她的美貌闻名遐迩,全希腊没有一位年轻王子不想娶她。当追求者们聚集在她家正式求婚时,由于他们为数极多,且都是权贵家族出身,她名义上的父亲——她母亲的丈夫、国王廷达瑞俄斯——不敢在他们当中作出选择,生怕其他人会联合起来反对他。因此他要求大家先立下庄严的誓言:无论谁成为海伦的丈夫,一旦他的婚姻遭到侵

害,大家必须共同捍卫他的利益。既然大家都希望被选中,那么这条誓言终究是对每个人都有利的。于是他们都发誓严惩任何劫走或企图劫走海伦的人。然后,廷达瑞俄斯选择了阿伽门农的弟弟墨涅拉俄斯为女婿,并立他为斯巴达国王。

帕里斯把金苹果判给阿佛洛狄忒的时候,情形大体上就是如此。爱与美之神深知世界上最美的女子在什么地方。她带着年轻的牧羊人直奔斯巴达,将仙女俄诺涅弃之不顾。墨涅拉俄斯和海伦客客气气地招待了他。宾主之间的纽带是十分神圣的,双方理应互相帮助,不应彼此伤害。可是帕里斯却破坏了这种神圣的关系。墨涅拉俄斯出于对宾主之情的完全信赖,把帕里斯留在家中,自己到克里特岛去了。随即,

>前来做客的帕里斯
>走进朋友善意的居所,
>拐走了一位佳人,
>令他的主人蒙羞。

墨涅拉俄斯回来之后,发现海伦已经不见踪影,便号召全体希腊人向他伸出援手。各地首领遵守誓言,纷纷响应。他们来到斯巴达,一心渴望参加这场伟大的冒险,渡海消灭强大的特洛伊。但有两位重要的首领没有露面:一位是伊塔刻岛的国王俄底修斯,另一位是珀琉斯与海中仙女忒提斯的儿子阿喀琉斯。俄底修斯是希腊最精明、最明智的人之一,他不想为了一个不忠的女子而离开自己的家园和亲人,去渡海参加一场罗曼蒂克的冒险,因此他假装发疯。当希腊联军的使者到来的时候,这位国王正在耕田,但他播撒的不是种子,而是食盐。可是这位使者也非常精明。他抓起俄底修斯的幼子放在犁道上,只见孩子的父亲立刻把犁头转向一边,由此可见他的神志十分清醒。他虽然不愿意去参军,但也只好勉为其难。

阿喀琉斯则是被他的母亲留住的。海中仙女知道他如果到特洛伊去,注定要死在那里,就把他送到当年背信弃义地杀害忒修斯的国王吕

科墨得斯那里，命他穿上女人的衣服，藏在少女当中。众首领派俄底修斯去把他找出来。于是俄底修斯化装成小商贩，来到这位少年藏身的宫廷，他的包里装着许多符合女人口味的漂亮饰品，也装着一些精美的武器。姑娘们纷纷围着那些小饰品，阿喀琉斯却抚弄着那些长剑和匕首。就这样，俄底修斯认出了他，并轻而易举地使他忘掉了母亲的话，与自己同往希腊军营。

于是，这支庞大的舰队一切就绪，一千艘船载满了希腊大军。他们在奥利斯港集合，那里风势强劲、水流湍急，如果北风不息，就根本无法起航。可是北风却吹了一天又一天，毫无停止的迹象。

> 这令人伤透了心，
> 也破坏了船只和缆绳。
> 时间过得如此缓慢，
> 一天似乎变成了两天。

大军急不可耐，最后先知卡尔卡斯宣布了诸神给他的启示：狩猎女神阿耳忒弥斯生气了，因为她心爱的一只野生动物———只野兔连同它的幼子都被希腊人杀掉了。若要止住大风，确保大家平安驶往特洛伊，唯一的办法就是以总司令阿伽门农的长女伊菲革涅亚作为祭品，以平息女神的怒气。这对大家来说是一个可怕的消息，伊菲革涅亚的父亲更是难以忍受：

> 如果我必须杀害
> 我们全家的欢乐——我的女儿，
> 那么一位父亲的手上
> 将要沾满黑色的污迹，
> 它来自一位被杀死在祭坛前的少女的
> 殷殷鲜血。

然而他最终屈服了，因为此事关乎他作为统帅的名声和他征服特洛伊、提升希腊地位的野心。

> 他大胆行事，
> 为了战争而杀死了他的孩子。

他派人回家去接她，还写信给他的妻子，说他已经为女儿安排了一门很好的亲事，要把她嫁给阿喀琉斯，因为从此人的表现来看，他堪称众首领中最优秀、最伟大的一位。可是他的女儿前来成亲的时候，却被带到祭坛去送死：

> 她的一切祈求，她呼叫"父亲，父亲"的声音，
> 她的豆蔻年华——
> 这一切都被那些嗜战的疯狂武士
> 视若无睹。

她死了，北风也停了，希腊船队驶上了平静的海面，但是他们付出的邪恶代价总有一天会带来恶果。

当他们抵达特洛伊的西摩伊斯河河口之后，最先跳上河岸的是普罗忒西拉俄斯。这是一个勇敢的举动，因为神谕曾说，最先上岸的人就是最先死去的人。所以，当他被特洛伊人的标枪刺死之后，希腊人敬他如神明，诸神也给予他极高的表彰。他们叫神使赫耳墨斯到阴间去把他带回来，让他与悲痛欲绝的妻子拉俄达弥亚再见上一面。她不愿再度失去他，当他返回阴间时，她自寻短见，与他同行。

上千艘舰船运载大批战士前来赴战，这支希腊军队极其强大，但特洛伊城也不示弱。国王普里安和王后赫卡柏有很多勇敢的儿子可以率军攻击或守卫城墙，其中以赫克托耳最为出众，他比任何人都更加高贵和勇敢。只有一位勇士比他更加伟大，那就是希腊最杰出的战士阿喀琉斯。他们两人都知道自己会在特洛伊失陷之前牺牲。阿喀琉斯的母亲曾

对他说："你的命很短。愿你现在不再流泪和烦恼，我的孩子，因为你即将不久于人世，比所有人都更加短命，值得怜惜。"没有神祇对赫克托耳说过什么，但是他对自己的结局同样肯定。"我心里非常清楚，"他对妻子安德洛玛刻说，"神圣的特洛伊城失陷、普里安和他的臣民共同牺牲的那一天即将到来。"两位英雄都是在必死的阴影之下作战的。

在长达九年的时间里，胜利的天平摇摆不定，时而倾向于特洛伊，时而倾向于希腊联军，哪一方都没有获得决定性的优势。这时，在阿喀琉斯和阿伽门农这两位希腊领袖之间突然起了一场争端，以至于在一段时间之内，战况变得对特洛伊人有利起来。这场争端的起因又是一个女人——阿波罗神殿祭司的女儿克律塞伊斯，希腊人把她抢来献给了阿伽门农。她的父亲前来请求他们放人，但阿伽门农不肯放她回去。于是祭司向强大的神祇祈祷，他的祷告传进了太阳神福玻斯·阿波罗耳中。阿波罗便从他的太阳车上向希腊联军射出炽热的火箭，令许多人昏厥而死，火葬堆终日燃烧着。

最后阿喀琉斯召集众首领开会。他说，大家不能一面对抗瘟疫，一面对抗特洛伊人。他们必须设法平息阿波罗的怒气，否则就得乘船返乡。随后，先知卡尔卡斯站起来说道，他知道神祇生气的原因，但是除非阿喀琉斯保证他的安全，否则他不敢说出来。"我一定保护你，"阿喀琉斯回答，"即使你指控的是阿伽门农本人。"人人都明白了这句话的意思，因为他们都知道阿波罗的祭司受到了怎样的对待。当卡尔卡斯宣布大家必须把克律塞伊斯交还给她父亲时，所有的首领都支持他。阿伽门农虽然非常生气，但也只好同意了。"但她是我的战利品，"他对阿喀琉斯说，"如果我失去了她，就要另找一个女人来代替。"

克律塞伊斯被送回她父亲家以后，阿伽门农派两名侍从到阿喀琉斯的营帐去把后者的战利品——少女布里塞伊斯带回来。他们极不情愿地去了，默默无言地站在大英雄的面前。但他知道他们的使命是什么。他对他们说，并不是他们对不起他，让他们不要害怕，只管把那个姑娘带走，但是他要他们先听他在神和人的面前起誓：阿伽门农必须为这件事付出惨重的代价。

那天晚上，阿喀琉斯的母亲——长着一双银足的海中仙女忒提斯来找他。她也和他一样生气，叫他再也不要与希腊联军有任何瓜葛，说完就飞到天庭，请求宙斯把胜利赐予特洛伊人。宙斯很不情愿这样做。目前，这场战争已经蔓延到了奥林匹斯仙境——诸神分成了两派。爱神阿佛洛狄忒自然站在帕里斯这一方，天后赫拉和智慧女神雅典娜则自然站在相反的一方。战神阿瑞斯总是站在爱神一方，海神波塞冬则偏袒希腊人，因为他们是一个航海的民族，人人都是伟大的水手。阿波罗喜欢赫克托耳，为了他而帮助特洛伊人，他的妹妹阿耳忒弥斯亦然。总的来说，宙斯比较喜欢特洛伊人，但是他想保持中立，因为每当他公开反对妻子赫拉，她就会大吵大闹。然而他拗不过忒提斯。赫拉照例猜出了他的打算，大闹了一场。最后他实在受不了了，说她要是再不闭嘴，他就要打她，她这才闭嘴。但她仍然在盘算该如何帮助希腊人，智慧宙斯。

宙斯的计划很简单。他知道希腊人少了阿喀琉斯，战斗力必然不如特洛伊人，就托了一个假梦给阿伽门农，向他许诺说，只要他出击，就可以打胜仗。结果，当阿喀琉斯留在营帐里的时候，迄今最艰难的一场战役开始了。老国王普里安和其他精于战术的老者在特洛伊的城墙上观战，这时一切痛苦和死亡的根源海伦来到他们面前。可是当他们看到她时，却实在不忍心责备她。"男人理当为这样的女子而战斗，"他们彼此说道，"因为她的容貌简直美若天仙。"她站在他们身边，把下面那些希腊英雄的名字一个一个地告诉他们。令他们惊讶的是，不久双方竟然休兵了。双方的军队退回各自的阵地，只留下帕里斯和墨涅拉俄斯面对面地站在两军之间的空地上。显然，他们已经作出了一个明智的决定：让两个当事人单独决斗来分出胜负。

帕里斯首先进攻，墨涅拉俄斯用盾牌接住他那支急速飞来的标枪，然后把自己的标枪扔了出去。帕里斯的战袍被刺破了，但身体没有受伤。墨涅拉俄斯抽出他仅有的武器——佩剑，没想到这把剑竟然在他手里折断了。尽管两手空空，他仍然以无畏的勇气扑向帕里斯，抓住他头盔上的羽饰，将他摔倒在地。若非爱神阿佛洛狄忒插手，他会以胜利者的姿态把帕里斯拖回希腊军营。可是她却扯掉了头盔的束带，使头盔落到墨涅拉俄斯手中，除了投标枪以外根本未曾战斗的帕里斯本人，则被她裹在一团云雾里，他带回了特洛伊城。

墨涅拉俄斯气冲冲地到特洛伊阵营中去找帕里斯。人人都憎恶帕里斯，巴不得帮他一起找，但帕里斯却不见了，谁也不知他是如何消失的，到什么地方去了。于是阿伽门农对双方军队讲话，宣布墨涅拉俄斯获胜，命令特洛伊人交还海伦。这很公道。若非智慧女神雅典娜在天后赫拉的怂恿下插手，特洛伊人原本是会答应的。赫拉决心要等到特洛伊灭亡之时再结束这场战争。雅典娜突然降临战场，鼓动愚蠢的特洛伊人潘达罗斯破坏休战协定，向墨涅拉俄斯射了一箭。墨涅拉俄斯只受了轻伤，但希腊人为对方背信而愤怒，双方又打了起来。"恐怖"、"毁灭"和"争斗"——它们都是嗜杀的战神的好友，其狂暴的怒火永不减弱——一直在现场鼓动人类继续自相残杀。呻吟声和喝彩声不断由被杀者和杀人者那里传出来，地面上血流成河。

由于阿喀琉斯不在，希腊联军那边最伟大的战士是埃阿斯和狄俄墨得斯。那天他们奋勇拼杀，许多特洛伊人都倒在他们面前。在杰出和勇敢这两方面仅次于赫克托耳的特洛伊王子埃涅阿斯就差点儿死在狄俄墨得斯手中。埃涅阿斯的血统比王族更加高贵，因为他的母亲就是阿佛洛狄忒本人。当狄俄墨得斯打伤他时，爱神连忙降临战场来救他。她把儿子抱在柔软的臂膀里，可是狄俄墨得斯知道她是一位懦弱的女神，不是雅典娜那样的战场主宰，就跳过去砍伤了她的手。她大叫一声，抛下埃涅阿斯，痛得泪流满面，仓皇逃回了奥林匹斯。宙斯笑眯眯地瞧着这位爱笑的女神落泪，命她远离战场，记住她主管的领域是爱情而不是战争。虽然被母亲抛弃，埃涅阿斯却并没有死。太阳神阿波罗把他裹在一团云雾里，带回特洛伊的圣地珀耳伽摩斯，由月亮女神阿耳忒弥斯替他疗伤。

狄俄墨得斯继续在特洛伊的阵地上横冲直撞，终于和赫克托耳正面交手。令他吃惊的是，他看到战神阿瑞斯也在那里。浑身血迹斑斑的嗜杀战神站在赫克托耳一边作战。看到这个场景，狄俄墨得斯吓得直发抖，大声命令希腊将士慢慢后退，但面孔要向着特洛伊人。这时赫拉生气了。她策马来到奥林匹斯,问宙斯她能不能把阿瑞斯那个害人精赶出战场。虽然阿瑞斯是宙斯和赫拉的儿子,但宙斯却跟赫拉一样不喜欢他,遂准许赫拉插手。她连忙降临战场,站在狄俄墨得斯身边,鼓动他大力攻击可怕的战神,不用害怕。一听这话,英雄心中大喜,立即冲向阿瑞斯,朝他掷出了标枪。雅典娜使标枪正中目标,刺入了阿瑞斯的身体。战神咆哮如雷,犹如一万名士兵在齐声喊叫。这可怕的吼声将全体希腊人和特洛伊人吓得直发抖。

阿瑞斯其实是个欺软怕硬的家伙。他给数不胜数的人带来伤亡,自己却受不了这种滋味,只得跑到奥林匹斯去找宙斯,激烈控诉雅典娜的暴行。但宙斯却严厉地看着他,说他和他母亲一样讨人嫌,还吩咐他不准再发牢骚。阿瑞斯一走,特洛伊军队被迫后退。在这紧要关头,赫克托耳的一位洞察神意的兄弟劝赫克托耳火速回城,请他的母后把最她漂亮的礼服献给雅典娜,祈求女神发发慈悲。赫克托耳觉得这条建议很有道理,便飞快地由城门进入宫殿。他的母亲依照他的话做了。她拿出一件像星辰一样闪闪发光的珍贵礼服,放在女神的膝盖上,向她恳求道:"雅典娜女神,请您赦免特洛伊人的城邦和妻小吧!"但是雅典娜没有理会她的祷告。

赫克托耳返回战场之前,回头又看了一眼——也许是最后一眼——他心爱的妻子安德洛玛刻和儿子阿斯堤阿那克斯。他是在城墙上见到她的——她听说特洛伊军队在退却,便满心惊恐地到城墙上观战。她身边的一位侍女抱着他们的幼子。赫克托耳面带微笑地默默看着他们。安德洛玛刻把他的手握在手里,流下了眼泪。"亲爱的夫君,"她说,"你不仅是我的丈夫,也相当于我的父亲、母亲和兄弟。留在这里陪伴我们吧。不要让我成为寡妇,让你的孩子成为孤儿。"他温柔地拒绝了她,说他不能当懦夫,他在战场上总是冲在最前面的,但是她要知道,他从来没有忘记妻子在自己牺牲之后将要承受深重的悲哀,这个念头比其他的一切、比他所关心的其他种种事物都更加令他痛苦。在转身离开她之前,他伸手去抱他的儿子,可是小男孩被他的头盔和从上面垂下来的可怕的翎毛吓坏了,连忙往后缩。赫克托耳哈哈大笑,从头上摘下闪亮的头盔,然后把孩子抱在怀里,一面爱抚一面祷告道:"宙斯啊,但愿多年以后我的儿子从战场上归来时,人们会称赞他'比他的父亲伟大得多'。"

他把儿子放回妻子怀中,她微笑着接了过来,眼里却含着热泪。赫克托耳充满怜惜地爱抚着她,说:"亲爱的,不要这么伤心。命中注定的事情,逃也逃不掉。但是倘若我命不当绝,谁也杀不了我。"然后他拿起头盔转身离去,她则返回自己家,一路上屡次回望丈夫的背影,悲泣不已。

赫克托耳重返战场,充满热情地投入战斗,运气一度好转。此时,宙斯想起他曾允诺过忒提斯,要为受到不公正待遇的阿喀琉斯出气,就命令其他所有神祇都留在奥林匹斯,自己则到凡间去帮助特洛伊人。这下希腊人可惨了:他们自己的伟大战士远离战场——阿喀琉斯正独自坐在帐中咀嚼满腹的委屈,而那位伟大的特洛伊战士却显得空前骁勇善战。赫克托耳似乎所向无敌。特洛伊人经常称他为"驯马英雄",而今他驾车在希腊军队中冲杀,战马和御者似乎都士气高昂。他那闪闪发光的头盔似乎无处不在,勇士们一个接一个地死在他的铜枪之下。傍晚休兵的时候,特洛伊人几乎把希腊人赶回到了他们的战船旁边。

那天晚上,特洛伊城中到处都是欢声笑语,希腊军营却充满了悲哀和绝望。阿伽门农本人主张休战,乘船返回希腊。然而,众首领当中最年长、最英明的涅斯托耳——他甚至比精明的俄底修斯还要睿智——大胆地对阿伽门农说,若非阿伽门农激怒了阿喀琉斯,他们原本是不会吃败仗的。他说:"与其蒙羞返乡,不如想办法让他息怒。"大家都赞同这个建议,阿伽门农也承认自己确实做了傻事。他向他们保证,自己会把布里塞伊斯送回去,外加许多精美的礼物,并请求俄底修斯去把他的提议转达给阿喀琉斯。

俄底修斯和两位被挑选出来与他同行的首领发现大英雄阿喀琉斯正和他的好朋友帕特洛克罗斯在一起——后者是他在世界上最心爱的人。阿喀琉斯客客气气地欢迎几位客人,摆出酒菜招待他们。可是当他们说明来意,并一一说出他若让步便可得到的丰厚礼物,恳求他垂怜受苦的同胞时，却遭到了断然的拒绝。他告诉他们，就是整个埃及的宝藏也收买不了他。他要开船返乡。他们如果聪明，也应当这么做。

俄底修斯带来了回音，然而大家都不愿接受返乡的意见。第二天，他们就像被逼得走投无路的勇士一般拼死作战，但却再度节节败退，最后竟站在船队停泊的那片海滩上应战。这时他们获得了天助。天后赫拉已经订好了计划。她看到宙斯坐在伊达山上观看特洛伊人频频获胜，不禁怒火中烧，但她清楚地知道只有一个办法可以制伏他：她必须以千娇百媚的姿态出现在他面前，叫他无法抗拒，等到他拥抱她的时候，她要使他甜甜睡去，把特洛伊人抛到脑后。她这样做了。她回到寝宫，使尽浑身解数把自己打扮得美艳绝伦，最后还向爱神阿佛洛狄忒借了那条蕴藏着爱神全部魅力的腰带，这才出现在宙斯面前。一看到她，宙斯立刻变成了情欲的俘虏，把他对忒提斯的许诺抛到了九霄云外。

战局霎时变得对希腊人有利起来。埃阿斯把赫克托耳摔到了地上，不过后者还没有受伤就被埃涅阿斯扶起来带走了。赫克托耳一走，希腊人终于得以把特洛伊人赶到了离船队很远的地方。若非宙斯醒了过来，特洛伊城也许当天就被攻陷了。宙斯一跃而起，看到特洛伊人纷纷逃跑，赫克托耳躺在平原上喘气，他登时恍然大悟，气冲冲地转向赫拉，说她使诈，恨不得当场揍她一顿。若论这一类的战斗，赫拉知道自己毫无办法。她矢口否认特洛伊人的战败与她有关，说全是海神波塞冬搞鬼——海神确实在违背宙斯的命令帮助希腊人，但他却是应她的请求才这么做的。不过，宙斯很高兴有了一个不必打她的借口。他打发她回到奥林匹斯，然后吩咐彩虹使者伊里斯去传达他的命令，叫波塞冬退出战场。海神闷闷不乐地服从了命令，于是战局又变得对希腊人不利了。

太阳神阿波罗救活了晕倒的赫克托耳，给他灌输超人的力量。在神祇和英雄两人面前，希腊人简直就像一群在山狮的驱赶下惊慌逃窜的绵羊。他们乱哄哄地逃到船边，原先建好的防护墙就像孩子们在海滩上堆起的沙墙，很快就在游戏中坍塌。特洛伊人离他们近在咫尺，几乎近到可以放火烧船的地步。希腊人毫无得救的希望，只想英勇战死。

阿喀琉斯的好友帕特洛克罗斯看到希腊联军的溃败，惊骇不已。虽然他想支持阿喀琉斯，但他却不能继续远离战场。"你可以在同胞被打得溃不成军时继续生你的气，我却办不到，"他对阿喀琉斯喊道，"把你的盔甲借给我。特洛伊人如果把我当成你，也许会停顿一下，疲乏的希腊人就能得到喘息的机会。你我二人精力充沛，我们说不定还能打退敌军呢。不过要是你宁愿坐在这里生闷气，那你至少要把盔甲借给我。"就在他说话的时候，一艘希腊战船着火了。"他们这样做，会切断希腊军队的退路，"阿喀琉斯说，"去吧，带上我的盔甲和我的部下去保卫船队。我不能去，我是一个受辱的人。要是战争打到我自己的战船旁边，我会挺身保护它们，但我不愿为羞辱我的人作战。"

于是帕特洛克罗斯穿上了所有特洛伊人都认识并惧怕的那副光彩夺目的战甲，率领阿喀琉斯的部下密耳弥多涅人踏上了战场。这支生力军刚开始进攻的时候，特洛伊人果然动摇了，他们以为是阿喀琉斯亲自率兵出击。有一段时间，帕特洛克罗斯的确像那位大英雄一样骁勇善战，但是最后与赫克托耳面对面交锋的时候，他却像野猪遇到狮子一般在劫难逃。赫克托耳的标枪刺中了他，使他受了致命伤，他的灵魂立刻离开了身体，前往冥国报到。赫克托耳随即剥下了他的盔甲，把自己的扔到一边，改穿他的。在换上盔甲的同时，赫克托耳仿佛也吸收了阿喀琉斯的体力，把希腊将士杀得丢盔卸甲。

傍晚双方休兵。阿喀琉斯坐在营帐旁边等待帕特洛克罗斯回营，却看见老涅斯托耳的儿子、飞毛腿安提洛科斯跑了过来，一边跑一边哭。"坏消息！"他叫道，"帕特洛克罗斯战死了，赫克托耳拿了他的盔甲。"阿喀琉斯悲痛欲绝，周围的人都为他的性命担忧。他的母亲在海底得知他很伤心，特地前来安慰他。他对母亲说："如果不能让赫克托耳为帕特洛克罗斯的死付出生命的代价，我誓不为人。"忒提斯哭着提醒他说，赫克托耳死后，他自己的生命也注定要终结。"那就让我死吧，"阿喀琉斯回答，"在我的战友最需要我的时候，我没有帮助他。我要杀掉害死我心爱的人的凶手，然后死也甘心。"

忒提斯没有再试图阻拦他。"还是等到天亮吧，"她说，"因为你不能赤手空拳地打仗。我去给你拿几件由神界的盔甲匠——火神赫淮斯托斯亲手打造的武器来。"

忒提斯带来的武器件件神妙无比，不愧为神匠的作品，凡间没有人披挂过这样的东西。密耳弥多涅人满怀敬畏地注视着它们。阿喀琉斯佩带武器的时候，眼中闪现出一丝狞恶的快意。然后，他终于走出了呆坐许久的营帐，走到希腊将士聚集的地方——这真是一群残兵败将，其中有身受重伤的狄俄墨得斯，还有俄底修斯、阿伽门农以及其他很多将士。阿喀琉斯在他们面前感到非常惭愧，承认自己不应当如此愚蠢，竟然因为失去了一个女孩子而不顾一切。但这已经是过去的事了，他准备像以前一样率领大家打仗，大家立刻准备出战吧。众首领拍手叫好，但俄底修斯代表大家说道，他们应当先吃饱喝足，因为饿肚子的士兵是打不好仗的。阿喀琉斯轻蔑地回答道："我们的同伴战死疆场，你们却在大吃大喝。我要先为亲爱的同伴报仇雪恨，然后才吃得下东西。"然后他又自言自语地说："我最亲爱的朋友啊，没有你，我既吃不下饭，也喝不下酒。"

等到别人酒足饭饱，他率军发起了进攻。诸神都知道是这两位伟大战士之间的最后一战。天父宙斯挂起他的金天平，在一边放上赫克托耳死亡的筹码，在另一边放上阿喀琉斯死亡的筹码。赫克托耳的筹码下沉，这表示他命中注定要先死。

然而，双方在很长一段时间里未分胜负。特洛伊人在赫克托耳的率领下，在自家城墙前面奋勇作战。连特洛伊的大河——诸神称之为克珊托斯河，人类称之为斯卡曼得耳河——都偏袒自己人，阿喀琉斯渡河时，河水企图淹死他。但这没有用，因为什么都阻止不了阿喀琉斯。他见人就杀，到处寻找赫克托耳。如今诸神也打起来了，像人类一样打得不可开交。在奥林匹斯仙境，宙斯独自坐在一旁，眉开眼笑地看着诸神对打：雅典娜将阿瑞斯打倒在地；赫拉夺过阿耳忒弥斯肩上的弓，用它猛抽了对方几个耳光；波塞冬嘲笑阿波罗，惹得对方先出手打他。海神没有接受挑战，因为他知道现在支持赫克托耳也没有用了。

此时，特洛伊的斯卡伊安大城门突然敞开，因为特洛伊人纷纷溃败，涌进城里。只有赫克托耳一动不动地站在城墙边。他的父亲、老国王普里安和母亲赫卡柏在城门口大声叫他进来保命，但他不肯听。他自忖道："我率领特洛伊军队作战，吃败仗是我的过错，我岂能苟且偷生？可是……如果我放下盾牌和长矛，告诉阿喀琉斯我们愿意交还海伦，并献上特洛伊的半数财宝，那又会怎么样呢？毫无用处，我仍然会像女人一样赤手被他杀掉。还不如与他决战到底，死也甘心。"

阿喀琉斯攻了上来，他全身辉煌灿烂，宛如初升的太阳。雅典娜陪在他身边，而赫克托耳却是孤零零的——阿波罗让他独自面对自己的命运。当这对战士走近时，赫克托耳转身逃走了。逃跑者和追逐者围绕着特洛伊城墙飞快地跑了三圈。是雅典娜使赫克托耳停了下来——她变成他的兄弟得伊福玻斯的样子出现在他身边。赫克托耳以为自己有了盟友，便转身面向阿喀琉斯，朝他喊道："如果我杀了你，我会把你的尸体交给你的朋友，请你也同样对待我。"可是阿喀琉斯却回答道："你这疯子！羊和狼岂能订立契约？你和我也免谈。"说完他就掷出了标枪，没有射中，雅典娜把标枪捡了回来。接着赫克托耳瞄准目标掷出了标枪，射中了阿喀琉斯盾牌的中心。可是这有什么用呢？阿喀琉斯的盔甲是有魔力的，刀枪不入。赫克托耳回头想拿得伊福玻斯的标枪，可后者却不见了。赫克托耳这才恍然大悟：原来雅典娜欺骗了他。他已无路可逃，暗想道："诸神要我去死，但我至少不能束手就擒，要留下伟大的事迹供后人传诵。"于是他拔出身上的最后一件武器——宝剑，冲向敌人。但阿喀琉斯手中却握着雅典娜替他捡回的标枪。他很熟悉赫克托耳从死者帕特洛克罗斯身上剥下的那套盔甲；赫克托耳还未走近，他就瞄准赫克托耳咽喉附近的开口处掷出了标枪，刺入对方的咽喉。赫克托耳倒在地上，奄奄一息。他用最后一口气恳求道："请把我的尸体交还给我的父母。""不要求我，你这条狗！"阿喀琉斯回答道。"我恨不得生吃你的肉，来补偿你给我带来的痛苦。"随后，赫克托耳的灵魂飞出体外，前往阴间，为自己英年早逝的命运悲叹不已。

阿喀琉斯从死者的尸体上剥下血淋淋的盔甲；这时希腊人跑了过来，惊叹于死者的身躯之高大，仪态之高贵。但阿喀琉斯却另有心事。他刺穿死者的双脚，用皮带把它们拴在马车后面，让死者的头拖在地上，然后鞭打马匹，让它们拖着大英雄赫克托耳的遗骸绕特洛伊城墙跑了一圈又一圈。

最后，他终于满足了自己强烈的报复欲望，这才站在帕特洛克罗斯的遗体旁边说道："听我说——即使你已经到了阴间，我已经把赫克托耳绑在马车后面拖了很久，我还要在你的火葬堆旁边把他的尸体喂给狗吃。"

在天上的奥林匹斯仙境，诸神意见纷纭。除了赫拉、雅典娜和波塞冬以外，诸神都对他凌辱死者的做法非常不满，宙斯对此尤为反感。他派彩虹女神伊里斯去找老国王普里安，命他大胆地拿着贵重的赎金去找阿喀琉斯，赎回赫克托耳的尸体。她告诉他：阿喀琉斯虽然性情暴烈，但并不是真正的坏人，他必定会善待恳求者。

于是老国王把特洛伊最珍贵的财宝装了满满一车，越过平原来到希腊军营。神使赫耳墨斯乔装成希腊少年迎接他，自愿引领他来到阿喀琉斯的营帐。老国王在他的陪同下，通过了岗哨，来到那个杀害并虐待自己爱子的人面前。他抱住对方的膝盖，亲吻他的双手。这使阿喀琉斯和在场众人都感到惶恐，以惊奇的表情面面相觑。"阿喀琉斯，想一想你自己的父亲，"普里安说，"他的年纪跟我差不多，也跟我一样为失去爱子而难过。但我远远比他更加可怜，因为我不惜做出世人从未做过的事情——向杀死我儿子的人伸手乞怜。"

听了这话，阿喀琉斯的心中涌起了一股悲哀。他轻轻地扶起老人，说："请您坐在我的身边，让悲哀静静地沉在我们心底。所有的人都是注定要受苦的，但我们一定要勇敢地面对一切。"接着，他吩咐仆人清洗赫克托耳的尸体，为它抹上香膏，穿上软袍，以免普里安看到尸体被损毁成这个样子，会忍不住发怒，更怕普里安一旦惹恼他，他自己会失去自制力。"您打算为他办多少天葬礼？"他问道，"那段时间我会叫希腊军队停止打仗。"然后，普里安带着赫克托耳的尸体回到了家，特洛伊人为他哀恸不已，连海伦都哭了。"别的特洛伊人都指责我，"她说，"但我总是能够从你温柔的心灵和亲切的话语中获得安慰。你是我唯一的朋友。"

大家哀悼了九天，然后把他的尸体放到高高的火葬堆上，点火焚烧。等到全部烧光，他们用酒浇灭了余焰，把骨灰收集到一起，用一块淡紫色的布包起来，放到一个金色的瓮里，埋入一个空墓穴，并在上面堆上了许多大石头。

这就是"驯马英雄"赫克托耳的葬礼。

史诗《伊利亚特》写到这里就结束了。

第二章　特洛伊的沦亡

　　这个故事中的大部分都取材于维吉尔的作品。"攻陷特洛伊"是史诗《伊尼特》第二卷的主题，它即使不能被称为维吉尔最好的故事，也应当被归于他最好的故事之一——简明、直率、生动。但这一章开头和结尾的内容并非出自维吉尔的手笔。菲罗克忒忒斯的故事和埃阿斯之死的故事取材于公元前五世纪的悲剧诗人索福克勒斯的两部剧作。本章的结尾，即特洛伊城中的女性在该城沦亡之后的遭遇，则取材于索福克勒斯的同行欧里庇得斯的一部剧作，与《伊尼特》所体现的尚武精神形成了奇特的对比。对于维吉尔和其他所有罗马诗人来说，战争乃是人类最高贵、最光荣的活动，而比维吉尔早四百年的希腊诗人却不会赞同这样的观点。欧里庇得斯似乎在问：那场远近闻名的战争的结局究竟是什么呢？只不过是一座废城、一个死婴和几位不幸的妇人而已。

　　阿喀琉斯的母亲对他说过，赫克托耳一死，他自己的死期也就临近了。在他的战斗生涯结束之前，他又立了一大战功。埃塞俄比亚王子门农——黎明女神的儿子——率领一支大军来支援特洛伊。在一段时间里，虽然赫克托耳已死，希腊军队却仍然陷入困境，失去了很多勇士，其中包括老涅斯托耳的儿子——飞毛腿安提洛科斯。最后，阿喀琉斯在一场光荣的搏斗中杀死了门农。这是这位希腊英雄的最后一场战役。接着他就倒在了斯卡伊安城门旁边。此前他把周围的特洛伊人赶到了特洛伊城墙上，帕里斯在那里向他射出了一支箭。在阿波罗的指引下，这支箭正好射中他身上唯一会受伤的地方——脚跟。当年他出生时，他的母亲忒提斯把他浸在守誓之河里，想让他刀枪不入，可是她很粗心，没有让被她握住的脚跟处浸到水。他死了。俄底修斯挡住特洛伊人，埃阿斯则把他的尸体扛出战场。据说当他的遗体被置于火葬堆上焚化以后,他的骨灰被放进了好友帕特洛克罗斯的骨灰所在的那个瓮里。

他的武器——忒提斯从火神赫淮斯托斯那里取来的那些神奇的武器——害得埃阿斯送了命。在由全体将士参加的会议上,大家议定,最有资格继承这些武器的英雄是埃阿斯和俄底修斯。于是大家匿名投票,二中选一,结果武器归俄底修斯所有。这样的一项决定在那个时代是一件非常严肃的大事,赢的人很光荣,输的人却很丢脸。埃阿斯自觉受辱,一气之下决定去杀死阿伽门农和墨涅拉俄斯。他有理由相信是这两个人从中作梗,使选情对他不利的。傍晚他去找他们。当他走到他们的营区时,雅典娜突然使他发了疯。他把希腊人饲养的羊群和猪群当成了军队,冲过去把它们杀了个精光,还以为自己杀的是各位首领。最后他还疯疯癫癫地把一只大公羊当作俄底修斯拖回自己的营帐,绑在帐柱上痛打了一顿。然后他清醒过来,恢复了神智,觉得与他自己的这些疯狂的行为所带来的耻辱相比,没能赢得兵器的耻辱根本算不了什么。人人都将看到他的暴怒、愚蠢和疯狂。被他屠杀的动物横七竖八地躺了一地。"可怜的畜生,"他自忖道,"无缘无故地被我杀掉了!我孤零零地站在这里,人神共愤。在这种情形下,只有懦夫才会苟且偷生。一个人如果不能高贵地活着,至少可以高贵地死去。"于是他拔剑自杀。希腊人不肯火化他的遗体,改用土葬,因为他们认为自杀的人不配享有火葬和瓮藏的仪式。

阿喀琉斯刚死,他就死了,这使希腊人非常惊骇,胜利似乎遥不可及。先知卡尔卡斯对他们说,自己没有收到诸神给他们的口信,但是特洛伊军中有一个人能够预知未来,那就是先知赫勒诺斯,希腊人如能把他掳来,就可以问出他们应当怎么做。俄底修斯顺利地俘虏了他,他告诉希腊人说,直到有人用大英雄赫剌克勒斯的弓箭跟特洛伊人打仗,特洛伊才会灭亡。当年赫剌克勒斯临终时把弓箭送给了点燃火葬堆的菲罗克忒忒斯王子,此人后来加入了驶往特洛伊的希腊军队。途中,希腊人曾在一个小岛停船祭神,菲罗克忒忒斯在那里被一条蛇咬伤,伤势非常严重,一时医治不好。大军不能就这样把他带到特洛伊城,又不能等他,最后只好把他留在楞诺斯岛——当年寻找金羊毛的众英雄曾在这个岛上看到许多女子,而现在此地却无人居住。

抛弃无助的受难者未免显得十分残酷,但是他们急着赶往特洛伊,而且他有弓箭在手,至少不会缺少食物。然而当赫勒诺斯说出这条预言时,希腊人却深深感到,要劝说菲罗克忒忒斯把他珍贵的武器交给他们一定很困难,因为他们太对不起他了。于是他们派足智多谋的俄底修斯去用巧计把武器拿到手。有人说是狄俄墨得斯陪他去的,也有人说是阿喀琉斯年少的儿子涅俄普托勒摩斯(又名皮洛斯)陪他去的。他们成功地偷到了弓箭,但是他们实在不忍心把那个无弓无箭的可怜人孤零零地撇在那里,终于说服他跟他们一起走。回到特洛伊之后,希腊军中高明的军医把他的伤治好了,他终于高高兴兴地再度踏上战场。他用箭射伤的第一个人就是帕里斯。帕里斯倒地之后,请求别人带他去找仙女俄诺涅——当年三位女神下凡找他之前,他曾在伊达山上与她同居。她告诉过他,她知道一种魔药,什么毛病都治得好。于是大家把他带到她那里,他求她救自己一命,但她拒绝了。他当年抛弃了她,在很长一段时间里忘记了她,这一切总不能因他有难就一笔勾销。她看着他死去,然后走到别的地方自杀了。

特洛伊并不是因为帕里斯之死而沦亡的,他的死其实无足轻重。最后希腊人听说城里有一座帕拉斯·雅典娜的圣像,名叫帕拉狄厄姆;只要特洛伊人保有这座神像,特洛伊城就不可能失守。于是,此时仍然活在世上的两位最伟大的首领俄底修斯和狄俄墨得斯决心去把它偷来。扛走神像的是狄俄墨得斯。在一个漆黑的夜晚,他在俄底修斯的协助之下翻过城墙,找到了帕拉狄厄姆,把它带回了军营。希腊军队大受鼓舞,决心不再等待,要设法结束这场旷日持久的战争。

如今他们清楚地看出,除非能让己方军队进入城中,攻其不备,否则永远不能获胜。他们围攻这座城池已经围了将近十年,但它仍然坚固如初。城墙没有受到丝毫损伤,甚至没有受过真正的攻击,因为大多数战斗都是在一段距离之外进行的。希腊人必须想出一条秘密进城的计策,否则就得接受失败。这项新决定和新设想的结果便是"木马计"。

人人都能猜到,这条妙计是俄底修斯那足智多谋的脑袋想出来的。

俄底修斯叫一位手艺很高的木工制作了一匹大木马,里面是空心的,可以容纳很多人。然后他费尽唇舌说服了一些首领藏进去,当然也包括他自己在内。除了阿喀琉斯的儿子涅俄普托勒摩斯,大家都吓得半死。他们面临的危险确实很大。计划是这样的:其他的希腊将士一起拔营开船,表面上是要渡海返乡,其实是要驶到最近的岛屿的另一侧躲起来,在那里不会被特洛伊人看见。无论发生什么事情,他们都是很安全的,因为万一出事,他们还可以驶回家乡。不过那样一来,木马里的人就死定了。

可以想象得到,俄底修斯并未忽略这一点。他特意把一个希腊人留在废营中,事先精心编造出一套说辞,好让特洛伊人把木马拖进城——而且不对它进行检查。等到夜深之际,木马里的希腊人要爬出这个木制牢笼,打开城门迎进大军——此时大军已经乘船回来,在城墙外等候了。

执行计划的那一夜到了,特洛伊城的末日也到了。特洛伊的哨兵在城墙上看到两个同样奇怪的景观,不禁大为惊诧。在斯卡伊安城门外面,矗立着一个外形像马的庞然大物,这个无人见过的东西看上去古怪,甚至有些吓人,尽管它的里面悄无声息。事实上,到处都是悄无声息的。素来热闹的希腊军营此时一片死寂,没有一丝响动。他们的船队也不见了。由此似乎只能得出一个结论:希腊军队已经放弃攻城了,他们已经接受了失败,乘船返回希腊了。整座特洛伊城都欢欣鼓舞——旷日持久的战争已经结束,一切苦难都过去了。

特洛伊人蜂拥到废弃的希腊军营中去参观:这里是阿喀琉斯长时间生闷气的地方,那里是阿伽门农搭营的地方,这里是老滑头俄底修斯的营区……看到这些地方已然空空如也,毫不可怕,他们无不欢呼雀跃。最后他们信步走到那匹外形古怪的大木马旁边,聚集在它的周围,不知该怎么处置它才好。这时被留在废营里的那个希腊人露面了。他名叫西农,口才极佳。他被人们抓住并带到老国王普里安面前,一面哭泣一面宣称他再也不想当希腊人了。他下面讲述的这个故事是俄底修斯的杰作之一。他说,希腊人偷了帕拉狄厄姆,令女神帕拉斯·雅典娜勃然大怒。希腊人吓慌了，就派人到神殿去请教如何才能平息女神的怒火。神谕回答道："你们初来特洛伊的时候，曾经杀死一位少女，用她的鲜血来换取风平浪静。现在你们也要用鲜血来抵偿这项罪行。用一个希腊人的生命来赎罪吧！"西农对普里安说，他本人就是被选作祭品的那个可怜的牺牲者。这个可怕的仪式的一切准备工作都已就绪，仪式将在希腊军队出发之前举行，但是，那天夜里他却设法逃走了，躲在沼泽中，亲眼看到船队启程了。

这个故事编得很好，特洛伊人一点儿都没有起疑心。他们同情西农，并向他保证，从此他将成为他们当中的一员。就这样，伟大的狄俄墨得斯和凶猛的阿喀琉斯都未能征服、十年的战争和上千艘舰船都无法攻克的特洛伊人，竟然被骗人的花招和虚伪的眼泪征服了。西农也没有忘记故事的后半部分。他说，希腊人制作这匹木马，是为了把它祭献给雅典娜；之所以把它做得这么大，是为了防止特洛伊人把它拖进城。希腊人指望特洛伊人毁掉木马，以便将雅典娜的怒气转移到特洛伊人身上；但如果特洛伊人把木马放在城里，女神就会偏爱特洛伊人，对希腊人更加反感。这个故事本身已经被编得非常巧妙，足以达到预期的效果了，但最讨厌特洛伊的神祇波塞冬还另加了一个措施，使事情的结果更加确定。这匹木马刚刚出现时，祭司拉奥孔极力要求特洛伊人毁掉它。"我害怕希腊人，"他说，"就连他们送来礼物的时候都害怕。"普里安的女儿卡珊德拉重申了他的警告，可是没有人听她的话，西农还没出现，她就回宫去了。拉奥孔和他的两个儿子听了西农的故事，感到怀疑，全城只有他们父子三人不相信。西农说完话，海面上突然冒出两条可怕的大蛇，向岸上游来。它们一上岸，就径直向拉奥孔爬过来，将硕大的蛇身缠在他和两位少年身上，把他们活活缠死，然后消失在雅典娜的神殿之中。

这下再也不会有人迟疑了。在那些被吓得目瞪口呆的观众看来，拉奥孔是由于反对木马进城而受到惩罚的。现在大家断然不敢再表示反对了。民众齐声喊道：

汉密尔顿作品

> "把这尊雕像迎进城,
> 向宙斯之女雅典娜
> 献上一份佳礼。"

> 年轻的谁不争先?
> 年老的谁愿旁观?
> 他们在欢歌笑语声中迎来了
> 死亡、阴谋和毁灭。

他们把木马拖进城门,一直拖到雅典娜神殿。大家庆幸自己交了好运,相信战争已经结束,雅典娜也恢复了对他们的好感,就带着过去十年当中从未有过的平和心境回到家中。

夜半时分,木马的门开了,首领们一个接一个地跳了下来。他们溜到城门口,大开城门,于是希腊大军开进了这座正在酣睡的城池。他们先悄悄地执行任务,在全城各地的建筑物中放起了火。等到特洛伊人醒来急急忙忙地穿上盔甲,还没弄清楚发生了什么事的时候,特洛伊已经陷入了一片火海。他们带着满心困惑,一个接一个地冲到街上。一队队希腊士兵早就等在那里了。他们趁特洛伊人还没有聚集起来,就把他们分别击倒。这简直不是战斗,而是屠杀。许多人连还手的机会都没有就死了。在城中较为偏远的地区,特洛伊人得以零零散散地聚合在一起,这下轮到希腊人遭殃了。他们受到了特洛伊人的疯狂反击——这些绝望的市民只想在被杀之前多杀几个人。他们知道,被征服者唯一的生路就是不指望逃生。这种精神常常能将胜利者变成被征服者。那些最机灵的特洛伊人脱下自己的盔甲,换上敌军死者的盔甲,许多希腊士兵以为自己遇到了友军,等到发现对方是敌军时已经来不及了,结果送掉了性命。

特洛伊人爬上房顶,拆掉屋顶的建材,把屋梁扔下去打希腊人。普里安宫殿顶端的整座尖塔都被拆下来往下扔,一大队正在撞宫门的希腊士兵全被尖塔压死了。守军看到这一幕,欢呼了起来。然而这次胜利只不过暂缓了该城灭亡的步伐而已。其他希腊士兵举着一根大木梁冲了上来，踏过尖塔碎片和被压碎的尸体，用大木梁继续撞门。宫门终于被撞开了，特洛伊人还没离开屋顶，希腊人就打进宫中了。祭坛周围的内廷中全是女人和孩子，只有一个男人，那就是老国王。上回阿喀琉斯放过了普里安，而这回阿喀琉斯之子却当着他的妻子和女儿的面把他打倒在地。

至此，战争已经接近尾声了。这场战斗从一开始就不是势均力敌的。太多的特洛伊人在突袭中被屠杀，希腊军队却没有在任何地方被击退。抵抗渐渐终止。到了拂晓时分，全体特洛伊领袖都已战死，只有爱神阿佛洛狄忒的儿子埃涅阿斯得以逃生。只要能找到一个活着的特洛伊同胞，他就与之并肩对抗希腊人。但是当大屠杀开始、死亡临近之际，他忽然想起了自己的家园，想起了被他丢下的无依无靠的亲人。他救不了特洛伊了，但也许还能为家人尽点儿力。他匆匆跑回家去找老父、幼子和爱妻，此时他的母亲阿佛洛狄忒出现在他面前，一面催促他前进，一面保护他，使他免受大火和希腊人的伤害。尽管有女神相助，他仍然没能救出妻子——当他们走出家门后，她与丈夫失散，被杀死了。但他总算救走了其余两人。他肩上背着父亲、手里牵着儿子穿过敌阵，逃出城门，到乡下去避难。除了神祇，谁也救不了他们。阿佛洛狄忒是那天唯一一位帮助特洛伊人的神祇。

她也救出了海伦。她把海伦带出城外，来到墨涅拉俄斯面前。他欣然接纳了娇妻，带她一起返回希腊。

当黎明降临的时候，这个亚洲最繁华的城市已经变成了一片火红的废墟。特洛伊只剩下了一群无依无靠的女俘虏——她们的丈夫死了，孩子也被带走了。她们正在等着主人带她们到海外去当奴婢。

在这些俘虏当中，地位最高的是老王后赫卡柏和她的儿媳——赫克托耳之妻安德洛玛刻。赫卡柏已经没有指望了，她蜷缩在地上，看到希腊船队预备起航，城中一片火海。她自忖道："特洛伊已经完了，而我呢——我是谁？一个像牲畜一般被人驱赶的奴隶，一个无家可归的白发老妇人。"

还有什么悲哀我没有尝到？

> 国家亡了，丈夫死了，儿女也走了。
> 整个家族的荣耀也荡然无存。

她周围的女人们应道：

> 我们也同样痛苦，
> 我们也成了奴仆。
> 我们的孩子在含泪呼唤：
> "妈妈，我好孤单。
> 他们要把我赶上漆黑的大船，
> 可我看不见你啊，妈妈！"

有一个女人还和她的孩子在一起。安德洛玛刻把她的儿子阿斯堤阿那克斯——那个曾经躲避父亲高耸的头盔的小男孩——抱在怀中。"他这么小，"她暗想道，"他们会让我带他走的。"可是，一个传令官从希腊军营向她跑来，吞吞吐吐地说道，他给她带来了一个坏消息，但他也是迫不得已，请她千万不要恨他。她的儿子……她打断了他，说道：

> 是不是他不能跟我走？

他回答道：

> 这个男孩必须死——
> 要把他从特洛伊的高墙上摔下去。
> 现在——现在——就让我们执行任务吧。
> 请您像一位勇敢的女人一样坚强忍耐吧。
> 想一想，您是一个女人，身为奴隶，孤立无援。

她知道他说的是真话。没有办法了，她只得跟孩子道别：

你在哭吗,我的宝贝?好了,好了。
你还不能理解等待你的命运。
——那将是什么滋味?坠落——坠落——粉身碎骨——
却无人怜恤。
吻我吧。这是最后一次了。靠近些,再靠近些。
我是你的生身之母——用你的双臂搂着我的脖子。
唇对唇,亲吻我。

士兵们夺走了他。他们先在阿喀琉斯的坟墓上杀死了一位年轻姑娘——赫卡柏的女儿波吕克塞娜,然后才把小男孩扔下城墙。随着赫克托耳之子的死亡,特洛伊城最后的牺牲完成了。那些等候船只的女子亲眼看到了这个结局:

伟大的特洛伊城土崩瓦解。
只剩下火红的烈焰。

尘土飞扬,犹如云烟展开巨翅,
遮盖了万物。
我们即将远行,天各一方。
特洛伊已经永远沦亡。

别了,亲爱的城市。
别了,我的儿女曾经生存的故土。
城墙下面,希腊船队正在等待起航。

第三章　俄底修斯的历险

　　这个故事的绝大部分都取材于荷马史诗《奥德赛》，只有雅典娜与波塞冬协议毁掉希腊舰队的那段情节在《奥德赛》中没有出现，我是从欧里庇得斯的剧作《特洛伊女子》中选取的。与《伊利亚特》不同，《奥德赛》的部分趣味在于细节描写，如瑙西卡的故事和忒勒玛科斯拜访墨涅拉俄斯的故事中的细节。作者以令人赞叹的技巧驾驭这些细节，既使故事显得生动和真实，又不致影响情节的发展，也不会转移读者对主题的注意力。

　　特洛伊沦亡之后，获胜的希腊舰队扬帆出海，这时很多船长完全不知道自己已经大难临头——与他们带给特洛伊人的灾难同样可怕。在诸神当中，智慧女神雅典娜和海神波塞冬原本是希腊人最强大的盟友，但在特洛伊沦亡之后，一切都发生了变化，这两位神祇变成了他们最危险的敌人。原来，在希腊军队进城的那一夜，胜利使他们得意忘形，竟然忘记向神明致敬，以致在返乡途中遭到了严厉的惩罚。
　　特洛伊老国王普里安的女儿卡珊德拉是一位女先知。太阳神阿波罗爱上了她，赐予她预知未来的能力。但他后来与她反目成仇，因为她拒绝了他的爱情。虽然他不能收回自己的恩赐——神恩一旦被赐予凡人就不能被撤回，但他却使这份恩赐变得毫无价值：他让任何人都不再相信她的预言。每次她向特洛伊人宣示即将发生的事情，他们根本不听她的话。她说木马内藏有希腊人，但没有一个人把她的话当回事。她命中注定永远知晓即将来临的苦难，但却无法阻止苦难的发生。希腊人洗劫特洛伊城时，她在雅典娜神殿中紧紧地抱住神像，得到了女神的庇护。希腊人发现了她，大胆地对她施暴。埃阿斯——当然不是那位已故的大英雄,而是一个与他同名的小首领——把她从祭坛旁边拉走,拖到神殿外面,但却没有一个希腊人反对他的渎神行为。雅典娜勃然大怒,她去找波塞冬倾诉自己的委屈。"帮我报仇吧,"她说,"让希腊人在返乡途中遭遇大难。在他们航行的时候,用猛烈的旋风搅动你的海水,让死人的尸体塞满海湾、海岸和礁石。"

波塞冬同意了她的请求。如今特洛伊已经成为一堆灰烬,他可以不必再生特洛伊人的气了。希腊人起航之后,途中遇到一场可怕的暴风雨,阿伽门农几乎失掉了所有船只,墨涅拉俄斯的船被风刮到埃及,亵渎神明的主犯埃阿斯则淹死在海里。埃阿斯的船在暴风雨中破裂、下沉,但他成功地游到岸边。若非他口出狂言,大喊大海淹不死他,他原本是可以保住性命的。这样的傲慢态度总会激起诸神的愤怒。波塞冬把埃阿斯紧紧抱着的一块锯齿状岩石弄断,埃阿斯掉进海里,终于被大浪冲走了。

俄底修斯没有死,不过,他受的磨难虽然比一些希腊人要轻,但却更加长久。他漂泊了十年才回到家乡,到家时,原先的幼子已经长大成人。从俄底修斯渡海前往特洛伊,至此已经过去了二十年。

在他的家乡伊塔刻岛,情况一天比一天糟糕。除了他的妻子珀涅罗珀和儿子忒勒玛科斯,人人都认定他已经死了。他们母子俩几近绝望却不死心。所有人都认定珀涅罗珀是一位寡妇,可以再婚也应当再婚。许多人从伊塔刻岛当地和周围的岛屿涌入俄底修斯家,向他的妻子求婚。她不想接受其中的任何一个,因为丈夫归来的希望虽然渺茫,但却没有完全从她心里消失。而且,她憎恶所有的求婚者,忒勒玛科斯也是如此。他们这样想是有理由的。那些求婚者都是粗鲁、贪婪、专横的家伙,整天坐在大厅里大吃俄底修斯家的存粮,屠宰他的牛、羊、猪,痛饮他的葡萄酒,燃烧他的木柴,使唤他家的仆人。他们宣称,直到珀涅罗珀同意嫁给他们当中的一个,他们才肯离去。他们用嘲笑和轻蔑的态度来对待忒勒玛科斯,仿佛他还只是一个小孩子,不值得他们留意。母子俩都难以忍受这种状况,但又无计可施。他们只有两个人,其中一个还是女人,无法与那一大群人作对。

起初珀涅罗珀想耗尽他们的耐心。她告诉他们，她要先为俄底修斯的老父莱耳忒斯编织一件精美的寿衣，然后才能改嫁。他们不得不顺从她的孝心，同意等到她织完这件衣服。可是衣服却怎么也织不完，因为珀涅罗珀每天晚上都会把白天织好的部分拆掉。然而这条巧计最终失败了，因为她的一位侍女把这个秘密泄露给了求婚者，结果他们在她拆除织物时当场揭穿了她。不用说，此后他们变得比以前更加固执和难缠。俄底修斯流浪生涯中的第十年快要结束的时候，情形大致就是如此。

由于希腊人残忍地欺侮女先知卡珊德拉，雅典娜不加区别地对一切希腊人都怀恨在心。此前，在特洛伊战争期间，她特别喜欢俄底修斯，欣赏他的机智、精明和狡猾，常常对他出手相助。然而在特洛伊沦陷之后，俄底修斯也和别人一样，被愤怒的女神列为处罚对象。他起航之后也遇到了暴风雨，被吹到离航道很远的地方，从此再也没有找到过航道。他年复一年地四处漂泊，不断地经历各种危险。

不过，十年的时光足以令人息怒了。除了波塞冬以外，诸神都开始为俄底修斯感到难过，尤其是雅典娜。她对他恢复了原先的感情，决心结束他的苦难，让他回家。由于她心里有了这个念头，当她发现波塞冬有一天没有出席奥林匹斯会议的时候，她非常高兴。他去看望住在大洋河南岸的埃塞俄比亚人了，他一定会在那里住上一段时间，与他们一同宴饮作乐。于是她立刻向其他神祇谈起俄底修斯的惨境，说他目前被软禁在一个由仙女卡吕普索统治的小岛上，卡吕普索爱上了他，打算永远不放他走。除了不给他自由以外，她对他好极了，把自己的一切财产都交给他支配。但俄底修斯仍然非常伤心，他想念家乡，想念妻儿，终日在海边远眺，寻找那从未出现过的帆影，一心指望能看上一眼从自己家中升起的袅袅炊烟。

诸神被她的话打动了，他们觉得俄底修斯应当享有更好的命运。宙斯代表诸神发言，说他们必须集思广益，想出一个帮助他返乡的办法，如果他们达成一致意见，那么波塞冬是无法独自反对大家的。宙斯说，他会派赫耳墨斯去找卡吕普索，吩咐她放俄底修斯踏上归途。雅典娜很满意，就离开了奥林匹斯，降临伊塔刻岛。她已经订好了计划。

她非常喜欢忒勒玛科斯，这不仅是因为他是她喜爱的俄底修斯的儿子，也是因为他是一个审慎理智、稳健可靠的年轻人。她觉得，在俄底修斯返乡期间，让这个小伙子出去旅行一趟，以免天天看着那些求婚者胡闹却敢怒而不敢言。这对他是有好处的。况且，如果他是为了打听父亲的消息而远游的，他在人们心目中的声望就会大大提高，人们就会觉得他是一位值得赞赏的孝顺青年——他也的确是这样的人。于是，她化装为水手来到他家。忒勒玛科斯看到她在门口等候，却没有人立即出迎，非常气恼。他赶忙前去问候客人，接过对方的长矛，请客人坐上位。随从也赶忙表现出豪门的待客之道，为客人奉上食物和美酒，毫不吝惜。然后主客两人聊起天来。雅典娜轻声问道，她是不是碰巧赶上他们正在大宴宾客，她无心冒犯，但是一个看重礼节的人竟对周围人们的所作所为如此嫌恶，应该是有理由的吧？于是忒勒玛科斯向她吐露了一切，说他担心父亲俄底修斯已经死了；远近各地的人都来向他的母亲求婚，她既不能彻底拒绝，又不愿接受其中任何一个；求婚者耗尽了他们的存粮，破坏了房舍，眼看就要把他们搞垮了。雅典娜显得非常愤慨，说这种行径真是可耻，一旦俄底修斯归来，这些坏蛋一定没有好下场。接着她力劝小伙子去打探父亲的消息，还说最有可能提供消息的是涅斯托耳和墨涅拉俄斯。说完她就走了。小伙子先前的疑虑和犹豫被一扫而空，他的心中充满了热情和决心。他对自己的改变十分惊讶，深信刚才的访客乃是神明。

　　第二天，他召开会议，向求婚者们说出了自己的计划，并向他们借用一条好船和二十名桨手，但他得到的回答却仅仅是一顿讥笑和奚落。求婚者们叫他坐在家里等消息，不许他出海。他们一面大声嘲笑他，一面大摇大摆地到俄底修斯的宫殿去了。忒勒玛科斯心灰意冷地沿着海滩走了很远，一面漫步，一面向雅典娜祈祷。她一听到他的祷告就赶来了，化身为最受俄底修斯信任的伊塔刻人门托耳，用好言好语安慰和鼓励他，并答应为他准备一艘快船，亲自伴他出海。忒勒玛科斯当然以为跟他说话的是门托耳本人。有了这样的帮助，他决定违抗求婚者的意愿，赶回家中去做出海的准备工作。他谨慎地等到夜里才动身，那时房子里的人都睡着了。他来到船边,门托耳(雅典娜)正在那里等他,于是他们上了船,驶向年迈的涅斯托耳的家乡皮罗斯。

他们看到涅斯托耳和他的儿子们正在岸上祭拜海神波塞冬。涅斯托耳热情地欢迎他们,但他无法为他们此行的目的提供什么帮助。他对俄底修斯的近况一无所知,因为他们不是一起离开特洛伊的,后来他再也没有听到过他的音讯。他认为,最有可能知道俄底修斯的消息的人是墨涅拉俄斯,此人在返乡之前曾经一直漂泊到埃及。如果忒勒玛科斯愿意,他会派一辆马车送他到斯巴达,由一个认得路的儿子伴他同行,这样会比走海路快得多。忒勒玛科斯满怀感激地接受了。第二天,他留下门托耳照料船只,自己则与涅斯托耳的儿子一道动身前往墨涅拉俄斯的宫殿。

他们在斯巴达的一幢豪宅前勒住马,这两个年轻人都没有见过如此壮观的宅第。他们受到了王侯一般的礼遇。女仆领他们到浴室,服侍他们在银浴缸中洗澡,为他们的身体抹上芳香的油膏,然后给他们穿上精美的长袍,披上温暖的紫色斗篷,带他们来到宴会大厅。一位仆人赶忙捧来一只盛满水的金罐,用水淋洗他们的手指,让水流入下面的银碗中。他们身边有一张亮晶晶的餐桌,上面摆满了丰盛的食物,每个人的面前还有一只斟满美酒的金杯。墨涅拉俄斯客客气气地问候他们,让他们尽情吃喝。两位年轻人很高兴,但这套豪华的排场又使他们有些局促不安。忒勒玛科斯向他的朋友耳语——声音很轻,唯恐别人听见——道:"奥林匹斯仙境中的宙斯厅堂大概也不过如此。这太令我吃惊了。"然而,片刻之后他就忘记了羞怯,因为墨涅拉俄斯谈起了俄底修斯——谈到他的伟大和长年的悲哀。年轻人听得热泪盈眶,把斗篷拉上来遮住了脸,以掩饰激动的心情。但墨涅拉俄斯却注意到了,从而猜出了他的身份。

就在这时,一个小插曲打断了大家的思绪。美女海伦从香闺中下来了,一群侍女跟在她身后,一个端着她的椅子,一个拿着供她放脚的柔软地毯,另一个捧着她的银制针线篓,里面装满了紫色毛线。她看到忒勒玛科斯酷似他的父亲，立刻认出了他并叫出了他的名字。涅斯托耳的儿子回答道，她猜对了，他的朋友正是俄底修斯的儿子，特来向他们寻求帮助和建议。然后忒勒玛科斯道出了家里的惨境，说只有父亲归来才能解救他们母子。他问墨涅拉俄斯能否提供一些关于他父亲的消息，无论是好消息还是坏消息。

"说来话长，"墨涅拉俄斯回答，"我确实听说过关于他的消息，是以一种很奇怪的方式听说的。事情发生在埃及。由于天气恶劣，我在那里的一个名叫法洛斯的小岛被困了许多天。我们的粮食快要吃完了，我感到绝望。这时一位女海神对我表示同情，说她的父亲、海神普罗透斯可以告诉我如何离开这个可恶的小岛并安全返乡，但我必须迫使他这样做。所以我得设法抓住他，等到他说出我所需要的消息时才放手。她订的计划妙极了。普罗透斯每天都会和很多海豹一起上岸，躺在沙滩上，而且总是躺在同一个地方。于是我在那里挖了四个洞，与我的三位随从分别躲在里面，每人披着一块女神送给我们的海豹皮。当老海神在离我不远的地方躺下时，我们从洞里跳了出来，轻轻松松地抓到了他。但是，要想留住他则是另一回事了。他有变化形体的能力，在我们手中一会儿变成狮子，一会儿又变成龙，还曾变成别的很多动物，最后甚至变成一棵长得很高的树。可是我们始终紧紧地抓着他，他终于屈服了，说出了我想知道的一切。他曾提到你的父亲被一位名叫卡吕普索的仙女留在一个小岛上，非常想家。除此以外，自从我们十年前离开特洛伊，我对他的情况就一无所知了。"他说完之后，众人陷入了沉默。他们都想起了特洛伊战争和其后的种种情形，不禁潸然落泪——忒勒玛科斯为父亲而伤心，涅斯托耳的儿子为他的哥哥、死于特洛伊城墙外的"飞毛腿"安提洛科斯而悲痛，墨涅拉俄斯则为许多倒在特洛伊平原上的勇敢同伴而难过，而海伦——谁知道她在为谁落泪呢？她坐在丈夫的豪华大厅里，心中会不会想起了帕里斯？

当晚，两位年轻人在斯巴达过夜。海伦吩咐女仆在门厅为他们安排床铺，这两张床又柔软又暖和，床上铺着厚厚的紫色毛毯，上面盖着一条平织毛毯，最上面还盖着一层羊绒被。一名仆人手持火炬，带他们走出了宴会大厅。他们舒舒服服地在门厅睡到天亮。

　　与此同时,赫耳墨斯去向卡吕普索传达宙斯的命令。他穿上那双用永不磨损的黄金制成的凉鞋,它能让他像风一样飞过海洋和陆地。他拿起那支能够催人入眠的魔杖跃入空中,向下飞到海面上,掠过一个个浪峰,终于来到俄底修斯受困的那个可爱的岛屿。他只见到了仙女一个人,因为俄底修斯照例在沙滩上望着茫茫大海落泪呢。卡吕普索对宙斯的命令非常不满,她说俄底修斯的船在小岛附近失事,是她救了他的命,而且一直照顾他。当然人人都得服从宙斯,可是这未免太不公平了。还有,她该怎样为他安排归程呢?她手下既没有船只,也没有水手。但赫耳墨斯却不管这些,他说:"只要当心别惹宙斯生气就行了。"说完就高高兴兴地走了。

　　卡吕普索只好满心沮丧地开始做必要的准备。她把这件事告诉了俄底修斯,他一开始还以为这是她为了害他——很可能是想淹死他——而设计的一个圈套,但她最后总算让他相信了她的话。她许诺道,她会帮他造一只非常坚固的木筏,备好一切必要的用品,送他离开。没有人干活比俄底修斯制造木筏更开心了。他用二十棵大树当作材料,所有的木板都很干燥,可以浮得很高。卡吕普索在木筏上放了许多食物和饮料,还放了一袋俄底修斯特别喜欢的美食。在赫耳墨斯来访之后的第五天早晨,俄底修斯乘着顺风扬帆出海,驶进了平静的海面。

　　他在同样的天气中航行了十七天,一路都在掌舵,始终不敢合眼。到了第十八天,只见大海对面矗立着一座云雾缭绕的山峰,他相信自己得救了。

　　可是就在这一刻,从埃塞俄比亚归来的海神波塞冬恰巧看见了他,立刻明白了诸神做出了什么事情。"不过,"他喃喃地自言自语道,"我想我可以让他经过一段悲哀的漫长旅程再上岸。"说完,他就召来所有的暴风,放任他们胡作非为,使大海和陆地上乌云遮天,东风和南风打架,西风和北风打架,海面上巨浪滔天。俄底修斯觉得他离死不远了,心想:"啊,在特洛伊平原上光荣战死的人们是多么幸福!而我却死得这么窝囊!"他似乎真的不可能逃生了。木筏就像秋天滚过田野的干蓟,被风吹得四处漂荡。

附近有一位好心的女神——长着一对纤细脚踝的伊诺,她原是忒拜的一位公主。她同情俄底修斯,便像海鸥一般从水里轻轻升了起来,对他说,他唯一的逃生机会就是抛弃木筏游到岸边。她把自己的面纱送给了他,使他在海里不会受到任何伤害,然后就消失在波涛下面。

俄底修斯别无选择,只得听从她的劝告。波塞冬给他送来了一阵大浪,将木筏的圆木冲散,宛如大风吹散一堆干谷壳,并把俄底修斯投进了汹涌翻腾的海水里。不过,俄底修斯还不知道,虽然情况看似悲惨,但最可怕的灾祸已经过去了。波塞冬已经心满意足,到别的地方策划暴风雨去了;雅典娜得以自由行动,便使风浪平息下来。尽管如此,俄底修斯仍然游了两天两夜才游到岸边,找到安全的着陆地点。他浑身赤裸裸地从海浪中爬了出来,筋疲力尽,饥肠辘辘。时值黄昏,在周围看不到一幢房子、一个生灵。然而俄底修斯不仅是一位英雄,也是一个足智多谋的人。他找到了一个地方,旁边有几棵枝繁叶茂的树,树叶离地面很近,湿气不可能渗透进来,下面有几堆干叶子,可以把许多人藏在里面。他在这里挖了一个洞躺下,用树叶盖住身体,就像盖了一层厚厚的床罩。最后,他感到又温暖又安静,嗅着甘甜的陆地气息酣然入梦了。

他当然不知道自己在什么地方,但雅典娜已经为他安排好一切。这是费阿刻斯人的国度,他们为人和善,擅长航海。国王阿尔喀诺俄斯是一个善良明理的人,知道妻子阿瑞忒要比他精明得多,因此在重要的事情上总是让她来替他作出决定。他们有一个漂亮的女儿还没有出嫁。

这个姑娘名叫瑙西卡,她从未想到第二天早上自己将会成为一位英雄的救星。她醒来以后,只想着家里的洗涤工作。虽然她是公主,但在那个时代,出身高贵的女子也要分担一些家务,洗涤家中的亚麻衣物就由瑙西卡负责。当时,洗衣服是一件非常令人愉快的工作。她叫仆人为她备好一辆轻便的骡车,把脏衣服堆到上面;母亲替她装好一箱各色美食和饮料,还给了她一只金瓶,瓶中盛满透明的橄榄油,供她和侍女们沐浴时使用。然后她们出发了,由瑙西卡驾车。她们要去的地方正是俄底修斯登陆的地方。一条怡人的小河从那里流入大海,由此形成了几个很好的洗涤池，大量的清澈河水在其中潺潺流动。姑娘们把衣服放入水中，踩在衣服上面跳舞，直到所有的污垢都被搓洗干净。池水清凉，旁边又有树荫，这样的工作令人十分惬意。洗好之后，她们把这些亚麻衣物铺在已经被海水冲刷干净的岸上晒干。

然后她们可以放松一下了。她们洗澡、涂抹香油、吃午餐、互相扔球，一直蹦蹦跳跳的。最后，西斜的太阳提醒她们，这欢乐的一天过去了。她们收起衣物，套好骡车，准备回家。这时，她们突然看到一个外貌粗野的裸体男人走出了灌木丛。原来俄底修斯被姑娘们的声音吵醒了。除了瑙西卡，其他姑娘都吓得逃走了。瑙西卡勇敢地面对着他。他充分施展他那能言善辩的口才，用一种令人信服的口气说道："啊，女王，我是您膝前的恳求者，但我分辨不出您究竟是凡人还是神祇。我在任何地方都没有看到过像您这样的人。见到您，我惊叹不已。请善待您面前的恳求者吧，我是一场海难的幸存者，在这里无亲无故，连一块蔽体的破布都没有。"

瑙西卡和颜悦色地回答了他的话。她告诉他这里是什么地方，还说这个国家的居民对不幸的流浪者非常仁慈，她的父王将会热情周到地款待他。她召来那些受惊的侍女，吩咐她们把橄榄油拿给陌生人，让他清洗身体，再找一件斗篷和一件长袍给他穿上。她们等他沐浴更衣，然后和他一起进城。但在到达瑙西卡家之前，这位谨慎的少女叫俄底修斯后退一段距离，让她和侍女们先走。"人言可畏，"她说，"如果他们看到像您这么英俊的男人跟我在一起，就会捕风捉影地传出各种闲话。您很容易就能找到我父亲的房子，因为那是最豪华的一幢。请您大胆地进去，直接去找我的母亲，她在炉边纺纱。我母亲的意见，我父亲一定会遵从的。"

俄底修斯立刻答应了。他很佩服她的判断力，便严格地按照她的指示去做。进屋后，他大步穿过门厅，走到炉边，跪在王后面前，抱住她的膝盖，向她求助。国王立刻扶起他，请他坐在餐桌旁边，尽情吃喝，不要害怕。无论他是谁，家在何处，他都尽可放心，他们一定会派船送他返乡。现在该睡觉了，明天一早再请他把他的姓名和来历告诉他们。于

是他们睡到天明。俄底修斯躺在一张柔软而温暖的卧榻上，充满喜悦地进入梦乡——自从离开卡吕普索的小岛，他还没见过这么舒适的床铺呢。

翌日，他当着所有费阿刻斯领袖的面，道出了自己漂泊十年的经历。他从离开特洛伊和船队遭到暴风雨讲起。他和他的船只在海面上被风刮了九天。第十天，他们来到了"食忘忧果者"的国度，并停泊在那里。尽管他们很累，需要休息，但不得不赶快离开。那里的居民对他们很好，拿忘忧花给他们吃，可是那些尝过的人——幸好只是少数——都不再渴望返乡，而是一心想住在忘忧国，让一切记忆都在脑中褪色。俄底修斯只得把他们硬拖上船，用铁链把他们拴在船上。他们流泪了，因为他们很想留在这里，终生品尝甜蜜的花朵。

第二次奇遇是与独眼巨人波吕斐摩斯的较量，我们在第一部分第四章已经对此进行了详细的叙述。他们的好些同伴在波吕斐摩斯手里丧生，更糟的是，他们还惹火了波吕斐摩斯的父亲波塞冬，后者发誓要让俄底修斯在重返故土之前长期受苦，并失去所有的部下。十年来，海神的怒火一直在海上对他穷追不舍。

离开独眼巨人的小岛之后，他们来到了由风王埃俄罗斯统治的风国。宙斯任命他为各种风的管理者，他可以随心所欲地让风刮起或停息。埃俄罗斯热情地款待他们，临别之际，他还送给俄底修斯一只皮囊作为礼物，他把所有的暴风都放到了里面。皮囊束得很紧，一丝对船只有害的风都漏不出来。在这种对水手极为有利的情形之下，俄底修斯的船员居然差点儿让大家一起送命。他们觉得这个被妥善保存的袋子很有可能装满了黄金。不管怎样，他们很想看看里面装的究竟是什么。于是他们打开了袋子，结果当然是各种风同时冲了出来，风雨交加，把他们吹到了很远的地方。几天之后，他们终于看见了陆地，但登陆的结果却比留在暴风雨中的海面上更加糟糕，因为这里是莱斯特律戈涅斯人的国度，他们是一个体型庞大的食人种族。这些可怕的巨人毁掉了俄底修斯的所有船只，只有他本人所乘的那艘船幸免于难，因为在巨人们发动攻击的时候，他的船还没有进港。

这是迄今最严重的一次灾难。随后,他们怀着绝望的心情停泊在下一座岛屿的岸边。他们若是知道眼前的命运,是绝不会上岸的。原来,他们来到了由非常美丽也非常危险的女巫喀耳刻统治的埃埃亚岛。每一个走近她的人都会被她变成动物,神智却保持不变,对自己的遭遇十分清楚。她把俄底修斯派来侦查这片土地的那群人诱进她的家里,把他们变成了一群猪,关进猪圈里,喂橡子给他们吃。他们是猪,所以乖乖地吃了下去。然而他们在精神上仍然是人,清楚地意识到了自己的可悲处境,但却完全受她控制。

但是他们当中的一个人很谨慎,没有进屋,这是俄底修斯的大幸。此人看到了事情的经过,吓得半死,逃回到船上。这个消息使俄底修斯抛弃了一切谨慎的念头。他独自赶了过去,想为他的部下做点什么,给他们提供一点帮助。没有一位水手肯跟他一起去。他在路上遇见了神使赫耳墨斯,后者看上去就像一位风华正茂的美少年。赫耳墨斯对俄底修斯说,他知道有一种药草可以帮助他抵制喀耳刻的邪术,有了它,无论她给他吃什么,他都不会受到伤害。赫耳墨斯还说,他喝下喀耳刻端来的饮料之后,一定要用宝剑威胁她,叫她释放他的部下。俄底修斯接过药草,心怀感激地继续赶路。事情的结果甚至比赫耳墨斯所预言的还要好。喀耳刻用屡试不爽的巫术来对付俄底修斯,没想到他却毫无变化地站在她面前。这个能够抗拒她的法术的人令她大为惊异,她竟然爱上了他。她愿意服从他的一切要求,并立刻把他的同伴变回了人身。她对他们好极了,在家里大摆筵宴招待他们。他们在她那里快活地生活了整整一年。

最后他们觉得该启程了。她用自己巫术知识来帮助他们,查明了他们为了安全返乡而应当采取的下一个步骤。她告诉他们的方案很可怕:他们要横渡大洋河,把船停在冥后珀耳塞福涅的岸上,黑暗冥国的入口就在那里。俄底修斯必须下到阴间,去找先知忒瑞西阿斯——生前被尊为忒拜城的圣人——的幽灵,他会把返乡的方法告诉俄底修斯。要引他的幽灵过来,只有一个办法,那就是杀几只羊,把羊血灌进一个坑里,所有的幽灵都对饮血有着不可抗拒的欲望,都会奔到坑边,但俄底修斯必须拔出剑来拦住他们,直到忒瑞西阿斯前来跟他说话。

这真是一个坏消息。大家离开了喀耳刻的小岛,把船头转向由哈得斯和令人敬畏的珀耳塞福涅共同统治的"黑暗地界",这时每个人都哭了起来。他们在那里挖沟灌血,死人的幽灵蜂拥而至,这一场景确实十分可怕。但俄底修斯没有胆怯,他用利剑挡住了他们,直到看见忒瑞西阿斯的幽灵。他让忒瑞西阿斯走近来喝那乌黑的鲜血,然后向他提出问题。先知已经备好了答案。他说,威胁他们的最大危险是:当他们到达太阳神的牛群居住的小岛后,可能会伤害那些圣牛。伤害圣牛的人必遭大难,因为它们是世界上最美的公牛,颇受太阳神的珍视。不过,不管发生什么事情,俄底修斯本人都会安抵家乡,虽然他会遇到很多困难,但他最终都能一一克服。

先知说完之后,长长的一列死者冲上前来痛饮鲜血,跟俄底修斯谈话,然后陆续走开。他们都是昔日的伟大英雄和美貌女子,还有在特洛伊战死的战士。阿喀琉斯来了,埃阿斯也来了——他仍然在为当年希腊众首领把阿喀琉斯的盔甲赠给俄底修斯没有赠给他而忿忿不平。还有很多人陆续到来,都渴望跟俄底修斯谈话。他们的人数实在太多了,最后俄底修斯对蜂拥的人群感到恐惧,急忙回到船上,命令水手起航。

他从喀耳刻口中得知,他们必须经过海妖塞壬的岛屿。这些海妖都是杰出的歌手,她们的美妙歌声可以使人忘记一切,直至牺牲生命。她们坐在岸边唱歌,被她们诱惑至死的遇难者的遗骨在周围堆积如山。俄底修斯把她们的情况告诉了他的部下,并说,要想安全通过,唯一的办法就是用蜡封住每个人的耳朵。但他自己却决定听一听。他叫手下把他牢牢地绑在桅杆上,使他无论如何都走不开,他们照办了。船驶近小岛时,除了俄底修斯,谁都没有听见那勾魂夺魄的歌声。俄底修斯听见了,歌词甚至比旋律还要迷人,至少对希腊人来说是如此。她们说,每一个来找她们的人都会从她们那里得到一些知识,她们会给他一些成熟的智慧和精神上的刺激。"我们知道世间将要发生的一切事情。"她们的柔美歌声抑扬顿挫地回荡着,令俄底修斯心中充满强烈的渴慕之情。

可是绳子牢牢地拴着他,使他安然渡过了这场危机。等待着他们的下一个危险地带，是斯库拉岩和卡律布狄斯漩涡之间的通道。阿耳戈英雄曾经经过此地；此时正在驶向意大利的埃涅阿斯由于先知的警告而避开了这里。在雅典娜的保护之下，俄底修斯当然也过去了。不过这是一次严酷的考验，有六名船员丧生。不过，他们无论如何也活不长久，因为在下一站——太阳神的岛屿，水手们做出了不可思议的傻事。他们由于饥饿，竟然杀了圣牛。当时俄底修斯不在，他独自到岛上远离岸边的一个地方去祈祷了。他回来以后感到十分绝望，可是圣牛已经被烤来吃掉，事情已经无可挽回了。太阳神立刻施行报复。他们刚离开岛屿，船只就被一道雷霆击碎，除了俄底修斯，所有的人都淹死了。他抱紧船的龙骨，在暴风雨中大难不死。漂流数日之后，他被海浪抛到仙女卡吕普索的小岛上，不得不留居好几年。最后他动身返乡，可是他的船却又在一场暴风雨中失事。他历尽危险才到达费阿刻斯人的国土，无依无靠，一贫如洗。

这个长长的故事讲完了，听众却仍然沉迷在故事当中，全都默不作声。最后国王开口了。他向俄底修斯保证，一切困难都已经过去了，他们当日就会送他回家，而且每个在场的人都会送他一件告别礼物，让他成为一个富有的人。大家纷纷赞同。船只备妥了，礼物装好了，俄底修斯满怀感激地向好心的主人们道别，登上了船。他躺在甲板上，甜甜睡去。醒来之后，他发现自己躺在岸边的一片干地上。原来水手们把酣睡中的他抬到岸上，把他的财物排列在他身边，就离去了。他跳了起来，环视四周，没有认出这就是他自己的国家。一位年轻人向他走了过来，此人看似一位牧羊少年，然而他那优雅的仪态却又像是一位照料羊群的王子。这就是俄底修斯对他的印象，但他其实是雅典娜假扮的。俄底修斯急切地向她问路，她回答道，这里就是伊塔刻。俄底修斯听了很高兴，但他仍然十分谨慎。他编了一个很长的故事，向她说明自己的身份和来此的原因，其中没有一句实话。他讲完以后，女神微笑着拍了他一下，然后才现出她庄严、高大、美丽的原形。"你这个不老实的调皮鬼！"她大笑着说，"谁要是像你一样狡猾，准能成为一个精明的商人。"俄底修斯兴高采烈地向她致意，但她提醒他说，还有很多事情要做呢。他们静下心来，拟出了一个计划。雅典娜向他说明了他家里的情形，并保证会帮他除掉那些求婚者。目前她要先把他变成一个年老的乞丐，这样他走到哪里都不会被认出来。那天晚上他必须跟极其忠实可靠的牧猪人欧迈俄斯住在一起。他们把财宝藏在附近的一个山洞里，然后就分开了。女神去召忒勒玛科斯回家，俄底修斯则在她的法术之下变成一个衣衫褴褛、步履蹒跚的老人，去找牧猪人。欧迈俄斯热情地接待了这个可怜的异乡人，让他饱餐一顿，留他过夜，还把自己的厚斗篷拿给他盖。

与此同时，忒勒玛科斯在雅典娜的催促下告别了海伦和墨涅拉俄斯。一回到泊船的地方，他就立即起航，全速赶回家乡。他计划——这又是雅典娜放进他脑中的想法——上岸后不直接回家，而是先去找牧猪人打听他外出期间的消息。俄底修斯帮助欧迈俄斯准备早餐的时候，年轻人出现在门口。欧迈俄斯含泪问候了小主人，请他坐下来吃东西。但忒勒玛科斯在用餐前先派牧猪人去向母亲珀涅罗珀通报自己回来的消息。于是父子两人单独待在一起。这时俄底修斯发现雅典娜在门外招手叫他，就走了出去。她在转瞬之间让他恢复了原形，叫他把身份告诉忒勒玛科斯。年轻人看到回来的不再是那个老乞丐，而是一个相貌堂堂的人，这才发觉情况有异。他惊讶地跳了起来，以为自己看到了神祇。"我是你的父亲。"俄底修斯说。于是父子相拥而泣。不过他们只哭了一小会儿，因为还有很多事情要安排呢。他们焦虑地谈起目前的形势。俄底修斯决心用武力赶走那些求婚者，可是他们两人怎么对付得了一大群人呢？最后他们决定第二天早晨回家，俄底修斯当然要乔装改扮，忒勒玛科斯则要藏起一切武器，只留下足够他们两人使用的东西，放在好拿的地方。雅典娜的动作很快，当欧迈俄斯回来的时候，他看到的仍然是刚才的老乞丐。

第二天，忒勒玛科斯单独回城，其余两人跟在后面。他们进了城，来到王宫，离家二十载的俄底修斯终于又一次踏进了自己的家门。他进屋时，躺在里面的一条老狗抬起头，竖起了耳朵——原来这是俄底修斯远赴特洛伊之前养的狗,名叫阿耳戈斯。在主人出现的那一刻,它认出了他,摇了摇尾巴,却没有力气走过去迎接他。俄底修斯也认出了它,拭去了一滴眼泪,却不敢朝它走过去,生怕引起牧猪人的疑心。他刚一走开,老狗就死了。

在大厅里,那群吃完饭正在闲逛的求婚者肆意捉弄刚刚进门的老乞丐,俄底修斯耐心地忍受着他们的嘲讽。最后,其中一个性情暴烈的人被惹恼了,打了他一下。他竟敢殴打一个请求款待的异乡人!珀涅罗珀听说了这件暴行,宣布要亲自跟那个受到虐待的人谈话。但她决定先到宴会大厅来一趟,因为她想见见儿子忒勒玛科斯,而且对求婚者露露面也好。她为人和她的儿子一样谨慎。如果俄底修斯真的死了,那么她自然不妨嫁给这群人中最富有、最慷慨的一个,因而不能令他们过于泄气。此外,她还想出了一个很有可能成功的主意。于是她蒙着面纱,在两位侍女的陪同之下走出自己的卧房,来到了大厅。她的姿容美艳绝伦,令追求者神魂颠倒。他们先后站起来恭维她,但这位谨慎的贵妇人却回答道,她清楚地知道自己由于悲伤和忧愁,早已失去了姿色。她来跟他们谈话,是为了宣布一件重要的事情:毫无疑问,她的丈夫永远不会回来了,他们何不按照追求豪门淑女的正规礼节,送她贵重的礼物以向她求婚呢?这条建议立刻得到了响应。众人命令侍从呈上各种精美的礼品,包括礼服、珠宝、金链等等。侍女们把礼物搬到楼上,端庄娴静的珀涅罗珀便心满意足地告退了。

接着她派人去请那个受到虐待的异乡人,和颜悦色地跟他谈话。俄底修斯编了一个故事,说他在前往特洛伊的途中曾经遇见她的丈夫,这使她泪如雨下。他很同情她,但他仍然没有透露自己的身份,表情仍然像钢铁一样冰冷。过了一会儿,珀涅罗珀想起自己作为女主人的职责,便把老保姆欧律克勒亚——俄底修斯从襁褓时期开始就受到她的照料——召来,吩咐她为异乡人洗脚。俄底修斯心里十分害怕,因为他在少年时期猎野猪时,一只脚曾经受伤,并留下了一道疤痕,他担心老保姆会由此认出他来。她果然认出了他,他的脚从她手里滑了下来,打翻了浴盆。俄底修斯抓住她的手,低语道:"亲爱的奶妈,你知道了,可是千万别对别人说。"她低声应允,俄底修斯随即告退。他在门厅里找到了一张床,但却无法入眠,不知该如何征服这么多无耻之徒。最后他提醒自己说,他在独眼巨人库克罗普斯的洞窟里的处境比这还要悲惨,有了雅典娜的援助,他在这里也是很有可能取得成功的。于是他安心地睡着了。

次日一早,那些求婚者又回来了,比先前更加傲慢无礼。他们不加防范、轻松自在地坐下来享用丰盛的酒席,却不知道女神和忍耐已久的俄底修斯正在为他们准备一桌可怕的大餐。

珀涅罗珀无意之间促成了他们的计划。那天晚上,她自己想出了一条计策。天亮以后,她走进储藏室,在这里的大量财宝当中,有一张大弓和满满的一筒箭——这是俄底修斯的武器,除他以外,没有人拉过这张弓。她亲手拿着弓箭下了楼,来到求婚者聚集的地方,说:"诸位,听我说。我把神一般的俄底修斯的弓放在你们面前,谁能拉开这张弓,射出一支箭,让箭从排成一列的十二只圆环中间穿过,我就让谁做我的夫婿。"忒勒玛科斯立刻看出,这条计策可能对他们父子十分有利,马上在一旁帮腔,喊道:"来呀,各位求婚者,不要退缩或推辞,留下来吧。我自己先试一试,看看我现在有没有资格使用家父的武器。"说着,他把圆环依次放好,排成一条直线,然后拿起大弓,用尽全力去拉。若非俄底修斯示意让他放弃,也许他最后会成功的。然后,其他人依次过来拉弓,可是这张弓太硬了,连最强壮的人都无法拉开一点点。

俄底修斯确定没有人会成功,就走出比武场,来到庭院里,牧猪人和牧牛人正在那里聊天。牧牛人也和牧猪人一样,是个可靠的人。他需要这两个人的帮助,遂向他们说明了自己的身份,并给他们看自己脚上的伤疤——他们以前多次看到过它——以证明自己的话。他们认出了这道疤痕,高兴得直掉眼泪。但俄底修斯立刻制止了他们。"现在先不要哭,"他说,"听我的吩咐。欧迈俄斯,你要想办法把弓箭交到我的手上,然后看牢女眷住所的门,别让任何人进去。而你,牧牛人,要关紧并闩好这个庭院的门。"说完,他回到大厅,那两个仆人跟了进去。他们进屋的时候,正赶上最后一个求婚者试射失败。俄底修斯说:"把弓给我，让我看看我的体力还能不能比得上当年。"话音刚落，众人就气冲冲地吵嚷起来，说一个行乞的异乡人绝不能碰那张弓。但忒勒玛科斯却厉声说道，谁能使用这张弓应当由他决定，与他们无关。他吩咐欧迈俄斯把弓交给俄底修斯。

他接过弓，检查了一番，众人目不转睛地望着他。接着，他不费吹灰之力就拉开了弓，就像一位技巧娴熟的乐师调试琴弦一般。他往弓弦上搭了一支箭，射了出去，他在座位上纹丝未动，这一箭就径直穿过了那十二只圆环。随即，他一个箭步跳到门口，忒勒玛科斯也来到他身边。"时候终于到了，终于到了！"俄底修斯大声叫道，并射出了一支箭，一位求婚者当即中箭，倒地身亡。其他人吓得跳了起来。他们的武器在哪儿呢？一件都找不到。俄底修斯不停地射箭；每当一支箭在大厅中呼啸而过，就有一个人应声倒地。负责守卫的忒勒玛科斯用长矛挡住众人，使他们既不能从门口逃走，也无法从背后攻击俄底修斯。众人聚集在一起，因而目标很好找。箭被用完之前，他们陆续被杀，连自卫的机会都没有。就是在箭被射完之后，他们的运气也没有好转，因为这时雅典娜也加入了这次伟大的行动，想把俄底修斯没有刺中目标的矛尖引至目标。可是他那寒光闪闪的长矛一次都没有失误，满屋都是头颅破裂的可怖声音，血流遍地。

最后，那群喧闹的莽汉只剩下两个人：一个是那伙人的祭司，另一个是他们的吟游诗人。他们两人都哭着求饶。那位祭司抱住俄底修斯的膝盖，痛苦地哀求大英雄饶他一命，但俄底修斯不肯饶他，用剑刺穿了他的身体，他在祷告中死去。那位诗人却很幸运，俄底修斯不敢杀害这样一个天赋诗才的人，便饶了他，让他继续吟唱。

这场战斗——不如说是这场屠杀——结束了。老保姆欧律克勒亚和她的侍女们奉命前来清洗和收拾大厅。她们围着俄底修斯又哭又笑，欢迎他回家，以至于连他本人都忍不住哭了起来。最后她们开始干活，欧律克勒亚则上楼走进女主人的卧房，站在她的床边唤道："快醒醒，亲爱的孩子，俄底修斯已经回到家中，求婚的人都死光啦。""咳，疯婆子，"珀涅罗珀埋怨道，"我睡得正甜，你快走开。你应该庆幸自己没有挨耳光，要是别人吵醒我，准会挨打的。"可是欧律克勒亚坚持道："真的，俄底修斯真的回来了。他给我看了他的疤痕。没错，一定是他！"珀涅罗珀还是不敢相信，便匆匆下楼到大厅里去看个究竟。

只见一个身材高大、貌似王侯的男人坐在炉边，火光照亮了他的整个脸庞。她在他的对面坐下，默默地看着他。她感到困惑，有时她好像认出了他，有时又觉得他很陌生。忒勒玛科斯对她嚷道："妈妈，妈妈，啊，您可真残忍！要是别的女人的丈夫在离家二十年后终于回到家里，她们会像您这么冷淡吗？""儿啊，"她回答道，"我连动一动的力气都没有了。如果这真的是俄底修斯，我们俩自有相认的办法。"听了她的话，俄底修斯微微一笑，叫忒勒玛科斯不要打扰她。"我们很快就会相认的。"他说。

随后，整洁的大厅里充满了欢声笑语。吟游诗人弹奏着竖琴，美妙的乐声激起了大家跳舞的兴致。男人和盛装的女人兴高采烈地翩翩起舞，整座大厅都回荡着他们的足音。俄底修斯流浪多年，终于回到了家乡，人人心中都洋溢着欢乐。

第四章　埃涅阿斯的历险

　　这个故事主要取材于最伟大的拉丁诗歌《伊尼特》。这首长诗写于凯撒遇刺、奥古斯都接管乱纷纷的罗马之后。奥古斯都以他的铁腕结束了激烈的内战，带来了长达半个世纪的"奥古斯都和平时代"。维吉尔和他所有的同时代人都对新秩序充满热情，他写作《伊尼特》，就是为了颂扬罗马帝国，给这个"注定要统治世界的民族"塑造一位伟大的民族英雄和开国元勋。作品前几卷中的那个富于人性的埃涅阿斯在最后一卷中竟然变成了一个毫无人性的超人，这很可能就是维吉尔的爱国主义动机所造成的。诗人决心为罗马创造一位令其他一切英雄都黯然失色的英雄，以至于他的文字最终达到了异想天开的程度。喜欢夸张是罗马作家的特性。在本章中，诸神用的当然都是拉丁名字，那些既有希腊名字也有拉丁名字的人物用的也是拉丁名字。例如，"尤利西斯"就是"俄底修斯"的拉丁译名。

从特洛伊到意大利

　　爱神维纳斯的儿子埃涅阿斯是特洛伊战争中最著名的英雄之一，他在特洛伊阵营中的地位仅次于赫克托耳。希腊人攻陷特洛伊之后，他在母亲的协助之下带着父亲和幼子逃到城外，乘船前往新的家园。
　　他流浪了很久，在海上和陆上历经磨难，最后到达意大利，打败了那些不准他进入国境的人，娶了一位势力强大的国王的女儿，建了一座城市。他一向被视为罗马城的真正奠基者，因为该城的实际创建者罗穆卢斯和瑞摩斯就诞生于埃涅阿斯之子所建的阿尔巴隆加城。
　　他乘船离开特洛伊时，许多特洛伊人与他同行。人人都想找个地方定居，可是谁也不知道该往何处去。他们好几次动手筑城，却总是被灾难或凶兆赶走。最后，埃涅阿斯在梦中得知，他们注定要去的地方是一个远在西方的国家——意大利，当时叫做赫斯珀里亚，意为"西方之国"。当时他们在克里特岛上。虽然那片应许之地远在千里之外，要穿越许多未知的海域才能到达，但是他们仍然为自己有朝一日必能建立家园而心怀感激。于是，他们立刻出发了。不过，他们在到达一心向往的避难所之前航行了很长时间，经历了许多困难——倘若他们事先知道会遇到这样的困难，也许就不会这么热心了。

当年阿耳戈英雄是从希腊向东行驶，埃涅阿斯等人则是从克里特岛向西行驶。不过，与伊阿宋等人一样，特洛伊人也遇到了鹰爪女妖哈耳皮埃。希腊英雄要比特洛伊人更加勇敢，也许是因为他们的剑术更加高明，若非彩虹女神伊里斯出面阻止，他们会把这些可憎的怪物杀掉的。而特洛伊人却被怪物赶开，不得不驾船逃之夭夭。

到了下一个登陆地点，他们意外地遇见了大英雄赫克托耳的遗孀安德洛玛刻。特洛伊沦亡之后，她落入了阿喀琉斯之子涅俄普托勒摩斯（有的作品称之为皮洛斯）的手中，此人曾在祭坛旁边杀死老国王普里安。他很快就抛弃了她，娶了海伦的女儿赫耳弥俄涅，但他婚后不久就一命呜呼。在他死后，安德洛玛刻嫁给了特洛伊先知赫勒诺斯。他们如今是这个国家的统治者，当然高高兴兴地接待埃涅阿斯和他的部下，以上宾之礼款待他们。临别之际，赫勒诺斯还提了一条对他们的航行有用的建议。他说，他们千万不能停泊在离此最近的意大利东岸，因为那里全是希腊人。被指派给他们的家园在意大利西岸偏北的地方，但他们千万不能抄近路从西西里和意大利之间北上，因为那片水域中有女海妖斯库拉和卡律布狄斯共同把守的险峡，当年阿耳戈英雄全靠忒提斯帮忙才安全通过，尤利西斯则在那里折损了六名部下。我们不清楚阿耳戈英雄在从亚洲回希腊的途中是怎样到达意大利西岸的，也不知道尤利西斯是怎样到达那里的。不管怎样，赫勒诺斯无疑深知那条险峡的确切位置，并向埃涅阿斯详细说明应该如何避开这个被水手们视为大患的地方——他们必须向南绕一大圈，绕过西西里岛，驶到远在永不止息的卡律布狄斯漩涡和吞噬整艘整艘船只的斯库拉黑色岩洞以北的意大利半岛。

特洛伊人告别了好心的主人，顺利地绕过意大利东端，继续绕着西西里岛向西南方向行驶。他们对先知的指引满怀信心。不过，尽管赫勒诺斯有神秘的力量，他却显然不知道西西里岛——至少是它的南端——如今被独眼巨人库克罗普斯一族所占据，因为他没有告诫特洛伊人不要在那里登陆。他们在日落之后抵达该岛，毫不犹豫地在岸上扎营。若非次日清晨怪物起床之前有一个可怜人跑到埃涅阿斯睡觉的地方，也许他们所有的人都会被巨人抓来吃掉。这个人跪在地上——其实光是他那可怜兮兮的外表就足以起到求助的作用了：他面色苍白，显然饿得半死；他的衣服全都是用荆棘缝合而成的；他的脸上非常肮脏，长着浓密的毛发。他说，他原是尤利西斯的一名水手，被其他人不小心落在波吕斐摩斯的洞穴中，此后一直住在树林里，随便找东西糊口，成天害怕独眼巨人来抓他。他说巨人共有一百个，都像波吕斐摩斯一样庞大和吓人。"逃吧，"他劝他们说，"赶快起来用最快的速度逃走。把系在岸边的船缆割断。"他们依言行事，尽可能屏住呼吸、悄无声息地割断了缆绳。船队刚刚下水，他们就看见那位盲眼巨人慢慢地走到岸边来清洗被挖空的眼窝，眼窝中仍然鲜血淋漓。他一听到划桨声，就顺着声音的方向冲进海里。幸好特洛伊人已经开船，他还没走到他们跟前，海水就深得足以没过他高高的头顶了。

他们逃过了这场灾难，却又遇到一个同样大的危机。绕行西西里岛时候，他们遭遇了一场几乎空前绝后的大风暴：波峰高得可以触到星辰，波谷深得可以露出海底。这显然不是一场普通的风暴，其实天后朱诺才是幕后的操纵者。

朱诺当然痛恨所有的特洛伊人，因为她从未忘记帕里斯的裁决。战争期间，她一直坚定地跟特洛伊作对。她尤其痛恨埃涅阿斯，因为她知道比埃涅阿斯晚几代的特洛伊人后裔将会建立罗马城；根据命运三女神的安排，罗马有朝一日注定要征服迦太基，而迦太基是她心爱的城邦，她热爱这座城邦胜于大地上的所有其他地方。我们不知道她是否真的以为自己能够抗拒命运女神颁布的、连天帝朱庇特都不能反抗的诏令，但她的确曾经尽力淹死埃涅阿斯。她去找曾经试图帮助尤利西斯的风王埃俄罗斯，请他把特洛伊船队弄沉；作为回报，她答应把自己最可爱的仙女送给他作妻室。这场惊人的暴风雨就是这样来的。要不是海神尼普顿出面，朱诺一定会如愿以偿。尼普顿是朱诺的兄弟，深知她做事的方式，觉得不应该让她来干涉大海中的事务。不过，在对付她的时候，他与朱庇特同样小心翼翼。他一句话都没有跟她说，只痛斥了埃俄罗斯一顿，然后使大海平息下来，让特洛伊人得以登陆。他们最终把船停在非洲北岸——原来他们从西西里一路被吹到北非来了。他们上岸的地方碰巧离迦太基很近。朱诺立刻想到，她可以利用这次登陆来阻碍他们的行动，从而帮助迦太基人。

迦太基是由一位名叫狄多的女子建立的，现在仍然由她统治，并且在她的治理之下逐渐变成了一个繁华的大都市。她是一位美貌的寡妇，而埃涅阿斯则在逃离特洛伊的那一夜失去了妻子。朱诺计划让他们双双坠入情网，以便诱使埃涅阿斯打消去意大利的念头，和狄多在此定居下来。若不是爱神维纳斯插手，这原本应当是一个好计划。维纳斯怀疑朱诺在打坏主意，决心出面阻挠。她另有妙计。她愿意让狄多爱上埃涅阿斯，使他在迦太基不会受到任何伤害；同时，她又要让埃涅阿斯不致用情太深，希望他愿意接受狄多的一切奉献，但是起航前往意大利的时机一到，他就立即动身，丝毫不受感情的影响。在这个当口，她到奥林匹斯仙境去找天帝朱庇特谈话。她责备了他一番，她那双迷人的眼睛饱含泪水。她说，她心爱的儿子埃涅阿斯眼看就要完了，而"神人之父"朱庇特曾经向她发誓，说埃涅阿斯将会成为一个日后统治世界的民族的祖先。朱庇特哈哈大笑，用一吻擦去了她的泪水，说他的诺言一定会兑现的——埃涅阿斯的子孙将会成为罗马人，他们命中注定要建立一个没有疆界、没有止境的大帝国。

于是维纳斯安心地告退了。但是，为了增加成功的把握，她又去向她的儿子丘比特求援。她相信狄多无需帮助就能给埃涅阿斯留下必要的印象，但她不敢确定埃涅阿斯单靠他自己就能打动狄多的芳心。狄多女王以不易动情而闻名。附近各国的国王纷纷向她求婚，都失败了。因此，维纳斯召来小爱神丘比特，后者答应让狄多对埃涅阿斯一见钟情。在维纳斯看来，安排他们两人会面是一件很简单的事情。

特洛伊人登陆的第二天，埃涅阿斯和他忠诚的好友阿凯提斯离开不幸落难的部下，去打听这是什么地方。动身之前，他鼓励大家说：

> 同伴们，你我长年与忧伤为伍，
> 经历过惨重的灾祸。这一切都将成为过去。
> 唤回勇气吧，遣散满腔的恐惧。
> 也许来日回忆往事的时候，这些烦恼也成了乐趣……

两位英雄在这个陌生的国度进行探索的时候，维纳斯女神乔装为女猎人，出现在他们面前。她告诉了他们这里是什么地方，并建议他们直接到迦太基城去，说那里的女王一定会帮助他们的。他们放心了许多，便沿着维纳斯指引的那条道路往前走。她用一团浓雾裹住了他们，但他们并不知情。就这样，他们毫无阻碍地来到了市区，在无人注意的情况下穿过繁华的街道。在一座宏伟的神殿门前，他们停下来思忖如何才能见到女王，这时新的希望在他们心中油然而生。他们凝视着这幢华丽的建筑，惊奇地发现墙上竟然雕刻着他们亲身经历过的特洛伊周围历次战役的图景。他们看到了敌人和朋友的肖像：阿特柔斯的两个儿子，向阿喀琉斯求情的老国王普里安，已故的赫克托耳等等。"我有勇气了，"埃涅阿斯说，"看来这里的人们也会为一些事物而落泪，也会为全人类的命运而动情。"

就在这时，像狄安娜女神一样貌美的狄多女王带着一大队随从走了过来。埃涅阿斯周围的雾气立即散开了。他站在那里，俊美的外形堪与太阳神阿波罗媲美。他道出了自己的身份，女王马上以最亲切的态度接见了他，并欢迎他和他的同伴进城。她知道这些孤独无助、无家可归的人心中的感受，因为她本人就是为了躲避兄弟的谋害才和几个朋友逃到非洲来的。"我也尝过受苦的滋味，"她说，"所以我知道应该怎样帮助不幸的人。"

当晚，女王大摆筵宴，款待异乡的来客。席间，埃涅阿斯讲述了他们的经历，从特洛伊的沦亡讲到漫长的海上旅行。他的口才令人赞赏。即使没有神祇的干预，狄多也很有可能被他的英雄事迹和美妙言辞所打动；有了丘比特的推波助澜，她更是别无选择。

在一段时间里，她非常快乐。埃涅阿斯对她似乎深情款款，而她则把自己的一切都慷慨地赠给了他。她曾向他表示，她的城邦和她本人都归他所有，他这个曾遭海难的可怜人享有和她同等的尊荣。她还命令迦太基人以对待统治者的态度来对待他。他的同伴也受到了她的格外宠信。她不停地为他们做更多的事情。她一心只想付出，除了埃涅阿斯的爱情，她什么也不要求。他则心满意足地接受她慷慨的赠予。有这样一位既美丽又大权在握的女王深爱着他——她为他提供所需的一切、举办狩猎大会以取悦他、不仅允许而且恳求他一遍又一遍地讲述他的冒险经历，他乐得安闲自在地过日子。

乘船前往一片陌生土地的念头在他心里越来越淡了。朱诺对目前的状况十分满意；不过，维纳斯却一点儿也不担心，因为她比朱庇特的妻子更了解朱庇特。她相信，天帝最终会使埃涅阿斯前往意大利的，而眼下埃涅阿斯与狄多的这段的小插曲也丝毫无损于她的儿子丘比特的名声。她猜得很对。朱庇特一旦振奋起来，就会雷厉风行。他派神使墨丘利到迦太基去向埃涅阿斯传达一个刻薄的口信。神使发现那位英雄正在四处漫步，身上穿着华丽的服装，腰间佩着一把镶嵌碧玉的上等宝剑，肩上披着一件镶嵌金线的紫色斗篷——宝剑和斗篷当然是狄多赠送的，斗篷还是她亲手缝制的。这位文雅的绅士正沉浸在悠然自得的心境之中，他的耳中突然响起几句严厉的话语，令他大吃一惊。"你要在这里的安逸生活中浪费多少时间呢？"一个严厉的声音问道。他转过身来，只见神使墨丘利站在他的面前。"天帝本人派我来找你，"他说，"他命令你动身去寻找你命中注定要统治的国土。"说完，他就像一团薄雾一般消失在空气当中，只剩下埃涅阿斯既惶恐又激动地站在那里。他决心服从命令，但又伤心地想到狄多听了一定很难过。

他把部下召集在一起，命令他们备好一支船队，预备马上动身，但这一切都要秘密进行。然而狄多还是知道了，于是派人请他前来。她起初对他非常温柔，因为她不相信他真的打算离开她。"你是要躲避我吗？"她问道，"让这些眼泪和我交给你的这只手替我求情吧。如果我还算配得上你，如果我还有值得你留恋的地方……"

埃涅阿斯回答道，他绝不会否认她对他的恩惠，也绝不会忘记她；但是她也应该记得，他并没有和她结婚，他随时都有离开她的自由。天帝朱庇特命令他走，他必须服从命令。"不要再埋怨了，"他恳求道，"这只会让我们两人更加为难。"

接着她说出了内心的想法：他刚来这里的时候无依无靠、饥寒交迫、一无所有，她把她自己和她的王国都献给了他。可是在他的冷漠面前，她的热情发挥不了作用。在倾吐这些火热的言辞时，她的嗓音都变了。她从他面前逃走了，到无人看见的地方躲了起来。

特洛伊人当天晚上就扬帆出海了，这真是个聪明的做法，因为只要女王下一道命令，他们就永远也走不成了。埃涅阿斯站在船上，回头望着迦太基的城墙，发现它们被一场大火的火光照亮了。他看到火焰高高升起，然后缓缓熄灭，想不出这是什么原因造成的。其实他在毫不知情的情况下观看的正是狄多的火葬仪式。原来，狄多看到他已经离去，竟然自杀了。

进入阴间

与先前的航行相比，从迦太基到意大利西岸的航行相当顺利。不过，当他们的海上历险即将结束时，可靠的舵手帕里诺罗斯淹死了，这真是一大损失。

先知赫勒诺斯曾对埃涅阿斯说，他一到意大利，就要去找库迈的女先知——这个睿智的女人能够预见未来，并告诉他应该怎么做。埃涅阿斯找到了女先知，她说，她要领他前往阴间，让他去找他的父亲、在大风暴之前去世的安喀塞斯打听一切必要的情报。但她警告他说，这项任务并不轻松：

> 特洛伊人、安喀塞斯之子啊,到达通往阴间的阿维耳努斯湖并不难。
>
> 黑暗冥国的大门日日夜夜都向你敞开。
>
> 但是若要沿着原路返回,回到晴空下面的甜美空气之中,
>
> 可就要吃一番苦头了。

不过,如果他决心要去,她愿意陪他走一遭。首先,他必须到森林里去找一根金树枝,折下来带走,因为他只有拿着这根金枝才能获准进入冥国。在忠心的阿凯提斯的陪同下,他立刻动身去找。他们走进辽阔无边的森林,心中几近绝望,因为在这里似乎什么也找不到。突然,他们瞥见了两只鸽子——这是爱神维纳斯的圣鸟。鸽子慢慢地飞翔,他们两人跟在后面,终于来到阿维耳努斯湖附近。湖水又黑又臭。女先知曾告诉埃涅阿斯,这个湖泊就是通往阴间的道路的入口。到了湖边,鸽子飞到了一棵树上,这棵树的树叶之间闪出了一道明亮的金光——那就是金枝。埃涅阿斯高兴地把它折了下来,带回去找女先知。于是,女先知和英雄一同踏上了征途。

埃涅阿斯之前的一些英雄也走过这条路,并不觉得它特别吓人。当然,蜂拥而至的幽灵最后使尤利西斯感到害怕,但是忒修斯、赫剌克勒斯、俄耳甫斯和波吕刻斯显然都没有在路上遇到太大的困难。胆小的普叙刻独自到阴间替爱神维纳斯向冥后普洛塞耳皮娜索要"美之灵符"时,遇到的最可怕的东西也只不过是长着三颗脑袋的地狱之犬刻耳柏洛斯,一小块蛋糕就让它平静下来了。可是,这位罗马英雄却遇到了层出不穷的恐怖事件。出发之前,他们举行了一个被女先知认为是必不可少的仪式。这个仪式简直就是用来吓唬人的,只有最勇敢的人才不会被吓倒。深夜,在"阴郁之湖"岸边的黑暗洞窟的洞口,她宰杀了四头炭黑的阉牛来祭祀可怕的黑夜女神赫卡忒。当她把被分成几块的牛尸放到火红的祭坛上时,大地在他们脚下轰隆隆地颤抖,远处的狗吠声穿过黑暗传了过来。她向埃涅阿斯喊道:"现在你需要鼓起全部勇气!"说完就冲

进洞窟，他也大胆地跟了进去。他们很快就走上了一条被裹在重重黑影之中的道路，但是可以看到两旁的许多可怕的身影，其中有面色苍白的"疾病"、折磨人心的"哀愁"、劝人犯罪的"饥饿"等一大群祸患，还有致人死命的"战争"、长着染血蛇发的"不和"以及人类的其他许多祸患。他们平安地从它们中间走了过去，终于来到一个渡口，一位老人正在广阔的水面上划船。出现在他们眼前的是一幅可悲的景象：数不胜数的幽灵就像初冬的林中落叶一般密密麻麻地挤在岸边，伸手恳求船夫载他们到河对岸去。可是那位面色阴郁的老人却作出了自己的选择：一些人被他接到小船上，其他人却被他一把推开。埃涅阿斯惊异地瞪大了眼睛。这时女先知告诉他，他们已经来到了阴间的两条大河——科库托斯（意为"大声哀叹"）河与阿刻戎河——的交汇处，船夫名叫卡戎，他不肯接上船的都是未能正式下葬的不幸者，他们注定要毫无目标地漂泊一百年，没有安歇之地。

埃涅阿斯和他的向导来到船边时，卡戎本想拒绝他们。他叫他们止步，说他只载死人，不载活人，然而他一看见那根金枝，就乖乖地载他们过去了。地狱之犬刻耳柏洛斯在对岸挡住了他们的去路，于是他们模仿普叙刻的做法——女先知也带了蛋糕给它吃，因此它没有为难他们。他们继续往前走，来到了庄严的冥国法庭，欧罗巴之子、铁面无私的阴世法官弥诺斯正在对他面前的亡魂进行最后的判决。他们连忙离开那个冷漠无情的人，来到了因情场失意而自杀的伤心恋人们所居住的"哀痛原野"。此地虽然充满哀伤，但却十分迷人，到处都覆盖着桃金娘树。埃涅阿斯在这里见到了狄多。他问候她的时候，不禁流下了眼泪。"你是为我而死的吗？"他问她，"我发誓，我是迫不得已才离开你的。"她没有看他，也没有回答他的话，比大理石还要冷漠。然而，他自己的心灵却受到了强烈的震动，直到她走出他的视线很久以后，他还在垂泪。

最后，他们来到一个岔路口。一些可怕的声音从左边的岔路上传来，有呻吟声、痛击声和铁链的叮当声。埃涅阿斯吓得停下了脚步，但女先知叫他不要害怕，只管大胆地把金枝拴在岔路前面的墙上。她说，左边的地带由欧罗巴的另一个儿子剌达曼托斯统治，他负责惩罚犯下罪行的坏人；右边的道路则通向"极乐世界"，埃涅阿斯会在那里找到他的父亲。他们到达极乐世界之后，看到那里的一切都令人愉悦，有柔软的草地、迷人的树林、甜美宜人的空气、淡紫色的阳光和幸福安宁的居所。住在这里的都是伟大而善良的死者，包括英雄、诗人、祭司和一切因乐于助人而被人怀念的好人。埃涅阿斯很快就在他们当中找到了父亲安喀塞斯，老人惊喜交集地跟他打招呼。埃涅阿斯对父亲的爱是如此深切，乃至下到阴间来寻找他。在死者和生者的这次奇特的会面中，父子俩都流下了欢喜的眼泪。

他们当然有很多话要互相倾诉。安喀塞斯带领埃涅阿斯来到勒忒河（"遗忘之河"）——凡是要再度到人间投胎的亡魂，都得喝这里的河水。"一饮忘前生。"安喀塞斯说。他向儿子指出哪些亡魂将要成为他们两人的子孙，这些亡魂正在河边等着喝水，以忘掉自己在前生做过的事情和受过的痛苦。他们构成了一个颇为壮观的群体——未来的罗马人，世界的主宰。安喀塞斯一一指出哪些亡魂将成为罗马人，并谈到他们即将建立哪些将会被世人永远铭记的功业。最后，他教儿子如何才能以最好的方式在意大利建设家园，如何才能避免或忍受眼前的种种艰辛。

然后，父子二人依依惜别。不过他们的心情很平静，因为他们知道分别只是暂时的。埃涅阿斯和女先知回到人间，埃涅阿斯直接回到他的船队那里。翌日，特洛伊人沿着意大利海岸向北航行，去寻找他们的"应许之乡"。

意大利战争

这一小队冒险家遭到了严苛的考验，为他们制造困难的又是天后朱诺。她使当地最有势力的拉丁姆人和鲁图里安人强烈反对特洛伊人在那里定居。若非她从中干预，这件事原本会进行得很顺利的。拉丁姆城邦的老国王拉丁努斯是提坦萨杜恩的曾孙，他的父亲法乌努斯的亡魂曾告诫他不要把他的独生女拉维尼亚嫁给当地人，而要嫁给一位即将到来的异乡人，由这次联姻而衍生的民族日后注定要统治整个世界。因此，当埃涅阿斯派来的使团请求在岸边找一小块空地休息并分享空气和水的时候，拉丁努斯热情地接待了他们。他深信埃涅阿斯就是法乌努斯预言中的准女婿，并把这个想法告诉了使者们。他说，只要他在世一天，他们就不会没有朋友。他还叫他们传话给埃涅阿斯，说他有一个女儿，上天只允许她嫁给异乡人，他相信这位特洛伊领袖就是注定要成为他的女婿的人。

就在这时，天后朱诺插手了。她从冥国召来阿勒克托（"复仇女神"之一），叫她在此地制造战争。阿勒克托欣然服从。她先是煽动拉丁努斯的妻子、王后阿玛塔强烈反对女儿和埃涅阿斯的婚事，然后又飞到鲁图里安人的国王图耳努斯那里求助——在拉维尼亚公主的诸多追求者当中，他原本是最得欢心的一位。他对特洛伊人的反对情绪几乎用不着女神来煽动，一想到别人要娶拉维尼亚，他就气得发狂。他听说特洛伊使团去见国王，便立刻带兵前往拉丁姆城，想以武力来阻止拉丁姆人和异乡人签订条约。

阿勒克托的第三个计划订得相当巧妙。一位拉丁姆农夫有一头心爱的公鹿，长得非常漂亮，而且性情极其温顺，白天跑出去尽情玩耍，晚上却会自动回到熟悉的家中。农夫的女儿怀着温情细心照料它，替它梳理皮毛，在它的角上套花环。远近各地的农夫都认识它、保护它。任何人若是伤害了它，一定会遭到严惩，就是他们自己人也不例外。异乡人若是胆敢做出这样的事，定会激怒全乡。埃涅阿斯年少的儿子阿斯卡尼俄斯就在阿勒克托的指引下犯了这个大忌。他外出打猎时，他和他的猎狗被复仇女神引到林中公鹿歇息的地方。他朝它射了一箭，使它受了致命伤，但它还是逃回了家，见了女主人最后一面，然后才倒地身亡。阿勒克托让这个消息迅速传开，战斗立即开始了。愤怒的农夫们要杀死阿斯卡尼俄斯，特洛伊人则奋起保卫他。

图耳努斯刚到拉丁姆城不久，这个消息就传到了城里。城里的民众已经拿起了武器，更可怕的是鲁图里安的军队已经在城门外面扎营，这让拉丁努斯国王实在吃不消了。怒气冲冲的王后无疑也影响了他最终的决定。他干脆躲在宫里闭门不出，一切顺其自然。埃涅阿斯若想得到拉维尼亚,不能仰仗未来的岳父帮忙。

根据该城的习俗,雅努斯神殿的两扇折叠门在和平时期总是关着,一旦国王决定开战,他就要在喇叭声和战士们的叫喊声中把门打开。可是拉丁努斯躲在自己的宫殿里,没有出席这项神圣的仪式。正当市民不知该怎么办的时候,天后朱诺亲自降临凡间,亲手打开了门闩,推开了殿门。看到严整的军容、闪亮的甲胄、活泼的战马和庄严的军旗,整个城邦都欢腾了。人们为面临一场杀气腾腾的战争而欣喜若狂。

现在,强大的拉丁姆和鲁图里安联军即将与一小队特洛伊人开战。他们的领袖图耳努斯是一位勇猛善战、技艺娴熟的战士,他的得力助手米赞提俄斯也是一位优秀的战士——只是此人生性残忍,以致他的臣民、伟大的伊特鲁里亚人发动叛变,他只得前来投奔图耳努斯。另一位助手是少女卡米拉,她从小由她的父亲在荒野中养大。早在孩提时代,她就把弹弓或真弓握在小手里,学会了射击疾速飞翔的鹤或野天鹅。她的奔跑速度几乎和鸟的飞行速度一样快。她擅长各种战技,在投掷标枪、使用双面斧和射箭等方面都是无可匹敌的。她蔑视婚姻,喜欢狩猎、打仗和自由。一队战士由她率领,其中有很多少女。

在特洛伊人处境最艰难的这个时候,军营附近那条大河的河神梯伯托梦给埃涅阿斯,叫他赶快溯流而上,到伊凡德耳的住处去求援——伊凡德耳是一个贫穷的小城的国王,这个小城日后注定要成为世间最富丽堂皇的都市,城中的罗马高塔将会耸入云霄。河神断言,埃涅阿斯一定会在那里获得他所需要的帮助。黎明时分,埃涅阿斯带着他挑选的几个人出发了,梯伯河上首次出现了载满武装人员的小艇。他们来到伊凡德耳家中,受到了国王和年轻的王子帕拉斯的热烈欢迎。主人带领客人走向粗陋的王宫,一路向他们指出该地的各个景点:这是塔耳皮亚巨岩,附近有一座朱庇特的圣山,现在荆棘丛生,日后却将耸起金碧辉煌的神殿;那是一片布满牛羊的草地,日后将成为世界上最大的聚会场所——罗马广场。国王说:"以前牧神和仙女曾在这里居住,一群野蛮人也住在这里。但是,自从萨杜恩逃出他的儿子朱庇特统治的天庭、流亡到这个国家之后,一切都不同了。人们摒弃了粗鲁无礼、无法无天的习性。

他以公正、和平的方式进行统治，因而他的统治时期后来被称为'黄金时代'。可是在这以后的几个时期，其他习俗大行其道，对金钱的贪欲和对战争的狂热驱逐了和平与正义，这片土地处于暴君的统治之下。直到命运驱使我离开亲爱的故乡阿耳卡狄，从希腊流亡至此，情况才有所改观。"

老人讲完他的故事以后，他们一行人来到了他住的简陋小屋。当夜，埃涅阿斯盖着熊皮睡在屋里的树叶床上。第二天清晨，他们被曙光和小鸟的叫声吵醒，便一齐起床了。国王带两只大狗来了——这是他仅有的随从兼卫兵。大家用过早餐之后，他给出了埃涅阿斯所需要的忠告。他说，阿耳卡狄——他为自己的新城邦取了故乡的名字——是弱国，没有能力为特洛伊人提供援助。但是，住在河流对岸的是富有而强大的伊特鲁里亚人，他们的流亡国君米赞提俄斯现在正在帮助图耳努斯，这一事实本身就足以使伊特鲁里亚人在战争中站在埃涅阿斯一边，因为他们对那位前任统治者恨之入骨。米赞提俄斯是一个残忍的怪物，喜欢折磨人。他设计了一套空前可怖的杀人方法：把活人和死人面对面、手拉手地拴在一起，用令人恶心的尸毒慢慢害死活人。

最后，全体伊特鲁里亚人奋起反抗他的统治，可是他却成功地逃走了，民众决心把他抓回来，让他接受应得的惩罚。埃涅阿斯将会发现，他们是坚定而强大的盟友。老国王还说，他自己将会派遣独生子帕拉斯和一队年轻骑兵奔赴战神的战场，在特洛伊英雄的率领下作战。他还送给每位客人一匹雄壮的战马，好让他们尽快到伊特鲁里亚军中求援。

在这段时间里，特洛伊军营只能用土木工事来防御。由于领袖和最好的战士都不在，特洛伊人的压力极大。图耳努斯大举进攻。在第一天当中，特洛伊人遵照埃涅阿斯临行前的严令——决不主动攻击，成功地守住了阵势。可是他们的人数和对方相差悬殊，除非能向埃涅阿斯报告战况，否则前景不容乐观。然而伊特鲁里亚人将他们的要塞团团包围，能否闯出去报信实在是个问题。不过，这一小队战士中有两个人不屑于计较胜负，对他们来说，这一举动所面临的极大危险正是去尝试的理由。他们两人决心在夜幕的掩护下设法穿过敌营去寻找埃涅阿斯。

这两个人名叫尼索斯和欧律阿鲁斯，前者是一位勇敢而老练的战士，后者则只是一个毛头小伙子，但也同样勇敢，而且极其渴望建功立业。他们两人习惯并肩作战，无论其中一位在哪里，是在担任警戒还是在战场上厮杀，另一位必定也和他在一起。进行这次壮举的主意是尼索斯先想出来的。当他隔着壁垒眺望敌营时，发现那里的灯火又少又暗，人们都睡着了，到处都是一片沉寂。他把计划告诉了好友，没想到对方也要去。小伙子喊道，他决不会留下来，若能死于如此光荣的壮举，生命又算得了什么？听了他的话，尼索斯只感到伤心和惶恐。"让我一个人去吧，"他恳求道，"万一出了什么差错——这种冒险是很有可能失败的——你还可以在这边为我赎身或为我举行葬礼。另外也要记住，你还年轻，生命还长着呢。""废话！"欧律阿鲁斯回答，"我们赶快出发吧，别耽搁了。"尼索斯看出自己不可能说服他，只得凄然应允。

他们看到特洛伊众首领正在开会，就把这个计划提了出来。大家立刻同意了。王子们哽咽落泪，向他们表示感谢，并许诺要给他们丰厚的报酬。"我只有一个要求，"欧律阿鲁斯说，"我的母亲也在军营里。她不肯跟其他女眷一起留在后方，一定要跟着我。我是她唯一的亲人。万一我死了——""我会把她当作我的母亲，"阿斯卡尼俄斯打断他说，"特洛伊沦亡的那天夜里，我失去了我的母亲，你的母亲将取代她的地位。我向你发誓。把我的宝剑带上吧，它不会让你失望的。"

于是这两个人出发了。他们穿过战壕，走向敌营。四周的人都在熟睡。尼索斯低声说："我要清开一条路，你来把风。"说完就开始一个接一个地杀人，动作十分熟练，对方连哼都没哼一声就死了，没有一个人出声示警。不久欧律阿鲁斯也参与了这项血腥的工作。当他们到达敌营尽头的时候，道路已经完全被清理干净，就像一条公路一般畅通无阻，只有死人的尸体堆在上面。但是他们为此耽搁了时间，铸成了大错。天色渐渐亮了起来，一队来自拉丁姆城的骑兵看到欧律阿鲁斯闪闪发光的头盔，就向他盘问口令。他没有回答，一直冲进了树林；他们知道了他是敌人，马上把树林团团围住。匆忙之中，两位好友分开了。欧律阿鲁斯走错了路，尼索斯急得要命，回来找他。他自己没有被敌人发现，但他看到好友落入了骑兵队的手中。怎样才能营救他呢？尼索斯只有一个人，毫无成功的希望，但他宁可冒险一试，然后战死，也不愿抛下好友不管。于是他独自对抗全队骑兵，用标枪击倒了许多战士。骑兵队长不知道这个致命的攻击来自何方，就转向欧律阿鲁斯大喊道："你要为此偿命！"他举起手中的宝剑，但还没刺到对方，尼索斯就冲了出来，喊道："杀我吧，杀我吧！事情全是我干的，他只是跟随我而已。"可是他的话还没说完，宝剑已经刺入少年的胸膛，欧律阿鲁斯倒在地上奄奄一息。尼索斯砍倒了杀害好友的人，自己也被刺中了好几枪，最终倒在好友身旁。

特洛伊人的其他历险都是在战场上进行的。埃涅阿斯率领伊特鲁里亚大军及时赶回战场援救全军，双方展开了激战。此后的故事几乎完全变成了人们互相残杀的记录。战役一场接着一场，过程大同小异。无数英雄惨遭杀戮，大地上血流成河，铜号齐鸣，从强弓上射出的大量利箭像冰雹一般四处飞舞，溅血的马蹄疯狂地践踏着死者。早在故事结束之前，恐怖的事件就已经显得不怎么吓人了。特洛伊人的敌人当然都被杀死了。卡米拉对自己大大褒奖了一番才死去；邪恶的米赞提俄斯遭到了应有的惩罚，但他却是在年轻而英勇的儿子为了保护他而牺牲之后才被杀死的。友军的战士也死了不少，伊凡德耳的儿子帕拉斯就是其中之一。

最后，图耳努斯和埃涅阿斯单独决斗。在故事的前半部分，埃涅阿斯与赫克托耳或阿喀琉斯一样富于人性，然而他此时却变成了一种奇特而可怕的生灵，简直不像真人。以前他曾温存体贴地背着年迈的父亲逃出着火的特洛伊城，鼓励幼小的儿子跟在他身边跑；他来到迦太基后，体会到了被同情的滋味，庆幸自己来到了一个"人们会落泪"的地方；他盛装在狄多的王宫里昂首阔步，也是非常合乎人情的。但是在拉丁姆战场上，他却不再是一个人，而是变成了一个可怕的超人。他"像阿陀斯山一样雄伟，像亚平宁山山神一样高大，摇撼粗大的橡树，把积雪的山巅耸上天际"，又像"百臂百手的巨人埃伽翁，五十张血盆大口吐着火焰，五十面坚固盾牌隆隆作响，五十把锐利宝剑上下翻飞——埃涅阿斯就这样在整个战场上发泄胜利的怒火"。他与图耳努斯进行的最后一场决斗的结局没有什么趣味,因为图耳努斯对抗埃涅阿斯就像对抗闪电或地震一样徒劳无功。

维吉尔的长诗写到图耳努斯之死就结束了。诗人告诉我们,埃涅阿斯后来娶了拉维尼亚公主,为罗马民族奠定了根基——根据维吉尔的说法,罗马民族"把艺术和科学之类的事情留给其他民族去做,他们自己则永远铭记注定要履行的使命:将世间的各个民族都纳入罗马帝国的统治之下,迫使他们接受顺服和不抵抗的原则,宽恕谦卑者,打倒骄傲者"。

第五部分　神话中的重要家族

第一章　阿特柔斯家族

　　阿特柔斯及其后代的故事之所以重要，主要是因为公元前五世纪的悲剧诗人埃斯库罗斯以此为题材创作了他最伟大的戏剧《俄瑞斯忒亚》——由《阿伽门农》、《奠酒人》和《欧墨尼得斯》三部剧作组成。除了索福克勒斯创作的关于俄狄浦斯及其子女的那部四联剧以外，希腊悲剧中没有一部能够与之媲美。坦塔罗斯宴请诸神的故事是由公元前五世纪初的诗人品达讲述的，但他断言这个故事并不真实。坦塔罗斯受罚的场景被很多作家描述过，最早出现在荷马史诗《奥德赛》中，本章中的这个故事就取材于此。安菲翁和尼俄柏的故事取材于奥维德的作品，因为只有他完整地讲过这个故事。至于珀罗普斯在赛车中取胜的故事，我比较喜欢公元一世纪或二世纪的作家阿波罗多罗斯的版本，因为他的叙述在我们所能看到的各种版本当中是最完整的。阿特柔斯和梯厄斯忒斯的犯罪经过以及继之而来的种种事件都取材于埃斯库罗斯的剧作《俄瑞斯忒亚》。

　　阿特柔斯家族是神话中最著名的家族之一。率领希腊人远征特洛伊的阿伽门农就是这个家族的成员，他的妻子克吕泰涅斯特拉和三个子女伊菲革涅亚、俄瑞斯忒斯和厄勒克特拉也都和他一样有名。他的弟弟墨涅拉俄斯是美女海伦的丈夫，特洛伊战争就是为了她而打起来的。

　　这是一个命途多舛的家族。人们认为，种种不幸都应当归咎于他们的一位祖先——吕底亚国王坦塔罗斯。他做过一件极其邪恶的事情，给自己带来了非常可怕的惩罚。事情并未就此完结。由他创始的邪恶风习在他死后一直延续下来。他的后代也做出了恶事，同样受到了惩罚。这个家族仿佛遭到了诅咒，身不由己地犯下罪行，给有罪者和无辜者带来苦难和死亡。

坦塔罗斯和尼俄柏

坦塔罗斯是宙斯的儿子，在宙斯的凡间子女中最受诸神的尊重。他们准许他在神界的餐桌上用餐，品尝珍馐美味，饮用琼浆玉液——除了他以外，只有神祇才能享用这些东西。不仅如此，诸神还到他的宫殿里赴宴，屈尊和他一起用餐。然而他却做了一件连诗人都不愿解释的残暴之事以报答诸神的恩宠：他把自己的独生子珀罗普斯杀掉，放在大锅里煮熟，端给诸神享用。他显然对他们充满憎恨，才甘愿牺牲自己的儿子，让他们变成食人的恶魔。他也可能是想用最令人惊骇的方式让大家瞧瞧，欺骗备受敬畏和崇拜的神明是多么容易。他蔑视诸神，极端自信，做梦都没有想到客人们会知道他端上来的是什么样的菜肴。

他真是个傻瓜。奥林匹斯诸神自然对他的诡计心知肚明。他们退出了这场可怕的宴会，怒斥设计这一骗局的罪人。他们宣称要重重地惩罚他，好让其他人在听说他所受的苦难之后，再也不敢侮辱神明。他们把这个大罪人放在冥国的一个池塘中，可是每当他口渴难耐、弯腰喝水时，却总是够不到水面，因为他一弯腰，水就被排到地里去了；等他站起来，水位又恢复了正常。池边的果树上挂满了梨、石榴、红苹果和甜甜的无花果，可是每当他伸手去摘，风就把树枝吹到他够不到的地方。他就这样站在那里，喉咙里永远干渴难挨；周围有许多食物，他却永远饥肠辘辘。

诸神救活了他的儿子珀罗普斯，但他们不得不用象牙打造他的一只肩膀。一位女神——有人说是得墨忒耳，有人说是忒提斯——不小心吃下了那份可怕的菜肴，以致这个男孩的肢体被重新拼凑起来时少了一只肩膀。这个丑恶的故事似乎是按照最初的野蛮形式流传下来的，并没有被改得和缓一些。后来的希腊人不喜欢这个故事，强烈反对它的内容。诗人品达说它是：

　　　　一个充满华而不实的谎言的故事。

汉密尔顿作品

人们绝不应当谈论蒙福诸神的食人行为。

无论这个故事是真是假,珀罗普斯的余生却是一帆风顺的。在坦塔罗斯的后代中,只有他没有遭到厄运。虽然他追求过一位曾经害死许多男人的危险女子——希波达弥亚公主,但他的婚姻却很幸福。男人们为她而死,这不能怪她本人,而应当怪她的父亲。国王有两匹健硕的骏马,是战神阿瑞斯送的——当然比凡间的一切马匹都更加出色。他不想让女儿出嫁。每当有人来向她求婚,国王就会告诉这位青年,要想得到公主,就得跟她的父亲赛车。如果求婚者的马车获胜,她就嫁给他;如果她父亲的马车获胜,求婚者就得赔上性命。很多鲁莽的青年就这样一命呜呼。尽管如此,珀罗普斯却并不害怕,因为他的马是海神波塞冬送的,他对它们很有信心。最后他赢了。不过也有一个故事说,他之所以取胜,主要原因不在于波塞冬的马,而在于希波达弥亚的帮助。也许是因为她爱上了珀罗普斯,也许是因为她觉得这种比赛该停止了,就贿赂了他父亲的御者弥耳提洛斯,请他帮忙。于是他拔下了国王的战车车轮上的螺栓,结果珀罗普斯不费吹灰之力就获得了胜利。后来,珀罗普斯杀死了弥耳提洛斯,后者临死时向他发出了诅咒。有人说,这个家族后来的祸患就肇因于此。不过,大多数作家认为是坦塔罗斯的恶行导致了他的子孙的厄运,这种说法当然更加合乎情理。

命运最为悲惨的是坦塔罗斯的女儿尼俄柏。起初,诸神似乎对她格外施恩,让她享有好运,就像他们恩待珀罗普斯一样。她的婚姻很幸福。她的丈夫安菲翁是宙斯的儿子,也是一位无与伦比的音乐家。他曾与孪生兄弟仄托斯一起为忒拜城建造防御工事,在城邦的周围砌了一道高墙。仄托斯体力过人,瞧不起他的兄弟对男性运动不闻不问却对艺术情有独钟的秉性。然而当他们从事搬运砌墙石块这项繁重工作的时候,温和的音乐家却胜过了强壮的运动员——安菲翁用竖琴奏出了迷人的乐音,使那些石头自己动了起来,跟着他一路滚到忒拜城。

他和尼俄柏心满意足地统治着这座城邦,直到坦塔罗斯遗传给她的那股疯狂的傲气在她身上体现出来。她在各方面都极其出众，因而自以为比众人敬畏的诸神还要优越。她家财万贯，出身高贵，大权在握，生了七子七女，儿子个个勇敢英俊，女儿个个美若天仙。她自恃强大，不仅敢于像她父亲一样欺骗诸神，而且还敢于公开藐视他们。

她号召忒拜民众膜拜她。"你们烧香敬拜勒托，"她说，"可是与我相比，她算得了什么？她只生过阿波罗和阿耳忒弥斯这两个孩子，而我的儿女却是她的儿女的七倍之多。我是王后，而她只是一个无家可归的流浪者，最后只有小小的得罗斯岛同意收留她。我快乐、强壮、伟大——任何人、任何神都伤害不了我。你们要在勒托的神殿里祭拜我——从此以后，这不再是她的神殿，而是我的神殿。"

人们自恃强大而说出的傲慢言辞，总会传入诸神的耳朵，诸神必然会对这样的人施加惩罚。弓箭之神阿波罗和狩猎女神阿耳忒弥斯从奥林匹斯疾速飞到忒拜城，将尼俄珀的儿女全部射死。她看到他们在难以形容的剧烈痛苦中死去，刚才还年轻力壮的人转瞬之间就变成了尸体。她倒在他们身边，悲伤之情使她一动不动，呆若木鸡，心也变得像石头一样冷，只有眼泪还流个不停。她被变成了一块日夜流泪的石头。

珀罗普斯有两个儿子——阿特柔斯和梯厄斯忒斯，祖先的邪恶习性完全传到了他们身上。梯厄斯忒斯爱上了他哥哥的妻子，成功地诱使她背叛结婚时的誓言。阿特柔斯发现了他们的奸情，发誓要让梯厄斯忒斯付出从未有人付出过的代价。他杀了弟弟的两个小孩，将其切成碎块煮熟，端给他们的父亲。他吃下去之后，

> 这个苦命的人，一听到这可恶的罪行，
> 当即大叫一声，后退几步——把吃下的肉吐了出来，
> 祈求上天让这个家族遭受最坏的厄运，
> 筵桌当场碎裂。

阿特柔斯是国王，而梯厄斯忒斯没有权力。阿特柔斯在世期间，他

的残暴罪行并未遭到报应，可是他的子孙却吃尽了苦头。

阿伽门农和他的子女

诸神在奥林匹斯仙境召开了一次全休会议，"神人之父"宙斯首先发言。他非常生气，因为人类总是以卑劣的方式对待诸神，总是为自己的恶行所导致的恶果责备神明。即使奥林匹斯诸神曾经试图阻止他们做坏事，他们做过之后也照样推诿。"你们都知道被阿伽门农之子俄瑞斯忒斯杀死的埃癸斯托斯的事情吧？"宙斯说，"他爱上了阿伽门农的妻子。阿伽门农从特洛伊回来以后，埃癸斯托斯杀死了他。这件事当然不能怪我们。我们曾叫赫耳墨斯警告过他：'俄瑞斯忒斯会为阿特柔斯之子报仇的。'这是赫耳墨斯的原话，然而就连如此友善的规劝也阻拦不住埃癸斯托斯。现在他终于遭到惩罚了。"

《伊利亚特》中的这段话是关于阿特柔斯家族的最早的记载。在《奥德赛》中，俄底修斯来到费阿刻斯人的国度之后，谈到他在冥国曾经遇到许多幽灵，其中最令他同情的就是阿伽门农的幽灵。当时他请求阿伽门农说明他的死因。那位首领说道，他是在餐桌旁被杀死的，就像一头公牛被屠宰一样，死得很不光彩。"是埃癸斯托斯在我那该受诅咒的妻子的协助下干的，"他说，"他邀请我到他家去，趁我吃喝的时候杀了我和我的部下。你曾经见过许多人死于决斗或战役，却一定没有见过一个人像我们这样，死在大厅里的酒钵和满桌菜肴的旁边，血流遍地。卡珊德拉倒在地上之后，她濒死之际的尖叫声在我耳边回响。克吕泰涅斯特拉隔着我的尸体杀死了她。我想伸出手去扶她，却伸不起来，当时我也快要死了。"

这就是这个故事的最初形态：阿伽门农被他妻子的情夫所杀。这是一个龌龊的故事，我们不知道它流传了多久。但在几个世纪之后，我们从埃斯库罗斯写于公元前450年左右的剧作中看到了与此完全不同的另一个版本。这是一个关于毫不留情的复仇、悲剧性的激情和无可逃避的厄运的伟大故事。杀死阿伽门农的动机不再是男女奸情，而是一位母亲对她那死于生身父亲之手的女儿的爱，和一位妻子杀死丈夫来为女儿报仇的决心。埃癸斯托斯这个人物失去了光彩，在故事里的地位无足轻重；阿伽门农的妻子克吕泰涅斯特拉成了最重要的角色。

阿特柔斯的两个儿子——远征特洛伊的希腊联军的总司令阿伽门农和海伦的丈夫墨涅拉俄斯——的结局迥然不同。墨涅拉俄斯起初没有多少成就，晚年却过得很好。他一度失去了爱妻，但在特洛伊沦亡之后，他重又得到了她。雅典娜让暴风吹袭希腊舰队，他的船一直被刮到了埃及，好在他终于安全返乡，从此和海伦一起过着幸福的生活。然而，他哥哥的命运却与他完全不同。

特洛伊沦亡之后，阿伽门农是获胜的首领当中最幸运的一位。暴风雨使许多人死于海难，让许多人漂流到遥远的国度，而他的船却安全脱险。他不仅在历经陆上和海上的危险之后安然抵达故城，而且成了充满荣耀的特洛伊征服者。家乡的百姓正在等他归来。他登陆的消息不胫而走，城里的民众纷纷向他表示热烈欢迎。他似乎是所有将士当中战绩最为辉煌的一个。获胜之后，他重返家乡，即将再度享受和平与幸福。

然而，在欢迎他返乡的人群当中，有些人的脸上却露出了担忧的神色，不祥的预言也不胫而走。"他会发现那些邪门的事情，"他们咕哝道，"宫里本来一切都很正常，现在却变了样。那幢房子若能开口说话，一定会讲出其中的蹊跷。"

城里的老者们聚在宫殿门前等着向国王致敬，但是他们也很苦恼，甚至比疑心重重的群众更加焦虑，怀有更加不祥的预感。他们一面等待，一面低声谈论着过去的事情。他们年事已高，在他们心中，过去似乎比现在更加真实。他们回忆起了伊菲革涅亚的牺牲：那位天真可爱的少女全心全意地信赖她的父亲，却被送上祭坛，遭受残忍的杀戮，周围只有一张张毫无怜悯之情的面孔。老人们谈论着当时的情景，就像在谈论他们记忆犹新的一件往事，仿佛他们当时就在现场，与她一起听见她深爱的父亲命人把她抬起来，放到祭坛上杀掉。他并不是自愿杀她，而是在希腊大军的逼迫之下这样做的——当时大军正在急不可待地企盼一场好风，以便起航前往特洛伊。不过事情并非如此简单。他屈从大军的要求，是因为他的家族代代相传的那种古老的邪恶风习注定要给他带来邪恶的后果。老人们知道笼罩着这个家族的诅咒：

>……嗜血的饥渴——
>存在于他们的体内。旧创未愈，
>新血又流了出来。

伊菲革涅亚已经去世十年了，但她的死亡所导致的后果却延续至今。老人们见多识广，知道每一桩罪行都会引发新的罪行，每一件恶事都会招致恶果。在这欢庆胜利的时刻，那位死去的少女的冤魂却对她的父亲造成了威胁。不过，也许一时还不会发生什么事情吧？他们彼此议论道。就这样，他们尽量抱着一点希望。但他们在内心中却明知复仇的火焰已经在宫中等着阿伽门农了，只是不敢说出口。

当年，王后克吕泰涅斯特拉在奥利斯目睹了女儿的受难之后，回到了故乡，从此就下定了复仇的决心。她没有忠于杀害女儿的丈夫，全体臣民都知道她有了一位情人。他们也知道，当阿伽门农返乡的消息传来之后，她并未遣走情人，他仍然和她一起住在宫中。宫门里面的人们究竟在酝酿什么阴谋呢？他们正感到纳闷和恐惧，忽然听到一阵热闹的车轮声和喊叫声。国王的御用马车驶进了庭院，一位容貌很美、神情却十分古怪的女孩坐在国王身边。侍从和市民跟在马车后面。马车停下来以后，宫殿的大门开了，王后出现在大家面前。

国王下了车，大声祷告道："啊，但愿我所得到的胜利永远属于我！"只见他的妻子容光焕发、昂首阔步地上前迎接他。她知道，除了阿伽门农，在场的每个人都对她的不贞心知肚明，但她却在他们面前笑眯眯地宣布：在这样的一个时刻，即使是当着大家的面，她也要表达出自己对丈夫的深情，以及她在丈夫远行期间所感受到的极度的悲哀。接着，她用充满喜悦的言辞向他表示欢迎。"你是保护我们安全的屏障，"她说，"是我们坚固的防线。看到你，就像暴风雨中的水手看到陆地，口渴的旅人看到甘泉。"

他回应了她的问候,但态度并不是很热情,然后就转身走进了王宫。进宫之前,他指着马车上的姑娘——特洛伊老国王普里安的女儿卡珊德拉——对妻子说,这是"女俘房之花",是希腊联军送给他的礼物,并吩咐克吕泰涅斯特拉好好照料她。说着,他走进了宫殿,宫门在这对夫妇的身后关上了。从此他们两人再也不会一同走出宫门了。

群众已经散去,只有老者们还在肃静的宫殿和紧闭的大门前焦急不安地等候消息。被俘的公主引起了他们的注意,他们好奇地打量着她。他们听说过她奇特的名声:她是一位女先知,她的预言无人相信,事后却总是被证明是灵验的。她面带惊恐的表情望着他们,用狂野的声音问道:她被带到什么地方来了?这是什么房子?他们用安抚的语调回答道,这是阿特柔斯之子的住宅。她失声喊道:"不!这是一座遭到天神憎恨的房子,有人被杀,鲜血染红了地板。"老人们吓得偷偷交换眼色。鲜血,杀人,他们也正在想着这样的事情,想着过去的暴行将会导致更多的罪恶。可她是一个异乡人、外国人,怎么会知道过去的事情呢?她哭着说道:"我听见了孩子们的哭声"——

……为流血的伤口哭泣。
父亲大饱口福——吃的是儿女的肉。

梯厄斯忒斯父子的事……她是从什么地方听来的?接着她又滔滔不绝地说了一些疯狂的话语。她仿佛看到了多年前发生在这幢房子里的种种祸事,仿佛曾站在旁边亲眼目睹一次又一次的死亡,每一次死亡都是一桩罪行,从这些罪行中又将衍生出更多的罪行。然后她从过去转向未来,喊道,就在这一天,这份死亡名单上将会再添上两条人命——她自己就是其中之一。她转身向王宫走去,说道:"我要忍耐到死亡的那一刻。"他们想拦住她,不让她走进那幢不祥的房屋,可是她不肯听。她走了进去,从此再也没有出来。她走后,周围陷入一片寂静。突然,寂静的氛围被一种可怕的声音打破了。宫里传出了一声喊叫,那是一个男人充满痛苦的声音:"神啊!我被刺中了!致命的一击——"然后一切

又归于沉寂。老人们又是惊慌又是困惑,挤作一团。那是国王的声音。他们该怎么办呢?"破门而入吗?快,快一点儿,"他们互相催促道,"我们必须知道实情。"然而现在已经没有必要硬闯了,大门开了,王后站在门口。

她的衣服上、手上、脸上沾满了深红色的血迹,但她却神色自若,显得充满自信。她向大家宣布了刚才发生的事情。"我的丈夫死了,是我亲手杀的。"她说。沾在她的衣服和面孔上的就是他的血迹,她为此感到高兴:

> 他气喘吁吁地倒在地上,
> 鲜血像黑色水花一般喷涌而出,溅在我的身上。
> 在我看来,这死亡之露是如此甜美,
> 宛如玉米地里的种子发芽时的天降甘霖。

她觉得无须为自己的行动加以解释或辩白。在她自己的心目中,她不是杀人犯,而是行刑者。她惩罚了一个凶手,一个杀害自己孩子的凶手:

> 他对女儿的生命毫不顾惜,
> 仿佛她只不过是挤满羊群的羊圈中的一只羊而已。
> 他杀害了亲生女儿——只为换取一道符咒
> 以阻挡色雷斯的强风。

她的情人跟了出来,站在她的身旁——此人就是梯厄斯忒斯的幼子埃癸斯托斯,他是在那场可怕的人肉宴席之后出生的。他本人和阿伽门农无冤无仇,但是当年杀死侄儿、将人肉端给孩子父亲吃的阿特柔斯已经死了,报应无法落在他的身上,所以他的儿子必须代他接受惩罚。

王后和她的情人理应知道邪恶不可能被邪恶所终止,死在他们手中的这个人的尸体就是明证。然而他们却由于复仇成功而志得意满,没有停下来想一想,这件命案也和所有其他命案一样,一定会招致恶果。

"你我不会再杀人了，"克吕泰涅斯特拉对埃癸斯托斯说，"如今我们是这里的主宰。我们两人要整顿这里的一切。"这真是无稽的妄想。

伊菲革涅亚是她的三个子女之一，她还有一女一子，分别是厄勒克特拉和俄瑞斯忒斯。假如俄瑞斯忒斯当时在场，埃癸斯托斯一定会杀死这个男孩，但俄瑞斯忒斯被送到一个可靠的朋友家里去了。埃癸斯托斯不屑于杀死那个女孩，只是用各种方法折磨她，以至于她把整个生命都寄托在一个希望上面：等俄瑞斯忒斯回来为他们的父亲报仇。报仇……该怎么报呢？她一次又一次地询问自己。埃癸斯托斯当然非死不可，但是只杀他一个人还不足以伸张正义，因为他的罪行不如另一个人那么重。那该怎么办呢？儿子杀死母亲来为父亲报仇，是否符合正义呢？在克吕泰涅斯特拉和埃癸斯托斯统治这片国土的漫长岁月里，她天天在痛苦中思索这个问题。

随着男孩长大成人，他对这种可怕的情势看得比姐姐更清楚。报杀父之仇是儿子的责任，这项责任比其他的一切都更加重要。但儿子杀害母亲却是神人共愤的事情。最神圣的义务与最残暴的罪行密切相连。他只想做正确的事情，却不得不在两件可怕的错事之间选择其一——要么成为背叛父亲的逆子，要么成为杀害母亲的凶手。

他怀着这样的疑虑和苦恼，到德尔斐神殿去请教神谕。太阳神阿波罗用清晰的言语向他吩咐道：

> 杀死那两个杀人凶手，
> 以人命抵人命。
> 用新血偿旧血。

于是俄瑞斯忒斯得知他必须使他的家族所受的诅咒得以实现，为父报仇，然后以死谢罪。他回到自己阔别多年的家园——当年他离开这里的时候还只是一个小孩子。他的表兄兼好友皮拉得斯与他同行，他们两人从小一起长大，彼此之间的深情远非寻常的友谊可比。厄勒克特拉不知道他们快要到了，还在那里守望。她一生都在等待弟弟归来，他会替她实现她此生的唯一心愿。

有一天,她在父亲墓前献上了一份祭品,并祷告道:"父亲啊,指引俄瑞斯忒斯回家吧!"突然间,他已经站在了她的身边,称她为姐姐,还把他身上的斗篷当作证物给她看——这件斗篷是她亲手缝制的。当年他离开家时,她把他裹在了这件斗篷里面。但她其实根本不需要证物。她喊道:"你长得跟父亲一模一样!"接着她向弟弟倾诉起了她在这段悲惨岁月当中无处奉献的亲情:

　　我把一切感情都献给你——
　　我未能献给亡父的爱,
　　我本应献给母亲的爱,
　　还有我对那注定要惨死的苦命姐姐的爱,
　　现在都属于你,只属于你一人。

俄瑞斯忒斯正在凝神思考他所面临的处境,沉浸在自己的思想当中,因而没有回答她的话,甚至没有听进去。他打断了她的倾诉,把占据了他的全部心思的那件事告诉了她——那就是阿波罗的可怕神谕。俄瑞斯忒斯怀着满腔恐惧说道:

　　他命我抚慰愤怒的亡魂。
　　不听死难亲人呼声的人,
　　终身无家可归,到处都找不到荫庇;
　　既得不到神圣的爱,也得不到朋友的问候。
　　他将在悲惨的境遇中孤独地死去。
　　神啊,我是否应当相信这样的神谕?
　　然而——然而,既然此事一定要做,我自当勉力躬行。

于是他们三人订了一个计划。俄瑞斯忒斯和皮拉得斯打算假充信差,带着俄瑞斯忒斯的死讯到王宫去。克吕泰涅斯特拉和埃癸斯托斯一直害怕他会复仇,因此他们听了这个消息一定很高兴,必然想见信差。俄瑞斯忒斯和他的朋友一进王宫,就出其不意地拔出剑来攻击他们。

俄瑞斯忒斯和皮拉得斯被迎进宫中,厄勒克特拉则在外面等候消息——这是她有生以来最难扮演的角色。大门慢慢地被打开了,一个女人走了出来,静静地站在台阶上——那是克吕泰涅斯特拉。她刚站了一会儿,一个奴隶就冲出来尖叫道:"谋反!主人!谋反!"看见克吕泰涅斯特拉之后,他气喘吁吁地说:"俄瑞斯忒斯——还活着——在这儿。"于是她明白了,对过去和未来的一切都清楚了。她厉声叫奴隶拿一把战斧来,决心靠搏斗来自卫。但她刚一拿到武器,就改变了主意。一个人从宫门里走了出来,他的宝剑上鲜血淋漓。她知道持剑的人是谁,也知道剑上沾的是谁的鲜血。她立刻看到了一条比战斧更加保险的防身之道。她是面前这位青年的母亲。"住手,我的儿子,"她说,"看看——这是我的胸脯,你那沉重的小脑袋曾经依偎在这里安睡过许多次,你那没有一颗牙的小嘴曾经吸吮过这里的乳汁,你就是这样长大的……"听了这话,俄瑞斯忒斯喊道:"啊,皮拉得斯,她是我的母亲啊。我能饶她一命吗?"他的朋友严肃地告诉他:不行,阿波罗下了命令,神意必须得到遵从。"好吧,我服从,"俄瑞斯忒斯说,"您——跟我来吧。"克吕泰涅斯特拉知道她失败了。她平静地说:"儿子,看来你要杀你的母亲了。"他示意她进屋。她走了进去,他跟在后面。

等到他再次走出来时,那些在庭院里等候的人无需被告知就已明白他做了什么事。他们一句话也没有问,只是以同情的目光望着他们的新主人。他似乎没有看见他们,而是凝视着他们身后的恐怖幻影,口中结结巴巴地说:"那个人死了。我杀他是没有罪的。他是奸夫,必须死。可是她——是不是她干的呢?啊,朋友们,我说我杀了我的母亲——但这并不是没有理由的——她很卑鄙,她杀了我的父亲,天神憎恨她。"

他的眼睛一直盯着那个谁都看不见的恐怖幻影。他尖叫道:"瞧!瞧!那边的女人。黑色的,全身都是黑色的,长长的头发像蛇一样。"他们连忙告诉他,根本没有什么女人。"那只是您的幻觉。啊,不要害怕。""难道你们没有看见她们吗?"他喊道,"不是幻觉,我——我看见她们了。是我母亲派她们来的。她们围在我身边，眼里滴着鲜血。啊，让我走！"他狂奔而去。除了那些无形的幻影，没有人陪伴他。

他再度回国，已是多年以后的事了。他曾流浪到许多地方，始终被那几个可怕的幻影追逐着。他因痛苦而日渐憔悴，失去了人类所珍视的一切，但他也有一项收获。"我从苦难当中学到了很多东西。"他说。他认识到，没有一项罪过是无法补偿的，就连他这个犯下弑母大罪的人也可以赎清罪孽。他前往雅典——阿波罗送他到那里向雅典娜陈情。他是来向女神求助的，但是他对自己相当有信心。那些渴望赎罪的人不可能遭到拒绝。经过多年的孤单流浪和受苦，他的罪行给他染上的黑色污点已经变得越来越淡了。他相信，时至今日，污点已经完全消失。"我可以用纯洁的双唇和雅典娜说话。"他说。

女神倾听了他的陈情，阿波罗也站在他这一边。"我应当为他的行为负责，"他说，"他是依照我的命令杀人的。"对他穷追不舍的可怕幻影——复仇女神厄里倪厄斯则一致反对他。俄瑞斯忒斯静静地听完她们的复仇要求，说："应当为杀害我母亲的行为承担罪责的是我，而不是阿波罗。但我的罪过已经被赎清了。"这样的话还是第一次从阿特柔斯家族成员的口中说出。这个家族中的凶手从未因其罪行而受苦，并努力洗清罪过。雅典娜接受了他的申辩，并劝说复仇女神也接受。随着这条新的宽恕法令的确立，复仇女神自身也发生了变化——由可怕的"复仇女神"变成了仁慈的"恳求者保护神"欧墨尼得斯。她们释放了俄瑞斯忒斯。这条释放令一下，多年来一直困扰着他的家族的那种邪恶力量也随之消失。俄瑞斯忒斯作为一个自由人走出了雅典娜的法庭，他和他的子孙都不会再由于过去的难以抵御的魔力而陷入罪恶。笼罩着阿特柔斯家族的那道魔咒终于解除了。

伊菲革涅亚在陶里安人的国度

这个故事完全取材于公元前五世纪的悲剧诗人欧里庇得斯的两部剧作。除了他以外，没有一位作家完整地讲过这个故事。在三位悲剧诗人中，只有欧里庇得斯经常使用让神明来解围的手法，从而造成圆满的结局。在我们看来，这样的手法是一个弱点，它在下面这个故事中更是显得多余，因为即使省掉那阵逆风，也完全可以得到相同的结局。实际上，雅典娜的出现破坏了完好的情节结构。世界上最伟大的诗人之一之所以出现这样的失误，可能是因为当时雅典正在和斯巴达交战，饱受战乱之苦的雅典人渴望看到奇迹的发生，欧里庇得斯便顺应了他们的这个愿望。

如前所述，希腊人不喜欢关于杀人献祭的故事，不论这样的献祭是为了安抚神祇的怒气、为了祈求地母赐予好收成，还是为了其他任何目的。他们与我们一样，认为杀人献祭是一种可憎的行为。若有神祇提出这种要求，那么这说明他是一位恶神。正如诗人欧里庇得斯所说："倘若诸神行恶，他们就不是神了。"因此，伊菲革涅亚在奥利斯被当作祭品的故事必然会衍生出别的说法。根据早期的记述，她之所以被杀，是因为狩猎女神阿耳忒弥斯所宠爱的一只野生动物被希腊人所杀，这些获罪的猎人必须杀死一位少女才能重新博得女神的欢心。但是后来的希腊人觉得这样的说法是对阿耳忒弥斯的诋毁，因为那位迷人的森林女神专门保护弱小无助的生灵，她不可能提出这样的要求。

>神圣的阿耳忒弥斯女神
>无比温柔地对待朝露般的少年、娇弱的婴儿，
>还有倘佯在草地上的青年男女；
>她最心爱的则是住在森林里的生灵。

因此，有人为这个故事编写了另一种结局。伊菲革涅亚在奥利斯等候死亡的召唤，她的母亲站在她身边。当希腊士兵去接她时，她不让母亲克吕泰涅斯特拉陪她前往祭坛。"这对您、对我都更好一些。"她说。于是她的母亲单独留了下来。后来，克吕泰涅斯特拉看到一个男人朝她跑了过来。他一路飞奔，可她不明白怎么会有人赶来向她报信。他向她

大喊道："好消息！"他说，她的女儿并没有牺牲，这一点是肯定的，可是谁也不知道究竟发生了什么事情。当祭司准备下手杀她的时候，在场的每个人都痛苦地垂下了头。这时，只听祭司突然大叫一声，他们抬起头，看到了一个令人难以置信的奇迹：女孩不见了，祭坛旁边的地面上躺着一头鹿，它的喉咙已经被割开。"这是阿耳忒弥斯施行的神迹，"祭司宣布，"她不想让她的祭坛沾上人血，所以她自己提供祭品，接受了牺牲。""王后，我告诉您，"信差说，"我在现场亲眼看见了这个情景。您的孩子显然是被带到诸神那里去了。"

其实伊菲革涅亚并没有被带上天庭，而是被阿耳忒弥斯送到了"不友善之海"岸边的陶里安人的国土（即今日的克里米亚半岛）上——陶里安人生性凶残，他们有一项野蛮的习俗：在国境内一发现希腊人，就杀掉他们来祭祀女神。阿耳忒弥斯确保伊菲革涅亚的安全，让她担任自己神殿的女祭司。她负责处理祭品，这是一件可怕的任务。她虽然不用亲手杀害同胞，却要通过古老的仪式使其神圣化，然后交给刽子手去宰杀。

她服侍女神多年以后，有一天，一艘希腊帆船停泊在这片不友善之海的岸边，它不是被暴风刮来的，而是主动来的。各地的人们都知道陶里安人对希腊俘虏非常残酷，因而这艘船在这里抛锚必然有着异常强烈的动机。破晓时分，两位年轻人下了船，悄悄地走向神殿。他们两人显然出身高贵，看上去像是国王的儿子，但其中一位却满面愁容。这位青年低声对他的朋友说道："皮拉得斯，你看是不是这座神殿？""是的，俄瑞斯忒斯，"对方答道，"这一定就是那血迹斑斑的地方。"

是俄瑞斯忒斯和他的挚友来了吗？他们到这个希腊人最容易受害的国家来做什么？此时俄瑞斯忒斯的弑母罪责是否已经获得赦免？此事发生在他获释一段时间之后。在这个故事中，虽然雅典娜宣布他已经赎清了罪责，但并不是所有的复仇女神都接受了这个判决，她们当中的一部分还在继续追逐他——至少他自己是这么想的。就连雅典娜亲自宣布的释放令都没能让他的心灵恢复平静，追逐者的数目比以前要少，但她们仍旧如影随形地跟着他。

他在绝望当中前往德尔斐神殿。倘若他在全希腊最神圣的这个地方都得不到帮助，那么在别处就更得不到了。阿波罗的神谕给了他一线希望，但他只有冒生命危险才能实现这个希望。德尔斐神殿的女祭司说，他必须前往陶里安人的国度，从阿耳忒弥斯的神殿中把她的神像搬走，等到他把神像立在雅典，他就能治愈心病，得到平安，摆脱可怖幻影的困扰。这是一个非常危险的举动，但是他的全部命运都取决于此举的成功与否。他决心不计一切代价去试一试，皮拉得斯一定要陪他同去。

两人来到了神殿，立刻发现他们得等到晚上才能行动，因为白天根本不可能在不被人发觉的情况下溜进殿里。于是他们退到一个荒僻阴暗的地方躲了起来。

伊菲革涅亚与往常一样，满怀悲哀地履行她对女神的种种职责。突然，她的工作被一位信差所打断，他说有两位希腊年轻人被捕，要立刻杀来祭神，他奉命前来叫她预备举行神圣的仪式。于是，她经常感到的恐惧又一次攫住了她的心。想到那可怕的流血场面和受害人的痛苦，她虽然已经对此十分熟悉，却仍然战栗不已。这一次她的心中萌生了一个新念头。她自问道："难道一位女神竟然会下这种命令吗？她会乐于看到杀人祭祀吗？我不相信是这样，"她自言自语道，"一定是这个国家的人嗜血成性，却把自己的罪过推到神祇的头上。"

她站在那里沉思的时候，俘虏被带进来了。她打发侍从进殿去做准备，这里只剩下他们三个人。她与两位年轻人攀谈了起来。她问道，他们的家乡——他们再也见不到的家乡在哪里？她忍不住流下了眼泪。他们看她这样富于同情心，感到很惊讶。俄瑞斯忒斯柔声对她说，她不必为他们难过，因为他们在踏上这片土地的时候，已经预料到可能遭遇的后果。但她继续问道：他们是不是兄弟？俄瑞斯忒斯回答道，感情上是，血缘上不是。他们叫什么名字？俄瑞斯忒斯说："何必问一个死到临头的人叫什么名字呢？"

"你们甚至不愿意告诉我你们来自哪个城邦吗？"她问道。

"我来自迈锡尼，"俄瑞斯忒斯回答，"那个城邦一度非常繁华。"

"那里的国王很有成就，"伊菲革涅亚说，"他名叫阿伽门农。"

"我不知道他的事情,"俄瑞斯忒斯突然说,"我们别再谈下去了。"

"不——不,跟我谈谈他吧。"她哀求道。

"他死了,"俄瑞斯忒斯说,"被他的妻子亲手杀死了。不要再问了。"

"再问一件事,"她喊道,"她——那位妻子——还活着吗?"

"不,"俄瑞斯忒斯回答,"被她的儿子杀死了。"

三个人默默对望。

"这是公道的,"伊菲革涅亚颤声低语道,"公道——但却很邪恶,很可怕。"她尽量恢复镇定,然后接着问道:"他们有没有说起过那个充当祭品的女儿?"

"他们只说她死了。"俄瑞斯忒斯说。只见伊菲革涅亚的神色大变,她显得既焦急又警觉。

"我想到了一个对你们两人和我自己都有好处的计划,"她说,"如果我能救你们的性命,你们愿不愿意为我在迈锡尼的亲友捎一封信?"

"不,我可不行,"俄瑞斯忒斯说,"但我的朋友会照办。他是为了我才到这里来的。把你的信交给他,杀我好了。"

"好,就这么办,"伊菲革涅亚回答,"等我去拿信。"她匆匆走开了,皮拉得斯向俄瑞斯忒斯转过身来。

"我不会让你一个人留下来送死,"皮拉得斯说,"如果我这么做,人人都会说我是懦夫。不行!我爱你——而且人言可畏。"

"我把我的姐姐交给你来保护,"俄瑞斯忒斯说,"厄勒克特拉是你的妻子,你不能抛弃她。至于我——死亡对我来说并不算灾难。"在他们匆匆耳语的时候,伊菲革涅亚拿着一封信走了进来。"我要去劝说国王,我确信他会放过我的信差。不过,首先——"她转向皮拉得斯,"我要把信中的内容告诉你,这样,即使你遇到麻烦,把信弄丢了,你还可以凭着记忆把我的口信带给我的亲友。"

"这个计划很好,"皮拉得斯说,"我要把信交给谁呢?"

"交给俄瑞斯忒斯,"伊菲革涅亚说,"就是阿伽门农的儿子。"

她把视线移开,思绪又回到了迈锡尼。她没有看见这两个男人正用惊讶的目光盯着她瞧。

"你一定要告诉他,"她继续说道,"这是在奥利斯被当作祭品的那个姐姐的口信。她没有死——"

"死人能复生吗?"俄瑞斯忒斯叫道。

"安静!"伊菲革涅亚生气地说,"时间不多了。告诉他:'弟弟,带我回家,让我脱离这个残酷的祭司职务,离开这个野蛮的地方。'年轻人,你要牢牢地记住,他的名字叫做俄瑞斯忒斯。"

"神啊,神啊,"俄瑞斯忒斯呻吟道,"这简直令人难以置信。"

"我是在跟你说话,不是跟他,"伊菲革涅亚对皮拉得斯说,"你会记住这个名字吧?"

"当然,"皮拉得斯回答,"不过,替你送信花不了多少时间。俄瑞斯忒斯,这里有一封信,是你的姐姐托我转交的。"

"我收下了,"俄瑞斯忒斯说,"我高兴得难以形容。"

他立刻把伊菲革涅亚抱进怀里,但她挣脱了他的臂膀。

"我不知道啊,"她喊道,"我怎么能确定呢?你有什么证据?"

"你还记不记得你去奥利斯之前绣的最后一件女红?"俄瑞斯忒斯问道,"我描述给你听。你还记不记得你在宫中的闺房?我告诉你屋里有些什么。"

他证实了自己的身份,她这才扑进弟弟的怀里。她啜泣道:"最亲爱的!你是我最亲最亲的人。我离开你的时候,你还是只是一个婴儿,一个小小的婴儿。这件事简直是一个奇迹。"

"可怜的姑娘,"俄瑞斯忒斯说,"你跟我一样,和悲伤结了缘。你刚才差点儿就把亲弟弟杀死啦。"

"啊,真可怕,"伊菲革涅亚叫道,"但我刚才确实要做可怕的事情。这双手差一点儿就要了你的命。就是现在——我怎么才能救你呢?哪个神、哪个人肯帮助我们呢?"皮拉得斯一直在旁边默默地等着,他很同情他们,却也很不耐烦。他认为行动的时刻显然已经到了。"等我们离开这个可怕的地方再谈也不迟。"他提醒这对姐弟。

"我们何不把国王杀掉?"俄瑞斯忒斯急切地提议道。但伊菲革涅亚愤然拒绝了这个主意。国王托阿斯一向待她很好,她不愿伤害他。此刻,一个计划突然浮现在她的脑海当中,连最细微的细节都包含在内。她匆匆地解释了一番,两个小伙子当即表示赞同,于是他们三人走进了神殿。

过了一会儿,伊菲革涅亚抱着一尊神像走了出来,这时一个男人正要迈进神殿庭院的门槛。伊菲革涅亚喊道:"啊,国王,站住。站在那里不要动。"国王大吃一惊,问她这是怎么回事。她回答说,国王送来的那两个用于祭祀女神的男子是不洁的,他们是带有污点的恶人,曾经杀害自己的母亲,这惹恼了阿耳忒弥斯女神。

"我正要把神像带到海边去净化,"她说,"也把这两个人带到那里去清洗血污,然后才能举行祭神仪式。这些事情我必须单独去做。请您叫人把俘虏带过来,并向全城宣布,任何人都不准靠近我。"

"就按你的意思办吧,"托阿斯答道,"用多长时间都可以。"于是他望着这列队伍走开:伊菲革涅亚抱着神像走在最前面,随后是俄瑞斯忒斯和皮拉得斯,侍从们端着净化仪式的专用器皿殿后。伊菲革涅亚朗声祷告道:"童贞女王、宙斯和勒托之女啊,愿你住在圣洁的居所,愿我们快乐。"他们走出了人们的视线,一路走向俄瑞斯忒斯泊船的海湾。伊菲革涅亚的计划仿佛不可能失败。

然而计划还是失败了。在他们姐弟和皮拉得斯抵达海边之前,随从们果然服从她的命令,不敢打扰他们。他们满怀对她的敬畏站在那里,乖乖地依照她的吩咐行事。于是那三个人急匆匆地上了船,水手们扬帆起航。可是,在港口面向大海的地方,一阵大风朝陆地上袭来,他们无法逆风前行。他们用尽了一切办法,然而帆船还是被风刮了回来。船只眼看就要撞上礁石了。这时,当地的人们已经明白了他们的意图。一些人等着船只搁浅,准备上前抓人;其他人则跑去向国王托阿斯报告这个消息。国王怒气冲冲地从神殿赶来,要把渎神的异乡人和谋反的女祭司抓住并处死。突然,在他头顶的上空出现了一个金光闪闪的身影——显然是一位女神。国王吓得直往后退,敬畏之情使他止住了脚步。

"站住,国王,"女神说道,"我是雅典娜。放那艘船走吧,这是我对你的命令。现在,波塞冬正在使风浪平息下来,让它安全地航行。伊菲革涅亚等人是在神祇的指引下行动的。息怒吧。"

托阿斯恭恭敬敬地回答道:"女神,只要是您的意旨,我一定奉行不悖。"于是,在岸上围观的人们看到风向改变,大浪平息,希腊船只驶出海港,张满船帆,向远方疾驰而去。

第二章　忒拜王族

忒拜王族与阿特柔斯家族同样闻名，其理由是一样的。公元前五世纪诗人埃斯库罗斯的最伟大剧作讲述的是阿特柔斯后代的故事，同时代的另一位诗人索福克勒斯的最伟大剧作则讲述了俄狄浦斯及其子女的故事。

卡德摩斯和他的子女

卡德摩斯父女的故事只是一个更加宏大的故事的序幕。这个故事在古典时期很受欢迎，好几位作家都或完整或零散地讲述过它。我比较喜欢公元一世纪或二世纪时的作家阿波罗多罗斯的版本，他把这个故事讲得既简洁又清晰。

欧罗巴被公牛带走之后，她的父亲派她的兄弟去找她，还吩咐他们说，找不到就不准回来。他们当中的一位名叫卡德摩斯，他没有四处乱找，而是明智地到德尔斐神殿去向阿波罗打听她的下落。神祇叫他不要再为欧罗巴操心，也不要在乎他的父亲不准他独自回国的命令，而是要自己建立一座城邦。阿波罗告诉他，他走出德尔斐神殿时会遇见一头小母牛，他要跟着它走，在它躺下休息的地点建造他的城邦。忒拜城就这样建立起来了，四周的土地被命名为玻俄提亚，意为"小母牛之乡"。不过，卡德摩斯首先得和一条恶龙进行搏斗，并且杀掉它——这条恶龙守护着附近的清泉，卡德摩斯的所有同伴都在前去汲水的时候惨遭杀害。他不可能独自完成筑城的任务，但在恶龙死后，雅典娜出现在他面前，叫他把龙齿撒在地里，他乖乖照办，但他完全不知道这里将要发生什么事情。结果他惊恐地看到，许多全副武装的男子从田畦里冒了出来。但是他们根本没有注意到他，而是互相厮打，直至同归于尽，最后只剩下五个人，卡德摩斯将其收为助手。

在这五个人的协助之下，卡德摩斯使忒拜成为一座显赫的城邦。他以英明睿智的统治手法，使该城日益繁荣昌盛。根据历史学家希罗多德的说法，是卡德摩斯将字母传入希腊的。卡德摩斯娶了战神阿瑞斯和爱神阿佛洛狄忒的女儿哈耳摩尼亚为妻。诸神亲临他们的婚礼，为其增光添彩。阿佛洛狄忒还送给哈耳摩尼亚一串由奥林匹斯神匠赫淮斯托斯打造的精美绝伦的项链。尽管这条项链来自神界，它却给后来的一代人招来了祸患。

卡德摩斯夫妇生了四女一子，子女的命运告诉他们：诸神的恩宠并不是永远不变的。四个女儿的命运都很悲惨。其中的一位名叫塞墨勒，就是酒神狄俄倪索斯的母亲，她在宙斯真容的荣光面前被震慑而死。另一位名叫伊诺，就是被长着金羊毛的公羊救走的那个男孩佛里克索斯的坏继母。她的丈夫发了疯，杀了他们的儿子墨利刻耳忒斯。她抱着儿子的尸体跳进海里，但他们母子都被诸神救活。她变成了一位女海神，当俄底修斯的木筏被击碎的时候，正是她救了他的性命。她的儿子也变成了一位海神。在史诗《奥德赛》中，她的名字仍然叫做伊诺，但后来被改为琉科忒亚，她的儿子则被称为帕莱蒙。与她的姐姐塞墨勒一样，她得到了一个还算幸运的结局。另外两位姊妹就不同了，她们两人都为了儿子饱受痛苦。阿高厄是天下最可怜的母亲，她被酒神狄俄倪索斯害得疯疯癫癫，把自己的儿子彭透斯当作一头雄狮亲手杀死了。奥托诺厄的儿子是伟大的猎人阿克泰翁；奥托诺厄不像阿高厄那么不幸，没有亲手杀死自己的儿子，但是她不得不眼睁睁地看着他年纪轻轻就悲惨地死去，这对他而言实属冤枉，因为他没有做过任何错事。

当时他在外面打猎，又热又渴，便走进一个洞穴。外面的小溪在洞里变宽，成了一个池塘。他只想在晶莹的池水里凉快一下。他没想到自己恰好来到了狩猎女神阿耳忒弥斯心爱的浴池——而且，此刻女神刚好脱下衣裳，赤裸裸地站在水边，露出了美丽的胴体。遭到冒犯的女神根本没有考虑这个年轻人是在故意侮辱她，还是在毫不知情的情况下偶然到这里来的,便把湿手上的水珠甩到他的脸上。水珠一碰到他,他就变成了一头公鹿。他不但在外表上变成了鹿,而且连心也变成了鹿的心。一向不知恐惧为何物的他突然感到害怕,拔腿就跑。他的猎犬看到他跑开了,马上跑过去追他。他虽然极度惊恐,却仍然跑不过嗅觉灵敏的狗群。他自己的忠实猎犬一齐朝他扑了过去,咬死了他。

卡德摩斯和哈耳摩尼亚饱享荣华之后,在晚年为其子孙伤心欲绝。外孙彭透斯死后,他们逃出了忒拜城,似乎是想借此逃避厄运。但厄运仍然在后面穷追不舍。当他们来到遥远的伊利里亚时,诸神把他们变成了大蛇。这并不是对他们的惩罚,因为他们根本没有犯错。其实,他们的命运证明:苦难并不是对恶行的惩罚;无辜者和罪人一样,常常要忍受痛苦。

在这个不幸的家族中,没有人比卡德摩斯的玄孙俄狄浦斯更加无辜,也没有人比他受苦更深。

俄狄浦斯

除了狮身女怪斯芬克斯的谜语以外,这个故事的所有情节都取材于索福克勒斯的同名戏剧。与这条谜语有关的情节,索福克勒斯只约略提及,但是其他很多作家都讲述过,形式都大同小异。

忒拜城的国王拉伊俄斯是卡德摩斯的第三代后裔,他娶了远方表亲伊俄卡斯忒为妻。在他们统治期间,阿波罗的德尔斐神殿逐渐在其家族命运中占据主导地位。

阿波罗是"真理之神",因而德尔斐神殿女祭司的预言必定会实现。想使预言落空,就像抗拒命运的安排一样枉然。然而,当神谕告诫拉伊俄斯说他会死在自己儿子手里的时候,他还是决心不让预言实现。孩子一生下来,拉伊俄斯就捆住他的双脚,叫人把他扔到荒山上去等死。他不再害怕，相信自己在这件事上能够比神祇更加准确地预言未来。他始终没有意识到自己的愚蠢。他确实是被人杀死的，但是他还以为攻击他的那个人是个异乡人，从未想到他的死亡恰恰证实了阿波罗宣示的真理。

他死时离家很远，在时间上又与婴儿被弃荒山相隔多年。据说，他和随从们被一伙强盗杀死，只有一个人保住了性命，把这个消息带回了家乡。没有人仔细调查这件案子，因为当时忒拜的处境十分艰难，周围的乡村都被一只可怕的怪物——长着女人的前胸和脸孔的狮身鸟翼怪兽斯芬克斯所困扰。斯芬克斯在通往城区的路边等待行人，不管抓到谁，都叫他先猜一个谜语，并告诉他，如果他能猜出谜底，它就放他走路。没有人猜得出来，于是这个可怕的怪物把他们一个接一个地吃掉，以至于这座城邦仿佛陷入了被围困的境地。被忒拜城引以为荣的七扇大城门一直紧紧地关闭着，城中居民眼看就要忍饥挨饿了。

就在这时，一个大智大勇的异乡人来到了这座受困的城邦，他的名字叫做俄狄浦斯。他离开了故乡科林斯城——他在那里一直被视为国王波吕玻斯的儿子。他之所以自我放逐，是因为德尔斐神殿的另一道神谕：阿波罗宣称他注定要杀死父亲。他和拉伊俄斯一样，想使神谕无法实现，因而下决心再也不与波吕玻斯见面。他孤身一人四处流浪，最后来到忒拜附近的乡村，并且听说了城里的情形。他无家可归、无亲无故，生命对他也没有什么意义，所以他决定去找斯芬克斯，看看能不能猜出谜底。斯芬克斯问他："什么动物早上用四只脚走路，中午用两只脚，晚上用三只脚？""人，"俄狄浦斯回答道，"人在幼年时用四肢爬行，成年后直立行走，晚年时则拄着拐杖走路。"这个答案是正确的。斯芬克斯听了以后竟然自杀了，此事颇为费解，但却是一大幸事——忒拜的居民得救了。俄狄浦斯所得到的远比他所抛弃的更多。满怀感激的市民立他为王，他娶了老王的遗孀伊俄卡斯忒为妻。他们快乐地度过了许多年。这回阿波罗的预言仿佛并未应验。

可是，当他们的两个儿子长大成人之后，一场可怕的瘟疫降临忒拜，万物都染上了疾病。不仅城中的百姓病得奄奄一息，连牛羊和田地

神 话

里的果实也都遭了殃。那些没有病死的人们眼看就要饿死了。没有人比俄狄浦斯更加痛苦了。他自视为邦国之父，爱民如子，每个人的不幸都是他自己的不幸。于是他派伊俄卡斯忒的兄弟克瑞翁到德尔斐神殿去向神祇求助。

克瑞翁带着好消息回来了。阿波罗宣布：只要杀死老国王拉伊俄斯的凶手受到惩罚，瘟疫就会被遏止。俄狄浦斯听了如释重负。虽然事隔多年，但是凶手（也许有几个人，也许只有一个人）一定还能找到，到时候他们将会清楚地知道应该如何惩罚他。当民众聚在一起聆听克瑞翁带回来的神谕时，俄狄浦斯向他们宣布：

……这片土地上的居民
万万不可收容凶手。要把他视为卑污之辈，
挡在你们的门外。
我郑重地祷告：愿弑君的恶人
在恶劣的环境中被折磨至死。

俄狄浦斯开始积极地调查这件命案。他派人请来了在忒拜最受敬重的年迈的盲眼先知忒瑞西阿斯，问他有没有办法查出凶手。没想到这位预言家起先不肯回答，令俄狄浦斯又惊又恼。"看在天神的分上，"俄狄浦斯恳求道，"如果您知道真相——""傻瓜，"忒瑞西阿斯说，"你们都是傻瓜！我不愿意回答。"俄狄浦斯气急败坏地指责他说，他之所以保持沉默，是因为他本人就曾参与那次谋杀行动。这样一来，轮到先知生气了，他原本打算永不吐露的话语以沉重的声调从他的唇间说了出来："你自己就是你要找的凶手。"俄狄浦斯以为老人神志不清，说的都是疯话。他叫先知走开，再也不要到他面前来。

王后伊俄卡斯忒也对先知的话嗤之以鼻。她说："无论是先知还是神谕，都不可能说明真相。"她告诉丈夫，德尔斐神殿的女祭司曾经预言拉伊俄斯会死在他的儿子手里，于是他们夫妇命人把小孩弄死，以阻止这件事的发生。"拉伊俄斯是被强盗杀死的，死在前往德尔斐神殿途

中的三岔路口。"她得意洋洋地下结论说。俄狄浦斯用奇怪的眼神望着她，缓缓地问道："这件事发生在什么时候？""就在你来忒拜之前。"她说。

"有几个人和他在一起？"俄狄浦斯又问。"一共有五个人，"伊俄卡斯忒忙说，"只有一个人活了下来，其他人都被杀死了。""我必须见见那个人，"他说，"派人把他找来。""好的，"她说，"我马上派人去找。不过我有权利知道你在想什么。""我什么都不会瞒你的，"他回答道，"就在我来这里之前，我到德尔斐神殿去了一趟，因为有人当面嘲讽我，说我不是波吕玻斯的儿子。我去询问神祇，但他没有答复，却告诉我一些可怕的消息——我会杀父娶母，生下人见人畏的孩子。我从此再也没有回过科林斯。离开德尔斐神殿后，我走到一个三岔路口，遇到一个带着四名随从的男人。他要把我赶出这条路，还用棍子打我。我一气之下就和他们打了起来，把他们杀死了。那位首领会不会就是拉伊俄斯？""那个生还的人说他们遇到了强盗，"伊俄卡斯忒说，"拉伊俄斯是被强盗杀死的，不是被他儿子杀死的——那个无辜的可怜孩子早就死在山上了。"

就在他们谈话的时候，他们又得到了一个证据，它似乎证明阿波罗也有可能说假话。从科林斯来了一位信差，向俄狄浦斯报告了波吕玻斯的死讯。"神谕啊，你灵验在什么地方？"伊俄卡斯忒叫道，"那个人死了，但并没有死在他儿子的手里。"信差听了这话，露出了睿智的笑容。"您是因为害怕会杀害令尊，才离开科林斯的吗？"他问道，"啊，国王，您错了。您根本没有理由害怕——因为您并不是波吕玻斯的儿子。他把您养大，对您视如己出，但他是从我的手里把您抱过去的。""你是在什么地方捡到我的？"俄狄浦斯问道，"我的父母是谁？""我对他们的情况一无所知，"信差说，"是一位流浪的牧羊人把您交给我的，他是拉伊俄斯的仆人。"

伊俄卡斯忒脸色发白，露出恐怖的神色。"何必理会这样一个家伙的话呢？"她嚷道，"他的话一点儿都不重要。"她的话说得很急促，却也很凶。俄狄浦斯对她的话大感不解。"难道我的身世不重要吗？"他问道。"看在天神的分上,别再问下去了,"她说,"我的命已经够苦了。"她突然转身逃走,跑进了宫里。

这时,一位老人走了进来。他和信差好奇地互相对视。"啊,国王,就是这个人,"信差叫道,"他就是把您交给我的那位牧羊人。""你呢?"俄狄浦斯问那位老人,"他认识你,你也认识他吗?"老人没有回答,但信差坚持道:"你一定记得。有一次你把你发现的一个小娃娃交给了我——这位国王就是那个娃娃呀。""该死,"对方咕哝道,"闭嘴!"俄狄浦斯怒喝道:"什么?!你想跟他合谋隐瞒我一心想知道的真相?我一定有办法让你开口。"

老人哭了起来,说:"啊,不要伤害我。我确实把小孩交给了他,不过主人啊,看在天神的分上,别再追问了。""等到我第二次命你说出你是在什么地方捡到那个孩子的,你就完了。"俄狄浦斯说。"去问尊夫人吧,"老人叫道,"她最清楚了。""是她把孩子交给你的吗?"俄狄浦斯追问。"唉,是的,唉,是的,"老人呻吟道,"我奉命杀死那个孩子。有一条预言说——""预言!"俄狄浦斯重复了一遍,"是不是说他会弑父?""是的。"老人低声说道。

国王发出一声痛苦的叫喊。他终于明白了。"全都应验了!现在我的光明将要变成黑暗,我遭到天谴了。"他杀了自己的父亲,娶了父亲的妻子、自己的母亲。他、她和他们的孩子全都没有救了,全都遭到了天谴。

俄狄浦斯在宫里疯狂地寻找他的妻子兼母亲,最后在她的卧房里找到了她。她已经死了。她一知道真相,就自杀了。他站在她的身旁,也动手处置自己,但不是结束自己的生命,而是挖出自己的眼珠,把光明变成了黑暗。失明的黑暗世界是一座避难所,与其用生疏、羞愧的目光来看这个曾经无比明亮的世界,不如长留在黑暗之中。

安提戈涅

这个故事取材于索福克勒斯的两部剧作——《安提戈涅》和《俄

狄浦斯在科罗诺斯》,只有墨诺叩斯之死的情节取材于欧里庇得斯的剧作《恳求者》。

在伊俄卡斯忒之死和继之而来的种种灾祸过去以后,俄狄浦斯仍然住在忒拜,他的子女也渐渐长大了。他有两个儿子,一个名叫波吕尼刻斯,另一个名叫厄忒俄克勒斯;他还有两个女儿,分别叫做安提戈涅和伊斯墨涅。这几个年轻人生而不幸,但他们绝不是神谕对俄狄浦斯所说的那种人见人怕的怪物。两位少年在忒拜很得民心,两位少女则是世上最孝顺的女儿。

俄狄浦斯当然放弃了王位,他的长子波吕尼刻斯也放弃了。忒拜人觉得这是一个明智之举,因为这个家族的处境着实糟糕。他们同意由伊俄卡斯忒的兄弟克瑞翁来摄政。他们善待了俄狄浦斯很多年,然而最终却决定把他赶出城去。我们不知道他们为什么这么做,但克瑞翁一再催促俄狄浦斯出城,后者的两个儿子也同意了。只有两个女儿仍然是俄狄浦斯的朋友,历经种种不幸之后,她们依旧忠于父亲。他被赶出城时,安提戈涅陪他一起出城,为他引路并照顾他;伊斯墨涅则留在忒拜,以便维护他的利益,并向他通报与他有关的消息。

俄狄浦斯走后,他的两个儿子都宣称自己有权继位,都想当国王。厄忒俄克勒斯虽然是次子,却成功地争得了王位,把哥哥赶出了忒拜。波吕尼刻斯到阿耳戈斯去避难,尽力激起那里的人们对忒拜的敌意。他打算募集一支军队,攻打忒拜。

俄狄浦斯和安提戈涅孤独地浪迹天涯,最后来到雅典附近的一个风景秀美的地方——科罗诺斯。过去的复仇女神、如今的"仁慈女神"在此处有一块圣地,这块圣地从而成为恳求者的避难所。盲眼老人和他的女儿在这里感到很安全,后来他就是在这里去世的。他一生不幸,死时却很幸福。曾经向他宣示恶兆的神谕在他临终之际给了他安慰。阿波罗许诺道,他这个饱受耻辱、无家可归的流浪者将为他的坟墓所在地带来诸神所赐的一种神秘福祉。雅典国王忒修斯对俄狄浦斯礼遇有加。老人死时深深庆幸自己不再招人憎恨,反而能够造福于收留他的土地,并受到人们的欢迎。

前来向俄狄浦斯报告关于这道神谕的喜讯的是伊斯墨涅。俄狄浦斯去世的时候，伊斯墨涅和她的姐姐都陪在父亲身边。后来，忒修斯将她们两人安全地送回了家乡。她们回来之后，发现一位兄弟正在率兵进攻忒拜，决心攻下这座城邦；另一位兄弟则决心防卫到底。攻城的波吕尼刻斯本来更有权利统治该城，但弟弟厄忒俄克勒斯却是在为忒拜而战斗，避免它沦亡。因此，两姐妹无法偏袒任何一位兄弟。

有六位首领与波吕尼刻斯结盟，其中有一位是阿耳戈斯的国王阿德剌斯托斯，还有一位是他的姐夫安菲阿剌俄斯。后者是最后一个加入这次行动的，而且很不情愿，因为他是先知，知道这七位勇士中只有阿德剌斯托斯能生还。然而，他曾经发誓说，如果他和他的内弟发生争执，他就让他的妻子厄里费勒来裁决。有一次他和阿德剌斯托斯吵架，厄里费勒使他们彼此和解，他就发下了这一誓言。这一回，波吕尼刻斯把他的祖先哈耳摩尼亚结婚时神祇送的那串奇美的项链转送给了厄里费勒，诱使她站在他这一方，她遂叫丈夫去参战。

七位斗士猛攻忒拜的七座城门，城里也有同样勇敢的七位斗士在守门。厄忒俄克勒斯防守着其兄波吕尼刻斯进攻的那一道门，安提戈涅和伊斯墨涅则在宫里等待着其中一方杀死另一方的消息。但是早在决战发生之前，忒拜的一位尚未成年的年轻人就为国捐躯了，他的牺牲表明他身上具有最高贵的品质——他就是克瑞翁的幼子墨诺叩斯。

曾给王室带来许多凶兆的先知忒瑞西阿斯又带来了一条预言。他对克瑞翁说：只有墨诺叩斯被杀，忒拜才能得救。做父亲的断然拒绝了这种做法。他说，他情愿自己去死，"但是即便是为了我的城邦，我也不会杀死我的儿子"。他说这话时，那位少年本人也在场。忒瑞西阿斯吩咐他说："快走，我的孩子，趁市民还不知道这件事，赶快逃得远远的。""逃到哪里去呢，爸爸？"孩子问道。"去哪个城邦——去找哪位朋友？""越远越好，"他父亲回答道，"我会想出办法来的——我会找到黄金的。""那就去找吧。"墨诺叩斯说。但是当克瑞翁匆匆走开以后，他却说出了另一番话：

> 我的父亲——想要剥夺我们城邦的希望,
> 让我当懦夫。罢了——他年事已高,
> 应当原谅。而我却正值青春年少,
> 倘若背弃忒拜,罪不可赦。
> 他怎么会以为我不肯去拯救城邦,
> 不肯为了城邦而上前迎接死亡?
> 当我能够解救我的祖国时,我却苟且逃生,
> 这样的人生还有什么意义?

于是他前去参加战斗。由于完全不懂战技,他马上就被杀死了。

由于围城者和受围者都占不了实质意义上的上风,最后双方商定,由兄弟两人决斗的结果来决定输赢。如果厄忒俄克勒斯赢了,阿耳戈斯军队就撤退;如果厄忒俄克勒斯输了,就由波吕尼刻斯当国王。结果两个人都没有赢,同时死在对方手里。厄忒俄克勒斯临死时望着哥哥流下了眼泪,没有力气说话;波吕尼刻斯则喃喃地说出了下面这几句话:"我的弟弟,你是我的敌人,但我爱你,永远爱你。把我葬在我的故乡吧——至少让我分享故城的泥土。"

决斗未能分出胜负,于是战斗又打响了。墨诺叩斯没有白死,忒拜人最终获得了胜利,攻城的七位勇士当中有六人战死,只有阿德剌斯托斯一人逃生,他带着残兵败将逃到了雅典。忒拜由克瑞翁当政,他宣布攻城者一律不准下葬。厄忒俄克勒斯的葬礼极尽哀荣,波吕尼刻斯的遗体却被弃之不顾,留给鸟兽去撕咬和啃食。这样的报复行为违反了诸神的训令和正义的法则,它相当于对死者进行惩罚。未经安葬的死者的亡魂不能渡过冥国周围的那条河,只得孤孤单单地四处流浪,找不到容身之所,永远也无法安歇。安葬死者是最神圣的职责,人们不仅必须安葬自己的亲人,而且还应当为偶然遇到的异乡人代行葬礼。但克瑞翁却宣布,安葬波吕尼刻斯不是应尽的职责,而是违法的举动,安葬他的人要被处死。

安提戈涅和伊斯墨涅听了克瑞翁的决定惊骇不已。伊斯墨涅虽然感到震惊,并为哥哥那可怜的遗体和无家可归的孤独亡魂而肝肠寸断,但她觉得除了默许之外似乎没有别的办法。她和安提戈涅孤立无援,忒拜的全体居民都为引发战祸的罪魁祸首遭到如此可怕的惩罚而欢欣鼓舞。"我们毕竟是女人,"她对姐姐说,"我们必须服从。我们没有力量对抗整个城邦。""你爱怎么做就怎么做吧,"安提戈涅说,"但我要去安葬我亲爱的哥哥。""可是你的力气不够啊!"伊斯墨涅叫道。"唉,等到我的力气用光了,我自然会放弃的。"安提戈涅答道,然后就离开了妹妹。伊斯墨涅不敢跟她同去。

几个小时以后,一声叫喊惊动了宫中的克瑞翁:"有人违反您的禁令,安葬了波吕尼刻斯!"克瑞翁冲出宫门,正好遇到守卫尸体的卫兵和安提戈涅。"这个女孩安葬了他,"卫兵们大声说道,"我们看见她了。一阵大风沙给了她一个好机会。等到风沙过后,尸体已经埋好,这个女孩正在为死者献祭。""你知道我的法令吧?"克瑞翁问她。"知道。"安提戈涅回答。"可你竟敢违抗法令?""那是您的法令,而不是天上的正义之神的法令,"安提戈涅说,"天庭中的不成文法令并非只适用于昨天或今天,而是恒久不变的。"

伊斯墨涅哭着从宫里跑了出来,跟姐姐站在一起。"是我帮她一起安葬的。"她说。但安提戈涅不愿承认。"她没有参与。"她告诉克瑞翁。她叫妹妹不要再说了。"你选择了生存,而我选择了死亡。"她说。

在被押往刑场的途中,她对旁观者说:

……看看我,我受此极刑,
只因奉行了上天的律令。

伊斯墨涅失踪了,没有一个故事、一首诗歌提到过她。最后的忒拜王族——俄狄浦斯家族从此湮没无闻。

进攻忒拜的七位勇士

有两位大作家讲过这个故事——埃斯库罗斯和欧里庇得斯以此为题材各写了一部剧作。我选择的是欧里庇得斯的版本,因为它与作者的其他许多作品一样,鲜明地反映了我们自己的观点。埃斯库罗斯把这个故事讲得很精彩,但它在他的笔下更像一首激动人心的军诗。欧里庇得斯的剧作《恳求者》比他的其他任何剧作都更能体现他的现代思想。

波吕尼刻斯的妹妹以生命为代价安葬了他,使他的亡魂得以渡过冥河,在阴间找到住所。但那五位跟他同赴忒拜的首领却都没有下葬。根据克瑞翁的命令,他们永远都不能下葬。

在发动战争的七位勇士当中,阿德剌斯托斯是唯一生还的人。他来找雅典国王忒修斯,恳求他劝说忒拜人准许死者下葬。死者的母亲和儿子也都和他一起来了。"我们只求安葬死者,"他对忒修斯说,"我们来向你求援,是因为雅典是所有城邦当中最具有同情心的。"

"我不想成为你们的同盟,"忒修斯回答,"是你率领民众攻打忒拜的。发动战争的是你,而不是忒拜。"

但那些心怀丧子之痛的母亲事先就曾向忒修斯的母亲埃特拉求援,所以此时埃特拉大胆地打断了两位国王的谈话。"儿啊,"她说,"我能不能为你的荣誉和雅典城说几句话?"

"好的,您说吧。"他回答道。于是她道出了心里的想法,他专注地听着。

"你应当保护一切受委屈的人,"她说,"这些暴民剥夺了死者下葬的权利,你应当迫使他们遵守这条法律,因为这是全希腊通行的神圣法律。我们的城邦和其他各个城邦之所以能够联结在一起,不就是因为每个城邦都尊重那些伟大的正义之法吗?"

"母亲,"忒修斯叫道,"您说的都对,可是我自己不能决定啊。我已经使这个国家成为自由之邦,人人都有平等的投票权。如果市民们都

汉密尔顿作品

同意,我就到忒拜去。"

于是埃特拉陪着可怜的妇人们在那里等候,忒修斯则去召开了一次大会,讨论与她们死去的儿子的祸福有关的问题。她们祷告道:"雅典娜的城市啊,帮帮我们吧,以免正义之法受到污染,让各地的无助者和受压迫者都获得拯救。"忒修斯带着好消息回来了。大会投票表决的结果是:通知忒拜人,雅典人愿意当好邻居,但却不能在邻邦做出如此有悖道德之事的情况下袖手旁观。"请答应我们的要求,"他们会这样对忒拜人说,"我们只求公道。你们若是不肯,就等于选择了战争,因为我们定将出兵保护那些孤立无援的人。"

他的话还没说完,只见一位信使走了进来。信使问道:"谁是这里的主人、雅典的主宰?我给他带来了忒拜主人的口信。"

"你要找的人根本就不存在,"忒修斯答道,"这里没有主人。雅典是自由之邦,由民众共同统治。"

"这对忒拜是有好处的,"信使大声说道,"我们的城邦可不是由摇摆不定的乌合之众统治的,而是由一个人做主。无知的群众怎能明智地引导国家的发展方向呢?"

"在雅典,"忒修斯说,"我们自己制定法律,依法行事。我们认为把法律抓在自己手中的人是国家最大的敌人。因此我们有一个很大的优势:我们的城邦喜欢因睿智的思想和正直的行为而拥有强大力量的子民。但暴君却最讨厌这种人,他会杀掉他们,因为害怕他们会影响他的权力。"

"请你回到忒拜去告诉那里的市民:我们知道和平对人类而言要比战争好得多。只有傻瓜才会争相打仗,企图奴役弱国。我们是不会伤害你们城邦的;我们只是来找死者,把他们的尸体还给大地,因为人并不是身体的主人,而只是它暂时的客人。尘土必须复归尘土。"

克瑞翁不听忒修斯的恳求,雅典人便出兵进攻忒拜。他们战胜了。城里的居民惊恐不已,以为自己一定会被杀死或是被俘虏,他们的城邦也会被毁掉。然而,虽然获胜的雅典军队完全可以这样做,忒修斯却阻止了他们。"我们不是来毁灭这个城邦的,"他说,"只是来索要尸体的。"把这个消息带到雅典——那里的人们正在焦急地等候音信——的信差说:"我们的国王忒修斯亲手为那五具可怜的尸体做安葬的准备,把它们清洗干净并盖好,摆放在棺架上。"

死者被置于火葬堆上,极尽哀荣,这让他们悲伤的母亲得到了一点安慰。阿德剌斯托斯为每位死者说了最后几句话:"葬在这里的是卡帕纽斯,他是一个富有的人,却总是和穷人一样谦虚,是大家真诚的朋友;他从来不会使诈,只会说出宽厚的言辞。接下来是厄忒俄克罗斯,他样样贫乏,却唯独不缺少荣誉,他在这方面确实十分富足。当别人给他黄金时,他不接受,因为他不愿变成财产的奴隶。葬在他身边的是希波墨冬,他是一位乐于忍受困苦的猎人和军人,从小就蔑视安逸的生活。下一位是阿塔兰塔的儿子帕耳忒诺派俄斯,他深受许多男人和女人的爱戴,从未亏待过任何人。他为国家之乐而乐,为国家之忧而忧。最后一位是堤丢斯,他生性沉默,更善于用宝剑和盾牌来说理。他的心灵十分崇高,这体现在他的行为而非他的言辞之中。"

火葬堆被点燃之后,上方的岩石高崖上出现了一个女人,那是卡帕纽斯的妻子厄瓦德涅。她喊道:

> 我看到了你的火葬堆上的光焰,你的坟茔。
> 我就在这里结束人生的悲哀和痛苦。
> 噢,与我心爱的人同死,多么甜蜜!

她纵身跳入熊熊燃烧的火葬堆,跟随丈夫同赴阴间。

母亲们知道儿子的亡魂终于得到了安息,心中也恢复了平静。但死者的幼子就不同了。他们望着燃烧着的火葬堆,发誓长大后要到忒拜报仇。他们说:"我们的父亲在坟墓里安眠,然而他们受到的委屈却不肯安息。"十年之后,他们向忒拜发起进攻。他们战胜了,失败的忒拜人纷纷逃命,该城被夷为平地。先知忒瑞西阿斯在逃命时丧生。古老的忒拜城只剩下了一条哈耳摩尼亚的项链。人们把它拿到德尔斐神殿,放在那里向朝圣者们展示了几百年。七勇士的儿子虽然完成了他们的父亲当年未能完成的功绩，却被称为"厄庇戈尼"，意为"迟生者"，仿佛他们来到世间的时候已经太晚了，一切大事都已被前人做完了。但是，当忒拜陷落时，希腊船队尚未起航前往特洛伊，堤丢斯的儿子狄俄墨得斯日后将会成为特洛伊战争中最声名远播的伟大勇士之一。

第三章　雅典王族

普罗克涅和菲洛墨拉的故事取材于奥维德的作品。他讲得比别人要好，不过有些段落却糟糕得不可思议。他花了十五行的篇幅来详细描写菲洛墨拉的舌头被割掉之后在地上"扑扑跳动"的情景（我省略了这个段落）。希腊诗人不喜欢这样的细节，拉丁诗人却完全不反对这种写法。普罗克里斯和俄瑞堤伊亚的故事也主要取材于奥维德的作品，此外我还从阿波罗多罗斯的作品中选取了几个细节。克瑞乌萨和伊翁的故事是欧里庇得斯的一部剧作的题材。这部剧作和他的其他很多剧作一样，试图让雅典人看一看：若是用仁慈、荣誉、自制等普通的人性标准来衡量神话中的诸神，他们会呈现出什么样的真面目。希腊神话充斥着欧罗巴遭到强暴之类的故事，却从不允许出现一丝暗示，说故事中的神明所做的事情有些不合神性。欧里庇得斯通过他笔下的克瑞乌萨的故事，仿佛在对观众说："瞧瞧你们的阿波罗，光明的竖琴之王，圣洁的真理之神——他竟然做出了这样的事：野蛮地霸占了一位柔弱无助的年轻姑娘，然后又遗弃了她。"这类剧作在雅典上演时场场爆满，这说明希腊神话的末日已经为期不远了。

即便是在那些非同寻常的神话家族中，这个家族也以其成员的遭遇之奇特而分外引人注目。在其他任何故事当中，都找不到比他们的某些人生际遇更加古怪的情节。

刻克洛普斯

阿提卡的第一任国王名叫刻克洛普斯。他的祖先不是凡人，他自己也是半人半兽：

> 国王和英雄刻克洛普斯
> 是巨龙的子孙,
> 下半身长着龙尾。

人们通常认为,智慧女神雅典娜能够成为雅典的守护神,应当归功于他。当时海神波塞冬也想得到这座城邦;为了证明他可以赐予市民极大的恩惠,他用三叉戟敲开了雅典卫城的岩石,使盐水从石头裂缝中喷涌而出,泻入深井。但雅典娜的做法更高明,她让一棵橄榄树——最受希腊人珍视的树木——在雅典生长:

> 雅典娜向众人展示
> 闪闪发光的青色橄榄,
> 那是雅典的灿烂荣光,
> 是上天恩赐的冠冕。

为了报答这份珍贵的礼物,担任仲裁者的刻克洛普斯决定让雅典归雅典娜所有。波塞冬十分恼火,便送来一场水灾以惩罚雅典人。

有一个关于两神相争的故事说,女人的投票权在这个过程中扮演了重要的角色。据说,在那个古老的时代,女人和男人一样拥有投票权。女人都支持女神,男人都支持男神。由于女人比男人多一个,雅典娜获得了胜利。可是男人们和波塞冬都对女性的胜利十分懊恼。在波塞冬用洪水淹没此地的同时,男人们决定撤销女人们的投票权。不过,雅典仍然属于雅典娜。

大多数作家说这些事件发生在洪水之前,还说雅典望族出身的刻克洛普斯并不是古代的半龙半人怪物,而是一个普通的人,只因为有显赫的亲戚才显得这么重要。他的父亲是一位杰出的国王,两位姑姑和三位姊妹都是神话中的著名人物。最重要的是,他是雅典大英雄忒修斯的曾祖父。

据说,在他的父亲、雅典国王厄瑞克透斯当政期间,谷物女神得墨忒耳来到了厄琉西斯,农业生产从此开始了。厄瑞克透斯有两位姐妹,一个叫做普罗克涅,另一个叫做菲洛墨拉,都以苦命闻名。她们的故事悲惨到了极点。

普罗克涅和菲洛墨拉

姐姐普罗克涅嫁给了色雷斯的忒柔斯,他是战神阿瑞斯的儿子。事实证明,他继承了他父亲的种种可厌的品质。他们两人生下了一个儿子,名叫伊堤斯。普罗克涅一直住在色雷斯,和娘家相隔两地,但在孩子五岁那年,她请求忒柔斯准许她邀请妹妹菲洛墨拉来看她。他同意了,并说他要亲自到雅典去接小姨子。可是他一见到菲洛墨拉就爱上了她,因为她像山林仙女或水泉仙女一样美丽。他很容易就说服了岳父让她跟自己一起回去,姑娘本人也高兴得难以言表。旅途一帆风顺。但是当他们下船登岸、前往王宫的时候,忒柔斯却谎称自己收到了普罗克涅的死讯,逼迫菲洛墨拉跟他结婚。然而,菲洛墨拉很快就知道了真相。她鲁莽地威胁他,说她一定要想办法让全世界都知道他的恶行,使他在人间无法立足。她的话使他又气又怕。他抓住她,割下她的舌头,然后把她关在一个警卫森严的地方,回去对普罗克涅说,菲洛墨拉已经在半路上死了。

菲洛墨拉似乎已经毫无指望了——她身陷囹圄,无法讲话,当时又没有人会写字。忒柔斯仿佛很安全。然而,古人虽然不会写字,却能讲出无言的故事,因为他们是手艺非凡的工匠,后世的人们难以望其项背。铁匠可以打造一面盾牌,在上面雕刻出猎狮的场面:两头狮子正在吞食一头公牛,牧人则在驱赶猎犬去攻击狮子。他也可以描绘收获的场面:在一片田地里,有人在收割麦穗,有人在捆绑麦束;在一个果实累累的葡萄园中,少男少女把一串串葡萄采到篮中,其中一人吹奏着牧笛为大家助兴。女人们的活计也都做得同样出色。她们可以在美丽的织品上绣出栩栩如生的图案,让任何人都能看出它们讲述的是什么故事。因此,菲洛墨拉也求助于织布机。她比任何能工巧匠都更加强烈地渴望把自己的故事讲清楚。最后,她费尽心血,以过人的技艺织出了一块奇妙的挂毯,在上面披露了她蒙冤受屈的全部经过。她把挂毯交给服侍她的老妇人,示意让她将其送给王后。

老太太为手中这件如此美丽的礼物而自豪,立刻将其交给了普罗克涅。普罗克涅还在为妹妹服丧,她的心情就像服色一样沉重。她展开这件织品,看到了菲洛墨拉的面孔和身材,以及忒柔斯的同样明晰的相貌。她惊恐地细看图案中的那些场景,一切都像文字一样清楚明白。深切的愤慨之情使她尽力控制住自己的情绪,而且目前的形势也不容许她流泪或开口。她一心想解救妹妹,找出合适的方法来惩罚丈夫。首先,她找到了菲洛墨拉(无疑是通过那位老妇人),告诉妹妹她一切都明白了——妹妹当然无法回答——并把妹妹带回宫里。在菲洛墨拉哭泣的时候,普罗克涅却在用心思考。"我们以后再哭吧,"她对妹妹说,"只要能让忒柔斯为他的暴行付出代价,我什么都愿意做。"这时,她的幼子伊堤斯跑进了房间,她望着他,突然感到自己非常恨他。她慢慢地说道:"你真像你父亲。"就在她说这句话的时候,复仇的计划在她脑中成型了。她用一把匕首刺死了孩子,把他小小的尸体切成碎块,将他的四肢放在锅里煮熟,端给忒柔斯当晚餐。她看着他吃掉了这份食物,然后才说出他方才享用的是什么东西。

一阵恐惧和恶心的感觉攫住了他,使他无法动弹,姐妹俩趁机逃走了。但他还是在道里斯附近追上了她们。他正要杀害她们,她们突然被诸神变成了小鸟——普罗克涅变成了夜莺,菲洛墨拉变成了燕子。由于菲洛墨拉的舌头被割掉了,它只能叽叽喳喳地鸣叫,永远不能唱歌。普罗克涅则成了

> 长着褐色翅膀的小鸟,
> 善于歌唱的夜莺。
> 它永远哀泣着:啊,伊堤斯,我的孩子,
> 我永远失去了你,失去了你。

在鸟类当中,她的歌声最哀伤,因而也最甜美。她永远无法忘记死

在她手中的儿子。

卑鄙的忒柔斯也被变成了一只鸟——一只丑陋的、长着硕大鸟喙的鸟,有人说是老鹰。

罗马作家在讲述这个故事时,不知为何竟把两姐妹弄混了,说被变成夜莺的是没有舌头的菲洛墨拉,这显然是十分荒谬的。但在英文诗歌中,她的名字却一直是"夜莺"的同义词。

普罗克里斯和刻法罗斯

这两位苦命女子有一位侄女,名叫普罗克里斯,她几乎也像姑姑一样苦命。她嫁给了风王埃俄罗斯的孙子刻法罗斯,婚姻十分美满。可是他们刚结婚几个星期,刻法罗斯就被黎明女神奥罗拉带走了。刻法罗斯热爱狩猎,常常一大早就起床去猎鹿。所以,黎明女神多次在破晓时分看到这位年轻猎手,最终竟然爱上了他。但是刻法罗斯深爱着普罗克里斯,连光芒四射的女神都无法让他动心。他的心里只有普罗克里斯一人。奥罗拉见他如此钟情,任何诡计都不能减弱他对妻子的爱,非常恼火,终于放了他,叫他回去找他的妻子,看看她是不是也像他一样忠贞。

这条恶毒的建议使刻法罗斯嫉妒得发狂。他离家这么久,普罗克里斯又这么漂亮……他决心先查清她是否只爱他一个人,不会向别的追求者屈服。在彻底驱除这方面的疑惑之前,他实在无法安心。于是他乔装改扮了一番。有人说是奥罗拉帮他化的装。无论如何,他伪装得很成功,以至于当他回到家时,没有一个人认出他来。看到全家上下都在盼望他回来,他感到很欣慰,但仍然决心坚持到底。然而,当他获准来到普罗克里斯面前时,看到她那伤心的面孔和低落的情绪所流露出来的显而易见的悲哀之情,他差点儿放弃试妻的计划。但他还是没有放弃,因为他无法忘记奥罗拉充满嘲讽的言辞。他立刻以异乡人的身份——普罗克里斯当然以为他是个异乡人——向她发起了攻势。他热烈地求爱,并一再提醒她说,她的丈夫已经遗弃了她。但在很长一段时间里,她都不为所动。不论他如何恳求,都只能得到同样的回答:"我是属于他的。

无论他在哪里，我对他的爱情都不会改变。"

可是有一天，在他的拼命恳求、劝说和许诺之下，她犹豫了。她并没有屈服，只不过是没有坚定地反驳，但在刻法罗斯看来，这就够了。他嚷道："不忠而无耻的女人啊，我就是你的丈夫。我亲眼见证了你的背叛。"普罗克里斯望着他，然后转过身，一言不发地离开了他，离开了这幢房子。她对他的爱情变成了怨恨。她讨厌所有的男人，跑到山里独居去了。刻法罗斯很快就恢复了神志，意识到自己所扮演的角色实在太糟糕了。他到处找她，终于找到了，便谦卑地求她原谅。

她没有马上原谅他，因为他的欺骗行为太令她气愤。好在最后他总算赢回了她的心，他们一起过了几年快乐的日子。后来有一天，他们照例一起出猎。普罗克里斯曾经送给刻法罗斯一支百发百中的标枪。夫妻二人来到林中，分头寻找猎物。刻法罗斯机敏地观察四周，看到前面的灌木丛中有东西在晃动，就把标枪掷了过去，正中目标——原来待在那里的正是普罗克里斯，她被刺中了心脏，倒地而死。

俄瑞堤伊亚和玻瑞阿斯

普罗克里斯的一个妹妹名叫俄瑞堤伊亚。北风之神玻瑞阿斯爱上了她，可是她的父亲厄瑞克透斯和雅典民众都反对他的求婚。由于使普罗克涅和菲洛墨拉遭到不幸的恶人忒柔斯是北方人，他们对一切北方人都抱着憎恨的态度，不肯把这位少女嫁给玻瑞阿斯。然而，他们以为自己能够留住伟大的北风之神想要的人，这未免太愚蠢了。有一天，俄瑞堤伊亚和姐妹们正在河岸上玩，玻瑞阿斯乘着一阵强风掠过地面，把她劫走了。她为他生了两个儿子，名叫仄忒斯和卡拉伊斯，后者曾跟随伊阿宋去寻找金羊毛。

雅典伟大的教师苏格拉底生活于神话故事初兴的几百年或几千年之后。有一次他和他很喜欢的一位名叫淮德洛斯的年轻人一道散步，边走边谈。淮德洛斯问道："据说玻瑞阿斯从伊利索斯河岸边劫走了俄瑞堤伊亚,那个地方不就在这附近吗?"

"故事里是这么说的。"苏格拉底答道。

"您认为是不是这个地方?"淮德洛斯又问,"这条小溪真是清澈怡人。我能想象得出,附近可能有一些少女在玩耍。"

苏格拉底回答道:"我相信那个地方在此地下游四分之一海里左右,而且我认为那里有一座玻瑞阿斯的祭坛。"

"告诉我,苏格拉底,"淮德洛斯说,"您相信这个故事吗?"

"智者多疑嘛,"苏格拉底回答,"如果我也有所怀疑,应该不算奇怪吧。"

这番对话是在公元前五世纪末进行的。当时,这些古老的故事在人们心中的权威地位已经开始动摇了。

克瑞乌萨和伊翁

克瑞乌萨是普罗克里斯和俄瑞堤伊亚的妹妹,她也是一位命苦的女子。当她还只是一个小女孩的时候,有一天,她在悬崖上一个深洞的洞口采摘番红花,她把面纱当作花篮,往里面装满了黄色的鲜花,然后转身回家。突然,她被一个不知从哪里冒出来的男人抱进怀中,仿佛是一个隐形人突然现身一般。他的面貌俊美而庄严,但是她满心恐惧,根本没有注意他的相貌。她尖声呼唤自己的母亲,可是没有人来救她。原来诱拐她的正是太阳神阿波罗。他把她带进了那个幽暗的洞穴。

虽然他是神祇,但她对他却充满怨恨,尤其是在她的孩子快要出生的时候,他既没有显灵,也没有给她任何帮助。她不敢把此事告诉父母。许多故事都表明,即使一位姑娘的情人是神祇,不容抵抗,她也不会因此得到人们的谅解。如果她坦言真相,就很可能被处死。

克瑞乌萨的产期到了,她孤零零地来到原先那个幽暗的洞穴,在那里生下了一个儿子,然后把他扔在那里等死。后来,她迫切地想知道婴儿的情形,就回来看他。只见洞里空空如也,四处也没有血迹,显然孩子并没有被

野兽害死。同样奇怪的是，她用来包裹孩子的两件织物——她的面纱和她亲手缝制的一领斗篷也不见了。她恐惧地想到，也许是一只老鹰或兀鹫飞了进来，用利爪把婴儿连同衣物一起攫走了。这似乎是唯一合理的解释。

过了一段时间，她结婚了。她的父亲——国王厄瑞克透斯为了报答一个在战争中帮助过他的外邦人，把她嫁给了他。此人名叫克苏托斯，他虽然是希腊人，但并不属于雅典或阿提卡，所以被视为异乡人和外邦人，并受到人们的轻视。因此，他和克瑞乌萨没有孩子，在雅典人眼里算不上什么不幸的事情。然而克苏托斯却很难过，因为他比克瑞乌萨更渴望得到一个儿子。于是他们前往希腊人的避难所德尔斐神殿，去向神祇请教他们是否还有生儿育女的希望。

克瑞乌萨让丈夫留在城里陪伴一位祭司，自己一个人前往神殿。她看到一位身着祭司服的美少年正在外庭专心致志地用金质容器中的水清洗这个神圣的处所。他一面工作，一面吟唱赞美诗。他用柔和的目光望着这位美丽而庄重的贵妇人，她也望着他，两个人谈起话来。他说，他一看就知道她出身高贵，很有福气。她痛苦地回答道："福气！还不如说是让人难以承受的悲哀。"这句话道尽了她的种种不幸，道尽了她许久以前的恐惧和委屈、失子的悲哀和那个秘密给她带来的心头重负。但在少年的惊异目光之下，她连忙克制住自己的情绪，并问他是谁，为何这么年轻就如此虔诚地献身于侍奉希腊最神圣的神明的事业。他告诉她说，他名叫伊翁，但他不知道自己是什么地方的人。在他还是一个小小的婴儿的时候，一天早晨，阿波罗的女祭司兼女先知在神殿的楼梯上发现了他，就像母亲一样温柔地把他养大。他一直都很幸福，高高兴兴地在神殿里工作。他侍奉的不是凡人，而是神祇，这令他非常自豪。

接着他大胆地向她提出了一个问题。他柔声问她为什么如此伤心，为什么眼中充满了泪水，朝圣者来到德尔斐神殿时可不应当是这个样子，他们应当为自己走近"真理之神"阿波罗的圣坛而高兴才对呀。

"阿波罗！"克瑞乌萨说。"不！我可不会因为接近他而高兴。"她看到伊翁的目光中充满了惊诧和谴责，忙说她是带着一个秘密的差使到德尔斐神殿来的。她丈夫要来向神祇请教他有没有得子的希望，她却想来查明一个孩子的命运——那个孩子是……说到这里,她变得支支吾吾,然后沉默了下来。随即,她很快地说道:"……他是我的一个朋友的儿子。这个不幸的女人遭到了你们德尔斐神殿那位神祇的欺负,他害她怀了孕。孩子出生之后被她遗弃了,后来想必死了。这件事已经过去很多年了,但她很想弄清楚他究竟有没有死,是怎么死的。所以我替她来问一问阿波罗。"

伊翁听到她如此谴责他的主人,简直吓坏了。"这不是真的,"他语气激烈地说,"一定是某个男人干的,她却把过错推到神祇身上,企图以此来遮掩自己的丑事。"

"不,"克瑞乌萨肯定地说,"确实是阿波罗干的。"

伊翁陷入了沉默。然后他摇了摇头说:"就算这是真的,您的做法也太愚蠢了。您不能到神祇的祭坛前面来指证他是恶棍呀。"

陌生少年的话使克瑞乌萨感到她的决心在渐渐动摇。"那我就不去问了,"她顺从地说,"我愿意按照你的话去做。"

她的心中涌起了一些连她自己也不能理解的情感。他们两人站在那里对望的时候,克苏托斯走了进来,他的表情和仪态都显得得意洋洋。他伸出双臂去拥抱伊翁,这使伊翁十分不悦,便态度冷淡地后退了几步,但克苏托斯硬是抱住了他,使他很不自在。

"你是我的儿子,"克苏托斯叫道,"这是阿波罗宣布的。"

一股强烈的敌对情绪涌上了克瑞乌萨的心头。"你的儿子?"她朗声问道,"谁是他的母亲?"

"我不知道啊,"克苏托斯困惑地说,"我想他是我的儿子;不过,也许神祇是要把他送给我吧。反正他是我的儿子。"

伊翁的态度仍然十分冷淡;克苏托斯感到很困惑,但也很高兴;克瑞乌萨却感到自己痛恨男人,不愿勉强接受某个不知名的下贱女人所生的儿子。就在这时,阿波罗年迈的女祭司兼女先知进来了。她的手里拿着两件东西。克瑞乌萨原本在想心事,可她一看见这两件东西就吃了一惊,仔细打量了它们一番。其中一件是一块面纱,另一件是一领少女的斗篷。女祭司对克苏托斯说,祭司要跟他说话,等他走了以后,她才把手里的东西交给伊翁。

"亲爱的孩子，"她说，"你跟刚找到的父亲到雅典去的时候，一定要带上这两样东西。它们是我发现你的时候裹在你身上的衣物。"

"啊，"伊翁喊道，"一定是我母亲把它们裹在我身上的。这是妈妈留下的线索。我要到处找她——哪怕走遍欧洲和亚洲。"

这时克瑞乌萨已经偷偷地走到了他的身边，在他再一次生气地后退之前，她伸出双臂搂住了他的脖子，哭着把脸贴在他的脸上，一面叫道："我的儿子——我的儿子！"

伊翁实在忍受不了了。"她一定是疯了。"他喊道。

"不，不，"克瑞乌萨说，"那块面纱和那领斗篷都是我的。当初我离开你的时候，把这两件东西盖在了你的身上。听着，我对你说过的那位朋友……她不是朋友，而是我自己。阿波罗就是你的父亲。噢，不要走，我可以证明给你看。打开这个包裹，我可以告诉你上面绣的图案都是什么，因为那都是我亲手绣的。看一看吧，你会发现斗篷上绑着两条小金蛇，那是我系在上面的。"

伊翁找到了她所说的珠宝，他看看它们，又看看她。"我的母亲，"他惊诧地说道，"可是这样一来，难道是真理之神说错了吗？他说我是克苏托斯的儿子呀。妈妈，我心里好乱啊。"

"阿波罗没说你是克苏托斯的亲生儿子，他是把你作为礼物送给他的。"克瑞乌萨大声说道，但是她也浑身发抖。

突然，天上出现了一道金光，洒在他们两人身上。他们抬头一看，一切苦恼顿时化作敬畏和惊喜。一个神圣的身影出现在他们头顶的上空，显得无比美丽和威严。

"我是帕拉斯·雅典娜，"神祇说道，"是阿波罗派我来找你的。他让我告诉你，伊翁就是他和你所生的儿子。你把儿子遗弃在那个洞穴之后，阿波罗把他从洞中带到了这里。克瑞乌萨，把孩子带到雅典去吧。他有资格统治我的国土和城邦。"

她消失了。母子两人四目相对，伊翁非常高兴。然而克瑞乌萨呢？阿波罗迟到的补偿能够弥补她所受的一切苦难吗？我们只能猜测了，因为故事并没有明言。

第六部分　次要的神话

第一章　弥达斯国王及其他

把弥达斯的故事讲得最好的作家是奥维德，本章中的这个故事就取材于他的作品。品达完整地叙述了埃斯科拉庇俄斯的生平，本章中关于他的故事就以品达的作品为依据。埃斯库罗斯曾以达那伊得斯的故事为题材写过一部戏剧。至于格劳科斯和斯库拉的故事，波摩娜和威耳廷努斯的故事，以及厄律西克同的故事，皆取材于奥维德的作品。

弥达斯的名字如今已经成为"富翁"的同义词，但是他却从未享受过财富所带来的好处。他拥有财富的时间连一天都不到，而且还差点儿为此送命。他是"愚行与罪行同样致命"的绝佳例证，因为他并没有恶意，只不过是不动脑筋而已。从他的故事可以看出，他也没有什么脑筋可动。

他是"玫瑰之乡"佛律癸亚的国王，王宫附近有好几座很大的玫瑰园。有一次，年老的森林之神西勒诺斯像往常一样喝得酩酊大醉，离开了他所属的酒神巴克斯的队伍，迷了路。王宫中的仆人发现这个肥胖的老酒鬼在一丛玫瑰花的花荫处呼呼大睡，就用玫瑰花环把他绑了起来，还给他戴上了一顶花冠，然后才把他叫醒，让他以这副滑稽的样子去见弥达斯国王，和他开了一个大大的玩笑。弥达斯对他表示欢迎，款待了他十天，然后带他去找酒神巴克斯。酒神见西勒诺斯回来了，非常高兴，便对弥达斯说，他的任何愿望都可以实现。弥达斯没有考虑后果就许愿说，希望他碰到的任何东西都变成黄金。酒神巴克斯在答应这个要求的时候，就已预见到他下一次用餐时将会发生的情况，而弥达斯却直到自己举到唇边的食物变成一块金属时才发现这一点。他大吃一惊，又饥又渴，只得跑去找酒神，求他收回这个恩惠。巴克斯叫他到帕克托洛斯河的源头去洗澡，这样就能洗掉这致命的天赋。他照办了，据说那条河的河沙里的黄金就是这样来的。

后来，太阳神阿波罗把弥达斯的耳朵变成了驴耳，这也是对愚行而不是对恶行的惩罚。在阿波罗和潘的一场音乐比赛中，弥达斯人选为裁判之一。农牧之神潘可以用芦笛吹出非常悦耳的曲调，但是阿波罗在银竖琴上弹奏的旋律却是天上人间最美的音乐，除了缪斯女神的合唱，没有任何乐声堪与媲美。山神特摩洛斯把象征胜利的棕榈枝交给了阿波罗，而弥达斯的音乐鉴赏能力却和他在其他方面的才智同样蹩脚——他竟然老老实实地把棕榈枝交给了他更喜欢的潘。当然，他的这种做法体现了双倍的愚蠢。如果他稍微谨慎一点，就会意识到，站在潘一边和阿波罗作对是很危险的，因为潘的势力比阿波罗小太多了。弥达斯就这样长出了驴耳朵。阿波罗说，他这么做只是想让如此愚钝的耳朵得到合适的外形而已。弥达斯用一顶特制的帽子盖住了驴耳，可是为他理发的仆人自然会看见的。仆人庄严地起誓，说他绝不会把这件事讲出去，但是把这么大的一个秘密闷在心里是很难受的，于是他到田野里去挖了一个洞，朝洞里轻声说道："国王弥达斯长出了一对驴耳朵。"说完，他如释重负，把洞填平。可是，到了春天，这个地方长出了芦苇，风一吹，它们就喁喁地说出被埋藏的那句话——它不仅向人们吐露了那位愚蠢而可怜的国王的真实遭遇，还告诉大家：在诸神进行比赛时，唯一安全的方法就是支持最强大的一方。

埃斯科拉庇俄斯

忒萨利国有一位名叫科罗尼斯的少女，她的绝世姿容令阿波罗陷入了情网。说也奇怪，她对这位神界情人的爱情并不持久，她更喜欢一个凡人。她没有把这种心思吐露给阿波罗，然而这位从不骗人的"真理之神"是不能容忍别人的欺骗的：

德尔斐神殿的皮提亚之神①
有一位值得信赖的伙伴,
他直来直去,从不迷路——
那就是神祇无所不知的心灵,
它向来与谎言无缘,无论是神还是人
都无法蒙骗它。他对一切都一目了然,
无论是已经做出的事情,还是尚未实施的计划。

科罗尼斯指望阿波罗不知道她的不忠,这实在是太愚蠢了。据说这个消息是由他的圣鸟乌鸦通报给他的。那时的乌鸦是一种美丽的鸟儿,浑身长着雪白色的羽毛。然而,正如许多故事所表明的那样,诸神生起气来是完全不讲道理的——阿波罗一气之下,竟然迁怒于这位忠实的信差,把它的羽毛变成了黑色。科罗尼斯当然被杀死了。有人说是阿波罗亲自下的手,也有人说他叫狩猎女神阿耳忒弥斯向她射了一支万无一失的箭。

尽管他残酷无情,然而当他看到少女被放在火葬堆上,火焰熊熊燃起的时候,还是感到一阵难过。"我至少要救出我的孩子。"他自忖道。正如宙斯在塞墨勒死时救出了她腹中的胎儿,阿波罗也把即将出世的婴儿抢救了出来。他把孩子交给了贤明而善良的人头马喀戎,让喀戎在他所居住的珀利翁山山洞里把孩子养大,并让他称孩子为埃斯科拉庇俄斯。很多名人都把儿子交给喀戎来抚养,但在喀戎所有的学生当中,已故的科罗尼斯的孩子是最受他疼爱的。埃斯科拉庇俄斯不像别的孩子那样,一天到晚跑来跑去,醉心运动,而是最喜欢学习养父教给他的医术。这门学问可不简单。在药草、安抚性咒语和清凉麻药的使用方面,喀戎的学识非常渊博,但是他的学生青出于蓝而胜于蓝,能够医治各种各样的疾病。病人无论是肢体受伤,还是被疾病折磨得日渐憔悴,乃至病得奄奄一息,只要来找埃斯科拉庇俄斯,都能得到救治:

---

① 阿波罗的别称。参见第一部分第一章。

> 这位性情温和的医师能够驱除疼痛,
> 减轻痛苦。他是人类的福星,
> 为他们带来宝贵的健康。

他是人类的大恩人,可是他却惹恼了诸神,犯下了他们永不原谅的罪过——他起了"对人类而言过于伟大的念头"。有一次,别人给了他一大笔钱,求他让一位死者复活,他办到了。很多人说死而复生的那个人就是忒修斯冤死的儿子希波吕托斯,从那以后,他再也没有受过死亡的威胁,而是以长生不死之身定居在意大利,被那里的人们称为威耳比俄斯,并被他们奉为神明。

然而,把他从阴间救出的大医师可就没这么幸运了。天帝宙斯不允许凡人拥有战胜死亡的能力,遂用雷霆击死了埃斯科拉庇俄斯。阿波罗看到自己的儿子死了,大为震怒,跑到独眼巨人库克罗普斯打造雷霆的埃特纳火山,开弓放箭,大开杀戒。有人说他射死的是那些独眼巨人,也有人说是他们的儿子。这回轮到宙斯发怒了,他罚阿波罗去当国王阿德墨托斯的奴隶——有人说为期一年,也有人说为期九年。大英雄赫剌克勒斯从阴间救回的阿尔刻斯提斯就是这位国王的妻子。

虽然埃斯科拉庇俄斯得罪了"诸神与人类之王",但是他在凡间却得到了最高的尊崇。在他逝世数百年后,病人、残疾人和盲人仍然到他的神殿里来求医。他们会在殿里祈祷和献祭,然后睡上一觉,那位善良的医师会托梦把治疗方法告诉他们。蛇在治病过程中扮演着重要的角色,只是我们不清楚它们的具体作用;它们被视为埃斯科拉庇俄斯的神圣的仆人。

在好几个世纪当中,确实有成千上万的病人相信,埃斯科拉庇俄斯驱除了他们的痛苦,恢复了他们的健康。

达那伊得斯

  这些少女非常有名——她们的知名度是正在阅读这个故事的任何一位读者都难以想象的。诗人们常常提到她们,她们是神话中的地狱里最著名的受难者,注定要永不停息地用漏水的罐子去盛水。除了没有犯罪的许珀耳涅斯特拉以外,她们与阿耳戈英雄在楞诺斯岛上见到的那些女子一样,犯下了杀夫之罪。然而,楞诺斯岛上的女子很少被人提起,达那伊得斯却是连对神话仅有一知半解的人都听说过的人物。

  她们共有五十位,是达那俄斯的女儿——达那俄斯是伊俄的后代,住在尼罗河边。她们的五十位堂兄弟——达那俄斯的哥哥埃古普托斯的五十个儿子想要娶她们为妻,遭到了她们的坚决反对,没有人解释过其中的缘由。她们和父亲一起乘船逃到了阿耳戈斯城,在那里得到了庇护。阿耳戈斯人经过投票,一致同意维护恳求者的权利。当埃古普托斯的儿子们来到该城并打算用武力来抢夺新娘的时候,市民把他们赶走了。他们告诉来客:他们绝不容许女人被迫成亲;无论恳求者多么弱小,威逼者多么强大,他们也不会把恳求者们交出来。

  就在这个节骨眼上,故事中断了,后面的内容已经是下一章的了。在下一章的开头,少女们正要与堂兄弟结婚,她们的父亲则在主持婚宴。故事中没有解释为什么会发生这样的转变,但是我们马上就能看出,这绝不是因为达那俄斯或他的女儿们改变了心意,因为达那俄斯在婚宴上给了每个女儿一把匕首。这件事表明,他向她们所有人吩咐过该怎么做,她们也都同意了。婚礼之后,在寂静的夜里,她们下手杀了新郎——只有许珀耳涅斯特拉例外,她动了怜悯之心。她望着那个一动不动地睡在自己身边的强壮的年轻人,实在不忍心用匕首把这个充满活力的躯体变成冰冷的尸体。她把自己对父亲和姊妹们许下的诺言抛到了脑后。拉丁诗人贺拉斯说,她令人赞叹地违背了信义。她叫醒了那位年轻人——他名叫林叩斯,把一切都告诉了他,还帮助他逃离了这个地方。

  她的父亲因她背信而将她关进了监牢。有一个故事说她后来和林叩斯团聚了,过上了幸福的日子;他们的儿子名叫阿巴斯,是珀耳修斯的曾祖父。其他故事则写到那个灾难性的新婚之夜和她被关进监牢就结束了。

不过,所有的故事都说那四十九位达那伊得①因杀害丈夫而受到惩罚,被迫在阴间永不止息地做徒劳无功的工作。她们在河边不停地向一些水罐中灌水,然而水罐有无数小孔,灌到里面的水很快就流光了,她们只得回头再次把水罐注满,然后再次眼睁睁地看着水流得一滴不剩。

格劳科斯和斯库拉

格劳科斯是一位渔夫。有一天,他在一个朝大海倾斜的青草坡上钓鱼。当他把钓来的鱼摊在草地上清点数目时,看到鱼儿全都蹦了起来,朝大海的方向移动,最后竟然滚到海里游走了。他大吃一惊。这是神祇的安排,还是青草的某种神奇力量所导致的呢?他抓起一把青草来吃,心中立即充满了一种对大海的不可抗拒的渴慕之情。他无法克制这种感情,便跑到海边,纵身跳入波浪之中。众海神热情地接待了他,请大洋神俄刻安和其妻忒堤斯洗去他的凡人特质,并封他为海神。一百条河奉命将河水倾注到他身上,他在洪流之中失去了知觉。醒来之后,他已经变成头发碧绿如海、身上长着鱼尾的海神了。水中居民觉得这样的形体既美丽又亲切,陆上居民却觉得它既古怪又可厌。迷人的仙女斯库拉在一个小海湾沐浴时,看到格劳科斯从海底冒了出来,心中便产生了这种厌恶之情。她连忙躲开他,跑到一处高高的海岬上。她在那里可以安全地打量这个半人半鱼的怪东西。格劳科斯向她叫道:"姑娘,我不是怪物。我是一个在海里很有威力的神祇——而且我爱你。"但斯库拉没有理他,飞快地向陆地上跑去,失去了踪影。

格劳科斯感到绝望,因为他疯狂地坠入了情网。他决心去找女巫喀耳刻,向她讨一剂爱情魔药来软化斯库拉的坚硬心肠。然而,当他道出他的爱情故事并恳求喀耳刻帮助他时,喀耳刻自己竟然爱上了他。她以

---

① 达那伊得(Danaïd)是达那伊得斯(Danaïds)的单数形式。

最甜美的言辞和最迷人的外貌向他求爱，但格劳科斯一概不理。他说："就是海底长满树木，山顶长满海藻，我对斯库拉的爱情也不会止息。"喀耳刻恼羞成怒，但她不恨格劳科斯，却对斯库拉恨之入骨。她准备了一小瓶药效极强的毒药，来到斯库拉沐浴的那个海湾，把药水倒了进去。斯库拉一下水，立刻变成了一只可怕的怪物，身上长出了毒蛇和恶犬的脑袋。这些可恶的东西成了她的一部分，她既无法从它们身边逃离，也无法把它们推开。她的双足被牢牢地固定在一块岩石上。苦不堪言的处境使她对任何来到附近的东西都非常痛恨，一定要将其摧毁。她成了途经此处的水手们所面临的一个巨大危险，伊阿宋、俄底修斯和埃涅阿斯都曾遭遇过这种危险。

厄律西克同

有一个女人与海神普罗透斯一样，具有任意改变自己形体的非凡能力。说也奇怪，她竟然利用这种能力为饥饿的父亲获取食物。只有在关于她的故事中，善良的谷物女神刻瑞斯才显得残酷无情和睚眦必报。厄律西克同胆大包天，竟然砍倒了刻瑞斯的圣林中最高的橡树。起初他命令仆人砍树，可是仆人不敢亵渎圣物，于是他自己抓起斧头，开始砍伐树木仙女德律阿得斯常常围着跳舞的那根粗大的树干。他一斧砍下去，大树竟然流出血来，一个声音从树干里面传了出来，警告他说，刻瑞斯一定会惩罚他的罪行的。然而这些奇迹并未制止他的狂暴举动，他一斧接一斧地砍下去，大橡树终于倒在地上。德律阿得斯连忙去向刻瑞斯报告此事。女神勃然大怒，说她要用一种前所未有的方式严惩罪犯。她叫一位树木仙女乘着她的马车前往"饥饿"所居住的那个荒凉地带，命她占据厄律西克同的身体。"叫她注意，"刻瑞斯说，"一定要让他怎么吃都吃不饱，让他即使正在狼吞虎咽，也仍然觉得饥肠辘辘。"

"饥饿"服从了女神的命令。她走进厄律西克同的卧室，只见后者正在屋里睡觉。她用骨瘦如柴的手臂抱住他，把她自己注入他的体内，种下了饥饿的种子。他醒来之后，极其渴望吃东西，便叫人送来食物。

可是他越吃越饿,即使把肉塞满喉咙,也还是饿得半死。他把所有的钱财都花在购买食物上,然而大量的食物仍然没有使他得到片刻的满足。最后他穷得一无所有,只剩下一个女儿,便把女儿也卖掉了。在她的主人停船的海边,她祈求海神波塞冬帮助她摆脱奴隶生涯。海神听见了她的祷告,便把她变成了一位渔夫。她的主人方才就在她身后不远的地方,他看到长长的海滩上只有一个男人在忙着摆弄钓线,就大声问道:"刚才还在这里的那个女孩子到哪儿去了?这些是她的脚印,可它们突然中断了。"被他当作渔夫的那个人答道:"我凭着海神起誓,除了我自己,既没有男人也没有女人来过这片海滩。"对方感到十分困惑,只得乘船走了,姑娘这才恢复原形。她回到父亲家,把事情的经过告诉了他。他很高兴,因为他看到了一个可以永无止境地靠她赚钱的机会。他一再把她卖掉,每次波塞冬都帮助她改变形体——有时变成一匹母马,有时变成一只小鸟等等。每次她都逃出主人的掌握,回到父亲身边。然而,她这样赚来的钱仍然不足以供他吃喝,最后他转而吞食自己的身体,直至一命呜呼。

波摩娜和威耳廷努斯

这两位不是希腊神祇,而是罗马神祇。波摩娜是唯一的一位不爱野树林的仙女,她只喜欢水果和果园,乐于从事剪枝、接枝和其他各种园艺工作。她对男人不理不睬,独自与心爱的树木为伴,不让任何追求者接近她。在她所有的追求者中,威耳廷努斯是最热情的一个,但他却没有任何进展。他通常可以在乔装改扮之后来到她的面前:有时他假扮成粗鲁的收割人,递给她一篮大麦穗;有时他假扮成笨拙的牧人或葡萄藤修剪工。在这些时候,他可以得到看见她的快乐,但同时也非常难过,因为他知道,自己假扮成这个样子,她是连看都不会看一眼的。不过,最后他制订了一个更好的计划。他乔装成一位老妇人来到她的面前,对她的水果赞美了一通,然后说:"可是你比水果还要美丽得多。"说完,他就开始亲吻她。由于他假扮成老妇人,他的这一举动并没有使波摩娜

感到奇怪。可是,他在她的唇上吻个不停,完全不像老妇人所为。波摩娜吓慌了。威耳廷努斯发觉了这一点,连忙放开她,坐在一棵榆树的对面——树上的一株葡萄藤上结满了紫色的葡萄。他柔声说道:"树和藤在一起是多么可爱呀!可是它们一旦分开,情况就完全不同了——树毫无用处,伏在地上的藤也长不出果实。你不就像这样的一根藤吗?你拒绝一切想娶你的人,要保持独立,可是有一个人——希望你能听从一个老太婆的劝告,你不知道他是多么爱你——你最好不要拒绝,这个人就是威耳廷努斯。你是他的第一个恋人,也将是最后一个。他也喜欢果园和花园,愿意和你并肩工作。"接着,他又一本正经地对她说,很多事例都说明爱神维纳斯是多么痛恨硬心肠的少女,又把阿那克萨瑞忒的悲剧讲给她听——阿那克萨瑞忒鄙视追求者伊菲斯,令他心灰意冷,最后在她家的门柱上悬梁自尽;因此,维纳斯把这位狠心的女郎变成了一尊石像。"听从我的告诫吧,"他恳求道,"答应你真诚的情郎吧!"说完,他去掉了伪装,以美少年的姿态站在她的面前。波摩娜被他的美貌和口才打动了,从此以后,她的果园就有了两位园丁。

第二章　按照字母顺序排列的袖珍神话

阿玛尔忒亚

有一个故事说她是一只山羊，宙斯在婴儿时期曾吃过她的奶。另一个故事说她是一位山林仙女，也就是那只山羊的主人。据说她长着一只羊角，里面总是装满了人们想吃的食物或饮料，它被称为"丰饶之角"（在拉丁文中叫做"科尔努刻皮亚"）。但根据古罗马人的说法，"科尔努刻皮亚"是河神阿克洛俄斯化身为公牛与赫剌克勒斯搏斗时被后者折断的牛角，里面永远奇迹般地装满水果和鲜花。

阿玛宗人

悲剧诗人埃斯库罗斯称她们为"憎恨男人的亚马逊女战士"。她们是一个由女人组成的种族，全都骁勇善战。人们认为她们住在高加索山附近，忒弥斯库拉是她们的主要城市。奇怪的是，她们激发了许多艺术家的灵感，使其为她们塑像和画像，然而诗人们却不大喜欢讲述关于她们的故事。所以，尽管我们对她们很熟悉，关于她们的故事却很少。她们曾入侵吕客亚，被柏勒洛丰击退了。特洛伊国王普里安年轻时，她们曾入侵佛律癸亚；忒修斯任雅典国王期间，她们曾入侵阿提卡。忒修斯掠走了她们的女王，她们出兵营救，被忒修斯打败。在特洛伊战争中，她们在女王彭忒西勒亚的率领之下同希腊人作战——这个故事并非出自荷马史诗《伊利亚特》，而是出自希腊历史学家帕萨尼亚斯的作品。他说女王是被阿喀琉斯杀死的，阿喀琉斯曾在她的尸体旁边向她致哀，因为她是这样年轻、这样美丽。

阿密莫涅

她是达那伊得斯之一。她的父亲派她去汲水,途中,一位半人半兽的森林之神看到了她,在她身后穷追不舍。海神波塞冬听到她的求救声,爱上了她,并把她从森林之神手中救了出来。他还用三叉戟掘了一眼以她的名字命名的清泉,以此来纪念她。

安提俄珀

忒拜公主安提俄珀为天帝宙斯生了两个儿子,一个叫仄托斯,一个叫安菲翁。她怕父亲生气,等孩子一生下来就把他们扔到了荒山上。可是,一位牧人发现了他们,把他们抚养长大。当时的忒拜统治者吕科斯和他的妻子狄耳刻对安提俄珀非常残酷,她决心躲开他们。最后她来到两个儿子居住的那间小茅屋。他们不知怎么竟然认出了她,或者是她认出了他们。兄弟俩召集了一群朋友到王宫去替她报仇。他们杀死了吕科斯,又残忍地杀死了狄耳刻——把她的头发绑在一头公牛身上,将她折磨至死。兄弟俩把她的尸体扔到了一眼清泉里,从此她的名字就成了这眼清泉的名字。

阿剌克涅

(这个故事只有拉丁诗人奥维德讲过,因此诸神用的都是拉丁名字。)

这位少女的命运再次证明,人类在任何方面自称堪与诸神媲美都是危险的。正如伏尔坎是奥林匹斯诸神中的铁匠那样,密涅瓦是他们当中的织工。她自然认为自己的织品是精美绝伦、无可匹敌的。当她听说一个名叫阿剌克涅的身份卑微的农家女宣称自己的织品更加出色时,她简直气疯了。女神立刻来到那位少女住的小屋,要和她比赛。阿剌克涅接受了她的挑战。两人架好织布机,把经纱绷在上面,开始工作。她们身边各摆着好几堆五彩缤纷的美丽线束,以及金色线束和银色线束。密涅瓦使出全身的本领，织出了一件美得令人称奇的杰作；但阿剌克涅的作品与她的作品同时完成，而且毫不逊色。女神一气之下，把织品从上到下割成两半，还用机梭去打少女的头。阿剌克涅受到这般羞辱，非常气愤，竟然上吊自杀了。这时密涅瓦有点儿后悔，便把少女的尸体从套索中解了下来，洒上几滴有魔力的药水，阿剌克涅立刻被变成了一只蜘蛛，保留了原有的纺织技巧。

阿里翁

他似乎是一个真实的人物——一位生活于公元前700年左右的诗人，但是他的诗篇没有流传下来，我们只知道他逃出死神魔掌的故事，这简直就像一个神话故事。他从科林斯到西西里去参加音乐比赛，由于竖琴弹得非常出色，获得了大奖。在他返乡的途中，水手们觊觎奖品，企图杀他。阿波罗托梦给他，把他面临的危险和保命的方法告诉了他。水手们攻击他时，他请求他们给他最后一个恩惠——准许他在死前再弹一次琴，唱一首歌。歌一唱完，他就跳进海里。他刚要下沉，一群被迷人的乐声引来的海豚就把他托了起来，送到岸上。

阿里斯泰俄斯

他是一个养蜂人，是太阳神阿波罗和水中仙女库瑞涅的儿子。有一次，他的蜜蜂不知为何全都死了，他便去向母亲求援。母亲告诉他，精明的老海神普罗透斯可以教他如何防止这类灾难，但是老海神要在受到逼迫的情况下才肯传授别人技能。因此，阿里斯泰俄斯必须抓住他，用铁链把他锁起来。这是一件很难完成的任务；斯巴达国王墨涅拉俄斯在从特洛伊返乡的途中，就曾干过这件棘手的事情。普罗透斯有任意改变形体的本领，不过，如果捕获他的人始终将他紧紧抓住不放，他最终自会屈服，并会答复对方的问题。于是阿里斯泰俄斯遵照母亲的指令行事。他来到普罗透斯经常光顾的法洛斯岛——也有人说是卡耳帕托斯岛，抓住了普罗透斯，不论后者变成什么可怕的东西，他都抓紧不放。

神 话

最后海神泄了气,恢复了原形。他叫阿里斯泰俄斯杀牲祭神,把动物的尸体留在举行祭祀仪式的地方,九天之后再回来检查尸体。阿里斯泰俄斯依言行事。到了第九天,他发现了一个奇迹:一具动物尸体上竟然长出了一大群蜜蜂。从此他再也没有为蜜蜂生病而烦恼过。

奥罗拉和提托诺斯

他们两人的故事在荷马史诗《伊利亚特》中出现过:

> 生有玫瑰色手指的黎明女神
> 从她和出身高贵的提托诺斯同眠的卧榻起身,
> 为诸神和人类带来光明。

提托诺斯是黎明女神奥罗拉的丈夫,在特洛伊战争中支持特洛伊人并战死疆场的黑肤埃塞俄比亚王子门农就是他们的儿子。提托诺斯本人的命运很特别。奥罗拉请求神王宙斯让他长生不死,宙斯同意了,可是她忘了请求宙斯也让他永远年轻。结果,他日渐衰老,却死不了。最后,他浑身衰弱无力,手脚都不能动。他祈求一死,却得不到解脱。他只能永远活下去,年纪越来越大。最后,女神满心怜悯地把他安置在一个房间里,关上门离开了他。他在屋里无止无休地胡言乱语,说些毫无意义的话。他的智力早就随着体力而消失,他的身上只剩下一张干枯的人皮。

还有一个故事说他的身体越缩越小,最后奥罗拉出于让事物自然搭配的想法,把他变成了一只瘦小而聒噪的蚱蜢。

在埃及古都底比斯,人们为提托诺斯的儿子门农建了一尊巨大的雕像。据说,当每天的第一缕曙光洒在雕像上时,它会发出一种声音,很像琴弦被拨动时发出的乐声。

比同和克勒俄比斯

他们两人是天后赫拉的女祭司库狄珀的儿子。库狄珀渴望看到大雕刻家老波吕克里托斯——据说他与同时期较年轻的雕刻家菲迪亚斯一样伟大——为阿耳戈斯城的女神雕刻的一座非常美丽的雕像。阿耳戈斯太远了，她无法走到那里，又找不到马或牛来拉车，但是她的两个儿子决心帮助她实现愿望，便自己套上车轭，拉着她在灰尘和暑气中一路前行。他们抵达目的地后，人人都赞叹这两个孩子的一片孝心。既得意又快乐的母亲站在神像面前，祈求赫拉把她所能赏赐的最好的礼物赐给他们，作为对他们的回报。她做完祷告后，两位少年倒在了地上。他们面带微笑，仿佛安详地睡着了——其实他们已经死了。

卡利斯托

她是阿耳卡狄亚国王吕卡翁的女儿。这位国王由于做了恶事，被变成了一只野狼。天帝宙斯到他家做客时，他竟然端上人肉来招待宙斯，因此他是罪有应得的。可是他的女儿完全没有犯错，却和他一样大吃苦头。宙斯看到她跟随狩猎女神阿耳忒弥斯打猎，便爱上了她。天后赫拉得知后勃然大怒。在这位少女的儿子出生以后，赫拉把她变成了一头大熊。男孩长大以后，有一天，他外出打猎时，女神把卡利斯托引到他面前，想让他——当然是在不知情的情况下——射死自己的母亲。但宙斯迅速救走了大熊，把她安置在星辰之间，她被称为"大熊星座"。后来，她的儿子阿耳卡斯也被安置在她旁边，被称为"小熊星座"。赫拉看到自己的情敌竟然享有如此殊荣，怒不可遏，就劝说海神禁止大熊座和小熊座像其他星辰一样沉入海洋。因此，诸多星座之中只有这两个星座永远不会沉没到地平线以下。

喀戎

他是人头马怪物肯陶耳中的一员，但是他不同于那些凶猛而残暴的同类，而以善良和智慧远近闻名，以至于英雄们纷纷把年幼的儿子交给他来培养和教导。大英雄阿喀琉斯、大医师埃斯科拉庇俄斯、大猎人阿克泰翁等人都是他的学生。肯陶耳一族中只有他是长生不死的，但他最后还是告别了人世，前往冥国。他的死亡是赫剌克勒斯无心地、间接地造成的。赫剌克勒斯顺路来看望他的朋友人头马福洛斯，由于口渴难耐，他劝福洛斯打开一罐为全体人头马所共有的葡萄酒。四处飘溢的酒香使其他人头马立刻明白了发生了什么事情，他们冲下山坡，来找犯禁的人算账。可是他们所有人加在一起也不是赫剌克勒斯的对手。他打败了他们，但在搏斗中不小心伤了没有参与攻击的喀戎。喀戎的伤势无药可救，最后宙斯允许他死去，以免永远活在痛苦之中。

克吕提厄

她的故事很特别，讲的不是一位神祇爱上了无意于他的少女，而是一位少女爱上了不愿领情的神祇。克吕提厄爱上了太阳神，可是他在她身上却没有找到任何可爱之处。她成天坐在屋外的地面上看他，仰面目送他在空中移动，就这样日渐憔悴。在凝望太阳的时候，她变成了一朵向日葵，永远面向太阳。

德律俄珀

她的故事和别的许多故事一样，说明古希腊人强烈反对毁坏或伤害树木。

有一天，她和妹妹伊俄勒来到一个水池旁边，打算为仙女们编织花环。她把年幼的儿子带在身边。她看到水边有一株开满鲜花的忘忧树，就采了几朵鲜花逗小娃娃玩。令她惊恐的是，树干竟然流出了几滴鲜血。其实这棵树是仙女罗提斯为了逃避一位追求者而变成的。德律俄珀看到这种不祥的情景，吓得想逃走，可是她的双足却在地上生了根，一动也不能动。伊俄勒一筹莫展地望着她，看到她的脚上长出了树皮，越长越高，逐渐覆盖了她的全身。当她的丈夫和父亲赶到时，树皮已经长到了她的脸部。伊俄勒大声地说出了事情的经过。他们两人冲到大树旁边，抱住仍然温暖的树干，用眼泪来浇灌它。德律俄珀仅仅来得及声明她没有刻意做坏事，并且恳求他们常常带孩子到树荫下来玩，以后把她的故事讲给他听，好让他一看到这个地方，就想起"我的母亲就藏在这棵树的树干里"。她又说："还要吩咐他永远也不要采摘鲜花，还要记住每株灌木都有可能是一位女神的化身。"然后她就再也说不出话来了，树皮盖住了她的面孔，她永远地消失了。

厄庇墨尼得斯

他之所以成为神话人物，是因为流传下来的他长眠的故事。他生活在公元前600年左右。据说，他小时候在寻找一只走失的绵羊时，突然昏昏睡去，一睡就是五十七年。醒来之后，他完全不知道出了什么事，还要继续找羊，这才发现万事万物都发生了变化。德尔斐神殿的神谕命他为雅典驱除瘟疫。事后，雅典人对他充满感激，要送他一大笔钱，但他不肯收，只要求雅典和他的故乡克里特岛的克诺索斯交好。

厄里克托尼俄斯

他与厄瑞克透斯是同一个人。荷马只写到了一个叫这个名字的人物，柏拉图则提到了两个。他是火神赫淮斯托斯的儿子，由雅典娜抚养长大，是一个半人半蛇的生灵。当初，雅典娜把这个婴儿放在一只箱子里，交给了雅典国王刻克洛普斯的三个女儿，不准她们打开。可是她们还是打开了箱子，看到了里面那个像蛇一样的怪物。雅典娜将她们变成了疯子，以示惩罚，结果她们从雅典卫城上跳下来自杀了。厄里克托尼俄斯长大以后成为雅典国王，他的孙子与他同名，是刻克洛普斯二世、普罗克里斯、克瑞乌萨和俄瑞堤伊亚的父亲。

赫洛和勒安得耳

勒安得耳是赫勒斯蓬特海峡岸边的阿比多斯城中的一位青年，赫洛则是大海对岸塞斯托斯城中的阿佛洛狄忒女祭司。每天夜里，勒安得耳都游到对岸去找赫洛。至于指引他前进的灯光，有人说来自塞斯托斯城中的灯塔，也有人说来自赫洛每夜在一座高塔顶端点燃的火炬。在一个暴风雨之夜，灯火被风吹熄，勒安得尔淹死了。他的尸体被冲到岸边。赫洛发现之后，自杀殉情。

许阿得斯

她们是擎天神阿特拉斯的女儿，与普勒阿得斯是同父异母的姐妹。她们是雨星，会带来雨水，在每年的五月初和十一月，她们的晨昏起落通常都会伴随着降雨。她们共有六位。当酒神狄俄倪索斯还在襁褓中的时候，宙斯曾把他交给她们代为抚养。为了报答她们，宙斯把她们安置在星辰之间。

伊比库斯和白鹤

他不是神话人物，而是生活于公元前550年左右的诗人，他的诗作只有一些断简残篇流传了下来。关于他的生平，我们只知道他那戏剧性的死亡经过。他在科林斯附近遭到强盗的攻击，受了致命的重伤。这时一群白鹤飞过他的头顶，他便呼吁白鹤替他报仇。不久，一部戏剧在科林斯的露天剧场上演，场内座无虚席。其间，一群白鹤出现在剧场上空，盘旋在群众头顶。突然，一个人的声音传进了大家耳中。只听他惊慌失措地叫道："伊比库斯的白鹤复仇来了！"观众接着喊道："凶手不打自招了！"那个人被抓了起来，其他强盗也被查了出来，都被处以死刑。

勒托（拉托那）

她是泰坦福柏和科俄斯的女儿。宙斯爱上了她，可是在她快要生孩子的时候，他出于对赫拉的畏惧，抛弃了她。所有的国家和海岛出于同样的顾忌，都不肯收留她。她没有地方生孩子。她在绝望中不停地流浪，终于来到漂浮在海上的一小块陆地。它没有地基，被风浪打来打去。这个小岛名叫得罗斯，在一切岛屿当中是最不安全的，而且贫瘠荒芜，布满岩石。可是当勒托踏上这个小岛以寻求庇护时，小岛欣然表示欢迎，海底立刻伸出四根高大的柱石，永远牢牢地撑住小岛。勒托的子女阿耳忒弥斯和福玻斯·阿波罗就在此地出生。在后来的岁月中，壮丽的阿波罗神殿就矗立在这里，世界各地的人们纷纷前来参观。这块布满岩石的不毛之地被称为"天造之岛"，从最受人鄙视的岛屿变成了最声名远播的岛屿。

利诺斯

荷马史诗《伊利亚特》提到一群少男少女在一个葡萄园中一边采摘果实，一边吟唱"一首甜美的利诺斯之歌"。这可能是一首纪念阿波罗和帕萨玛忒的幼子利诺斯的悼歌——利诺斯被母亲遗弃，由几位牧羊人抚养，还没长大成人就被一群狗撕成了碎片。利诺斯与阿多尼斯、许阿铿托斯一样，代表着一切英年早逝或尚未结果就过早凋谢的生命。希腊文单词"埃利诺恩！"（ailinon!）的原意就是"哀哉，利诺斯！"；后来该词的含义发生了转变，与英文中的 alas!① 的意思大致相同，可以用于任何表达哀悼之情的语句中。还有一个名叫利诺斯的人物是阿波罗和一位缪斯女神的儿子，曾经做过俄耳甫斯的老师，后来想教导赫剌克勒斯，却被他打死了。

玛耳珀萨

她比其他受到神祇垂青的少女要幸运一些。参加过"卡吕冬猎猪大会"和"阿耳戈号远征"的英雄伊达斯征得她的同意，把她从她父亲家中带走了。此后他们原本可以过上幸福的生活，可是太阳神阿波罗爱上了她。伊达斯不肯放弃自己的爱人，甚至勇敢地跟阿波罗进行决斗。神王宙斯把他们拉开，叫玛耳珀萨在他们两人之间作出选择。她选择了凡间的伊达斯，因为她害怕神祇会对她不忠——这当然不是没有理由的。

---

① 意为"哎呀！"。

玛耳叙阿斯

横笛是智慧女神雅典娜发明的,但后来她把它扔掉了,因为要吹笛子就得鼓起双腮,这有损她的容貌。半人半兽的森林之神玛耳叙阿斯捡到了这支横笛,吹得非常动听,以至于他竟然大胆地向阿波罗发出挑战,让他和自己比赛。获胜者当然是阿波罗,他剥掉了玛耳叙阿斯的兽皮,以示惩罚。

墨兰波斯

他的仆人杀死了一公一母两条蛇,他救出了它们所生的两条小蛇,将其养大。这对宠物重重地酬谢了他。有一次,他正在酣睡,它们爬到卧榻上舔他的耳朵。他惊醒了,被它们吓了一跳,但却发现自己听得懂窗台上两只小鸟的谈话。原来,小蛇给了他一种能力,使他可以听懂各种飞禽走兽的语言。他就这样学会了无人掌握的占卜术,成了一位著名的预言家。他还依靠对未来的了解保住了自己的性命。有一次他被敌人抓住,关在一间小牢房里。他听到几条小虫子说,房梁已经几乎被蛀空了,马上就要塌下来,把下面所有的人都压死。他立刻把这个消息告诉了抓住他的那些人,要求换地方;他们照办了。然后,房顶马上就塌了下来。这样一来,他们看出他确实是一位伟大的占卜家,不但放他自由,还给了他一笔酬金。

墨洛珀

她的丈夫克瑞斯丰忒斯是赫剌克勒斯的儿子,墨塞尼亚的国王,在一次叛乱中和两个儿子一同被杀。继位者波吕丰忒斯娶了墨洛珀为妻,但她一直把自己的第三个儿子埃皮托斯藏在阿耳卡狄亚。几年后他回来了,谎称自己是杀死埃皮托斯的人,因而得到了波吕丰忒斯的热情款待。他的母亲不知道他的身份,还以为他真的是杀害她儿子的凶手,打算杀死他。然而,最后她发现了他的身份,于是母子两人合力杀掉了波吕丰忒斯。埃皮托斯登上了王位。

密耳弥多涅人

他们是一群由蚂蚁变成的人。阿喀琉斯的祖父埃阿科斯统治期间,他们出现在埃癸那岛上,后来他们曾跟随阿喀琉斯参加特洛伊战争。他们不仅勤劳节俭——人们通常认为他们的前身就具有这样的品质——而且非常勇敢。他们从蚂蚁变成人,是天后赫拉醋意大发的结果。宙斯爱上了一位名叫埃癸那的少女,这个小岛因之得名,她的儿子埃阿科斯也成了该岛的国王。这让赫拉非常生气。她送来一场可怕的瘟疫,数以千计的岛民被夺去了生命,岛上眼看就没有活人了。埃阿科斯爬到高高的宙斯神殿中去向天帝祈祷,并提醒他说,自己乃是他与他爱过的一位女子所生的儿子。他说话的时候,看到一群忙忙碌碌的蚂蚁,便大声说道:"啊,父亲,将这些蚂蚁变成我的子民,填满我的空城吧!"一阵隆隆的雷声似乎在回答他。那天夜里,他梦见那群蚂蚁被变成了人形。破晓时分,他的儿子忒拉蒙唤醒了他,说一大群男子正在朝王宫走来。他走出宫门,迎面看到数目多如蝼蚁的一大群人,都高呼自己是他的忠实臣民。于是,埃癸那岛重新住满了人。这个来自蚁丘的种族被称为密耳弥多涅人,该名称源于他们的前身——蚂蚁(希腊文为 myrmex)。

尼索斯和斯库拉

墨伽拉国王尼索斯的头上有一绺紫色的头发,有人曾告诫他永远不要剪掉,因为他能否保住王位,完全取决于能否保住这绺头发。有一次,克里特岛的弥诺斯国王率兵围攻墨伽拉,但尼索斯知道,只要他能保住自己的紫头发,城邦就不会遇到危险。他的女儿斯库拉常常在城墙上眺望弥诺斯,以至于疯狂地爱上了他。除了把父亲的那绺头发送给他,帮助他攻下城池,她想不出还有什么办法可以使她获得他的欢心。于是她趁父亲熟睡时从他头上剪下了那绺头发,把它交给了弥诺斯,并向他坦白了自己的所作所为。他大为惊骇,把她赶走了。克里特人攻下了这座城邦，开船返乡，这时她激动地跑到岸边，跳进水里，抓住弥诺斯所乘的那艘船的船舵。就在这时，一只巨鹰猛扑下来攻击她——原来这就是她的父亲，诸神把他变成了一只鸟，从而救了他的性命。斯库拉吓得松开了手，眼看就要掉进水中，可她突然也变成了一只鸟。原来有一位神祇对她产生了怜悯之情，因为她虽然是个叛徒，但毕竟是为了爱情而犯罪的。

俄里翁

他是一个身材高大、相貌俊美的年轻人，也是一位了不起的猎人。他爱上了喀俄斯岛的国王的女儿，总是把猎物带给心上人。为了她，他把岛上的野兽都打光了。有人说她名叫埃罗，有人说是墨洛珀。她的父亲俄诺庇翁答应把她嫁给俄里翁，但他一再拖延婚期。有一天俄里翁喝醉了，侮辱了姑娘几句，俄诺庇翁便祈求酒神狄俄倪索斯惩罚他。酒神让他酣然入睡，俄诺庇翁趁机弄瞎了他的眼睛。不过，一道神谕告诉俄里翁，他如果能到东方去，让初升太阳的光芒照射在他的眼睛上，他便可以重见光明。于是他一直东行至楞诺斯岛，终于恢复了视力。他立刻回到喀俄斯来找国王报仇，可是国王已经逃走了，俄里翁找不到他。后来俄里翁迁居克里特岛，替狩猎女神阿耳忒弥斯管理猎犬，但是最后却被女神杀掉了。有人说黎明女神奥罗拉爱上了他，令阿耳忒弥斯醋意大发，把他射死了；也有人说他激怒了阿波罗，阿波罗便用诡计使妹妹杀了他。他死后被安置在天上，成为系着腰带、佩着宝剑、拿着棍棒、披着狮皮的猎户星座。

普勒阿得斯

她们是擎天神阿特拉斯的女儿，共有七位，分别叫做厄勒克特拉、迈亚、泰革忒、阿尔库俄涅、墨洛珀、刻莱诺、斯忒洛珀。俄里翁追求她们，可是她们立刻逃走了，他一个也抓不到。但他仍然穷追不舍。最后宙斯出于对她们的同情，把她们变成了天上的星辰。据说即便是在天上,俄里翁也没有放弃对她们的追逐。他总是追不到手,却仍然坚持不懈。当她们住在大地上的时候,她们当中的迈亚生下了赫耳墨斯,厄勒克特拉则生下了特洛伊人的始祖达耳达诺斯。虽然人们一致认为她们共有七位,但是只有六颗星是清晰可见的,除了那些视力超群的人以外,人们一般看不见第七颗星。

洛厄科斯

他看到一棵橡树即将倒下,便用力撑住了它。那位死里逃生的树木仙女让他说出他想得到的任何东西,她一定会给他。他回答说,他只想得到她的爱情,她同意了。她嘱咐他要留神,因为她会派一只蜜蜂作信差,把她的心愿告诉他。可是洛厄库斯遇到了几个伙伴,便把蜜蜂的事忘得精光,以至于当他听到一阵嗡嗡声时,竟然把蜜蜂赶走了,还弄伤了它。他漠视仙女的话,又伤害了她的信差,使她非常生气。他一回到橡树边,仙女就把他的眼睛弄瞎了。

萨尔摩纽斯

此人的故事再次说明,对于凡人来说,仿效神祇是极其危险的。萨尔摩纽斯所做的事情实在是太愚蠢了,后人常说他简直是在发疯——他竟然假扮作天帝宙斯。他定制了一辆战车,它在行驶的时候会发出铜片叮当作响的声音。在宙斯的节日那天,他飞快地驾车走遍全城,一面抛掷火把,一面高声叫人们膜拜他,因为他就是雷神宙斯。可是,空中霎时响起了一阵真正的雷声,亮起了一道真正的闪电,萨尔摩纽斯当场坠车而死。

后人在解释这个故事时,往往追溯到一个古老的时代,那时经常有人施行与天气有关的巫术。根据这个观点,萨尔摩纽斯是一位巫师,想用模拟雷电的方式召来暴风雨——这是当时的一种常见的巫术手段。

西绪福斯

他是科林斯国王。有一天,他偶然看到一只比凡间鸟儿更加庞大和雄健的巨鹰驮着一位少女飞往附近的一个小岛。后来，河神阿索波斯来找西绪福斯，说自己的女儿埃癸那被人拐走了，他强烈怀疑是宙斯干的，请西绪福斯帮忙寻找。西绪福斯便把自己刚才见到的情形告诉了河神。这招来了宙斯的无情怒火，西绪福斯受罚在阴间把一块石头滚到山上，但石头却总是朝他滚回来，就这样循环往复，永不止息。他也没能帮上阿索波斯的忙——河神前往那座小岛，却被宙斯用雷霆赶走了。为了纪念这位少女，小岛的名字被改为埃癸那岛。她的儿子埃阿科斯是大英雄阿喀琉斯的祖父——阿喀琉斯有时又被称为埃阿喀得斯，意为"埃阿科斯的后代"。

堤 洛

她是萨尔摩纽斯的女儿。她为海神波塞冬生下了一对双胞胎儿子，可是她怕父亲知道她生孩子的事情会不高兴，就把小孩遗弃了。这对双胞胎被萨尔摩纽斯的马夫发现了，他和他的妻子把他们抚养长大，并为他们分别起名为珀利阿斯和涅琉斯。几年之后，堤洛的丈夫克瑞透斯发现了她以前与波塞冬的关系，一气之下抛弃了她，改娶她的侍女西得罗为妻。西得罗常常虐待堤洛。克瑞透斯死后，那对双胞胎兄弟从养母口中知道了谁是他们的生身父母，便立刻去找堤洛，表明了自己的身份。他们发现她的处境十分悲惨，就去找西得罗算账。西得罗听说了他们到来的消息，便事先躲进了天后赫拉的神殿。然而，珀利阿斯不怕女神生气，杀死了西得罗。直到很多年以后，赫拉才在他身上报了仇。珀利阿斯的同母异父弟弟——堤洛和克瑞透斯之子——就是伊阿宋的父亲。珀利阿斯派伊阿宋去寻找金羊毛，意在害死伊阿宋，可是没想到他自己却间接死在伊阿宋的手里——他的女儿们在伊阿宋之妻美狄亚的指引下误杀了父亲。

第七部分　北欧神话

北欧神话简介

　　北欧神话的世界是一个奇特的世界。诸神的家园——阿斯加耳德仙境与人类想象中的其他任何天庭都不太一样。那里没有喜悦的光辉，也没有对幸福的保证。它是一个庄严肃穆的地方，一种不可避免的厄运在其中若隐若现。诸神知道，他们有朝一日将要被摧毁。那时，他们将会遇到劲敌，在对方的手下遭到失败和灭亡，阿斯加耳德仙境也会沦为一片废墟。善良力量对抗邪恶力量的事业毫无成功的希望，然而，诸神仍然要为这项事业奋斗到底。

　　人类当然更是如此。如果连诸神都在邪恶面前一筹莫展，男人和女人一定更加无助。早期故事中的男女主角经常面对灾难。他们知道，无论是依靠勇气、耐力还是丰功伟绩，都救不了自己，然而他们仍然不愿屈服，而是抵抗至死。英勇的死亡使他们——至少是他们当中的英雄——有资格在阿斯加耳德仙境的瓦尔哈拉英灵殿堂中获得一席之地，不过他们在那里仍然要等待最终的失败和灭亡。在善与恶的决战中，他们将与诸神并肩作战，共同赴死。

　　这就是构成北欧宗教之基础的人生观，也是有史以来在人类心中出现过的最为阴郁的思想。人类精神的唯一支柱、纯洁清白的好人所能实现的唯一理想就是英雄主义，而英雄主义要靠事业的失败才能实现。英雄唯有通过死亡才能证明自己是英雄。善良的力量不是通过征服邪恶的壮举体现出来的，而是通过在无可逃避的失败面前仍然奋力抵抗邪恶的精神体现出来的。

　　乍看起来，这种人生态度似乎带有宿命论的色彩，然而，冷酷无情的天命观在北欧人的生存方略中所占的地位,其实与"预定论"① 在圣保罗或那些好战的新教徒的生存方略中所占的地位一样,并不是特别重要——两者的原因是一样的。虽然北欧英雄若不屈服就注定要被毁灭,但是他可以在屈服和死亡之间作出抉择,决定权在他自己手里。此外,英雄的死亡有如殉道者的受难,不是失败,而是胜利。在一个北欧故事中,男主人公在敌人把他的心脏挖出来的时候还在纵声大笑,借此表明他比征服者更加优越。他等于是在对他们说:你们奈何不了我,因为我并不在乎你们怎么做。他们杀了他,但他至死不屈。

这是人类赖以生存的严苛准则,它与基督的"山上宝训"虽然在形式上完全不同,但在严苛程度上却非常相似。从长远来看,安逸的生活方式从未真正得到人心。北欧人与早期基督徒一样,用英雄的标准来衡量人生。不过,基督徒期待一个永远快乐的天堂,北欧人却没有这种期待。但在基督教传教士到来之前的许多世纪当中,英雄主义对北欧人来说似乎已经足够了。

那些看出胜利可能存在于死亡之中、勇气绝不会被挫败的北欧神话诗人,是整个伟大条顿民族的信仰的唯一代言人——英国人属于条顿民族,我们自己也属于条顿民族,因为我们是最早的美洲移民的后裔。在西北欧的其他地区,早期的文字记录、风俗习惯、歌谣和故事都被基督教教士抹去了,他们对自己所摧毁的异教思想深恶痛绝。他们的清扫工作进行得非常彻底,只有少数文献幸存于世:英国的《贝奥武甫》、德国的《尼伯龙人之歌》和散见于各处的一些断简残篇。但是,倘若没有那两部冰岛《埃达》,我们对塑造了我们祖先民族的那种宗教信仰可能就一无所知了。冰岛的传教士似乎要温和一些,其影响力似乎也小一些,这自然是因为冰岛乃是最后一个被基督教化的北方国家。拉丁语并没有驱逐作为文学语言的斯堪的纳维亚语。人们仍然用他们的日常语言来讲述那些古老的故事,其中有一部分被写了下来,只是它们的作者和

---

① "预定论"(predestination)是基督教神学的一种观点,认为上帝在创世之前就已经预先安排好了每一个人的命运。根据这种观点,一部分人(即蒙恩得救的基督徒)是注定要永生的,其他人则是注定要灭亡的。蒙恩得救之人又被称为被上帝"拣选"的人。

创作时间已经湮没无闻。最古老的《老埃达》手稿大约写于公元1300年，即基督徒到来三百年之后，但手稿中的诗歌纯属异教作品，学者们一致认为它们的写作年代非常古老。散文体的《新埃达》则出自十二世纪末的一位名叫斯诺里·斯图鲁松的诗人之手。《新埃达》的主体是一篇教人作诗的技术性论文，但也包含着一些《老埃达》中没有的史前神话资料。

在这两部作品中，《老埃达》比《新埃达》重要得多。《老埃达》由许多独立的诗篇构成，它们所描写的常常是同一个故事，但彼此之间没有联系。这部诗集中的材料足以构成一部与《伊利亚特》同样伟大——甚至比它更加伟大——的史诗，但是没有诗人像荷马整理《伊利亚特》之前的故事那样对这些材料进行加工。在斯堪的纳维亚半岛，没有一位天才人物将这些诗篇焊成一体，使其成为一部优美而雄壮的史诗；甚至没有人去除其中那些粗糙平庸的内容，删掉那些幼稚乏味的重复段落。《埃达》有时竟会一口气列出好几页的人名。不过，尽管这部作品的文体很差，其中的故事却仍然显示了那种忧郁而庄严的特性。也许不懂古斯堪的纳维亚语的人不应谈论"文体"问题，但是，这些诗篇的所有译本都显得异常别扭、累赘，令人不禁怀疑原文本身就不够出色，至少部分如此。创作《老埃达》的诗人们似乎怀有一些伟大的构思，但却缺乏将其付诸文字的出色技巧。很多故事都非常精彩，除了由希腊悲剧诗人改写过的故事以外，希腊神话中的任何故事都无法同它们媲美。最好的北欧故事都具有悲剧色彩，讲述的是一些坚定地走向死亡的男人和女人的事迹——他们常常是有意选择死亡的，甚至在很早以前就已为此定好计划。黑暗之中，唯一的一道光芒就是英雄主义。

第一章 西格妮和西格耳德的故事

我选择这两个故事,是因为在我看来,它们比其他任何故事都更能表现北欧人的性格和观点。西格耳德是最著名的北欧英雄,他的故事与中古高地德语史诗《尼伯龙人之歌》的主角齐格弗里德大致相同。《尼伯龙人之歌》中的故事因瓦格纳的歌剧而闻名遐迩。在这个德国故事的北欧版本——《伏尔松萨迦》中,西格耳德扮演了主要角色。不过,我的故事并非取材于《伏尔松萨迦》,而是取材于《老埃达》,因为后者中的不少诗篇是以西格耳德、布琳希尔德和古德龙的爱情与死亡为题材的。所有的"萨迦"都是散文体的故事,是后来才问世的。西格妮的故事则只在《伏尔松萨迦》中出现过。

西格妮是伏尔松的女儿,西格蒙德的妹妹。她的丈夫谋反,杀害了伏尔松,俘虏了他的儿子们。夜间,他用铁链把他们一个接一个地拴在狼群出没的地方,让他们被狼吃掉。最后一个俘虏西格蒙德被拉出去拴起来之后,西格妮想出了一个救他的办法。她救出了他,兄妹两人发誓要为父亲和兄弟报仇。西格妮决定要让西格蒙德有一位血亲相助,于是她乔装改扮去找他,和他一起过了三夜,但他始终不知道她是谁。当他们的儿子长到可以离开母亲的年龄时,她打发儿子去找西格蒙德,从此父子两人住在一起,直到这个孩子——他的名字叫做辛菲奥特里——长大成人。在这段时间里,西格妮一直和丈夫住在一起,为他生儿育女,丝毫没有显露胸中的复仇热望。复仇的日子终于来临了。西格蒙德和辛菲奥特里出其不意地攻进家门,杀死了西格妮的其他子女,把她的丈夫关在房子里,放火焚烧了房子。西格妮冷眼旁观,一言未发。等到一切事情都已办完,她对哥哥和儿子说,他们已经光荣地为死者报仇雪恨了。说完,她走进正在燃烧的房子,死在里面。在等待复仇的这些年中,她早就订好了计划,要在杀死丈夫之后随他一同赴死。假如她的故事的作者是一位"北欧的埃斯库罗斯",那么,她会让希腊神话中的迈锡尼王后克吕泰涅斯特拉相形失色。

齐格弗里德的故事早已家喻户晓,因此,他在北欧神话中的原型西格耳德的故事,我们只需简要地介绍一下。布琳希尔德是天神奥丁的一位侍女,她因违抗奥丁的命令,被罚长眠不醒,直到一位男人前来把她唤醒。她要求前来找她的人必须无所畏惧,因此奥丁在她的卧榻周围燃起了只有英雄才敢于闯入的熊熊烈火。西格蒙德的儿子西格耳德完成了这件壮举。他纵马穿过烈焰,唤醒了布琳希尔德。由于他来到了她的身边,证明了自己的勇气,她欣然委身于他。过了一段时间,他把她留在烈焰圈中,独自离去。

西格耳德来到吉乌孔家族的居所,宣誓与国王贡纳结为兄弟。贡纳的母亲格林希尔德想让西格耳德娶她的女儿古德龙为妻,就给他服了一些魔药,使他忘记了布琳希尔德。他与古德龙结为夫妇,然后又凭借格林希尔德的巫术力量变成贡纳的样子,再度骑马穿过烈焰,代替不敢亲自冒险的贡纳去获取布琳希尔德的芳心。西格耳德在那里和她一起过了三夜,但在睡觉的时候,他把自己的宝剑置于他们两人之间。布琳希尔德跟着他回到了吉乌孔家,西格耳德便变回了自己的样子,但布琳希尔德并不知情。她相信西格耳德已经变了心,而贡纳却纵马闯过火焰去找她,于是就嫁给了贡纳。后来她在与古德龙吵架的时候得知了真相,便计划要报仇。她对贡纳说,西格耳德背叛了他对贡纳立下的誓言,因为西格耳德虽然声称在那三个夜晚,他的宝剑被放在两人之间,但实际上他已经占有了她;除非贡纳杀死西格耳德,否则她要离开贡纳。由于贡纳曾经立誓与西格耳德结为兄弟,他不能亲手杀死西格耳德,只得说服他的弟弟趁西格耳德熟睡的时候杀死他。结果,古德龙一觉醒来,发现丈夫的鲜血流遍了她的全身。

于是布琳希尔德纵声大笑,
她只发自内心地笑过这一回,
因为她听见了古德龙的哭声。

但是,因为她害死了西格耳德,她自己不愿在西格耳德死后苟活于世,她对丈夫说:

我只爱过一个人,
从未变心。

她还告诉丈夫,当西格耳德闯过火圈替他获取自己的芳心时,西格耳德并未违背誓言:

我们同榻安眠,
犹如兄妹一般。
男男女女来到世间,
永远都在流泪哀叹——

接着,她祈求上天让她的遗体和西格耳德的遗体一同火葬,然后自杀殉情。

古德龙默默地坐在西格耳德的遗体旁边,说不出话,也哭不出声。女人们唯恐她因找不到安慰而心碎,于是她们一个接一个地向她道出自己的悲哀,

每个人曾经忍受过的最大的痛苦。

一个人说:丈夫、女儿、姐妹、兄弟都已离我而去,而我仍然活在世间。

汉密尔顿作品

但悲痛欲绝的古德龙哭不出声。
在英雄的尸体旁边,她心硬似铁。

另一个人说:我的七个儿子和我的丈夫都倒在了南方的土地上,他们八个全都战死了。我亲手打扮他们的遗体,好让他们下葬。半年之内我忍受了这么深重的悲哀,却没有人来安慰我。

但悲痛欲绝的古德龙哭不出声。
在英雄的尸体旁边,她心硬似铁。

这时,一位比别人聪明的女子揭开了死者的裹尸布,

……她把他那备受珍爱的头摆在他妻子的膝上。
"看着你所爱的这个人,亲吻他的嘴唇,仿佛他犹在人间。"
古德龙只看了一眼。
她看见亡夫的头发上凝结着血块,
曾经那么明亮的双眸失去了光芒,
于是她俯身低头,泪如雨下。

这就是早期的北欧故事。人类生来就要承受悲痛,犹如火花必定要向上飞舞。活着就要受苦,解决人生难题的唯一手段就是依靠勇气来承受痛苦。在西格耳德第一次去找布琳希尔德的途中,他遇到了一位智者,便向他请教自己将会面临什么样的命运:

无论它有多么严酷,都不要瞒我。

智者答道:

你知道我决无诳语。
你永远不会为卑劣的习性所玷污。
然而你终将面临
厄运之日、天谴之日、极苦之日。
但是,人类的主宰啊,请你记住,
这位英雄的一生中充满幸运。
而且,太阳之下,
没有人比西格耳德更加高贵。

第二章　北欧诸神

　　希腊的神祇不可能拥有英勇无畏的气概，因为所有的奥林匹斯天神都长生不死、所向无敌。他们永远感受不到勇气的光辉，也永远不会向危险发起挑战。在打仗的时候，他们有必胜的把握，而且不可能受到任何伤害。而北欧的阿斯加耳德仙境就不同了。住在约顿海姆城的巨人们是埃西耳神族（即北欧诸神）充满活力的、永久性的敌人，他们不仅永远是诸神的心头隐患，而且知道自己最终必然能够大获全胜。

　　阿斯加耳德仙境的居民深知这一点，所以他们的心情都十分沉重，但心情最为沉重的莫过于他们的领袖兼统治者奥丁。与希腊神话中的宙斯一样，奥丁也是天父，他

　　　　身穿云灰色短衣，头戴天蓝色头巾。

　　但是他们两人的相似之处仅此而已。我们很难想象有什么人物比奥丁更不像荷马笔下的宙斯。奥丁是一个古怪而严肃的人物，总是冷若冰霜，即便是在与众神一同在格拉兹海姆金殿中聚餐，或是与众英雄一同在瓦尔哈拉英灵殿堂中宴饮的时候，他也不吃任何东西，而是把面前的食物喂给蜷伏在他脚边的两只狼吃。他的双肩上栖息着两只乌鸦，它们每天在世界各地飞来飞去，然后回来向他报告人类的种种言行。其中的一只名叫"思想"（胡金），另一只名叫"记忆"（穆宁）。

　　在其他诸神大吃大喝之际，奥丁却在思索"思想"和"记忆"向他通报的消息。

　　"厄运之日"一旦来临，天庭和大地都会被毁灭。他要尽可能推迟那一天的到来，这项责任比其他诸神所承担的责任的总和还要重大。他

是万物之父,其地位高于所有的神和人,但他仍然不断寻求更多的智慧。他降临由智者米密耳看守的"智慧之井",请求饮一口井水,米密耳回答说,他必须用一只眼睛来交换,于是他同意牺牲一只眼睛。他也获得了"卢恩符文"中的知识,为此也吃了不少苦头。"卢恩符文"是一种有魔力的铭文,一个人若能将它刻在木头、金属、石头之类的材料上面,就能获得无穷的威力。奥丁饱尝了神秘的痛苦,才习得了这些符文。在《老埃达》中,他说自己曾被吊在

  一棵被狂风摇撼的大树上,长达九天九夜,
  身体被长矛刺伤。
  我被祭献给天神奥丁,自己成了自己的祭品,
  在那棵无人知晓的大树上。

  他把自己历尽艰辛而学到的知识传给了人类,使他们也能运用"卢恩符文"来保护自己。他还再度冒着生命危险,从巨人手中获得了"诗仙蜜酒",尝过的人皆可变成诗人。他把这份贵重的礼物赐给了诸神,也赐给了人类。他在各个方面都是人类的恩人。

  他的随从都是处女,人称"瓦尔基里"。她们在阿斯加耳德仙境的餐桌旁服侍诸神,随时将兽角酒樽斟满。但她们的主要任务是上战场,依照奥丁的命令来决定谁应当战胜,谁应当战死,并将英勇的死者带到奥丁面前。"瓦尔"意为"被杀者","瓦尔基里"就是"被杀者的拣选人"。她们带领英雄前往的地方就是瓦尔哈拉英灵殿堂。在战场上,那些注定要死的英雄会看见

  美丽绝伦的少女,
  身穿闪闪发光的甲胄,骑着战马,
  神情凝重,若有所思,
  挥着纤纤玉手,向他们发出召唤。

星期三当然是奥丁的圣日。他的名字的南方读音是"沃登"。

在其他诸神中，只有五位比较重要，他们是光明之神巴尔德耳、雷神托耳、和平之神弗雷、天界的守护神海姆达尔和战神提耳。

光明之神巴尔德耳是在天上和人间最受爱戴的神祇，他的死亡是诸神所遭遇的第一个重大灾难。一天晚上，他被一些梦境所烦扰，这些梦境似乎预示着他会遇到巨大危险。他的母亲弗丽嘉——即奥丁的妻子——听说了这件事，决心要保护他，不让他遇到哪怕是最小的危险。她走遍了世界，要求任何有生命和没有生命的东西发誓不伤害他。但是奥丁依然很担心。他乘车来到冥界尼福尔海姆，发现死亡女神赫尔的住宅被布置得喜气洋洋。一位女智者告诉了他这幢房子是为谁而布置的：

　　蜜酒是为巴尔德耳而酿的。
　　天上诸神的希望破灭了。

奥丁由此得知巴尔德耳一定会死，但其他诸神却相信弗丽嘉已经使他化险为夷，于是他们开始玩一种在他们看来非常有趣的游戏。他们试图击中巴尔德耳，就向他扔石头、掷标枪、射箭或者用剑去刺，可是这些武器要么从他身边掠过，要么从他脚边滚过，他始终毫发无伤。任何东西都伤害不了巴尔德耳。这种奇特的豁免权使他在诸神当中显得出类拔萃，大家为此都对他推崇备至，只有火神洛基除外。洛基不是神祇，而是一位巨人的儿子，他到处惹是生非，不断使诸神陷入困难和危险之中。但是他可以自由进入阿斯加耳德仙境，因为出于某种不为人知的原因，奥丁曾经和他立下兄弟之约。他向来痛恨美好善良的事物，对巴尔德耳十分嫉妒。他下定决心，要尽力设法伤害巴尔德耳。于是他男扮女装，去找弗丽嘉，与她聊天。弗丽嘉向他谈起了自己为保证巴尔德耳的安全而周游世界的经历，说万物都发誓不伤害他，只有一种小灌木——槲寄生除外。它太微不足道了，因此她不经意地从它身边走了过去。

这句话对洛基来说已经足够了。他折下一根槲寄生枝，来到诸神玩耍取乐的地方。只见巴尔德耳的盲眼兄弟、黑暗之神霍德耳坐在一旁。"你怎么不去参加游戏呢?"洛基问道。"我这个瞎子怎么玩呢?"霍德耳回答,"何况我也没有东西可以向巴尔德耳扔呀。""噢,尽管去参加吧,"洛基说,"这里有一根小树枝,我来指挥你瞄准,你来扔。"于是霍德耳接过槲寄生,用尽全力掷了出去。在洛基的引导下,树枝全速飞向巴尔德耳,刺穿了他的心脏。巴尔德耳倒地身亡。

直到此时,巴尔德耳的母亲仍然不愿放弃希望。弗丽嘉大声地向诸神发出呼吁,希望有人能自愿前往冥界,设法赎回巴尔德耳。她的另一个儿子赫耳莫德自愿前往。奥丁把自己的骏马斯莱布尼耳借给了他,他纵马奔向冥界尼福尔海姆。

其他人则开始准备葬礼。他们在一艘大船上搭起了一个高高的火葬堆,把巴尔德耳的尸体放到上面。他的妻子南娜前去见他最后一面的时候,心碎而死,倒在了甲板上。大家把她的尸体放在他的身边。接着,火葬堆被点燃,船只被推离了岸边。当它驶出海面之后,烈焰腾空,整艘船只都被包裹在一团火焰之中。

且说赫耳莫德带着诸神的请愿书来到冥界,死亡女神赫尔答复道,若能证明天地万物都在哀悼巴尔德耳,她就放他回去,但是只要有一件东西或一个生灵不肯为他落泪,她就要留下他。于是诸神派遣使者到各地去请求万物流泪,好让巴尔德耳死而复生。他们没有遭到任何拒绝,天地万物都心甘情愿地为他们所爱的这位神祇流泪。使者们欢欣鼓舞,准备踏上归程,把这个好消息报告给诸神。然而,在快到旅途终点的地方,他们遇见了一位女巨人——全世界的悲哀都是枉然,因为她不肯流泪。"你们从我这里只能得到干涸的眼泪,"她用嘲笑的语气说道,"巴尔德耳于我无恩,我也不愿给他好处。"因此,赫尔留下了那位死者。

洛基受到了惩罚。诸神抓住了他,把他绑在一个深深的洞穴里,在他的头上放了一条大蛇,使它的毒液不停地淌到他的脸上,给他带来了极度的痛苦。他的妻子西格恩前来帮助他,陪在他的身边,用一只杯子来接毒液。不过,每当她不得不去倒掉时,毒液就会滴到他的脸上,虽然只有一会儿,但他还是痛苦得浑身抽搐,连大地都为之颤抖。

神 话

在其他四位重要的神祇中，托耳是雷神，是埃西耳神族中最为强大有力的一位，星期四就是以他的名字命名的；弗雷负责照料大地上的果实；海姆达尔负责守卫通往阿斯加耳德仙境的虹桥比弗略斯特；提耳是战神，星期二就是以他的名字命名的，这一天曾是他的圣日。

女神的地位在阿斯加耳德仙境不像在奥林匹斯仙境那样重要。在北欧女神中，没有一位能与雅典娜相比。但有两位值得一提。奥丁的妻子弗丽嘉——有人说星期五就是以她的名字命名的——以睿智闻名，但她沉默寡言，从不把自己的知识告诉任何人，连奥丁也无从得知。她是一个面目模糊的人物，经常被描写为坐在纺车边。她纺的是金线，但她纺线的目的却是一个秘密。

弗雷娜是爱与美的女神，但与我们的观念迥异的是，战场上的死者有一半都归她管理——奥丁身边的瓦尔基里只能将另一半死者带到瓦尔哈拉英灵殿堂。弗雷娜亲自骑马来到战场，认领归她所有的那一部分死者——在北欧诗人心目中，这是爱神最自然、最适宜的职务。一般认为星期五是以她的名字命名的。

不过，还有一个领域被交给一位女神，由她独自掌管，那就是"死亡之国"。这个国度属于死亡女神赫尔，男神在这里没有任何权威，连奥丁也不例外。金色的阿斯加耳德仙境属于众神，光荣的瓦尔哈拉英灵殿堂属于众英雄，米德加耳德尘世则是男人的战场，不关女人的事。在《老埃达》中，古德龙说：

> 男人的凶猛支配着女人的命运。

在北欧神话中，阴冷苍白的阴间才是女人的领域。

创　世

在《老埃达》中，一位女智者说：

> 远古时期,空无一物,
> 没有沙,没有海,没有凉爽的浪花。
> 下无大地,上无天庭,
> 只有巨大的深渊。
> 太阳不识她的居所,
> 月亮不识他的领域,
> 星辰也没有容身之处。

深渊虽然极其广大,但也不能无限延伸。遥远的北方有尼福尔海姆——冰冷的死亡地界,遥远的南方又有穆斯贝尔海姆——火焰之乡。十二条河从尼福尔海姆奔流而出,注入深渊,在里面结冰,使深渊慢慢被冰块填满。火红的云朵从穆斯贝尔海姆飘来,把冰块变成了薄雾。许多水滴从薄雾中降下,"冰霜少女"和第一位巨人伊米耳就是在这些水滴中孕育而出的。伊米耳之子就是奥丁之父,他的母亲和妻子都是冰霜少女。

奥丁和他的两位兄弟合力杀死了伊米耳,用以创造天地:用他的鲜血来创造海洋,用他的身体来创造大地,用他的头骨来创造天庭。他们从穆斯贝尔海姆拿来一些火花,挂在天上,它们就成了太阳、月亮和星辰。大地是圆形的,四面环海。诸神用伊米耳的眉毛筑了一道巨大的围墙,以保护人类将要居住的地方。围墙内部的空间叫做米德加耳德,第一个男人和第一个女人就是在这里出现的。他们是用树木做成的——男人是用梣树做的,女人是用榆树做的。他们是全人类的祖先。此外,世界上还有一个矮人族,他们相貌丑陋,但却都是能工巧匠,住在地面之下;还有一个精灵族,他们是一群可爱的调皮鬼,负责照顾花卉和溪流。

一棵名叫尤克特拉希尔的神奇的大梣树支撑着整个宇宙,它的根部贯穿全世界:

> 尤克特拉希尔有三条树根,

> 第一条下面住着死神赫尔,
> 第二条下面住着冰霜巨人,
> 第三条下面住着人类。

也有人说,"一条树根上达阿斯加耳德仙境"。在这条树根旁边有一口水井,井水是白色的——这就是"乌耳达之井"。它是如此神圣,以至于任何人都不准饮用井水。水井由三位诺恩(即命运三女神)看守,她们

> 把生命分发给人类的子孙,
> 又把命运分配给他们。

这三位命运女神的名字分别是乌耳达(过去)、维耳丹迪(现在)和斯库尔德(未来)。她们每天走过摇摇晃晃的虹桥,坐在井边评判人类的言行。在另一条树根下面也有一口水井,被称为"知识之井",由智者米密耳看守。

在尤克特拉希尔神树和阿斯加耳德仙境上空,毁灭的危险若隐若现。与诸神一样,神树也注定要死亡。一条大蛇和它的一窝蛇崽在不断地啃食死亡女神赫尔所住的尼福尔海姆旁边的那条树根。有朝一日它们终将咬死神树,那时宇宙就会轰然崩塌。

住在约顿海姆的冰霜巨人族和高山巨人族是一切善良族类的大敌。他们代表着大地上的野蛮力量。在他们日后与天上的神圣力量进行的那场不可避免的战斗中,这股野蛮力量将会取得胜利:

> 诸神在劫难逃,死亡是他们的结局。

但是,这样的信念与人类心中"邪不压正"的坚定信念截然相反。这些绝望而坚强的北欧人成天生活在冰天雪地和漫漫冬夜之中,这样的生活一直在挑战他们的英雄主义。然而即便如此,他们仍然在黑暗当中

瞥见了一丝遥远的光明。《老埃达》中的一条预言与圣经中的《启示录》非常相似,说在诸神战败之后,

> 太阳变黑,大地沉入海底,
> 炙热的星辰从天上坠落,
> 烈焰腾空,包围了整个天庭。

就在这时,新天新地将会诞生:

> 它们再度拥有惊人的美。
> 屋顶由黄金铸造,
> 田地不用撒种便能长出成熟的果实,
> 幸福的生活永无止境。

此后,世界将由另一位天神来统治,他拥有比奥丁还要高的地位,而且不会受到邪恶势力的侵袭:

> 他比一切神祇都更加伟大,
> 但我不敢说出他的名字。
> 几乎无人能够预知
> 奥丁失败的那一刻。

这幅无限遥远的幸福幻景似乎并不足以帮助人们对抗绝望,但它却是《埃达》带给人们的唯一希望。

北欧智训

另一种关于北欧人性格的观点在《老埃达》中也非常突出,奇怪的是,它与那种强调北欧人性格中的英雄主义成分的观点大不相同。有几

部箴言集不仅完全没有反映英雄主义，而且还表述了一种不需要英雄主义的人生观。北欧的智慧文学远不如希伯来圣经中的《箴言》那么深刻。实际上，它几乎配不上"智慧"这个伟大的词语。不过，提出这些智训的北欧人至少具有很强的判断力，这与不肯妥协的英雄精神完全相反。这些智训的作者与《箴言》的作者一样，显得十分老成，他们当是阅历丰富且对人间万象进行过思考的人。毫无疑问，他们曾经身为英雄，但这时已经退出战场，从另一种角度来观察事物。有时他们甚至带着一丝幽默来看待生活：

> 啤酒对凡人的好处
> 并没有大多数人所相信的那么多。

> 一个人若是不知道财富常常把人变得像猴子一样愚蠢，
> 就等于一无所知。

> 懦夫以为他只要逃避战争，
> 就能长生不死。

> 把你的想法告诉一个人无妨，告诉两个人却要当心；
> 若有三个人知道，等于举世皆知。

> 一个傻子通宵不能合眼，
> 心事重重，辗转反侧。
> 当天色拂晓，他愁得筋疲力尽，
> 那些烦恼却仍然萦绕在他的心头。

有些谚语体现了对人性的精辟了解：

> 身份低微、心智贫乏的人

最喜欢用嘲讽的眼光看待一切。

勇士在任何地方都能生活得很好，
懦夫却对万事万物都充满畏惧。

有些谚语的语气颇为轻松，令人愉快：

在那年轻的时光，我曾独自踏上旅途。
每当遇见另一个人，我便觉自己十分富有。
一个人会给另一个人带来欢乐。

要友好地对待你的朋友，
用欢笑来换取欢笑。

即使好友远在天涯，
通往他家的道路
也仍然是笔直的。

有些谚语显示出惊人的容忍精神：

无人除了苦难一无所有，愿人们永远不要过于沮丧。
一个人有子孙承欢膝前，一个人有亲族陪伴左右，
第三个人则腰缠万贯；
而另一个人的快乐，却来自他的善行。

男人切勿听信少女的话，
也不要听信妇人之言。
但我对男男女女都有所了解，
男人对女人的心思容易动摇。

没有人好得完美无缺，
也没有人坏得一无可取。

有些谚语则体现了深刻的洞见：

人们应当聪明得恰到好处，
而不要过度精明，
因为智者的心中少有快乐。

牛羊会死，亲人会死，我们也会死。
但我知道有一种东西永世长存，
那就是对每位死者的评判。

在一部最重要的箴言集的末尾，有两句话闪耀着智慧的光芒：

头脑只知道
心灵所关注的事情。

除了令人心生敬畏的英雄主义，这些北欧人也有着令人愉悦的常识。这两者看似不可能结合在一起，但是上述诗篇却证明这种结合是存在的。从种族上说，我们和北欧人有着密切的联系，而我们的文化则可以追溯至希腊人的文化。北欧神话和希腊神话共同为我们呈现了一幅画卷，上面清晰地描绘着那些古人的面貌——我们的大部分精神和智性财富正是从他们手中继承下来的。

希腊神话人物谱系图

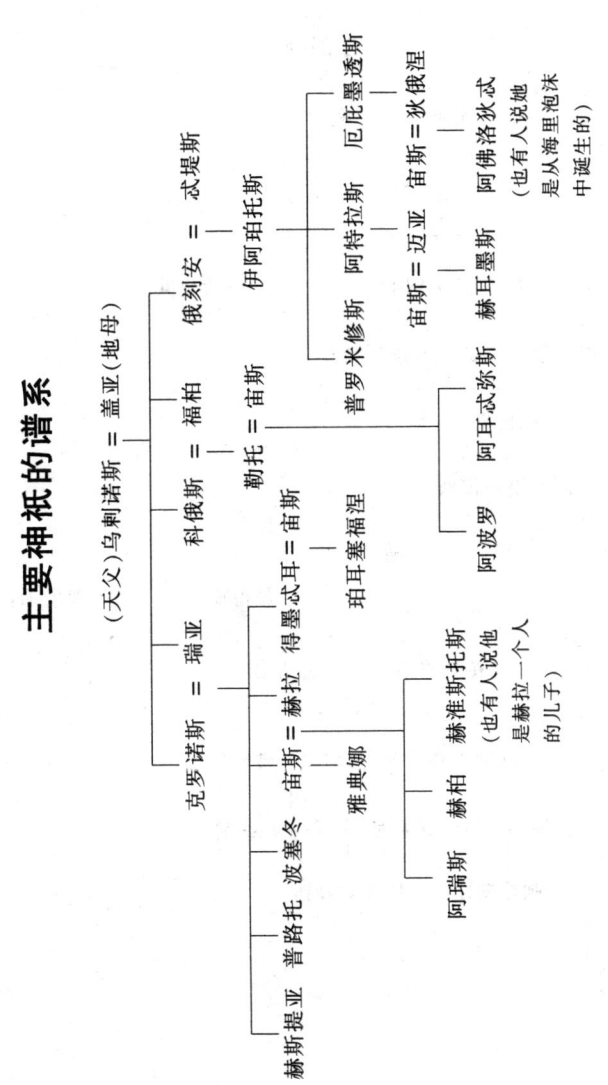

珀耳修斯和赫剌克勒斯的祖先

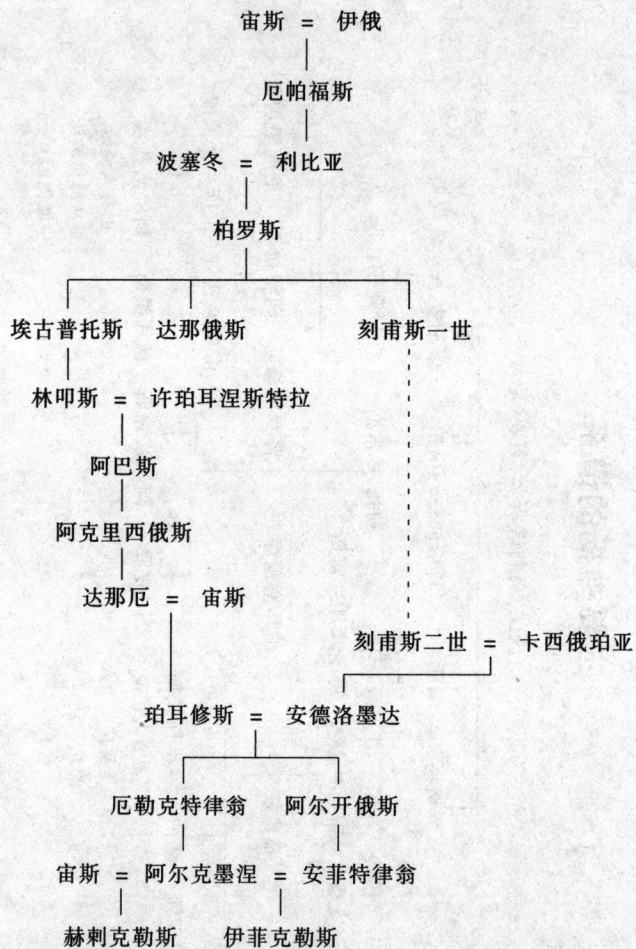

阿喀琉斯的祖先

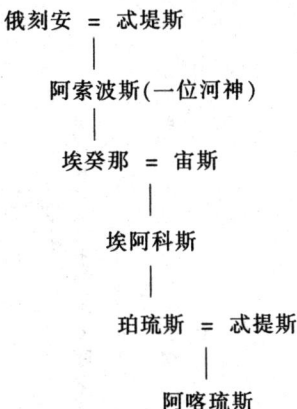

忒拜王族和阿特柔斯的后代

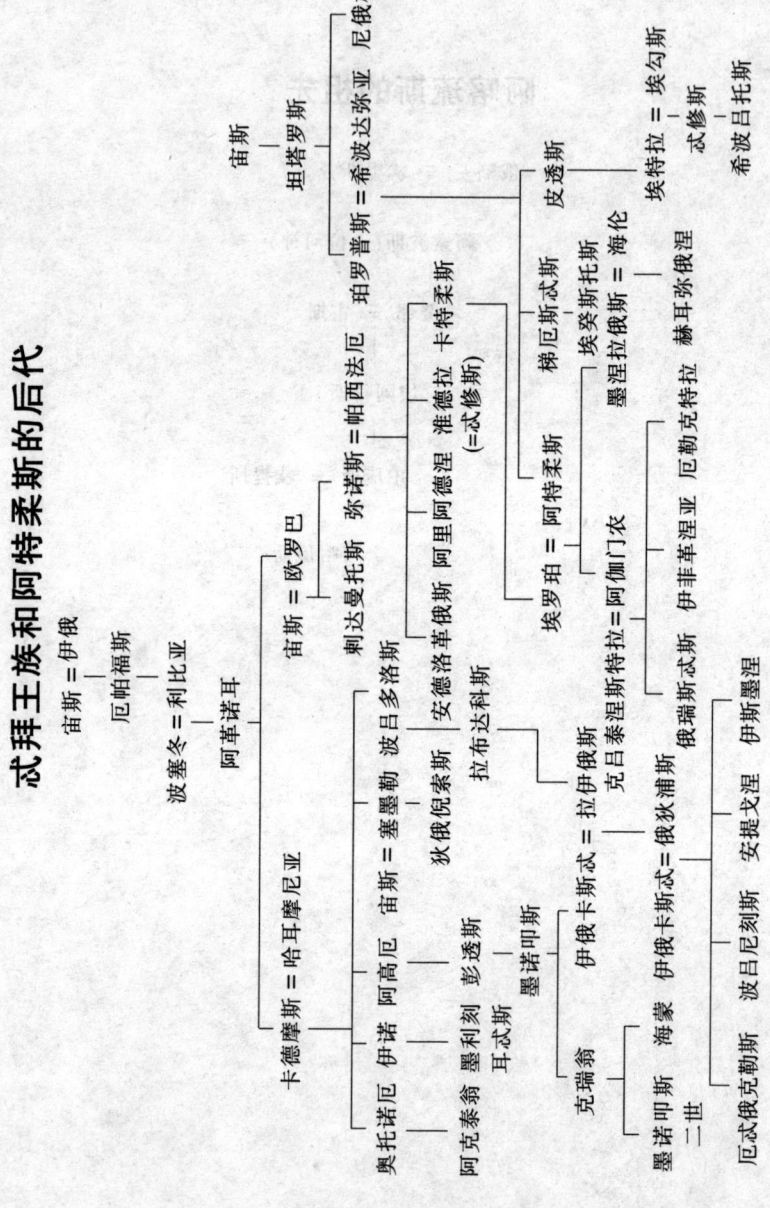

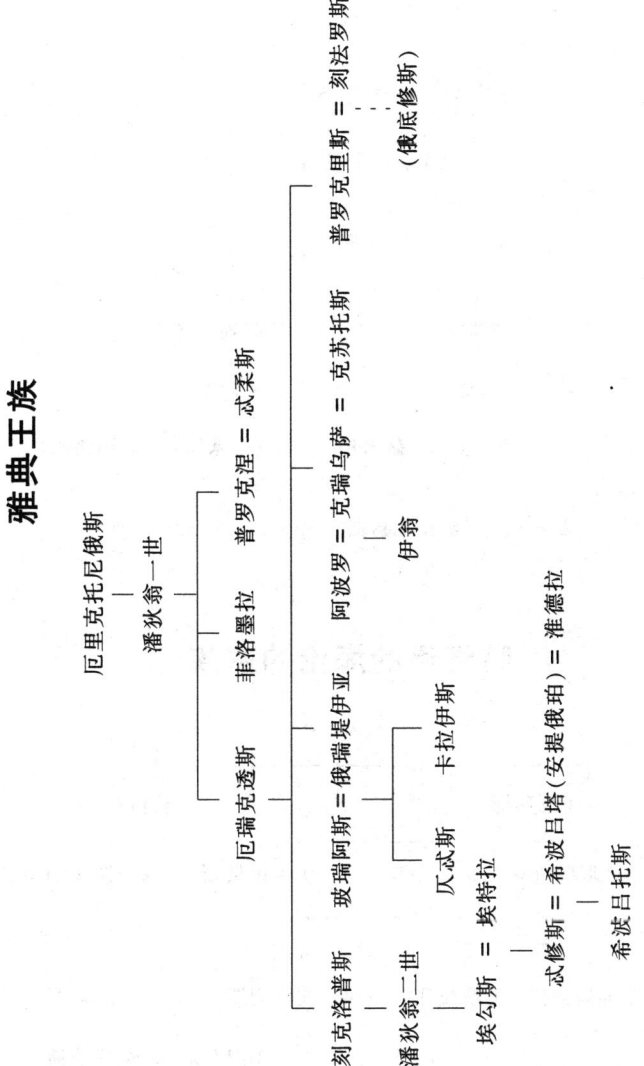

特洛伊王族

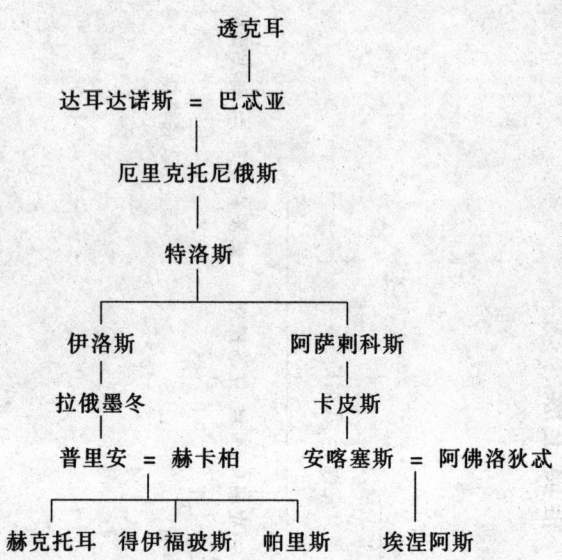

特洛伊的海伦的家族

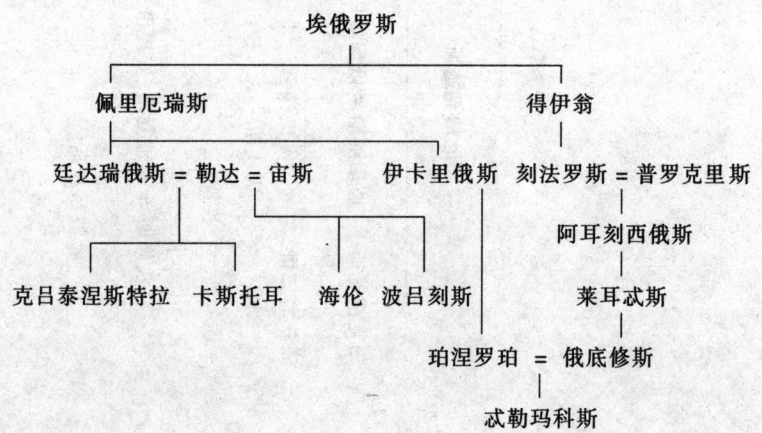

希腊神话人物谱系图

普罗米修斯的后代

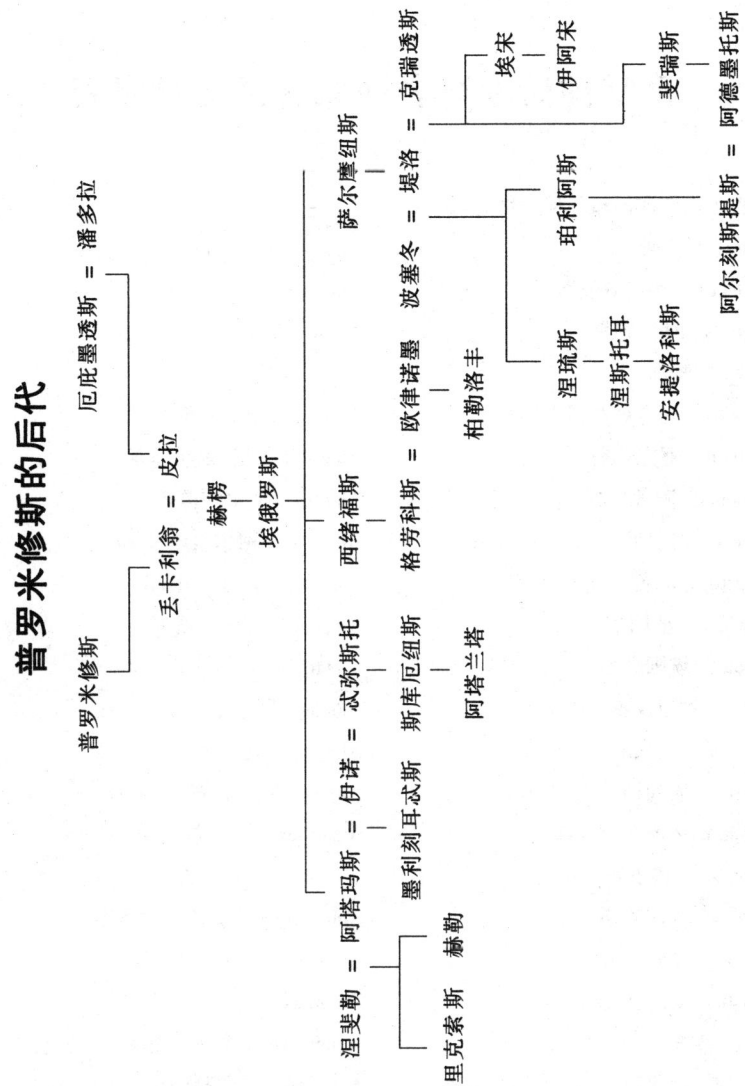

希腊神话专有名词原文译文对照表

人名（包括神祇和各种生物的名称）：

Abas 阿巴斯	Agenor 阿革诺耳
Achelous 阿克洛俄斯	Aglaia 阿格拉伊亚
Achilles 阿喀琉斯	Aidos 阿伊多斯
Acis 阿喀斯	Ajax 埃阿斯
Acrisius 阿克里西俄斯	Alcaeus 阿尔开俄斯
Actaeon 阿克泰翁	Alcestis 阿尔刻斯提斯
Admetus 阿德墨托斯	Alcides 阿尔喀得斯
Adonis 阿多尼斯	Alcinous 阿尔喀诺俄斯
Adrastus 阿德剌斯托斯	Alcmena 阿尔克墨涅
Aeacides 埃阿喀得斯	Alcyone 阿尔库俄涅
Aeacus 埃阿科斯	Alecto 阿勒克托
Æetes 埃厄忒斯	Aloeus 阿洛欧斯
Aegaeon 埃伽翁	Alpheus 阿尔甫斯
Aegeus 埃勾斯	Althea 阿尔忒亚
Aegisthus 埃癸斯托斯	Amalthea 阿玛尔忒亚
Aegyptus 埃古普托斯	Amazon 阿玛宗人
Aeneas 埃涅阿斯	Amphiaraus 安菲阿剌俄斯
Aeolus 埃俄罗斯	Amphion 安菲翁
Aepytus 埃皮托斯	Amphitrite 安菲特里忒
Aero 埃罗	Amphitryon 安菲特律翁
Aerope 埃罗珀	Amymone 阿密莫涅
Aesculapius 埃斯科拉庇俄斯	Anaxarete 阿那克萨瑞忒
Aeson 埃宋	Anchises 安喀塞斯
Aethra 埃特拉	Androgeus 安德洛革俄斯
Agamemnon 阿伽门农	Andromache 安德洛玛刻
Agave 阿高厄	Andromeda 安德洛墨达

Antaeus	安泰俄斯	Batea	巴忒亚
Anteia	安忒亚	Baucis	鲍喀斯
Anteros	安忒罗斯	Bellerophon	柏勒洛丰
Antigone	安提戈涅	Belus	柏罗斯
Antilochus	安提洛科斯	Biton	比同
Antiope	安提俄珀	Boreas	玻瑞阿斯
Aphrodite	阿佛洛狄忒	Briseis	布里塞伊斯
Apollo	阿波罗	Cadmus	卡德摩斯
Apsyrtus	阿珀绪耳图斯	Calais	卡拉伊斯
Arachne	阿剌克涅	Calchas	卡尔卡斯
Arcas	阿耳卡斯	Calliope	卡利俄佩
Arcesius	阿耳刻西俄斯	Callisto	卡利斯托
Ares	阿瑞斯	Calypso	卡吕普索
Arete	阿瑞忒	Canace	卡那刻
Arethusa	阿勒图萨	Capaneus	卡帕纽斯
Argonaut	阿耳戈英雄	Capys	卡皮斯
Argus	阿耳古斯	Cassandra	卡珊德拉
Ariadne	阿里阿德涅	Cassiopeia	卡西俄珀亚
Arion	阿里翁	Castor	卡斯托耳
Aristaeus	阿里斯泰俄斯	Catreus	卡特柔斯
Artemis	阿耳忒弥斯	Cecrops	刻克洛普斯
Ascanius	阿斯卡尼俄斯	Celaeno	刻莱诺
Asopus	阿索波斯	Celeus	刻琉斯
Assaracus	阿萨剌科斯	Centaur	肯陶耳
Astyanax	阿斯堤阿那克斯	Cephalus	刻法罗斯
Atalanta	阿塔兰塔	Cepheus	刻甫斯
Athamas	阿塔玛斯	Cerberus	刻耳柏洛斯
Athena	雅典娜	Ceyx	刻宇克斯
Atlas	阿特拉斯	Charon	卡戎
Atreus	阿特柔斯	Charybdis	卡律布狄斯
Atropos	阿特罗波斯	Chimaera	喀迈拉
Aurora	奥罗拉	Chiron	喀戎
Autonoe	奥托诺厄	Chryseis	克律塞伊斯

Circe	喀耳刻	Dionysus	狄俄倪索斯
Cleobis	克勒俄比斯	Dioscouri	狄俄斯库里
Clio	克利俄	Dirce	狄耳刻
Clotho	克洛托	Doris	多里斯
Clymene	克吕墨涅	Dryads	德律阿得斯
Clytemnestra	克吕泰涅斯特拉	Dryope	德律俄珀
Clytie	克吕提厄	Echo	厄科
Coeus	科俄斯	Electra	厄勒克特拉
Coronis	科罗尼斯	Electryon	厄勒克特律翁
Creon	克瑞翁	Endymion	恩底弥翁
Cresphontes	克瑞斯丰忒斯	Enyo	厄倪俄
Cretheus	克瑞透斯	Epaphus	厄帕福斯
Creüsa	克瑞乌萨	Ephialtes	厄菲阿尔忒斯
Cronus	克罗诺斯	Epimenides	厄庇墨尼得斯
Cyclops	库克罗普斯	Epimetheus	厄庇墨透斯
Cydippe	库狄珀	Erato	厄剌托
Cyrene	库瑞涅	Erechtheus	厄瑞克透斯
Daedalus	代达罗斯	Erichthonius	厄里克托尼俄斯
Danaïds	达那伊得斯	Erinyes	厄里倪厄斯
Danaë	达那厄	Eriphyle	厄里费勒
Danaüs	达那俄斯	Eris	厄里斯
Daphne	达佛涅	Eros	厄罗斯
Dardanus	达耳达诺斯	Erysichthon	厄律西克同
Deianira	得伊阿尼拉	Eteocles	厄忒俄克勒斯
Deion	得伊翁	Eteoclus	厄忒俄克罗斯
Deiphobus	得伊福玻斯	Eumaeus	欧迈俄斯
Demeter	得墨忒耳	Eumenides	欧墨尼得斯
Demophoön	得摩丰	Euphrosyne	欧佛洛叙涅
Deucalion	丢卡利翁	Europa	欧罗巴
Dictys	狄克堤斯	Eurus	欧罗斯
Dike	狄刻	Eurycleia	欧律克勒亚
Dione	狄俄涅	Eurydice	欧律狄刻
Diomedes	狄俄墨得斯	Eurynome	欧律诺墨

Eurystheus	欧律斯透斯	Hestia	赫斯提亚
Eurytus	欧律托斯	Himeros	希墨罗斯
Euterpe	欧忒耳佩	Hippodamia	希波达弥亚
Evadne	厄瓦德涅	Hippolyta	希波吕塔
Gaea	盖亚	Hippolytus	希波吕托斯
Galatea	伽拉忒亚	Hippomedon	希波墨冬
Ganymede	伽倪墨得	Hippomenes	希波墨涅斯
Geryon	革律翁	Hyacinthus	许阿铿托斯
Glaucus	格劳科斯	Hyades	许阿得斯
Gorgon	戈耳工	Hydra	许德拉
Graiae	格赖埃	Hylas	许拉斯
Hades	哈得斯	Hymen	许门
Haemon	海蒙	Hyperborean	许珀柏里安人
Hamadryads	哈马德律阿得斯	Hyperion	许珀里翁
Harmonia	哈耳摩尼亚	Hypermnestra	许珀耳涅斯特拉
Harpy	哈耳皮埃	Hypsipyle	许普西皮勒
Hebe	赫柏	Iapetus	伊阿珀托斯
Hecate	赫卡忒	Iasus	伊阿索斯
Hector	赫克托耳	Ibycus	伊比库斯
Hecuba	赫卡柏	Icarius	伊卡里俄斯
Helen	海伦	Icarus	伊卡罗斯
Helenus	赫勒诺斯	Idas	伊达斯
Heliades	赫利阿得斯	Ilithyia	厄勒梯亚
Helios	赫利俄斯	Ilus	伊洛斯
Helle	赫勒	Inachus	伊那科斯
Hellen	赫楞	Ino	伊诺
Hephaestus	赫淮斯托斯	Io	伊俄
Hera	赫拉	Iolaus	伊俄拉俄斯
Hercules	赫剌克勒斯	Iole	伊俄勒
Hermes	赫耳墨斯	Ion	伊翁
Hermione	赫耳弥俄涅	Iphicles	伊菲克勒斯
Hero	赫洛	Iphigenia	伊菲革涅亚
Hesperides	赫斯珀里得斯	Iphimedia	伊菲墨狄亚

Iphis	伊菲斯	Medusa	美杜莎
Iris	伊里斯	Megaera	墨盖拉
Ismene	伊斯墨涅	Megara	墨伽拉
Itys	伊堤斯	Melampus	墨兰波斯
Ixion	伊克西翁	Melanion	墨拉尼翁
Jason	伊阿宋	Meleager	墨勒阿革耳
Jocasta	伊俄卡斯忒	Melicertes	墨利刻耳忒斯
Labdacus	拉布达科斯	Melpomene	墨尔波墨涅
Lachesis	拉刻西斯	Memnon	门农
Laertes	莱耳忒斯	Menelaus	墨涅拉俄斯
Laestrygons	莱斯特律戈涅斯人	Menoeceus	墨诺叩斯
Laius	拉伊俄斯	Mentor	门托耳
Laocoön	拉奥孔	Merope	墨洛珀
Laodamia	拉俄达弥亚	Metaneira	墨塔涅拉
Laomedon	拉俄墨冬	Midas	弥达斯
Leander	勒安得耳	Milanion	弥拉尼翁
Leda	勒达	Minos	弥诺斯
Leto	勒托	Minotaur	弥诺陶耳
Leucippus	琉喀波斯	Mnemosyne	谟涅摩叙涅
Leucothea	琉科忒亚	Moirae	摩伊赖
Linus	利诺斯	Morpheus	摩耳甫斯
Lotis	罗提斯	Muse	缪斯
Lybia	利比亚	Myrmidons	密耳弥多涅人
Lycaon	吕卡翁	Myrtilus	弥耳提洛斯
Lycomedes	吕科墨得斯	Naiads	那伊阿得斯
Lycurgus	吕枯耳戈斯	Narcissus	那耳喀索斯
Lycus	吕科斯	Nausicaä	瑙西卡
Lynceus	林叩斯	Neleus	涅琉斯
Maenads	迈那得斯	Nemesis	涅墨西斯
Maia	迈亚	Neoptolemus	涅俄普托勒摩斯
Marpessa	玛耳珀萨	Nephele	涅斐勒
Marsyas	玛耳叙阿斯	Nereids	涅瑞伊得斯
Medea	美狄亚	Nereus	涅柔斯

Nessus	涅索斯	Patroclus	帕特洛克罗斯
Nestor	涅斯托耳	Pegasus	珀伽索斯
Niobe	尼俄柏	Peleus	珀琉斯
Nisus	尼索斯	Pelias	珀利阿斯
Notus	诺托斯	Pelops	珀罗普斯
Nymph	宁芙	Penelope	珀涅罗珀
Ocean	俄刻安	Peneus	佩纽斯
Oceanids	俄刻阿尼得斯	Penthesilea	彭忒西勒亚
Odysseus	俄底修斯	Pentheus	彭透斯
Oedipus	俄狄浦斯	Perieres	佩里厄瑞斯
Oeneus	俄纽斯	Persephone	珀耳塞福涅
Oenone	俄诺涅	Perseus	珀耳修斯
Oenopion	俄诺庇翁	Phaeacian	费阿刻斯人
Olympian	奥林匹斯天神	Phaedra	淮德拉
Omphale	翁法勒	Phaëthon	法厄同
Oreads	俄瑞阿得斯	Pheres	斐瑞斯
Orestes	俄瑞斯忒斯	Philemon	菲勒蒙
Orion	俄里翁	Philoctetes	菲罗克忒忒斯
Orithyia	俄瑞堤伊亚	Philomela	菲洛墨拉
Orpheus	俄耳甫斯	Phineus	菲纽斯
Orythyia	俄瑞堤伊亚	Phoebe	福柏
Otus	俄托斯	Phoebus	福玻斯
Ouranos	乌剌诺斯	Pholus	福洛斯
Palaemon	帕莱蒙	Phorcys	福耳库斯
Pallas	帕拉斯	Phrixus	佛里克索斯
Pan	潘	Pirithoüs	皮里托俄斯
Pandarus	潘达罗斯	Pittheus	皮透斯
Pandion	潘狄翁	Pleiades	普勒阿得斯
Pandora	潘多拉	Pollux	波吕刻斯
Paphos	帕福斯	Polybus	波吕玻斯
Paris	帕里斯	Polydectes	波吕得克忒斯
Parthenopaeus	帕耳忒诺派俄斯	Polydeuces	波吕丢刻斯
Pasiphaë	帕西法厄	Polydorus	波吕多洛斯

Polyhymnia	波吕许谟尼亚	Semele	塞墨勒
Polyidus	波吕伊多斯	Semiramis	塞米勒米斯
Polyneices	波吕尼刻斯	Sidero	西得罗
Polyphemus	波吕斐摩斯	Sileni	西勒尼
Polyphontes	波吕丰忒斯	Silenus	西勒诺斯
Polyxena	波吕克塞娜	Sinis	西尼斯
Pontus	蓬托斯	Sinon	西农
Poseidon	波塞冬	Siren	塞壬
Priam	普里安	Sisyphus	西绪福斯
Procne	普罗克涅	Sphinx	斯芬克斯
Procris	普罗克里斯	Sterope	斯忒洛珀
Procrustes	普罗克汝斯忒斯	Syrinx	绪任克斯
Proetus	普罗托斯	Talus	塔罗斯
Prometheus	普罗米修斯	Tantalus	坦塔罗斯
Protesilaus	普罗忒西拉俄斯	Taurian	陶里安人
Proteus	普罗透斯	Taygete	泰革忒
Psamathe	帕萨玛忒	Teiresias	忒瑞西阿斯
Psyche	普叙刻	Telamon	忒拉蒙
Pygmalion	皮格马利翁	Telemachus	忒勒玛科斯
Pylades	皮拉得斯	Tereus	忒柔斯
Pyrrha	皮拉	Terpsichore	忒耳普西科瑞
Pyrrhus	皮洛斯	Tethys	忒堤斯
Python	皮同	Teucer	透克耳
Rhea	瑞亚	Thalia	塔利亚
Rhadamanthus	剌达曼托斯	Thanatos	塔那托斯
Rhoecus	洛厄科斯	Themis	忒弥斯
Salmoneus	萨尔摩纽斯	Themisto	忒弥斯托
Satyr	萨堤耳	Theseus	忒修斯
Schoeneus	斯库厄纽斯	Thetis	忒提斯
Schoenius	斯库厄尼俄斯	Thoas	托阿斯
Sciron	斯喀戎	Thyestes	梯厄斯忒斯
Scylla	斯库拉	Tisiphone	提西福涅
Selene	塞勒涅	Tithonus	提托诺斯

Tmolus	特摩洛斯	Tyro	堤洛
Triptolemus	特里普托勒摩斯	Urania	乌剌尼亚
Triton	特里同	Xuthus	克苏托斯
Tros	特洛斯	Zephyr	仄费耳
Tydeus	堤丢斯	Zetes	仄忒斯
Tyndareus	廷达瑞俄斯	Zethus	仄托斯
Typhon	堤丰	Zeus	宙斯

地名：

Abydus	阿比多斯	Colchis	科尔喀斯
Acheron	阿刻戎	Colonus	科罗诺斯
Aeaea	埃埃亚	Corinth	科林斯
Aegean	爱琴	Crete	克里特
Aegina	埃癸那	Cynthus	铿托斯
Aeolia	埃俄利亚	Cyprus	塞浦路斯
Aetna	埃特纳	Cythera	库忒拉
Arcadia	阿耳卡狄亚	Daulis	道里斯
Arcady	阿耳卡狄	Delos	得罗斯
Argos	阿耳戈斯	Delphi	德尔斐
Athos	阿陀斯	Dodona	多多那
Attica	阿提卡	Eleusis	厄琉西斯
Aulis	奥利斯	Elysian	厄律西安
Bactria	巴克特里亚	Enna	恩纳
Boeotia	玻俄提亚	Erebus	俄瑞波斯
Calydon	卡吕冬	Eridanus	厄里达诺斯
Carpathos	卡耳帕托斯	Erymanthus	厄律曼托斯
Castalia	卡斯塔利亚	Erythia	厄律提亚
Caucasus	高加索	Euxine	欧克西涅
Cephissus	刻菲索斯	Hebrus	海布罗斯
Chios	喀俄斯	Helicon	赫利孔
Cithaeron	喀泰戎	Hellespont	赫勒斯蓬特
Cnossus	克诺索斯	Hesperia	赫斯珀里亚
Cocytus	科库托斯	Ida	伊达

Ilissus	伊利索斯	Pergamos	珀耳伽摩斯
Illyria	伊利里亚	Pharos	法洛斯
Ionian	伊俄尼亚	Phlegethon	佛勒革同
Ithace	伊塔刻	Phrygia	佛律癸亚
Lapithae	拉皮泰	Pieria	皮厄里亚
Larissa	拉里萨	Pirene	皮瑞涅
Latmus	拉特摩斯	Pylos	皮罗斯
Lemnos	楞诺斯	Salamis	萨拉米斯
Lerna	勒耳那	Scaean	斯卡伊安
Lesbos	勒斯玻斯	Scamander	斯卡曼得耳
Lethe	勒忒	Sestus	塞斯托斯
Lycia	吕客亚	Sidon	西顿
Lydia	吕底亚	Simois	西摩伊斯
Mede	米堤	Sparta	斯巴达
Megara	墨伽拉	Stymphalus	斯廷法利斯
Messenia	墨塞尼亚	Styx	斯堤克斯
Mycenae	迈锡尼	Syracuse	锡拉库扎
Naxos	那克索斯	Tartarus	塔耳塔罗斯
Nysa	倪萨	Thebes	忒拜（希腊古城）
Oeta	俄塔	Thebes	底比斯（埃及古城）
Ortygia	俄耳堤癸亚	Themiscyra	忒弥斯库拉
Ossa	俄萨	Thessaly	忒萨利
Pactolus	帕克托洛斯	Thrace	色雷斯
Parnassus	帕耳那索斯	Tiryns	梯林斯
Parthenon	帕耳忒农	Troy	特洛伊
Pelion	珀利翁	Xanthus	克珊托斯

罗马神话专有名词原文译文对照表

注：本表所收录的专有名词仅限于罗马神话所特有的专有名词，不包括那些在希腊神话和罗马神话中都出现过的专有名词。

人名（包括神祇和各种生物的名称）：

Achates 阿凯提斯	Favonius 法沃尼乌斯
Amata 阿玛塔	Janus 雅努斯
Aquilo 阿库伊罗	Juno 朱诺
Ascanius 阿斯卡尼俄斯	Jupiter 朱庇特
Auster 奥斯忒耳	Lares 拉莱斯
Bacchantes 巴克坎忒斯	Larvae 拉耳瓦伊
Bacchus 巴克斯	Latin 拉丁姆人
Bellona 贝罗娜	Latinus 拉丁努斯
Camenae 卡墨奈	Latona 拉托那
Camilla 卡米拉	Lavinia 拉维尼亚
Ceres 刻瑞斯	Lemures 勒穆瑞斯
Cumae 库迈	Liber 利柏耳
Cupid 丘比特	Lucifer 路喀斐耳
Diana 狄安娜	Lucina 卢奇娜
Dido 狄多	Luna 露娜
Etruscan 伊特鲁里亚人	Manes 玛涅斯
Euryalus 欧律阿鲁斯	Mars 玛斯
Evander 伊凡德耳	Mercury 墨丘利
Faun 法翁	Mezentius 米赞提俄斯
Faunus 法乌努斯	Minerva 密涅瓦

Mulciber 穆西柏
Neptune 尼普顿
Nisus 尼索斯
Numina 努米纳
Ops 欧普斯
Orcus 奥耳库斯
Pales 帕勒斯
Palinurus 帕里诺罗斯
Pallas 帕拉斯
Parcae 帕耳凯
Penates 珀那忒斯
Pluto 普路托
Pomona 波摩娜
Priapus 普里阿普斯
Proserpine 普洛塞耳皮娜

Pyramus 皮拉摩斯
Quirinus 奎里努斯
Saturn 萨杜恩
Somnus 索姆努斯
Sylvanus 希尔瓦努斯
Terminus 忒耳弥努斯
Thisbe 提斯柏
Tiber 梯伯
Turnus 图耳努斯
Ulysses 尤利西斯
Venus 维纳斯
Vertumnus 威耳廷努斯
Vesta 维斯塔
Virbius 威耳比俄斯
Vulcan 伏尔坎

地名：

Avernus 阿维耳努斯
Latium 拉丁姆

北欧神话专有名词原文译文对照表

人名（包括神祇和各种生物的名称）：

Aesir	埃西耳	Norn	诺恩
Balder	巴尔德耳	Odin	奥丁
Brynhild	布琳希尔德	Siegfried	齐格弗里德
Freya	弗雷娜	Sigmund	西格蒙德
Freyr	弗雷	Signy	西格妮
Frigga	弗丽嘉	Sigurd	西格耳德
Griemhild	格林希尔德	Sigyn	西格恩
Gudrun	古德龙	Sinfiotli	辛菲奥特里
Gunnar	贡纳	Skuld	斯库尔德
Heimdall	海姆达尔	Sleipnir	斯莱布尼耳
Hel	赫尔	Thor	托耳
Hermod	赫耳莫德	Tyr	提耳
Hoder	霍德耳	Urda	乌耳达
Hugin	胡金	Valkyrie	瓦尔基里
Loki	洛基	Verdandi	维耳丹迪
Mimir	米密耳	Volsung	伏尔松
Munin	穆宁	Yggdrasil	尤克特拉希尔
Nanna	南娜	Ymir	伊米耳

地名：

Asgard	阿斯加耳德	Midgard	米德加耳德
Bifröst	比弗略斯特	Muspelheim	穆斯贝尔海姆
Gladsheim	格拉兹海姆	Niflheim	尼福尔海姆
Jötunheim	约顿海姆	Valhalla	瓦尔哈拉

图书在版编目（CIP）数据

神话：希腊、罗马及北欧的神话故事和英雄传说/(美)依迪丝·汉密尔顿（Edith Hamilton）著；刘一南译.--2版.--北京：华夏出版社，2019.1(2020.5重印)

（汉密尔顿的古典世界）

ISBN 978-7-5080-9591-2

Ⅰ.①神… Ⅱ.①依… ②刘… Ⅲ.①神话－文学研究－世界 Ⅳ.①I106.7

中国版本图书馆CIP数据核字(2018)第224942号

Mythology by Edith Hamilton.

本书中文简体字翻译版由华夏出版社出版。

未经出版者预先书面许可，不得以任何方式复制或抄袭本书的任何部分。

版权所有，翻印必究。

神 话——希腊、罗马及北欧的神话故事和英雄传说

作　　者	[美]依迪丝·汉密尔顿
译　　者	刘一南
责任编辑	王霄翎
责任印制	刘　洋
出版发行	华夏出版社
经　　销	新华书店
印　　装	北京汇林印务有限公司
版　　次	2019年1月北京第2版　2020年5月北京第2次印刷
开　　本	670×970　1/16开
印　　张	24
字　　数	400千字
定　　价	68.00元

华夏出版社　地址：北京市东直门外香河园北里4号　邮编：100028
网址：www.hxph.com.cn　电话：(010)64663331(转)

若发现本版图书有印装质量问题，请与我社营销中心联系调换。